픽션들

Ficciones
by
Jorge Luis Borges

Copyright © Maria Kodama 1989
All rights reserved

Korean Translation Copyright © Minumsa 1997

Korean translation rights arranged with MARIA KODAMA,
executrices of the estate of Jorge Luis Borges
c/o Aitken, Stone & Wylie Ltd., London
through Eric Yang Agency, Seoul, Korea.

이 책의 한국어판 저작권은 에릭양 에이전시를 통해
Maria Kodama c/o Aitken, Stone & Wylie와
독점 계약한 (주)민음사에 있습니다.

저작권법에 의해 한국 내에서 보호를 받는 저작물이므로
무단 전재와 무단 복제를 금합니다.

호르헤 루이스 보르헤스

픽션들

호르헤 루이스 보르헤스 지음
황병하 옮김

민음사

일러두기

  이 작품집은 『끝없이 두 갈래로 갈라지는 길들이 있는 정원』과 『기교들』이라는 2부로 나누어져 있다. 1부 『끝없이 두 갈래로 갈라지는 길들이 있는 정원』은 같은 이름으로 1941년 발간되었다. 1944년 『픽션들』이라는 제목으로 에메세 출판사에서 발간되었을 때는 1부에 실린 여덟 개의 짧은 소설에 여섯 개가 첨가되었다. 그러나 이 작품집이 처음 발간된 1944년판에는 이 번역본에 포함되어 있는 「끝」, 「불사조 교파」, 「남부」가 빠져 있었다. 이 작품들은 1956년 제2판이 나오면서 추가된 것들이다.
  그런데 또 다른 문제는 전집에는 빠져 있지만 『픽션들』이 발간되었을 때 1부 『끝없이 두 갈래로 갈라지는 길들이 있는 정원』에 「알모따심에로의 접근」이라는 작품이 들어 있었다는 사실이다. 이 작품은 원래 1936년 발간된 그의 에세이집 『영원의 역사』에 실려 있었던 작품이다. 그러나 이 작품이 같은 책의 다른 에세이들과는 달리 소설적 성격이 강해 나중에 『픽션들』에 포함되었다. 따라서 전집에는 빠져 있지만 이 번역본에서는 첨가시키기로 한다.

차례

1부
끝없이 두 갈래로 갈라지는 길들이 있는 정원

서문 • 15

틀뢴, 우크바르, 오르비스 떼르띠우스 —— 17
알모따심에로의 접근 —— 51
삐에르 메나르, 『돈키호테』의 저자 —— 67
원형의 폐허들 —— 90
바빌로니아의 복권 —— 102
허버트 쾌인의 작품에 대한 연구 —— 116
바벨의 도서관 —— 129
끝없이 두 갈래로 갈라지는 길들이 있는 정원 —— 145

2부
기교들

서문 • 169
1956년의 후기 • 171

기억의 천재 푸네스 —— 173
칼의 형상 —— 190
배신자와 영웅에 관한 논고 —— 200
죽음과 나침반 —— 209
비밀의 기적 —— 231
유다에 관한 세 가지 다른 이야기 —— 244
끝 —— 257
불사조 교파 —— 265
남부 —— 273

작품 해설 • 285
작가 연보 • 295
작품 연보 • 297

에스떼르 젬보라인 데 또레스에게

1부

끝없이 두 갈래로 갈라지는 길들이 있는 정원

서문

이 책에 들어 있는 일곱 개의 단편들은 특별한 주석을 요하지 않는다. 일곱번째(「끝없이 두 갈래로 갈라지는 길들이 있는 정원」)는 탐정소설이다. 그것을 읽는 독자들은 한 범죄의 결행과 그것의 모든 예비 사건들에 대해 접하게 될 것이다. 독자들이 그 범죄의 의도가 무엇인지를 파악하지 못하게 되는 것은 아니지만 마지막 문장에 이르러서야 그것을 이해하게 되리라 나는 생각한다. 나머지는 환상소설들이다. 「바빌로니아의 복권」은 상징주의와 전혀 무관하지 않다. 내가 〈바빌로니아의 복권〉에 관한 이야기를 쓴 최초의 작가는 아니다. 그 것에 관한 역사 및 선사(先史)에 관한 흥미로운 이야깃거리들은 잡지 《수르》[1] 제59호에서 찾아볼 수 있다. 거기에는 레우시뽀[2]와 라스위츠, 루이스 캐롤[3]과 아리스토텔레스와 같은 이질적인 이름들이 나타나 있다. 「원형의 폐허들」에서 모든 것은 비현실적이다. 「삐에르 메나르, 『돈키호테』의 저자」라는 작품에 나오는 주인공이 고집스레 밀고 나가는 운명은 비현실적이다. 내가 그(삐에르 메나르)의 것으로 밝힌 글들의 목록들은 그다지 흥미로운 것들은 아니다. 그렇다고 내가

---

*) 이 책 대부분의 주는 역자주이다. 저자주일 경우 [원주]로 표기한다.
1) Sur : 〈남쪽〉이라는 뜻으로 보르헤스를 전세계에 소개시킨 여성작가 빅또리아 오깜뽀에 의해 1931년 발행되기 시작한 아르헨티나의 잡지 이름. 보르헤스는 이 잡지에 많은 작품들을 발표했다.
2) Leucipo(기원전 460?-370) : 그리스 철학자로 원자론의 창시자.
3) Lewis Carrol(1832-1898) : 영국의 수학자요 작가였던 찰스 러튀즈 닥슨 Charles Lutwidge Dodgson을 가리킨다.

제멋대로 만들어낸 것은 아니다. 그것은 그의 정신적 궤적을 드러내 주는 하나의 도표이다…….

방대한 양의 책을 쓴다는 것은 쓸데없이 힘만 낭비하는 정신나간 짓이다. 단 몇 분에 걸쳐 말로 완벽하게 표현해 보일 수 있는 어떤 생각을 500여 페이지에 걸쳐 길게 늘어뜨리는 짓. 보다 나은 방법은 이미 그러한 생각들을 담고 있는 책들이 존재하고 있으니까 하나의 코멘트, 즉 그것들의 요약을 제시하는 척하는 것이다. 칼라일이 자신의 저서 『다시 재단한 복장』에서 그러했다.[4] 버틀러 또한 『좋은 피난처』에서 그렇게 했다.[5] 이런 작품들은 책이 되기에 불충분하지만 책이 되었던 작품들만큼이나 동어반복적이다. 보다 그럴 듯하고, 보다 무능력하고, 보다 게으르게도 나는 상상의 책 위에 씌어진 주석으로서의 글쓰기를 선호했다. 「틀뢴, 우크바르, 오르비스 떼르띠우스」와 「허버트 퀘인의 작품에 대한 연구」가 그런 유의 작품들에 속한다.

호르헤 루이스 보르헤스

---

4) Thomas Carlyle(1795-1881) : 스코틀랜드의 역사학자요 작가. 처음에 보르헤스는 문학을 요약의 형식으로 개진한 점을 들어 그를 찬양했다. 그러나 나중에는 튜더족 우위론의 창시자요, 나치즘의 선구자라는 이유를 들어 그를 격하시키면서 소위 그의 〈영웅론〉을 반박했다. 카라일의 『다시 재단한 복장 Sartor Resartus』은 자신의 자전적 이야기를 포함한 테우펠스트레크 박사에 관한 유사 전기이다. 카라일은 자신의 코멘트를 첨가시키면서 테우펠스트레크의 신비적 글들을 마치 그것들이 실제로 존재하는 것처럼 인용하곤 했다. 보르헤스 또한 특히 「알모따심에로의 접근」과 「삐에르 메나르, 『돈키호테』의 저자」에서 유사한 장치를 쓰고 있다. Evelyn Fishburn. *A Dictionary of Borges*. London : Gerald Duckworth & Co. Ltd., 1990, 49쪽 참조.

5) Samuel Butler(1612-1680) : 영국의 시인으로 세르반테스의 『돈키호테』를 패러디한 『후디브라스』로 유명하다.

틀뢴, 우크바르, 오르비스 떼르띠우스[1]

1

내가 우크바르를 발견한 것은 어떤 거울 하나와 백과사전을 접합시킨 덕분이었다. 그 거울은 라모스 메히아[2]의 가오나 거리[3]에 있는 한 시골 별장의 복도 안쪽에서 산란스럽게 번득이고

---

[1] 틀뢴은 이 작품에 나오는 상상의 혹성에 관한 이름이고, 우크바르는 〈가장 위대한〉의 뜻을 가진 상상의 지역에 관한 이름이다. 틀뢴은 북유럽 쪽의 언어, 우크바르는 아랍 쪽의 언어를 암시한다.
 오르비스 떼르띠우스에 관해서는 여러 가지 학설이 있다. 우선 이 라틴어 단어를 문자 그대로 번역하면 〈제3세계〉라는 뜻이 된다. 그러나 이 〈제3세계〉가 무엇을 뜻하는지는 명확하지가 않고, 단지 또 다른 세계라는 느낌만을 준다.
 또 다른 해석은 그노티시즘에 있어 정신적 세계인 오르비스 쁘리무스와 하위 세계인 오르비스 알떼르 사이의 중간 세계로 오르비스 떼르띠우스가 존재한다고 보는 견해이다.
 세번째 해석은 태양을 돌고 있는 혹성들 중 태양에서 가까운 쪽으로부터 세면 지구가 세번째에 해당되며, 따라서 지구에 대한 일종의 비유로 보는 견해이다.

[2] Ramos Mejía : 아르헨티나 부에노스 아이레스 시 근교에 있는 공장 지역.

있었다. 그 백과사전은 『영미백과사전』(뉴욕, 1917)이라는 거짓 제호를 가지고 있었다. 그러나 그것은 실제로 『브리태니커 백과사전』 1902년판을 문자 그대로 옮겨놓은 조악한 해적판이었다.[4] 사건은 약 5년 전으로 거슬러 올라간다. 그날 밤 비오이 까사레스[5]는 나와 저녁식사를 같이 했었다. 그리고 우리들은 일인칭 화자를 바탕으로 한 소설작법에 관해 긴 시간의 논쟁을 벌였었다. 이 화자는 사실을 생략하거나 흐트러뜨리고, 단지 몇 명의 독자들 —— 손을 꼽을 정도로 적은 수의 독자들 —— 에게만 경이로울 수도 있고, 하잘것없기도 한 현실을 간파할 수 있도록 허용하는 다양한 모순 속에 개입한다. 복도의 저쪽 끝에서는 거울이 우리를 염탐하고 있었다. 우리는 거울들이란 게 괴물스러운 어떤 무엇을 소지하고 있는 사물이라는 것을 깨달았다(그토록 깊은 밤 그러한 깨달음은 매우 당연한 것이다). 그때 비오이 까사레스는 우크바르의 한 이교도 창시자가 거울과 성교는 사람의 수를 증식시키기 때문에 가증스러운 것이라고 했던 말을 기억해 냈다. 나는 그에게 그 찬탄할 만한 경구

---

3) Goona : 라모스 메히아 지역에 있는 거리의 이름.
4) 미국에서 많은 『브리태니커 백과사전』의 해적판들이 발간되었지만 이 작품에서 밝히고 있는 『영미백과사전 *Anglo-American Cyclopaedia*』이라는 이름의 해적판은 존재하지 않았다. 이러한 기법은 보르헤스에게서 매우 특징적인 것으로서 상상의 산물, 또는 현상을 독자로 하여금 마치 사실인 것처럼 믿도록 하기 위한 장치이다. 왜냐하면 서구의 학문사에 있어 참고문헌이나 각주를 다는 것은 어떤 것의 실재성을 증거하는 방편으로서 이용되어 왔기 때문이다.
5) Adolfo Bioy Casares(1914-?) : 아르헨티나의 작가로 보르헤스의 오랜 친구이다. 보르헤스와 함께 『환상문학선집』을 내기도 했다. 그의 부인은 역시 작가인 실비나 오깜뽀였다. 그는 주로 탐정소설과 환상소설들을 많이 썼다. 현재 살아 있는 아르헨티나 작가로서는 가장 대표적인 작가로 인정받고 있다.

의 출처가 어딘지를 물었고, 그는 『영미백과사전』의 〈우크바르 uqbar〉 항목에 그 말이 적혀 있었다고 말했다. (우리가 가구까지 포함하여 빌린) 별장에는 그 백과사전 한 질이 비치되어 있었다. 그러나 우리가 46권의 제일 마지막 장에서 발견한 것은 웁살라[6]에 관한 항목들이었다. 47권의 첫 페이지에서 우리가 발견한 항목은 우랄-알타이계 언어에 관한 것이었다. 우리는 어떤 곳에서도 우크바르라는 단어는 발견할 수가 없었다. 약간 어리둥절해진 비오이 까사레스가 색인집을 들춰보았다. 그는 발음은 같지만 표기법이 다른, 가능해 보이는 모든 단어들을 찾아보았지만 허사였다. Ukbar, Ucbar, Ookbar, Oukbahr······. 별장을 떠나기 전 그는 내게 그곳은 이라크 또는 소아시아에 있는 어떤 지방이라고 말했다. 솔직히 말하자면 나는 그때 떨떠름한 얼굴로 그의 말에 고개를 끄덕였었다. 나는 그 사전에 나와 있지 않는 나라와 익명의 이교도 창시자는 자신의 말을 합리화시키고자 하는 비오이가 당혹감을 감추기 위해 즉흥적으로 만들어낸 것이라고 생각했다. 유스투스 페르테스[7]의 지리부도를 샅샅이 조사해 본 나는 더욱 의심이 굳어졌다.

다음날 비오이가 부에노스 아이레스에서 내게 전화를 했다. 그는 지금 자신의 면전에 우크바르에 관한 항목을 기재하고 있는 그 백과사전 46권을 가지고 있다고 말했다. 그에 따르면 그 백과사전에 그 이교도 창시자의 이름은 나와 있지 않지만 그의 교리에 관해서는 언급이 되어 있다는 것이었다. 그 교리에 관한

---

6) Upsala : 스웨덴의 한 도시 이름.
7) Justus Perthes : 유스투스 요한 게오르그 페르테스에 의해 1785년에 설립된 독일의 출판사 이름. 이 출판사는 1863년 세계 각국의 통계적, 역사적, 인종계보적 연감인 『고타의 연감』을 출판했다.

언급은 비록 ── 아마 ── 문학적으로는 품격이 떨어지지만 자신이 들려주었던 말과 거의 일치한다고 말했다. 어제 그는 그 구절을 다음과 같이 기억했었다. 〈성교와 거울은 가증스러운 것이다.〉[8] 백과사전의 그 항목에는 다음과 같이 씌어 있다는 것이었다. 〈그노시스 교도들 중의 하나에 의하면 눈에 보이는 세계는 하나의 환영이거나, 또는 (보다 정확하게 말해) 궤변에 의해 만들어진 것이다. 거울과 부성(아버지성)은 가증스러운 것이다. 왜냐하면 그들은 눈에 보이는 세계를 증식시키고, 마치 그것을 사실인 양 일반화시키기 때문이다.〉 나는 그에게 솔직하게 그 항목을 직접 내 눈으로 보고 싶다고 말했다. 며칠이 지나지 않아 그가 그것을 가지고 왔다. 그것은 나를 몹시 놀라게 했다. 왜냐하면 리터가 쓴 『지리학』[9]이라는 책의 상세한 색인 지도에 조차도 우크바르라는 이름은 전혀 나와 있지 않았기 때문이었다.

비오이가 가져온 책은 틀림없는 『영미백과사전』 제46권이었다. 책의 안·겉장과 책등에 새겨진 알파벳 순서는 별장에 있는 것처럼 Tor부터 Ups까지 되어 있었다. 그러나 그것의 페이지수는 917페이지 대신 921페이지였다. 그 여분의 4페이지가 우크

---

8) 처음 비오이 까사레스가 이 문장을 기억했을 때 이 작품에는 스페인어로 〈거울과 성교는 가증스러운 것이다〉라고 되어 있다. 그러나 여기서는 영어로 〈성교와 거울은 가증스러운 것이다〉라고 되어 있다. 이 또한 보르헤스에게서 자주 목격되는 언어의 유희에 해당한다고 볼 수 있다. 그것은 한 발화가 일차적 의미 범주에 고착되는 것을 막아주고, 마치 부채 모양으로 확산되는 효과를 자아낸다.

9) Karl Ritter(1779-1859) : 프랑크푸르트 대학에서 가르쳤던 독일의 역사학자며 지리학자. 그는 근대 지리학의 시조로 일컬어지고 있다.
  원래 보르헤스의 텍스트에는 책 이름이 『지리학 *Erdkunde*』이라고 나와 있지만 원래의 제목은 『지리학과 인류의 본성과 역사에 관한 연구 *Die Erdkunde im Verhaltnis zur Natur und Geschichte des Menschen*』이다.

바르에 관한 항목을 담고 있었다. 그러나 (독자들은 벌써 눈치 챘겠지만) 그것은 Ups라는 알파벳 순서와 맞지 않는 것이었다.[10] 잠시 후 우리는 그것 외에는 두 권의 백과사전 사이에 그 어떤 차이점도 없다는 것을 확인했다. (이미 내가 지적했다고 생각하는데) 두 책은 『브리태니커 백과사전』 제10판의 재인쇄본이었다. 비오이는 자신의 판본을 흔히 있는 그런 할인판매 때 구입했었다.

우리는 조금 주의를 기울여가며 그 항목을 읽었다. 놀라움을 일으킬 만한 대목은 아마 비오이가 기억했던 그 부분뿐이었다. 나머지는 매우 사실 지향적이었고, 그 사전의 일반적 어조를 그대로 쫓고 있었고, (따라서 당연히) 약간 지루했다. 다시 한 차례 더 읽은 우리는 그 딱딱한 산문의 저변에 깔려 있는 매우 근원적인 애매모호성을 발견했다. 지형에 관한 부분에서 명시하고 있는 열세 개의 이름들 중 우리가 알 수 있는 이름은 단지 셋뿐이었다. 쿠라산,[11] 아르메니아,[12] 에르제룸.[13] 그것들조차도 텍스트에는 애매모호한 형태로 묘사되어 있었다. 역사적인 인물 가운데서 우리가 기억할 수 있는 이름은 단 하나뿐이었다. 그는 사기꾼이었던 마법사 에스메르디스[14]로서 실제 인물이라기보다

---

10) 우크바르의 알파벳은 Uqbar인데 46권은 Ups까지밖에 다루지 않고 있기 때문이다.
11) Jorasán, Khurasan : 이란의 북동쪽에 위치한 지역의 이름.
12) Armenia : 서아시아의 산악지대에 위치한 지역의 이름. 1918-1921에는 독립국가를 이루었으나 이란, 러시아, 터키에 의해 3중으로 분리됨. 현재 계속 독립을 추진 중에 있다.
13) Erzerum : 동터키에 있는 지역의 이름.
14) Esmerdis : 실존하지 않는 허구의 인물이다. 보르헤스는 허구적 인물을 실재했던 인물이 아닌 비유법으로 묘사하고 있다고 말함으로써 이중적 유

는 하나의 비유처럼 묘사되어 있었다. 우크바르의 국경선은 매우 명증하게 설정되어 있는 듯 보였으나 그곳의 강, 분화구, 산맥 들에 관한 주석에서의 지적들은 매우 불분명했다. 예를 들어, 차이 칼둔의 저지대와 악사 삼각주는 서쪽 국경에 표기되어 있고, 삼각주의 섬들에서는 야생말들이 서식하고 있었다고 적혀 있었다. 이것들은 첫번째 페이지인 918페이지에 실려 있었다. 역사에 관한 부분(920페이지)에서 우리들은 정통 교도들이 이 섬들을 피난처로 삼았고, 거기에는 오늘날까지 방첨탑들이 남아 있고, 그들이 썼던 돌거울들이 자주 발견된다고 씌어 있는 것을 보았다. 언어와 문학에 관한 부분은 짧았다. 단지 한 가지 특징만이 기억에 남을 만한 것이었다. 그 부분은 우크바르의 문학이 환상적이고, 그들의 설화와 서사시는 결코 현실이 아닌 믈레흐나스와 틀뢴이라는 두 환상적인 지역만을 언급하고 있다고 적고 있었다……. 참고문헌에 기재되어 있는 책들 중 세번째 참고문헌——실라스 하슬람, 『우크바르라 불리는 땅의 역사』, 1987[15]—— 만이 버나드 쾨리치 서점의 책 목록에 실려 있을 뿐 우리는 나머지 네 권에 관한 출처를 결코 알아낼 수가 없었다.[16] 첫번째 참고문헌인 『소아시아의 우크바르라는 땅에 관한 알기 쉽고

희를 만들어내고 있다.
15) 하슬람은 또한 『미로의 일반사』라는 책 또한 발간했다. [원주]
16) 여기서 말하는 하슬람이라는 역사가와 그의 저서 등은 모두 거짓이다. 앞에서 말한 가짜 백과사전을 이용해 환상을 사실화시키는 그런 기법의 또 다른 한 예에 해당한다. 보르헤스는 이러한 효과를 보다 점층시키기 위해 각주까지 달아 하슬람이 『미로의 일반사』라는 또 다른 책까지 썼다고 위장하고 있다.
　　에블린 피쉬본은 이 이름이 보르헤스의 영국인 친할머니 패니 하슬람에서 나왔을 걸로 추정한다. (앞에서 밝힌 『보르헤스 사전』 106쪽)

가치 있는 보고』는 1641년 발간된 것으로 되어 있고, 저자는 요하네스 발렌티누스 안드레아[17]였다. 이것은 의미심장한 것이다. 왜냐하면 나는 몇 년 후 우연히 그 이름을 드 퀸시[18](『저술들』, 제13권)의 책에서 확실하게 보았기 때문이었다. 그리고 나는 그가 17세기 초 〈장미 십자회〉[19]라는 상상적 공동체에 관해 썼고, 후에 다른 사람들로 하여금 자신이 예시한 그러한 모델을 모방한 공동체 하나를 설립하도록 하는 계기를 만들어준 한 독일의 신학자라는 것을 알았다.

그날 밤 우리는 국립도서관을 찾아갔다. 우리는 지리부도들, 카탈로그들, 지리학회들의 연감들, 여행자들과 역사가들의 비망록들을 샅샅이 뒤져보았지만 헛수고였다. 그 누구도 우크바르에 가보았다는 사람은 없었다. 더구나 비오이가 가진 백과사전의

---

17) 물론 요하네스 발렌티누스 안드레아는 실제로 존재했었던 독일의 시인이다(1568-1654). 그는 라틴어와 독일어로 여러 가지 종교에 관한 저술을 남겼다. 여기서 보르헤스가 사용한 또 하나의 기법은 실존 인물의 이름 아래 거짓 저서의 이름을 명시하여 허구를 사실화시키는 것이다. 즉 실제로 안드레아는 『소아시아의 우크바르라는 땅에 관한 알기 쉽고 가치 있는 보고』라는 이름의 책을 쓴 적이 없다. 이러한 장치는 앞에서 전혀 부재하는 작가와 작품을 이용해 환상의 사실화를 획득한 것과는 달리 실존하는 작가의 실존하지 않는 책의 이름을 들어 이중적 차원의 환상적 사실주의를 획득하고 있다.

물론 보르헤스가 이 인물을 차용한 데에는 특정적 이유가 있다. 곧 이어 보르헤스가 언급한 드 퀸시 등에 따르면 안드레아는 소위 장미 십자회 Rosicurcian의 창시자인 크리스티안 로센쿠르츠의 또 다른 이름이다. 이 단체는 독일에서 창설된 연금술을 추종했던 비밀결사단체이다. 바로 이 비밀결사단체와 틀뢴 사이의 유사성 때문에 보르헤스가 그를 선택했던 것으로 보인다.

18) Thomas de Quincey(1785-1859) : 보르헤스에게 깊은 영향을 미친 영국의 저술가. 대표적인 작품으로 『아편 흡연자의 고백』 등이 있다.

19) Rosae Crucis : 장미와 십자가를 징표로 가지고 있는 일종의 이단 비밀단체.

총 색인란에도 그 이름은 나와 있지 않았다. 이튿날, (나로부터 우크바르에 관해 말을 들은) 까를로스 마스뜨로나르디[20]가 〈꼬리엔떼스와 딸까우아노〉 지역[21]의 한 책방에서 검고 금빛의 표지를 가진 『영미백과사전』 한 질을 발견했다……. 그는 책방 안으로 들어가 제46권을 들춰보았다. 물론 그는 그 사전에서 우크바르에 관한 언급을 손톱만큼도 발견할 수가 없었다.

2

아드로게 호텔의 무성한 인동덩굴들과 거울들의 환영적 깊이 속에는 여전히 남부철도회사의 기술자였던 허버트 에쉬에 관한 희미하고 단편적인 기억들이 남아 있다. 살아 있을 적 그는 많은 영국 사람들이 그러하듯 환상에 시달렸다. 죽고 나자 그는 이미 살아 있었을 때부터 그러했던 유령 같은 모습조차 사라지고 없었다. 키가 컸던 그는 늘 풀죽은 모습을 하고 있었다. 그가 길게 늘어뜨리고 다닌 직사각형의 구레나룻은 한때는 붉은빛이었었다. 나는 그가 자식이 없는 홀아비였다고 알고 있다. 그는 몇 년에 한 번씩 해시계와 몇 그루의 떡갈나무를 찾아 (그가 우리에게 보여주었던 사진들을 보고 짐작컨대) 영국을 방문했

---

20) Carlos Mastronardi(1901-1976) : 아르헨티나의 시인으로 『여명의 대지』, 『밤에 대한 지식』 등의 시집을 냈다.
　　비오이 까사레스의 경우와 마찬가지로 보르헤스가 실존 시인을 등장시킨 것은 이러한 환상적 이야기에 유사 사실성 Pseudo-reality를 부여해 주기 위해서이다.
21) 부에노스 아이레스 시의 중심 거리들의 이름.

다. 나의 아버지는 그와 서로의 속마음을 털어놓진 않지만 곧
이어 대화조차 불필요하게 되어버리는 그런 영국식 우정에 깊이
빠져들게 되었다(이 동사가 지나친 감은 있지만)……. 그들은
늘 책과 신문을 서로 돌려보곤 했다. 그들은 또한 늘 말없이
장기를 두곤 했다……. 나는 복도에서 손에 수학책을 들고 형용
할 수 없는 하늘의 빛깔들을 바라보고 있던 그를 기억한다. 어
느 날 오후 우리는 12진법에 관한 이야기를 나누고 있었다(12진
법에서는 12를 10으로 표기한다). 애쉬는 그 자체로서도 이해하
기 힘든 12진법의 공식체계를 더더구나 60진법으로 변환시키고
있는 중이라고 말했다(60진법에서 60은 10으로 표기된다). 그는
한 노르웨이 사람이 리오 그란디 두 술[22]에서 자신에게 그 작업
을 맡겼노라고 덧붙였다. 우리가 서로 알게 된 지 8년이 되었건
만 그는 그 사이 자신이 그곳에 가본 적이 있었다고 말한 적이
없었다……. 우리는 전원생활과, 〈까빵가스(목동)〉, 그리고 같
은 목동이라는 뜻의 가우초(몇몇 나이든 우루과이 사람들은 〈우〉에
액센트를 넣어 〈가우초〉라고 발음한다)라는 단어의 브라질적 어원
에 관해 이야기를 나누었다.[23] 그리고 다행스럽게도 12진법의

---

22) Rio Grande do Sul : 브라질의 주 이름.
23) 가우초 gaucho란 아르헨티나의 평원에서 살고 있는 목동들을 가리킨다.
스페인어에서 au는 복모음으로 한 음절에 해당해 가장 가까운 우리말 표
현은 〈과초〉일 것이다. 그러나 보르헤스가 지적하고 있듯 몇몇 우루과이
사람들은 u에 액센트를 넣음으로써 복모음이 깨쳐 a와 u는 각기 다른 음
절이 되고, 우리말 표기로는 〈가우초〉가 된다.
    이들 가우초 이야기는 보르헤스의 「남부」, 「이시도로 끄루스의 전기」와
같은 여러 작품에서 등장한다. 이 가우초들의 역사는 파란만장하다. 그들
이 역사의 전면에 나타난 것은 스페인과의 독립전쟁에서 세운 공로 때문이
다. 그러나 이들이 각 지역에서 일종의 도당을 이루며 족벌화되어 가고,
그들 족벌들 중 아르헨티나 전체의 정권을 탈취하는 독재자들이 등장하면

기능에 관해서는 더 이상 그 어떤 얘기도 하지 않았다. 1937년 9월 애쉬는 동맥파열로 죽었다(우리는 그때 호텔에 없었다). 죽기 며칠 전 그는 브라질로부터 봉함된 등기 소포를 하나 받았었다. 그것은 대형 8절판 크기의 책이었다. 애쉬는 잊어버리고 그것을 주점에 놓고 갔고, (몇 달 후에) 내가 그것을 그 주점에서 발견하게 된 것이었다. 책을 한장 한장 넘기던 나는 경이로움과 하늘을 둥둥 나는 듯한 현기증을 맛보았다. 나는 그때의 그 기분에 대해 상세히 말하지는 않겠다. 왜냐하면 이 작품은 나의 감상이 아닌 틀뢴, 우크바르, 그리고 오르비스 떼르띠우스에 관한 이야기이기 때문이다.[24] 〈밤 중의 밤〉이라고 불리는 이슬람의 어느 날 밤에는 천국의 비밀 문들이 활짝 열리고, 항아리들에 담겨 있는 물의 맛이 달콤해진다. 그러나 그처럼 천국의 문들이 열렸었다 할지라도 내가 그날 오후 느꼈던 그런 황홀감을 맛보지는 못했으리라. 책은 영어로 씌어 있었고, 1001페이지에

    서 문제화되기 시작했다. 그 대표적인 인물들이 파꾼도와 로사스이다. 아르헨티나 초기 낭만주의 운동은 가우초를 정점으로 한 지방토호제에 대한 반동에서 그 구심점을 찾았었다. 대표적인 작가로 에체베리아, 사르미엔또 등이 있다. 사르미엔또는 망명지에서 가우초와 독재자들인 파꾼도와 로사스에 관한 『파꾼도』라는 책을 저술했다. 후에 로사스 정권이 무너진 뒤 귀국하여 아르헨티나의 대통령을 역임했다.
    그러나 사르미엔또 스스로도 인정했듯 가우초는 그러한 부정적 측면만이 있었던 것은 아니다. 소위 지방의 건달들이라는 부정적 속성과 함께 이들이 아르헨티나 전통 문화의 보관자라는 긍정적 측면 또한 무시할 수 없다. 정권이 바뀌면서 이들 가우초들은 새 정부에 의해 억압받는 새로운 피압박자 계급으로 전락하면서 수많은 사회적 문제를 야기시킨다.
24) 우리는 이 부분에서 메타텍스트의 구조가 절묘하게 문학화되는 과정을 목격할 수 있다. 메타텍스트란 간략하게 말해 씌어진 작품과 그 작품이 쓰이게 되는 과정을 병치하고 있는 작품, 또는 그 작품에서의 후자(그 작품이 쓰이게 된 과정을 기록하고 있는 부분의 텍스트)만을 가리킨다.

달했다. 나는 그 노란색 가죽 겉표지와 안 표지에 똑같이 반복되어 있는 그 신비로운 글자들을 보았다. 『틀뢴의 제1백과사전. 제11권. Hlaer에서 Jangr까지』. 출간된 장소와 연도에 관해서는 그 어떤 기록도 없었다. 첫번째 페이지와 컬러 화보면들 중의 하나를 덮고 있는 실크 종이에는 다음과 같은 말과 함께 푸른색 인장이 찍혀 있었다. 〈오르비스 떼르띠우스.〉 2년 전, 나는 어느 해적판 백과사전에서 존재하지 않는 국가에 대한 피상적인 언질을 발견했었다. 이제 우연은 내게 보다 정확하고 꼼꼼히 읽어야 할 어떤 무엇을 제공하게 된 것이다. 이제 나는 그 알 수 없는 혹성에서의 건축과 놀이기구, 그곳의 신화가 가진 공포와 그곳 언어들의 흔적, 그곳의 황제들과 바다들, 그곳의 광석들과 새들과 고기들, 그곳의 기하학과 불, 그곳의 신학적이고 형이상학적인 논쟁들과 함께 그곳의 전역사를 개괄적으로 다루고 있는 방대한 자료의 일부를 바로 내 손 안에 들고 있게 된 것이었다. 그 모든 것들은 눈에 띄는 교조적 의도나 패러디적 어조가 없이 일목요연하고, 통일성이 있었다.

지금 내가 말하고 있는 제11권에는 앞뒤 다른 권의 사전들에 대한 언급이 있다. 네스또르 이바라[25]는 《신프랑스 리뷰》[26]라는 잡지에 기고한 이미 고전이 되어버린 글에서 그러한 앞뒤의 동

---

25) 『불한당들의 세계사』에 나오는 마지막 작품 「기타 등등」의 주1을 참조할 것. 보르헤스와 절친했던 아르헨티나의 작가.
26) 본문에는 약자인 N.R.F.로 표기되어 있지만 정식명이 Nouvelle Revue Francaise인 프랑스의 잡지. 1909년 저명한 작가들과 배우들에 의해 창간되었다. 이 잡지는 주로 새로운 문학운동, 즉 아방가르드에 주요 관심을 보였으며 바로 이 잡지에 당시에는 별로 알려지지 않았던 카프카나 지드 등이 실렸다.

반자적 책들이 존재한다는 것을 부정했다. 에제끼엘 마르띠네스 에스뜨라다[27]와 드리외 라 로셸[28]은 성공적으로 논쟁을 이끌어가면서 그러한 의구심을 반박하는 논지를 폈다. 그때까지 우리가 발이 부르트도록 쫓아다녔던 자료 조사 작업들은 전혀 결실을 거두지 못했었다. 우리는 헛되이 두 아메리카 대륙과 유럽의 도서관들을 뒤죽박죽으로 만들어놓기만 했던 것이다. 그러한 나머지 책들을 뒤쫓는 과정에 지친 알폰소 레예스[29]는 그러지 말고 우리가 직접 수없이 많고, 두께가 두터운 그 나머지 책들을 채워넣자고 제안한다. 〈발톱을 보고 사자인지 아닌지를 판단하자 ex ungue leonem. 〉[30] 그는 농담 반 진담 반으로 한 세대의 틀뢴주의자들만 있으면 그것은 충분히 가능한 일이라고 말한다. 이러한 모험적인 착상은 우리들로 하여금 다시 원초적인 질문으로 되돌아가게끔 만든다. 어떤 사람들이 틀뢴을 만들었을까? 여기서 〈어떤 사람들〉이라는 복수를 사용한 것은 당연한 일이다. 왜냐하면 무한한 라이프니츠처럼 어둠과 겸손 속에서 일하

---

27) Ezequiel Martínez Estrada(1895-1964) : 20세기 중반에 주로 활동했던 아르헨티나의 작가. 주로 아르헨티나의 역사나 야사를 바탕으로 한 방대한 양의 소설 작품들을 남겼다.
28) Pierre Drieu La Rochell(1893-1945) : 프랑스의 작가이자 언론인이며 한때 앞에서 언급한 《신프랑스 리뷰》의 편집인을 역임하기도 했다. 1933년 부에노스 아이레스를 방문해 보르헤스를 만났고, 이어 프랑스에 돌아와 보르헤스에 대한 많은 평론을 썼다.
29) Alfonso Reyes(1889-1959) : 이탈리아 미래주의의 영향을 받은 멕시코의 〈에스뜨리덴띠스따(과격파)〉의 대표적인 시인이자 문학평론가. 주 아르헨티나 멕시코 대사로 머물면서 보르헤스와 친분관계를 갖게 됨. 시집으로는 『아나후악의 시야』, 『스페인의 초저녁』이 있고, 산문집에는 『후안 빼냐의 증언』, 『물결들의 기차』, 『먼지의 나무』 등이 있다.
30) 작은 모형을 바탕으로 전체를 판단한다는 라틴어 격언.

는 유일한 창조자[31]라는 가설은 만장일치로 거부되었기 때문이
다. 이 경이로운 새 세계는 잘 알려져 있지 않은 한 천재의 주
도하에 천문학자들, 생물학자들, 엔지니어들, 형이상학자들, 시
인들, 화학자들, 대수학자들, 도덕가들, 화가들, 기하학자들로
구성된 비밀집단에 의한 작품으로 추정된다. 이러한 각 분야를
석권한 사람들은 셀 수 없이 많다. 그러나 창조의 능력을 가진
사람들은 많지 않고, 또한 자신이 창조한 것을 하나의 치밀한
조직체계로 전환시켜 놓은 사람들은 더더욱 많지 않다. 그 계획
은 너무나 방대한 것이어서 각 참여자들의 공헌은 정말로 극미
했다. 시초에 틀뢴은 단지 하나의 혼돈, 상상력에 의한 무책임
한 뜬구름 같은 것으로 간주되었다. 그러나 이제는 그것이 코스
모스(질서)이고, 비록 아직 잠정적이기는 하지만 그것을 움직이
고 있는 법칙들이 이미 형성되어 있는 걸로 알려져 있다. 나는
제11권에서 발견되는 명백한 모순점들이란 단지 다른 권의 사전
들이 존재한다는 것을 증명하는 초석에 불과함을 상기시키고자
한다. 왜냐하면 제11권에서 내가 발견한 질서는 너무도 명백하
고 정당한 것이기 때문이다. 대중잡지들은 틀뢴의 동물들과 지
명들에 관한 얘기들을 지나칠 정도로 떠들어댔다. 나는 틀뢴의
투명한 호랑이들과 피의 탑들이 끝없이 인류의 그치지 않는 주

---

31) 곳프리트 빌헬름 라이프니츠(1646-1716)는 독일의 철학자요, 수학자이
다. 보르헤스가 여기서 라이프니츠를 일종의 비유로 도입한 것은 그가 내
세운 〈단자론〉 때문이다. 그에 따르면 각 단자는 전적으로 자기 충족적이
며, 동시에 우주를 반영하는 소우주이다. 따라서 여러 개의 단자들이 모여
우주가 되는 것이 아니라 그 자체로서 우주인 단자는 완벽한 창시자가 될
수 있다. 즉 보르헤스는 라이프니츠의 단자론이 여러 사람에 의한 틀뢴의
창설과 배치된다는 의미에서 그를 비유로 선택한 것이다.

목을 받아야 할 만큼 가치 있는 것이라고 생각지는 않는다. 나는 이제 잠시 틀뢴의 우주에 관한 개념에 대해 살펴보고자 한다.

흄[32)]은 항상 버클리[33)]의 논지가 아주 사소한 반박조차 허용하지 않기 때문에 전혀 설득력을 가지고 있지 못하다는 주장을 계속 했다.[34)] 그러한 단정을 지구에 적용하면 절대적으로 옳지만 틀뢴에 적용하면 전혀 옳지가 않다. 이 혹성(틀뢴)에 있는 나라들은 본질적으로 관념적이다. 그들의 언어와 언어로부터 파생된 종교, 학문, 형이상학[35)] 등과 같은 그 모든 것들은 관념론을 전제하고 있다. 그들에게 있어 세계란 공간을 점유하고 있는 물체들의 집합이 아니다. 그들에게 있어 세계는 독립적인 행위들의 이질적 연속이다. 그것은 연속적이고, 시간적이지 공간적인 게 아니다. 〈현재〉 틀뢴의 언어들과 방언들이 파생되어 나온 가상

32) David Hume(1711-1776) : 스코틀랜드 에딘버그 출신의 철학자이자 역사가. 경험주의 철학의 대표자로 알려져 있다. 주요 저서로는 『대화』, 『인간의 지식에 관한 논거』 등이 있다. 보르헤스는 그의 에세이집 『또 다른 심문』에 나오는 「시간에 대한 또 다른 반박」이라는 글에서 그의 경험론에 대해 자세히 다루고 있다.

33) George Berkeley(1685-1753) : 아이레 출신의 철학자이자 주교. 주요 저서로는 『인간 지식의 원리』가 있으며, 미국 대륙에 대학을 세우고자 했던 그의 의도를 기리기 위해 캘리포니아 대학 버클리 캠퍼스가 그의 이름을 따라 지어졌다. 그의 사상은 인식론에 기초하고 있다. 즉 모든 실체는 인간의 인식 너머에서 존재할 수 없으며, 또한 그것이 존재하기 위해서는 신의 그것에 대한 인정에 의해서만 가능하다는 것이다.

34) 이 문장은 그의 에세이집 『토론』의 「현실에 대한 가정」이라는 글의 첫 문장에도 나온다. 이 두 문장은 producir(생산하다)라는 동사가 causar(야기하다)라는 동사로만 바뀌었을 뿐 똑같다.

35) 인간의 모든 문화적 행위를 언어의 파생물로 보는 것은 후기 구조주의의 중심적 패러다임이다. 따라서 우리는 보르헤스로부터 후기 구조주의의 뿌리를 찾는 게 매우 타당함을 알 수 있다.

적 〈우르스프라헤(원초적 언어)〉[36)]에는 명사들이 존재하지 않는다. 부사적 기능을 가진 단음절 접미사(또는 접두사)에 의해 수식된 비인칭 동사들은 존재한다. 예를 들어, 틀뢴에는 〈달〉이라는 단어에 해당하는 그 어떤 말도 없다. 그 대신에 스페인어로 말하면 〈lunar(달이 뜨다)〉, 또는 〈lunecer(달이 비추다)〉라는 동사가 있다. 〈달이 강 위에 뜨다〉라는 말을 틀뢴의 언어로 바꾸면 〈흘뢰르 우 팡 아사아사아사스 믈뢰 hlör u fang axaxaxas mlö〉이다. 이것을 원래의 순서에 따라 스페인어로 바꾸면 다음과 같다. 〈위쪽으로 계속 흐르는 뒤로 달떴다.〉 술 솔라르[37)]는 이것을 다음과 같이 간단하게 번역한다. 〈위쪽으로 뒤에서 흐르고 달 비췄다 Upward, behind the onstreaming, it mooned.〉

앞의 것은 남반구의 언어들에 대한 얘기다. 북반구의 언어들(백과사전 제11권에 그것들의 〈원초적 언어〉에 관한 언급은 거의 없다)에 있어 원초적 핵은 동사가 아니라 단음절 형용사이다. 명사는 형용사들의 집합으로 이루어진다. 그들은 〈달〉이라고 말하지 않는다. 그들은 〈어둡고 둥그런 위에 있는 허공의 밝은〉, 또는 〈하늘의 ― 오렌지빛의 ― 부드러운〉,[38)] 또는 다른 집

---

36) Ursprache : 독일어로 Ur는 〈원초적〉이라는 뜻이며 Sprache는 〈언어〉라는 뜻이다. 현대의 언어학에 있어 이 말은 우리에게 알려진 가장 초기의 발화가 가진 공통적 성격들을 바탕으로 축조된 가상적 언어의 전형을 가리킨다. (에블린 에쉬번의 『보르헤스 사전』 252쪽 참조.)

37) Xul Solar(1887-1963) : 보르헤스의 친구였던 알레한드로 슐츠 Alejandro Schultz의 예명. 그는 화가이자 언어학자로 보르헤스 초기 저서들의 삽화를 그리기도 했다.

38) 보르헤스가 원본에서 스페인어로 써놓은 것은 anaranjado-tenue-del cielo 이다. 앞의 두 단어는 형용사이지만 마지막 말은 〈-의〉라는 뜻을 가진 전치사와 관사의 합성어(del)와, 〈하늘〉이라는 뜻의 명사(cielo)로 구성되어 있다. 그런데 보르헤스는 북반구의 명사는 형용사들의 집합으로 이루어졌

합의 방식으로 달을 말한다. 발췌한 예문은 형용사들의 집합이 한 실제적 사물을 가리키게 됨을 보여주는데, 이러한 현상은 순전한 우연의 산물이다. 이 북반구의 문학에는 (마치 메농의 정신적으로 존재하는 세계처럼[39]) 시학적 필요성에 따라 어느 순간 집합되었다가 흩어지는 관념적인 실체들로 가득 차 있다. 이따금 그 관념적 실체들은 단지 동시성에 의해 결정되곤 한다. 그런 실체들 중에는 하나는 시각적, 그리고 다른 하나는 청각적 성격을 가진 두 개의 용어로 구성되어 있는 것들도 있다. 예를 들어, 태양이 떠오를 때의 색깔과 한 마리 새의 아스라한 울음소리. 어떤 실체들은 아주 많은 용어들로 구성되어 있다. 태양과, 다가와 수영을 하고 있는 사람의 가슴을 때리는 물, 감은 눈 속에서 떨며 떠오르는 어렴풋한 그림자의 장미, 강물이나 꿈결에 절로 실려 가도록 내버려 두고 있는 사람이 느끼는 감각. 이 2차적 실체들은 다른 실체들과 결합된다. 이 결합의 과정은 어떤 축약어들을 바탕으로 무한히 지속된다. 이 북반구에는 단 하나의 거대한 단어로 이루어진 아주 유명한 시들도 있다. 이 단어는 그것의 저자에 의해 창조된 하나의 시적 실체를 형성한다. 아무도 명사들의 현실성에 대해 믿지 않는다는 것은 역설적

다고 말했다. 따라서 여기서 〈하늘〉이라는 뜻의 cielo라는 명사를 쓴 것은 잘못 같다. 역자의 생각으론 구태여 만들자면 sobre(위에 : 전치사) celeste(하늘의 : 형용사)로 바뀌어야 할 듯싶다.

[39] Alexius Meinong(1853-1921) : 오스트리아 출신의 철학자. 보르헤스가 그를 비유한 것은 실체에 대한 그의 특별한 개념 때문이다. 그는 외부의 물질적 실체와 인간의 인식체계 안에 들어와 있는 실체를 구분한다. 그러면서 그는 이 인식 속의 실체 또한 존재의 형태를 가지고 있다고 보기 때문에 보르헤스는 이것이 틀뢴의 북반구 문학이 가진 관념론적 성향과 유사하다고 보고 그를 비유로 든 것이다.

으로 명사들의 숫자가 셀 수 없을 정도로 많다는 것을 뜻한다. 틀륀의 북반구 언어들은 모든 인도-유럽 언어들의 명사들뿐만 아니라 그와는 다른 수많은 명사들까지 가지고 있다.

틀륀의 고전문화가 단지 한 학문, 그러니까 심리학으로만 구성되어 있다고 말한다 할지라도 그것은 과장이 아니다. 그 외의 학문들은 모두 그것, 심리학에 종속되어 있다. 나는 이 혹성의 사람들이 우주를 공간이 아닌 연속적인 시간 속에서 발전하게 되는 정신적 과정으로 이해하고 있다고 말했었다. 스피노자는 소진되지 않는 우주의 신성(神性)을 확장과 사유의 성질에서 찾았다. 그러나 틀륀에서는 그 누구도 확장이라는 공간성(단지 어떤 상태에서만 특별히 존재하는)과 사유(우주와 완벽한 동의어인)가 공존할 수 있다는 것을 이해하지 못할 것이다. 다른 말로 말해, 그들은 시간 속에서 공간이 유지될 거라는 생각은 전혀 하지 못할 거라는 말이다. 지평선에서 솟아오르는 연기, 이어 들판에서의 불, 그리고 이어 그 화재를 불러일으킨 반쯤 끄다 만 담배꽁초에 대한 지각은 관념들의 연합을 가리키는 하나의 예로 간주된다.

이러한 일원론 또는 절대관념론은 모든 과학을 무효화시킨다. 하나의 사실을 설명(또는 판단)한다는 것은 그것을 다른 사실과 결합시키는 것을 의미한다. 틀륀에 있어 그러한 연계는 주체의 후(後)상태로서 그것은 전(前)상태(하나의 사실)에 영향을 미치거나, 그것을 조망할 수 없는 것이다. 모든 정신적 상태는 전혀 축약이 불가능하다. 단순히 그 정신적 상태에 이름을 부여하는 —말하자면 그것을 분류하는— 것은 하나의 왜곡에 다름 아니다. 그러한 사실을 바탕으로 우리는 틀륀에서는 과학, 심지어 유추의 행위까지도 존재하지 않음을 연역해 낼 수 있다. 그러나 역설적이게도 틀뢴에서는 과학이, 심지어 거의 셀 수 없을 정도로 많이 존재하고 있다. 북반구에서 명사가 그러했던 것처럼 철학에서도 같은 현상이 일어난다. 모든 철학은 말 그대로 하나의 변증법적 유희, 즉 〈알스 오브 Als Ob〉의 철학(관념론적 실증주의)[40]라는 사실은 끝없이 철학을 자기 증식시키는 결과를 가져왔다. 아주 흥미로운 형식을 가지고 있거나 감각적인 양상을 보이는 믿기 힘든 철학체계들이 수없이 등장했다. 틀뢴의 형이상학자들은 진리, 심지어 그럴 듯한 진실성조차 추구하지 않는다. 그들은 놀라움을 찾는다. 그들은 형이상학을 환상문학의 한 지류로 생각한다. 그들에게 있어 하나의 체계란 어떤 한 관점에 온 우주의 모든 관점들을 종속시키는 오류에 다름 아니다. 심지어 그들에게는 〈모든 관점들〉이라는 문구조차 합당치 않다. 왜냐하면 그 말은 불가능한 일인 현재 순간과 모든 과거의 순간들의 통합을 전제하고 있기 때문이다. 게다가 그들에게 있어서는 〈과거 순간들〉이라는 복수형조차도 적확한 게 아니다. 왜냐하면 그것은 또 다른 불가능한 사유 양식을 전제하고 있기 때문이다……. 틀뢴의 한 학파는 시간을 부정하기에 이른다. 그들은 현재란 규정될 수가 없는 거고, 미래란 현실적 실체가 없는 마치 현재적 기다림과 같고, 과거란 현실적 실체가 없는 현재적 기억과 같은 것이기 때문이라고 주장한다.[41] 다른 학파는 이미 모든 시간은 지나갔고, 우리의 삶은 단지 이미 흘러가 버려 돌이킬

---

40) 이 철학은 에르네스트 바잉거(1852-1933)에 의해 제창된 철학으로 사실은 인지될 수 없다는 회의로부터 출발한다. 따라서 모든 것은 실증적인 척도 위에서만 그 존재가 가능하다고 본다. 여기서 알스 오브 Als Ob란 독일어로 〈마치 무엇인 것처럼〉이라는 뜻이다.

수 없는 어떤 과정에 대한 어슴푸레하고, 의심할 여지 없이 조작되고 훼손된 기억, 또는 반영이라고 선언한다. 다른 학파는 우주의 역사 — 그곳 속에 우리들의 삶과 우리들의 삶의 정말 하잘것없는 여러 가지 행태들이 들어 있는 — 란 악마와 타협한 한 하급 신이 만들어낸 하나의 문서에 불과하다고 선언한다. 다른 학파는 우주란 마치 암호 표기법과 비교될 수 있는 어떤 것이라고 선언한다. 그 표기법에서는 언제나 모든 상징들이 유효한 게 아니라 단지 300일 밤마다 일어나는 것만이 유효하다. 다른 학파는 우리가 여기서 자고 있는 사이 또 다른 어떤 곳에서 우리는 깨어 있고, 따라서 그렇게 됨으로써 모든 사람은 두 사람이라고 선언한다.

틀뢴의 학설들 중 〈유물론〉만큼 그토록 스캔들을 일으킨 학설은 없다. 몇몇 유물론자들은 명증성보다는 열정에 입각해 그것을 주창했기 때문에 도리어 모순에 빠지고 말았다. 11세기의 한 이교도 창시자[42]는 유물론이 가진 그러한 난해한 논지에 대한 이해를 돕기 위해 아홉 개의 구리 동전이라는 궤변을 고안해 냈다. 이 궤변은 틀뢴에서 엘레아 학파의 역설[43]만큼이나 커다란 반향을 일으켰다. 이 〈그럴 듯한 추론〉은 여러 가지 다른 형태로 전해 내려오는데 그것들 사이의 차이점은 동전의 총 개수와

---

41) 러셀은 세계가 환영적인 과거를 기억하고 있는 인류를 바탕으로 조금 전에 창조되었다고 가정한다(『마음에 대한 분석』, 1921, 159쪽). [원주]
42) 12진법에 따르면 1세기는 144년의 기간을 의미한다. [원주]
43) 엘레아 학파는 기원전 5세기경 그리스의 고대 도시 엘레아에서 일군의 철학자들에 의해 결성된 학파를 일컫는 말이다. 이 중 가장 대표적인 인물이 바로 〈나는 화살〉의 궤변으로 유명한 제논이다. 그들은 움직임을 부정했으며, 그 결과 한 지점과 한 지점 사이에서 화살은 정지해 있다는 궤변을 남겼다.

발견된 동전들의 개수에 있다. 그러한 여러 이설들 중 가장 일반적인 것으로 받아들여져 있는 것은 다음과 같다.

〈화요일에 X가 텅 빈 거리를 지나다 아홉 개의 동전을 잃어버린다. 목요일에 Y가 그 거리에서 수요일에 내린 비로 약간 녹이 슨 네 개의 동전을 발견한다. 금요일에 Z가 길에서 세 개의 동전을 발견한다. 금요일 아침, X가 자신의 집 복도에서 두 개의 동전을 발견한다.〉 그 이교 교주는 그 이야기로부터 되찾은 아홉 개 동전의 현실 ─ 그러니까 연속성 ─ 을 추론해 낸다. 〈그는 화요일과 목요일 사이에 네 개의 동전이, 화요일과 금요일 오후 사이에 세 개의 동전이, 화요일과 금요일 새벽 사이에 두 개의 동전이 존재하지 않았다고 생각하는 것은 어불성설이라고 단언한다. 그것들은 그 세 기간의 매 순간마다 인간이 이해할 수 없는 은밀한 방법이기는 하지만 존재했다고 보는 게 보다 논리적이다.〉

틀뢴의 언어는 그러한 역설이 설정되는 것을 거부했다. 많은 사람들은 그 역설을 이해할 수가 없었다. 상식의 대변인들은 먼저 그 일화의 진실성을 무턱대고 부인했다. 그들은 그 역설이 사용이 금지되어 있고, 엄밀한 사고와는 거리가 먼 두 개의 신조어를 무분별하게 적용한 데서 온 언어적 오류라고 주장했다. 먼저의 아홉 개 동전과 나중의 아홉 개 동전이 같다고 전제하기 때문에 처음부터 의아심을 불러일으키는 〈발견하다〉와 〈잃다〉라는 두 동사가 바로 그것이다. 그들은 사람, 동전, 목요일, 수요일, 비와 같은 모든 명사들은 단지 은유적 가치밖에 소지하지 않고 있음을 주지시켰다. 그들은 〈수요일 비에 약간 녹이 슨〉이라는 부실한 상황 설정을 공박했다. 그들에 의하면 그러한 표현은 그 궤변이 증명하고자 하는 것, 즉 화요일과 목요일 사이에 네 개의 동전이 계속 존재하고 있었다는 것을 전제하고 있기 때문에 설정 자체가 이미 잘못되어 있다는 것이었다. 그들은 〈동등한 것〉과 〈일치하는 것〉은 서로 별개의 것이라고 논박했다. 만일 그 두 가지가 서로 같다고 생각하는 것은 마치 〈계속되는 9일 밤 동안 극심한 고통을 겪은 아홉 사람〉이라는 가상적 경우의 예처럼 일종의 〈오류에 빠지는 논법 reductio ad absurdum〉을 형성하게 된다. 그들은 그 고통이 똑같다고 간주하는 것은 정말 어리석은 생각이 아니냐고 반문했다.[44] 그들은 그 이교 교주가 〈존재〉라는 신성한 범주를 몇 개의 하잘것없는 동전에 환치시키려는 신성모독적 의도 때문에 그런 궤변을 만들어냈고, 어떤 때는 복수성(複數性)을 인정하고서는 다른 때는 그것을 부정하고 있다고 공박했다. 그들은 만일 〈동등성〉이 〈일치성〉을 의미한다면 우리는 아홉 개의 동전이 단 하나의 동전임을 인정해야 할 것이라고 논박했다.

믿기 힘들게도 이러한 논박은 결정적인 것이 되지 못하고 말았다. 그 궤변이 문제화되기 시작한 지 100년이 지난 후 그 이교 교주 못지않게 명석하지만 그와는 다르게 정통교파의 전통을 따르는 한 사상가가 아주 대담한 가설 하나를 만들어냈다. 아주 유효적절한 그의 가설은 세상에는 단 하나의 주체가 있을 뿐이며, 이 분리될 수 없는 주체는 우주의 각 개별적인 존재들이며, 이 개별적인 존재들이 바로 신성(神性)의 기관들이며 가면들이

---

44) 요즈음 틀뢴의 한 교회는 플라톤적으로 어떤 고통, 초록색이 감도는 어떤 노란색, 어떤 온도, 어떤 소리가 유일무이한 실재라고 주창한다. 눈이 핑핑 도는 성교의 순간에 있어 모든 사람들은 동일한 사람이다. 셰익스피어의 작품을 암송하고 있는 모든 사람은 윌리엄 셰익스피어이다. [원주]

라고 주창했다. X는 Y이고, Y는 Z이다. Z는 X가 그것들을 잃어버렸다는 것을 기억하기 때문에 세 개의 동전을 발견한다. X는 다른 동전들을 찾았다는 것을 기억하기 때문에 복도에서 두 개의 동전을 찾게 된다……. 백과사전 제11권은 이 이상주의적 범신론이 완벽한 승리를 거두게 된 것은 그 안에 들어 있는 세 가지 중심적 논지들 때문이라고 명기하고 있다. 첫째, 유아론(唯我論)에 대한 거부. 둘째, 모든 과학의 심리학적 근본을 보존할 수 있는 가능성. 셋째, 신의 문화를 보존할 수 있는 가능성. 쇼펜하우어[45](열정적이고 명증한 쇼펜하우어)는 저서 『부수물과 잉여물 Parerga und Paralimpomena』[46]의 첫 권에서 첫번째 논거와 매우 유사한 학설을 전개시키고 있다.

틀뢴의 기하학은 약간 상이한 두 학파로 구성되어 있다. 시각적 기하학과 촉각적 기하학. 후자의 것은 우리의 기하학과 일치하며, 그것은 전자에 부속되어 있다. 시각 기하학의 근간은 점이 아닌 면이다. 이 기하학은 평형의 개념을 가지고 있지 않으며, 사람이 자리를 이동하면 자신을 둘러싸고 있는 형태들 또한 변화된다고 주장한다. 틀뢴의 산수가 가지고 있는 근본은 불확정적 수(부정수)들에 대한 관념이다. 그들은 우리의 수학에서 〉와 〈로 표기되는 〈더 큼〉, 〈더 적음〉의 개념들이 가진 중요성을 강조한다. 그들은 수를 세는 행위는 양을 변화시키고, 하나의 수를 무규정적인 것(부정수)으로부터 규정적인 것(정수)으로 전환시킨다고 주장한다. 심리학자들에게 있어 많은 사람이 똑같은

---

45) Artur Schopenhauer(1788-1860) : 독일 후기 칸트 학파의 철학자.
46) 『의지와 사유로서의 세계』와 더불어 쇼펜하우어의 대표작으로 알려진, 두 권으로 된 에세이집.

양을 세어 똑같은 결과를 도출해 낸다는 사실은 관념들의 연합, 또는 훌륭한 기억력 발휘의 한 예이다. 우리들은 이미 틀뢴에서 지식의 주체는 하나이고 영원하다는 것을 알고 있다.

 문학의 관행에 있어서도 유일한 주체라는 생각은 무소불위의 힘을 발휘한다. 저자의 이름이 들어가 있는 책은 매우 드물다. 그들에게 있어 표절이라는 개념은 존재하지 않는다. 그들에게는 모든 작품은 단 한 작가의 작품이며, 무시간적이고 익명이라는 생각이 확립되어 있다. 비평은 늘 작가들을 탄생시킨다. 비평은 두 개의 상이한 작품『도덕경』과 『천일야화』를 선정하고, 그것들이 한 작가에 의해 씌어진 작품들로 규정한 다음 세밀하게 그 흥미로운 문필가의 심리를 분석한다…….

 물론 책들은 서로 상이하다. 소설들은 상상할 수 있는 모든 변형을 동원하지만 모두 단 하나의 동일한 구조를 가지고 있다. 철학적 본질을 다루고 있는 책들은 모두 똑같이 명제와 반명제, 즉 하나의 학설에 대한 찬동과 반박을 함께 가지고 있다. 어떤 책이든 그 안에 그것에 대한 반대의 책을 가지고 있지 않으면 그 책은 미완성의 책으로 간주된다.

 수세기에 걸친 관념론은 현실에 끊임없이 영향을 미쳐왔다. 틀뢴의 가장 역사가 오래된 지역에 있어 잃어버린 물건에 대한 복제는 아주 흔한 일에 속한다. 두 사람이 잃어버린 연필 하나를 찾는다. 첫번째 사람이 그것을 발견하지만 그것에 대해 입을 다문다. 두번째 사람이 첫번째 사람이 발견한 것 못지않게 더 사실적이고 더 자신의 기대치에 부응하는 두번째 연필을 발견한다. 틀뢴에서는 이 이차적 물체들을 〈흐뢰니르〉라고 부른다. 그것들은 볼품이 없지만 실제의 것보다 약간 길다. 얼마 전까지만 해도 〈흐뢰니르〉는 방심과 망각이 만들어낸 우연의 산물이었다. 그것들의 조직적인 생산이 시작된 게 100년밖에 안 됐다고 하면 거짓말 같겠지만 제11권에서는 실제로 그러하다고 밝히고 있다. 첫번째 시도들은 실패로 돌아갔다. 그럼에도 불구하고 그 작업 방식은 기억해 둘 만한 가치가 있다. 한 주립형무소 소장이 죄수들에게 옛날에 강바닥이었던 곳에 무덤들이 있는데 그곳의 유물을 찾아오는 사람에겐 자유를 주겠다고 약속했다. 발굴이 시작되기 몇 달 전 형무소의 직원들은 죄수들에게 그들이 찾아야 할 유물들을 찍은 사진들을 보여주었다. 그러한 첫번째 시도를 통해 사람들의 기대와 욕망은 억제될 수 있음이 증명되었다. 그들은 삽과 곡괭이를 가지고 일주일 동안 작업을 했다. 그러나 그들이 발견한 것은 조사하려고 했던 시대보다 후대에 속하는 〈흐뢴〉인 녹슨 수레바퀴 하나뿐이었다. 이것은 비밀에 부쳐졌고, 후에 앞서의 똑같은 과정이 네 발굴단에 의해 되풀이되었다. 네 발굴단들 중 세 발굴단의 실패는 거의 기정사실이었다. 네번째 발굴단(그들의 지휘자는 발굴의 초기 단계에서 갑자기 사망했다)의 생도들은 황금 가면 하나, 오래된 칼 하나, 두세 점의 토기, 가슴 부분에 여태까지 그 뜻이 해독되지 않고 있는 문자들이 새겨져 있는 한 왕의 오래되고 사지가 없는 흉상을 발굴(또는 생산)했다. 그렇게 해서 만일 발굴자들이 미리 그러한 발굴의 실험적 속성에 대해 알고 있다면 그들은 증인들로서 부적절하다는 것이 판명되었다……. 여럿이 함께 하는 집단 조사는 상호 모순되는 대상들을 산출하기 마련이다. 따라서 현재에 와서는 개별적이고, 거의 즉흥적인 작업 방식이 선호되고 있다. 〈흐뢰니르〉의 조직적인 제작은 (제11권은 말하기를) 고고학자들에게 커다란 편의를 제공했다. 그것은 이제 미래 못지않게 굳어 있지 않는 유연한 과거[47]에 대해 캐묻고, 심지어 그것을 변형시킬 수 있도록까지 허락해 주었다. 아주 흥미로운 사실 하나가 있다. 제2차 〈흐뢰니르〉(다른 〈흐뢴〉서 나온 〈흐뢰니르들〉)와 제3차 〈흐뢰니르〉(어떤 〈흐뢴〉의 〈흐뢴〉으로부터 나온 〈흐뢰니르들〉)들은 첫번째 것으로부터의 이탈을 지나치게 과장한다. 그리고 제5차 〈흐뢰니르〉는 거의 형태가 동일하고, 제9차 〈흐뢰니르〉는 제2차 〈흐뢰니르〉와 혼동되고, 제11차 〈흐뢰니르〉에서는 원래의 것에 부재했었던 선(線)들의 순수성이 발견된다. 이 과정은 순환적이다. 제12차 〈흐뢰니르〉는 질에 있어 퇴락의 길에 들어서기 시작한다. 이따금 〈우르〉는 그 어떤 〈흐뢴〉보다 이질적이고, 보다 순수하다. 그것은 상상에 의해 만들어지고, 희망에 의해 추출된다.

틀뢴에서는 사물들이 복제되며, 사람들이 그것에 대해 잊어버리면 그것은 스스로 지워져 버리거나 세부 항목들을 상실해 버리는 경향이 있다. 거지가 그곳을 방문하는 동안에는 아주 오랫동안 생존했는데 그가 죽자 사라져버린 문지방이 그것의 한 고전적인 예이다. 때때로 몇 마리의 새들이나 말 한 마리가 원형극장의 유물들을 구원하기도 했다.

살또 오리엔딸[48] 에서, 1940년

---

47) 과거가 미래처럼 굳어 있지 않고 유연하다는 말은 과거 또한 미래처럼 확정되어 있지 않다는 말이다. 과거가 확정되어 있지 않다는 말은 과거가 현재의 기억에 재창조되는 것을 의미한다. 따라서 우리는 푸코의 배경 backgroud이 아닌 전경 foreground, 즉 재구성된 역사의 개념이 바로 보르헤스에게서 나왔음을 보게 된다.

〈1947년의 후기.〉[49] 앞의 글은 『환상문학 선집』[50] (1940)에 실렸던 것을 시간이 지난 지금 경박해 보이는 몇 가지의 비유와 일종의 풍자적인 코멘트를 제외하고 전혀 삭제 없이 그대로 실은 것이다.[51] 그때 이후 아주 많은 일들이 일어났다……. 나는 여기서 단지 그것들을 회고하는 것에 그치고자 한다.

1941년 3월 허버트 에쉬가 소장했었던 책들 중 힌톤[52]이 쓴 한 책에서 군너 어프조드[53]가 서명한 편지 한 통이 발견됐다. 봉투에는 오우로 프레또[54] 우체국 소인이 찍혀 있었다. 그 편지

---

48) Salto Orinetal : 아르헨티나와 우루과이 사이를 가로지르고 있는 우루과이 강의 우루과이 쪽에 있는 마을 이름. 보르헤스가 자주 언급하곤 하는 인척이자 동료작가인 엔리께 아모림이 한동안 여기에 살았기 때문에 자주 이곳을 방문했다. 따라서 보르헤스는 이 작품의 환상성을 구체적인 사실과 자꾸 연계시켜 새로운 소설 지평을 획득하려는 노력을 보여주고 있다.
49) 원래 이 작품은 1940년에 씌어졌다. 따라서 위의 날짜 1940년은 실제 작품을 쓴 시기와 일치한다. 그러나 1947년 후기라는 이 부분은 그가 1947년에 써서 추가한 게 아니라 실제로는 1940년에 쓴 것이다. 따라서 1940년에 아직 다가오지 않은 연대를 상정해 이 후기를 쓴 것이다. 이러한 기법 또한 보르헤스의 소위 〈환상적 리얼리즘〉의 한 기법이라 볼 수 있다.
50) 보르헤스가 비오이 까사레스, 그리고 비오이 까사레스의 부인인 실비아 오깜뽀와 함께 편집한 책으로 그 안에는 동·서양의 여러 환상문학 단편들이 실려 있다. 1940년에 출간되었다. 물론 앞의 글이 이 작품집에 실린 적은 없다.
51) 여기서 보르헤스는 앞의 글은 『환상문학 선집』에 실려 있는 것을 거의 수정하지 않고 옮긴 것이라고 말하고 있지만 실제로 이 글은 『환상문학 선집』에 실려 있지 않다. 이 또한 〈환상적 사실주의〉의 한 기법이라 말할 수 있다.
52) James Hinton(1822-1875) : 영국의 외과 의사이자, 신학자이며 철학가. 기독교 정신을 범세계적 정신이라는 명제 아래 옹호한 인물로 그의 사상은 실제주의 actualism라고 불린다.
53) 허구적 인물.
54) Ouro Preto : 브라질의 남동쪽에 위치한 도시 이름. 포르투갈어인 이 말의 뜻이 〈검은 금〉인 것처럼 1890년대 한때는 골드 러쉬로 많은 사람들이

틀뢴, 우크바르, 오르비스 떼르띠우스 43

는 완벽히 틀뢴의 신비를 벗겨주었다. 그 편지의 내용은 마르띠네스 에스뜨라다의 가설이 옳음을 증명해 준다. 틀뢴이라는 그 찬란한 역사는 17세기 초 어느 날 밤, 루세른,[55] 또는 런던에서 시작된다. 한 비밀 자선 결사단체(가입 회원들 중에는 달가르노[56]도 있었고, 나중에 조지 버클리 또한 가입하였다)가 한 나라를 창건하기 위해 결성되었다. 그들이 가진 애매모호한 초기 계획 속에는 〈연금술 연구〉, 자선, 그리고 유태교의 신비주의 철학이 포함되어 있었다. 요하네스 발렌티누스 안드레아의 그 흥미로운 책은 바로 그러한 초기 시기에 씌어진 것으로 알려져 있다. 몇 년간에 걸친 비밀회의와 끝이 나지 않는 의견 종합의 시도 끝에 그들은 한 세대만으로 한 나라를 창건한다는 것은 무리라는 것을 깨달았다. 그들은 그 비밀단체를 구성하고 있는 대가들 각자가 자신들의 작업을 계승해 갈 제자를 뽑기로 결정했다. 이러한 세습제도는 큰 효과를 보았다. 2세기가 지난 후 후박해에 쫓기던 이 비밀결사대는 미국에서 다시 일어섰다. 1814년 테네시 주의 멤피스에서 결사대원들 중의 하나가 금욕주의자이자 백만장자인 에즈라 버클리와 면담을 갖게 된다. 버클리는 일견 조소 어린 태도로 그 비밀결사 대원으로 하여금 멋대로 떠들어대도록 만들었다. 얘기를 다 듣고 난 그는 그들의 계획이 가진 단순성에 대해 비웃음을 쏟았다. 버클리는 그에게 미국에서 한 나라를 창건하는 것은 가당치도 않은 일이니 혹성을 하나

모여들었으나 지금은 거의 폐허와 같은 상태로 남아 있다.
55) Lucerne : 스위스의 도시 이름.
56) George Dalgarno(1626-1687) : 스코틀랜드의 철학자로 세계 공용어를 만들기 위해 노력했고, 귀머거리와 벙어리들을 위한 수화 연구에 많은 업적을 남겼다.

창조하라고 제안했다. 그는 이 거대한 계획에 또 다른 한 가지 속성, 즉 자신의 니힐리즘적 산물[57]을 첨가시켰다. 그것은 그 장대한 계획을 비밀로 묻어두자는 것이었다. 그 당시 미국에는 20권짜리 『브리태니커 백과사전』이 유통되고 있었다. 버클리는 그 상상의 혹성을 체계적으로 다룰 백과사전이 씌어져야 함을 암시했다. 그는 비밀결사 대원들에게 산더미만큼 많은 금, 자신 소유의 항해가 가능한 강들, 가축들과 들소들이 방목되고 있는 목초지들, 흑인 노예들, 창녀집들과 달러들을 남기게 될 것이었다. 그러나 그는 단 한 가지 조건을 제시했다. 〈그 작업은 사기꾼 예수 그리스도와 그 어떤 타협도 맺지 않아야 한다〉는. 버클리는 신을 믿지 않았다. 그는 죽을 수밖에 없는 운명의 인간도 우주를 창조할 수 있는 능력이 있음을 그 존재하지 않는 신에게 증명해 보이고 싶어했다. 1828년 버클리는 베이톤 루즈[58]에서 독살당해 죽음을 맞았다. 1914년 비밀결사대는 약 300명에 달하는 공동 저자들에게 『틀뢴의 백과사전』 제1판의 마지막 권을 전달했다. 이 제1판의 발행은 비밀에 부쳐졌다. 40권에 달하는 그 백과사전(인간에 의해 수행된 작업들 중 가장 방대한 작업)은 영어가 아닌 틀뢴의 언어들 중의 하나로 씌어진 보다 세부적인 항목들이 수록될 또 다른 백과사전의 기본 토대가 될 것이었다. 한 상상의 세계에 대한 이 교정판은 잠정적으로 〈오르비스 떼르띠우스〉라고 불렸고, 그것의 평범한 조물주들 중의 하나가 바로 허버트 에쉬였다. 물론 나는 그가 군너 에프저드의 대리인이었는지, 아니면 결사대의 정회원이었는지는 알지 못한다. 그가 백

---

57) 버클리는 자유사상가이고, 숙명론자이며, 노예제도 옹호자였다. [원주]
58) Baton Rouge : 미국 루이지애나 주에 있는 도시 이름.

과사전 제11권을 받았다는 사실은 후자라는 추측이 보다 타당해 보인다. 그런데 다른 책들은 어떻게 된 것일까? 1942년에 이르러 사건들은 보다 치열한 양상으로 전개되었다. 나는 초기에 일어난 사건들 중 하나를 특히 아주 똑똑하게 기억하고 있다. 나는 그 사건에서 보다 복잡하게 전개될 사건들에 대한 어떤 전조적 성격을 감지했던 것 같다. 그 사건은 라쁘리다 거리에 있는 한 아파트에서 일어났다. 그 아파트는 서쪽 편을 바로보고 있는 밝고 높은 발코니 하나와 마주 보고 있었다. 그때 포니시 뤼생주 왕자비[59]는 쁘와띠에르[60]로부터 은으로 만든 그릇을 선물받았다. 외국우편 소인들이 아름답게 찍혀 있던 커다란 상자 속에서 섬세한 고정체들이 모습을 드러냈다. 그것들은 선명하게 동물 모양의 문장들이 찍힌 위트레흐트[61]와 파리 산 은제품들과 사모바르[62]였다. 그것들 가운데에는 잠이 들어 있는 사람의 눈이 보일락말락 미세하게 떨듯 신비스럽게 진동을 하고 있는 나침반 하나가 들어 있었다. 공주는 그것을 보지 못했다. 푸른 나침반의 바늘은 애타게 자석의 북쪽을 가리키고 있었다. 금속으로 만든 나침반 껍데기는 오목렌즈의 형태를 취하고 있었다. 그것의 테두리에 새겨진 글자들은 틀뢴의 알파벳들 중 하나와 일치했다. 그것은 바로 그 환상적인 세계가 실제의 세계 속에 처

---

59) 포시니 뤼생주 Faucingy Lucinge 왕자와 결혼, 왕자비가 되어 파리에서 살았던 보르헤스의 아르헨티나 친구로 결혼 전 이름은 리디아 요베라스 Lidia Lioveras였다.
60) Poitiers : 프랑스의 서부 중심지역에 자리잡은 대학 도시로 유명한 도시.
61) Utrecht : 네덜란드의 중심부에 자리하고 있는 도시로 14세기에 만든 대성당, 대학, 운하, 귀금속 박물관 등으로 유명하다.
62) samovar : 러시아의 차 끓이는 주전자.

음으로 침범한 사건이었다. 우연은 나를 가만 놔두지 않았고, 또한 그 두번째 침입의 목격자가 되도록 만들었다. 그것은 몇 달 후 꾸치야 네그라[63] 구릉에 있는 한 브라질 선술집 겸 구멍가게에서 일어났다. 아모림[64]과 나는 산따나[65]에서 돌아오고 있는 중이었다. 우리는 따꾸아렘보[66] 강물이 홍수로 불어 있었기 때문에 하는 수 없이 그 집주인의 형편없는 접대를 맛보아야(인내해야) 했다. 주인은 우리에게 술통들과 짐승 가죽들이 어지럽게 널려 있는 큰 방에 간이침대를 마련해 주었다. 우리는 잠자리에 들었지만 보이지 않는 옆방 사내의 술주정 때문에 새벽까지 잠을 이룰 수가 없었다. 그 사내는 몇 곡의 밀롱가[67] 소절들 —— 아니 같은 밀롱가 곡의 몇 소절들 —— 과 형용할 수 없는 욕지거리를 뒤섞어 가며 고래고래 소리를 질러댔다. 우리는 당연히 이 끝이 없는 악다구가 가게 주인이 판 독한 사탕수수 술 때문이거니 생각했다……. 새벽녘에 그 사내는 복도에서 죽은 채로 발견되었다. 그는 아주 나이 어린 청년이었다. 그의 걸걸한

---

63) Cuchilla Negra : 브라질과 우루과이의 능선 경계선 지역.
64) 앞에서 밝힌 대로 보르헤스가 『불한당들의 세계사』에 수록된 「장밋빛 모퉁이의 남자」를 헌정한 우루과이 소설가.
65) Sant'Ana: 브라질의 리브라멘또 지역에 있는 한 마을. 이 마을은 폭력과 밀수가 난무하는 지역으로 악명이 높다. 실제로 보르헤스는 동료 작가인 아모림과 그곳을 방문한 적이 있다. 그리고 그곳에서의 충격적인 경험은 이 작품에서의 간접적인 언급과 함께 「칼의 형상」과 「남부」(이상 『픽션들』에 들어 있는 작품), 그리고 「죽은 자」와 「또 다른 죽음」(이상 『알렙』에 수록되어 있는 작품)에 직접적, 암시적으로 묘사되어 있다. 보르헤스는 그곳의 한 선술집에서 술에 취한 한 브라질 목동이 살인을 하는 장면을 목격했다고 전해지고 있다.
66) Tacuaremb : 우루과이에 있는 강 이름.
67) 앞에서 설명한 대로 아르헨티나의 유행 음악 또는 춤의 일종.

틀뢴, 우크바르, 오르비스 떼르띠우스 47

목소리가 우리로 하여금 나이가 많이 들었겠거니 착각을 하도록 만들었던 것이다. 혼수상태에 빠져 있을 당시 그의 목동용 허리 띠로부터 몇 개의 동전과, 직경이 주사위 크기만한 반짝거리는 원추형 모양의 금속 물체가 굴러떨어져 나왔다. 한 남자아이가 그 원추형 금속체를 주으려고 애를 써보았지만 실패했다. 한 남자가 간신히 그것을 들어올렸다. 나는 내 손바닥에 몇 분 동안을 그것을 가지고 있었다. 나는 견딜 수 없을 정도로 무거웠던 그것의 무게와, 그 원추형 물체를 내려놓은 뒤에도 계속 손바닥에 남아 있던 중압감을 기억한다. 또한 나는 내 손바닥 살에 박혀 있던 선명한 원형의 자국을 기억한다. 아주 작음에도 불구하고 동시에 무겁기 그지없던 그 물체에 대한 확인은 나를 구토감과 두려움의 기분에 휩싸이도록 만들었다. 그 동네의 어떤 사람은 그것을 불어오른 강물 속에 내던져버리자고 했다. 아모림이 몇 뻬소(화폐 단위)를 주고 그것을 손에 넣었다. 아무도 그 젊은 이가 국경 근처에서 왔다는 것 외에 아무것도 알지 못했다. (이 세계에서는 추출되지 않는 그런 금속으로 만든) 그 작지만 아주 무거운 원추형 물채들은 틀뢴의 몇몇 지방에서 신의 형상에 해당했다.

여기서 내 이야기의 사적인 부분을 마감하려고 한다. 나머지 것들은 이미 독자들의 기억 속에. (희망이나 공포 속이 아닌) 들어가 있을 것이다. 나는 일반적으로 기억이 가지고 있는 오목렌즈 같은 속성이 자체적으로 풍성하게 해주고, 확대시켜 줄 아주 간략한 말들로 다음에 나오는 사실들을 회고하거나 언급하는 것으로 족하고자 한다. 1944년경 테네시 주의 네쉬빌에서 발행하는 《아메리칸》지[68]의 지원으로 탐사작업을 하던 어떤 사람이 40

권으로 된 틀뢴의 제1백과사전을 멤피스의 한 도서관에서 찾아냈다. 오늘날에 이르기까지 그 발견이 우연이었는지, 아니면 여전히 안개에 쌓여 있는 〈오르비스 떼르띠우스〉의 위원들이 그렇게 되도록 사전에 조정을 했었는지에 대해 의견이 분분하다. 후자가 보다 그럼직해 보인다. 멤피스 본에서는 제12권에서 목격되는 몇 가지 이해하기 힘든 점들(예를 들어, 흐뢰니르의 증식 같은 것)이 삭제되어 있거나 적당히 얼버무려져 있었다. 이러한 생략은 어느 정도 실제 세계와 호환되는 어떤 세계를 보여주기 위한 계획의 일환이라고 보는 게 타당할 것이다. 틀뢴의 물체들을 여러 다른 나라에 산포시키는 것도 이러한 계획의 보완책일 것이었다······. 69) 사실 세계의 언론들은 끊임없이 그 〈발견〉에 대해 목청을 드높였다. 인간이 만든 가장 위대한 작품에 대한 지침서, 선집, 개괄서, 직역판, 허가받은 중판본과 해적판들이 온 지구에 홍수를 이루었고, 여전히 홍수를 이루고 있다. 거의 순식간에 현실은 즉각 항복을 선언했다. 현실이 스스로 항복하기를 열망했다는 게 옳은 말일 게다. 10년 전 그 어떤 대칭도 ─ 변증법적 유물론, 반유태주의, 나치즘70) ─ 외형적 질서만 가지고 있으면 쉽게 인간의 마음을 사로잡을 수가 있었다. 그

---

68) 《The American》: 1848년부터 발행하기 시작한 신문으로 Nashville American으로도 알려져 있다. 그러나 이 신문의 발행이 1910년에 중단되었기 때문에 1944년에도 여전히 발행되고 있는 것처럼 진술하고 있는 것 역시 가짜 사실주의의 한 기법이다.
69) 물론 몇몇 물체들을 구성하고 있는 〈질료〉의 문제가 여전히 남는다. [원주]
70) 여기서 10년 전이라 함은 작가가 이 후기를 1947년에 썼으니까 1937년에 해당한다. 그러나 실제로 이 후기를 쓴 시기는 1940년이고, 제2차 세계대전이 발발한 게 1939년이므로 보르헤스는 나치즘의 반유태주의가 준동하고 있음을 목격하고, 그것을 교묘하게 환상적으로 뒤틀고 있는 것이다.

누가 질서정연한 혹성이라는 정밀하고 방대한 증거를 눈앞에 두고서도 틀뢴에게 굴복하지 않을 것인가? 현실 또한 질서정연하다고 반박하는 것은 쓸데없는 짓이리라. 아마 현실 또한 그럴는지도 모른다. 그러나 그것이 질서정연하다는 것은 여태까지 우리가 전혀 인식하지 못하고 있는 신적인 법—나는 비인간적[71] 법이라고 번역한다—의 관점에서 볼 때 그러하다는 말이다.[72] 확실히 틀뢴은 미로이다. 그러나 그것은 인간에 의해 만들어진 미로, 인간에 의해 해독되도록 운명지어진 그런 미로이다.

틀뢴과의 접촉과 그것이 가진 관습의 침투는 이 세계를 해체시켜 버렸다. 그것의 엄밀성에 현혹된 인류는 그것이 천사들의 엄밀성이 아닌 장기 고수들의 엄밀성이라는 것을 망각하고, 재차 망각해 간다. 이미 학교들에는 틀뢴의 (가상적) 〈원시언어〉가 침범해 들어갔다. 이미 (감동적인 일화들로 가득한) 틀뢴의 조화로운 역사에 관한 가르침은 나의 어린시절을 지배했던 그런 역사를 쓸어가 버렸다. 이미 우리가 확실히 인지할 수 없는—심지어 우리가 그것이 거짓이라는 것조차 모르는—허구적 과거는 우리의 기억 속에서 다른 과거로 대체되어 버렸다. 화폐학, 약리학, 그리고 고고학 분야는 혁신을 구가했다. 나는 생물학과 수학 또한 그렇게 되기 위한 암중모색을 하고 있다는 것을 안다……. 여러 고독한 인간들이 창건한, 세계 도처에 흩어진 모습으로 존재하는 한 왕조가 세계의 면모를 바꾸어놓았다. 만

---

71) 여기서 비인간적이란 짐승 같다는 속된 뜻이 아닌 〈인간이 아닌〉의 뜻이다.
72) 보르헤스는 여기서 인간이 이해하지 못하는 신적인 법의 관점에서 볼 때 현실이 질서정연하다고 말함으로써 그것은 질서가 아니라는 역설을 사용하고 있다. 또는 신의 섭리에 의해 이 세계가 질서정연하게 움직이고 있다고 보는 기독교관에 대한 풍자일 수도 있다.

일 예상이 빗나가지 않는다면 우리는 앞으로 100년 후에 100권으로 된 틀뢴의 제2백과사전을 발견하게 될 것이다.

그때가 되면 지구상에서는 영어와 불어, 그리고 바로 이 스페인어조차도[73] 사라지게 될 것이다. 세계는 틀뢴이 될 것이다. 나는 이 모든 것에 개의치 않고 아드리게 호텔에서 조용한 나날을 보내며 브라운[74]의 작품 『납골당 매장』을 께베도[75] 풍으로 번역해 놓은 초록 원고를 계속 손볼 것이다.

---

73) 보르헤스는 스페인어로 이 글을 썼기 때문에 바로 이 언어라고 한 것이다.
74) Sir Thomas Browne(1605-1682) : 영국의 작가이자 의사로 저서에 『납골당 매장』 외에도 『의학적 종교』 등이 있다. 보르헤스가 그의 작품인 『납골당 매장』을 께베도 풍으로 번역한다는 것은 그의 개념 지향적 문체가 께베도와 매우 유사하기 때문이다.
75) Francisco Gómez de Quevedo y Villega(1580-1645) : 루이스 데 공고라와 더불어 스페인 바로크 시대를 대표하는 산문가요 시인. 그는 해학, 신조어, 난삽성의 문체와 박학성, 도덕주의, 풍자성의 사유를 바탕으로 『꿈』, 『부랑자』 등의 산문과 많은 시들을 남겼다. 흔히 그의 문학세계를 가리켜 〈개념주의〉라고 칭한다. 보르헤스는 에세이집 『또 다른 검열』의 「께베도」라는 글에서 호머는 아킬레스, 세르반테스는 돈키호테와 산초 등과 같은 표적을 가지고 있는데 께베도는 그러한 것을 가지지 않았으면서도 위대한 작가라고 격찬한다. 그러나 보르헤스는 그가 개념주의자로 지칭되는 것처럼 지나치게 언어의 과학적, 논리적 성상 추구에 경도됨으로써 언어의 예술적 속성을 방기하고 있다고 비판하고 있다.

알모따심에로의 접근[1]

필립 게달라[2]는 봄베이[3]의 변호사 미르 바하두르 알리[4]가 쓴

---

1) 이 작품은 보르헤스 전집에서 1936년에 발표한 에세이집 『영원의 역사』에 나오는 「두 개의 주석」 앞부분에 나오는 글이다. 그러나 1941년 보르헤스가 『픽션들』의 1부인 「끝없이 두 갈래로 갈라지는 길이 있는 정원」을 발표할 때 포함시켰으므로 그 방식을 따라 번역하기로 한다. 이 작품은 『불한당들의 세계사』 이후 두드러지는 보르헤스적 특징이 처음으로 나타났다는 데에 그 중요성이 있다. 그것은 바로 『불한당들의 세계사』에 나오는 소설들이 이미 기존해 있는 작품들을 재구성하고 있는 반면, 이 작품은 존재하지 않는 허구의 작품을 재구성하고 있는 형식을 취하고 있기 때문이다. 즉 이 작품에 보면 미르 바하두르 알리라는 인도인이 「알모따심에로의 접근」이라는 소설을 쓴 것처럼 기술하고 있는데 그것은 사실이 아니다. 이것이 바로 보르헤스가 천착했던 〈환상적 리얼리즘〉의 여러 기법들 중의 하나인 〈가짜 주석〉 중의 하나이다. 전혀 실존하지 않는 작품의 주석을 달아 마치 실존하고 있는 작품처럼 만드는 그런 기법이다.
2) Philip Guedalla(1889-1944) : 영국의 작가로 주로 전기류의 작품을 많이 집필했다. 대표작으로는 웰링턴과 처칠에 관한 전기가 있다. 보르헤스가 게달라의 작품을 접하게 된 것은 아마 1931년에 쓴 웰링턴에 관한 전기인 것 같다. 왜냐하면 처칠의 전기는 이 단편이 발표된(1936년) 이후인 1941

『알무타심에로의 접근』[5]에 대해 〈번역자들의 마음을 사로잡는 이슬람의 알레고리적인 시들과, 명백하게 존 왓슨[6]을 능가하고 브라이턴[7] 시의 가장 나무랄 데 없는 하숙집에서의 공포스러운 삶을 완벽하게 그리고 있는 그러한 탐정소설들[8]을 어색하게 결합시켜 놓은 소설〉이라고 평하고 있다. 그 전에, 세실 로버츠[9]

년에 씌어졌기 때문이다.
3) 인도에서 두번째로 큰 도시. 봄베이는 보르헤스의 작품에 자주 등장하는데 그 한 예가『알렙』의「불멸하는 자」이다.
4) Mir Bahadur Ali : 가공적인 인물로 미르는 모하메드 성인들의 후손들을 지칭하는 말이며, 바하두르는 알타이어에서 〈용감한〉, 또는 〈영웅〉의 뜻을 가지고 있고, 알리는 이슬람에서 신이 가진 99개의 이름들 중 하나이다. 따라서 이 이름의 뜻은 〈고귀한 존재(신)〉라는 뜻이다. (에블린 피쉬번의『보르헤스 사전』161쪽 참조.)
5) 여기서 제목과는 달리 〈알모따심〉이 아닌 〈알무타심〉이라고 쓴 것은 바하두르 알리가 쓴 같은 작품의 제목이 영어인 〈The Approach to AlMútasim〉이라고 보르헤스가 쓰고 있기 때문이다. 물론 이 단편의 제목은 스페인어로 되어 있고, 보르헤스는 AlMu'tasim(알무타심)을 Almotásim(알모따심)이라고 번역하고 있다. 우리는 이 부분에서 보르헤스의 용의주도함을 볼 수 있는데 그것은 바하두르 알리가 인도인이고, 인도는 영국의 식민지였기 때문에 그가 영어로 그 소설을 썼을 거라는 점은 매우 가능한 추측이기 때문이다. 앞으로 원작에 의거해 〈알무타심〉과 〈알모따심〉을 병행해 쓰기로 하겠다.
6) 아마 코난 도일이 쓴『셜록 홈즈의 모험』에 나오는 인물을 가리키고 있는 듯하다. 왜냐하면 첫번째 홈즈 스토리인「스칼렛에 관한 연구」에 보면 이 작품이 존 왓슨이라는 의사가 쓴 회고록을 그대로 옮겨 쓴 것이라는 말이 나오기 때문이다. 보르헤스가 여기에서 코난 도일이 아닌 존 왓슨이라는 이름을 쓴 것은 〈모든 글은 글에 대한 글〉이라는 자신의 주장을 역설적으로 반증하고자 함이다. 코난 도일의 소설에는 단지 왓슨 박사라고만 나와 있다.
7) Brighton : 영국의 서섹스 지방에 있는 휴양지로 주로 중산층들이 많이 이용한다.
8) 이어 나오는 세실 로버츠의 탐정소설들을 가리킴. 각주 9참조.
9) Cecil E. M. Roberts(1892-1976) : 소설, 시, 희곡 등의 여러 장르를 섭렵했던 영국의 작가.

씨는 바하두르의 책 안에 들어 있는 〈윌키 콜린스[10]와, 12세기의 고명하신 페르시아의 석학 페리드 에딘 아타르[11]에 대한 이중적이고, 작위적인 선호〉를 지적했었다. 그것은 게달라의 논평과 비교할 때 전혀 새로울 것이 없는 평범한 반복에 불과하지만 아주 거친 방언으로 씌어져 있다는 점이 달랐다. 본질적으로 둘은 한 가지 점에서 의견의 일치를 보고 있다.[12] 둘은 똑같이 미르 바하두르 알리의 작품이 가진 탐정소설적 구조와 작품의 내면에 흐르고 있는 신비주의적 속성을 지적하고 있다는 점이다. 이러한 히드라[13]성(이중성)은 우리로 하여금 미르 바하두르 알리

---

10) Wilkie Collins(1824-1889) : 탐정소설의 아버지로 불리는 영국의 소설가. 그의 특징은 한 화자의 관점이 아닌 각 등장인물의 관점에서 작품을 전개시킴으로써 산출되는, 탐정소설에 있어 가장 중요한 장치인 복합구성 방식에 있다. 대표작으로 『하얀 옷의 여자』가 있다.
11) 페르시아의 가장 위대한 시인 중의 한 사람으로 완전한 이름은 페리드 알-딘 아부 탈립 무하마드 벤 이브라힘 아타르(1145-1229)이다. 신비주의자로서 평생 중동과 중앙아시아를 순례하는 방랑생활을 하다 몽고의 침략군에 의해 교수당했다. 그의 죽음에 관해서는 재미있는 일화가 전해 내려오는데 그것은 다음과 같다.
    한 몽고의 족장이 그를 생포했다. 다른 족장이 그를 자신에게 넘기면 몸값으로 은 천 냥을 내겠다고 제안했다. 그러자 이 페르시아 시인은 자신을 포로로 잡은 몽고의 족장에게 자신은 그보다 더 큰 가치가 있다고 말했다. 그러자 또 다른 몽고의 족장이 그를 자신에게 넘겨주면 몸값으로 지푸라기 한 부대를 주겠다고 비양거렸다. 페르시아의 신비주의 시인은 자신을 생포한 족장에게 〈그게 바로 내 몸값이오〉 하고 말했다. 분노한 족장은 그의 목을 베어버렸다.
12) 주지하다시피 여기에서 언급하는 필립 게달라 세실 로버츠 같은 사람들은 실존 인물들이지만 그들이 바하두르 알리의 작품에 대해 언급을 했다는 것은 허구이다.
13) 한 마리를 자르면 두 마리가 된다는 그리스 신화에 나오는 뱀. 보르헤스가 여기에서 히드라라는 은유를 쓴 것은 탐정소설과 신비주의라는 이 작품의 이중성을 지시하기 위함이다.

가 체스터턴[14]과 약간 유사하지 않는가 하는 생각이 들도록 만든다. 자, 그렇지 않나 우리 확인을 해보기로 하자.

『알모따심에로의 접근』의 초판은 1932년 말 봄베이에서 나왔다. 종이는 거의 신문지와 같은 종이재질을 가지고 있었다. 표지에는 구매자에게 그것이 봄베이 시에서 출생한 작가에 의해 씌어진 최초의 탐정소설이라는 것을 알리는 광고문이 실려 있었다. 서너 달도 안 돼 사람들은 각 쇄마다 천 부씩 찍은 4쇄를 동이 나도록 만들었다. 《봄베이 쿼털리 리뷰》, 《봄베이 신문》, 《캘커타 리뷰》, 알라하바드[15]의 《힌두스탄 리뷰》, 그리고 《캘커타 잉글리시맨》 등과 같은 신문, 잡지 들이 그 작품에 대한 찬사를 아끼지 않았다. 그러자 바하두르는 『알무타심이라고 불리는 사람과의 대화』라는 제목과 「변형되는 거울들과의 유희」라는 아름다운 부제가 달린 삽화본을 출간했다. 이 판본이 바로 삽화를 빼고—아마 자비심 때문에—도로시 세이어스[16]의 서문과

---

14) Gilbert Keith Chesterton(1874-1936) : 영국의 탐정소설가이자 비평가로 탐정 브라운 신부를 주인공으로 한 다섯 권의 탐정소설집이 있다. 보르헤스는 그로부터 〈플롯을 기하학적 도표로 축약시키는 방법과, 범죄자는 창조적인 예술가이지만 탐정은 단지 비평가에 불과하다는 생각을 배웠다고〉 증언한다. 〈체스터턴은 미스터리에 대해 처음에는 항상 초자연적인 설명을 제시하지만 끝에 가서는 항상 이성적 해결로 되돌아간다. 반면에 인간 사건의 사슬들과 인간의 형이상학적 추구를 향한 열망을 조명하기 위해 탐정소설 기법을 차용하는 보르헤스는 그러한 위안을 제공하지 않는다.〉(『보르헤스 사전』 56쪽) 즉 보르헤스는 단순한 범죄 발생과 해결이라는 일반적인 탐정소설이 아닌 초자연적 성격이 개재되어 있는 타입의 탐정소설을 썼던 체스터턴으로부터 많은 것을 배웠다고 할 수 있다. 왜냐하면 보르헤스에게 있어 탐정소설은 추상을 구상으로 전환시키기 위한 하나의 부차적인 장치이지 목적이 아니기 때문이다.
15) 인도의 지역 이름.
16) Dorothy Sayers(1898-1957) : 영국의 여성 탐정소설 작가. 물론 바하두르

알모따심에로의 접근 55

함께 영국에서 빅토르 고얀츠 출판사[17]에 의해 최근에 출간된 그 판본이다. 나는 바로 그 판을 내 눈앞에 가지고 있다. 나는 보다 월등할 거라 추측되는 초판본을 입수하지 못했다. 대신 내게는 1932년의 원본과 1934년판 사이에 개재하는 차이점들을 요약해 놓은 부록이 있다. 작품을 검토하기(그리고 논거하기) 전 간략하게 작품의 줄거리를 훑어보는 것도 도움이 되리라 생각된다.

그 책의 눈에 보이는 주인공 —— 우리에게 그의 이름을 전혀 알려주지 않지만 —— 은 봄베이에 살고 있는 한 법과대학생이다. 신성모독스럽게도 그는 조상들의 이슬람교를 믿지 않는다. 그러나 무하람 달[18]의 열번째 날이 기울던 시각 그는 이슬람교도들과 힌두교도 사이에 벌어진 소동의 한가운데에 있다. 그 밤은 북소리와 기도의 밤이다. 양패로 갈라져 있는 군중들 사이로 종이로 만든 이슬람교도들의 거대한 현수막 행렬이 길을 연다. 지붕으로부터 한 힌두인이 던진 벽돌 하나가 날아온다. 누군가가 누군가의 배에 비수를 꽂는다. 이슬람교도인지 힌두교도인지 알 수 없지만 누군가가 죽고, 사람들의 발에 무참하게 짓밟힌다. 3천 명의 사람들이 서로 싸운다. 〈막대기〉 대 〈권총〉, 〈난잡성〉

가 실제 인물이 아니기 때문에 그녀가 서문을 썼다는 것은 허구이다.
17) 1928년에 설립된 영국의 대표적인 출판사 중의 하나. 물론 이 출판사는 그런 책을 출간한 적이 없다.
18) 이슬람의 월력에 있어 첫번째에 해당하는 달. 이 달의 열번째 날은 축제일이다. 이 축제일의 기원은 680년 페르시아에서 이슬람 공동체를 누가 이끌 것이냐를 놓고 시아파와 수니파 사이에 벌어졌던 카발라 전투를 기념하고자 함으로써 시작되었다. 이 달의 첫날부터 십일째가 되는 이 날까지 이슬람 교도들은 이 전투에서 순교한 시아파의 지도자 이맘 후세인의 가족들을 애도하는 기간으로 간주한다.

대 〈저주〉, 〈분할되지 않는 신〉 대 〈신들〉끼리. 넋을 잃은 그 자
유사상가 학생은 난동 안으로 뛰어든다. 그는 절망의 포로가 된
손으로 한 힌두교인을 죽인다(또는 죽였다고 생각한다). 어리둥
절해 있고, 반쯤 졸고 있던 국립[19] 기마경찰들이 이쪽저쪽 가릴
것 없이 채찍을 내리치며 개입한다. 법대생은 거의 말발굽에 깔
릴 뻔했으나 간신히 도망친다. 그는 가장 멀리 떨어져 있는 변
두리를 찾는다. 그는 두 개의 다른 철도길을 건넌다. 또는 같은
철도길을 두 번 건넌다. 그는 안쪽에 둥근 첨탑이 있는 잡초들
이 무성한 어떤 정원의 담을 기어오른다. 달의 빛깔과 닮은 개
떼들—달과 닮은 빛깔을 가진 마르고 흉악한 사냥개들—이
검은 장미넝쿨들 사이에서 나타난다. 개들에게 쫓긴 법대생은
탑으로 도망친다. 그는 쇠계단을 따라 올라간다—한꺼번에 몇
계단씩. 그리고 중앙에 검게 퇴색한 물이 잠겨 있는 꼭대기에서
그는 꼬챙이처럼 마른 한 남자와 맞부딪친다. 그는 달빛 아래에
쭈그리고 앉아 아주 기운차게 소변을 보고 있다. 그 사람은 자
신의 직업이 파르시[20] 교도들이 흰옷을 입혀 이 탑에 버리는 시
체들에서 금니를 훔치는 일이라고 털어놓는다. 그는 다른 몇 가
지 추잡한 얘기들과 함께 14일 전부터 소똥으로 몸을 씻는 정결
예식을 하지 못했다고 말한다. 그는 구세랏[21] 지역의 어떤 말도
둑들에 대해 드러내 놓고 증오심을 표하며 말한다. 「개와 도마

---

19) 여기서 보르헤스가 쓰고 있는 Sirkar라는 단어는 인도어와 영어의 합성어
로 〈정부〉라는 뜻이다.
20) parsi : 이슬람교의 박해를 피해 7세기경 인도로 이주해 온 페르시아 조로
아스터교도들의 후손. 조로아스터교는 기원전 6-7세기에 페르시아에서 발
생한 종교로 국교가 되었으나 이슬람교에 의해 배척되었다.
21) 인도의 지역 이름.

뱀들을 쳐먹는 자들. 결국 우리 둘처럼 추잡한 인간들」날이 새 기 시작한다. 공중에는 살진 거대한 콘돌들이 뱅뱅 맴을 돌고 있다. 녹초가 돼버린 법대생은 잠에 빠져든다. 잠에서 깨어났을 때 해는 벌써 중천에 떠 있고, 도둑은 온데간데없다. 또한 트리치노폴리스[22] 담뱃갑과 루피 은화[23]들도 사라지고 없다. 어젯밤 의 일이 떠오르자 공포를 느낀 그는 인도 전역을 방황하기로 결심한다. 그는 자신이 사람을 죽일 수 있다는 것을 스스로에게 증명해 보였다는 것을 떠올린다. 그러나 이슬람교가 이교와 비교해 볼 때 보다 타당한 것인지에 대해서는 확신이 서지 않는다. 구세랏이라는 이름과, 송장들의 껍질을 홀라당 벗기는 어젯 밤 그 자의 저주와 증오를 한몸에 받고 있는 빨란뿌르[24] 지역의 한 〈말카-산시〉(도적계급의 여자를 가리키는 말)의 이름이 머리를 떠나지 않는다. 그는 그처럼 주도면밀하게 추악한 사람의 증오 심은 찬양을 받을 만하다고 단정을 내린다. 그는 그녀(여자 도 적)를 찾기로— 큰 기대 없이 — 결정한다. 그는 기도를 하고, 아주 또박또박한 느린 걸음으로 긴 방랑의 첫발을 내딛는다. 이 렇게 해서 책의 제2장이 끝난다.

나머지 19장에 등장하는 무궁무진한 사건들을 간략히 요약한다는 것은 쉬운 일이 아니다. 그 안에서는 〈작중인물〉의 현란한 세상살이와, 인도의 광활한 여러 지역에 걸친 그의 유랑생활이 그려진다. 〈작중인물〉이라고 말하는 것은 이 글이 인간 정신의 움직임들(오욕적인 것들로부터 시작해 수학적인 사색에 이르기

---

22) Trichinopolis : 인도 마드라스 시의 한 구간. 담배 제조 지역으로 유명함.
23) 루피는 인도, 파키스탄 등의 화폐 단위.
24) 봄베이 지역에 있는 도시의 이름.

까지)을 압쇄시켜 버리는 듯한 전기(일대기)를 다루지 않고 있다는 것을 말하기 위함이다. 봄베이에서 시작한 스토리는 빨란뿌르의 저지대로 연결되고, 비카니르[25)의 돌문 앞에서의 하루 저녁과 밤이 길게 묘사된다. 그는, 베나레스[26)의 하수구에서 죽은 한 장님 점성술사에 관한 이야기를 들려준다.[27) 그는 카트만두[28)의 다형체 궁전 속에서 음모를 꾸미고, 캘커타의 전염병으로 진동하는 악취 속에서 기도를 하고 간음을 한다. 마추아 바자르[29) 지역에 도달해서는 마드라스 시에 있는 한 공증인 사무소에서 바다로부터 떠오르는 아침을 보고, 트라방코르[30) 주에서는 한 발코니에서 바다로 지는 저녁을 본다. 그는 인다푸르[31)에서 한동안 지체를 하고 살인을 한다. 그는 바로 그 봄베이의 달과 닮은 빛깔을 가진 개들의 정원으로부터 몇 발자국 떨어지지 않는 곳에서 수천 킬로미터와 수 년에 걸친 방랑을 끝맺는다. 플롯은 다음과 같다. 우리가 믿음이 없고 도망자라고 알고 있는 한 대학생이 가장 비천한 계급의 사람들 사회 속으로 들어가게 되고, 일종의 경쟁 같은 것을 벌이며 그들과 생활하게 된다. 갑자기 ── 마치 로빈슨 크루소[32)가 모래사장에 박혀 있는 한쪽 발

---

25) Bikaner 또는 Bikanir : 488년에 세워져 옛 유적이 많은 인도의 도시 이름.
26) Benares : 인도 북쪽에 위치한 도시로 많은 순례객들이 찾는 힌두교의 성지.
27) 보르헤스가 점성술에 대해 언급하는 것은 비카니르라는 도시가 예부터 점성술에 관한 연구로 아주 유명하기 때문이다.
28) 현 네팔의 수도.
29) 인도의 지역 이름.
30) 인도 서부에 있는 주 이름.
31) 인도 푸나 지역의 한 마을 이름.
32) 영국 작가 다니엘 디포 Daniel Defoe(1660-1731)가 무인도에서 5년 동안 홀로 지내다 구조된 알렉산더 셀커크 Alexander Serlkirk라는 사람의 실화를 바탕으로 쓴 소설 『로빈슨 크루소』에 나오는 주인공의 이름이다. 영미

뿐인 사람의 발자국 앞에서 경험했던 그런 신비스러운 공포감과 함께 — 그는 자신의 죄과가 경감되는 것을 느낀다. 구역질나는 부류의 한 인간에게서 발견한 어떤 부드러움, 어떤 경탄감, 어떤 침묵. 〈그것은 마치 가장 복합적인 사고를 가진 어떤 자가 대화 상대로 끼여든 것처럼 느껴졌다.〉 그는 자신과 얘기를 나누고 있는 그 비천한 사람이 그러한 임기응변적인 덕성의 능력을 가지고 있지 않다는 것을 안다. 그때부터 그는 자신이 한 친구, 또는 친구가 아니면 한 친구의 친구를 떠올렸다고 생각한다. 그것에 대해 다시 깊이 생각을 해보면서 그는 하나의 신비스러운 인식에 도달하게 된다.

〈지구의 어떤 지점에 어떤 사람이 있는데 바로 그로부터 이러한 깨달음이 유래한다. 지구의 어떤 지점에 이 깨달음 자체인 어떤 사람이 있다.〉

그 대학생은 그를 찾는 데 자신의 삶을 바치기로 결심한다.

이제 대체적인 플롯은 어렴풋이 드러났다. 한 영혼의 해갈되지 않는 갈구, 그것은 이 영혼이 다른 영혼들에게 남겨놓은 흔적들을 통해 나타난다. 처음에는 미소를 머금고 있거나 말을 하고 있는 어슴푸레한 얼굴, 종국에는 이성과 상상과 행복의 다양하고 점층하는 빛들. 알모따심에게 가까이 있었던 것 이상의 사람들을 연구해 감에 따라 알모따심이 가진 신성한 위치는 점점 커져간다. 그러나 그들은 단지 알모따심을 반영하고 있는 거울들에 불과하다. 수학적 방법론을 적용할 수가 있다. 바하두르의 농밀한 소설은 하나의 점층적인 지향이며, 그것의 마지막 정점은 〈알모따심이라 불리는〉 그 이미 예정된 인물이다. 알모따심

권에서는 이 작품을 근대소설의 효시로 봄.

의 바로 앞에 있는 인물은 최고의 예절과 행복을 가졌던 페르시아의 한 서적상이다. 이 서적상의 바로 앞에 있는 인물은 한 성인이다⋯⋯. 마지막에 가서 그 법과대학생은 〈안쪽에 문과 수많은 구슬들이 달린 돗자리와 후광이 어른거리고 있는〉 한 낭하에 도달하게 된다. 대학생은 두어 차례 손으로 문을 두들기고, 알모따심을 찾는다. 한 사람의 목소리──알모따심의 형용할 수 없는 목소리──가 들어오라고 응답한다. 대학생은 커튼을 젖히고 안으로 들어간다. 그 순간 소설은 끝난다.

만일 내가 잘못 판단하지 않았다면 그러한 플롯을 훌륭하게 전개시키려면 작가는 두 가지 의무를 지게 된다. 첫째, 예언자적인 인물들의 다양한 창조. 둘째, 그러한 모습들 속에서 어렴풋이 예견할 수 있는 주인공의 창조. 하지만 그 주인공은 단순한 통념이나 유령이 아니어야 한다. 바하두르는 첫번째 것은 만족시킨다. 그러나 두번째 것까지 그러했는지 나는 확신이 서지 않는다. 다른 말로 바꿔 말하자면 들을 수 없고, 볼 수 없는 알모따심은 우리에게 무미건조한 최상급들의 남발이 아닌[33] 살아 있는 인물이라는 인상을 주어야 한다는 것이다. 1932년판에는 초자연적 특성들이 거의 제거되어 있다. 〈알모따심이라고 불리는 인물〉은 약간 상징적인 성격을 띠고는 있지만 구체적이고 개별적인 성격 또한 결여되어 있지 않다. 불행하게도 이 훌륭한 문학 작업 방식은 다음 판에까지 계속되지 않았다. 1934년판──지금 내가 눈앞에 두고 있는──에서 이 소설은 알레고리로

---

33) 여기서 최상급을 남발해서는 안 된다는 말은 최상급, 그러니까 〈가장 어떠 어떠한〉 등으로 표현하여 알모따심의 성격을 규정해서는 안 된다는 뜻이다.

전락한다. 알모따심은 신의 상징으로 변하고, 주인공이 수행하는 수많은 여정의 순간들은 어떤 의미로 한 영혼의 신비주의적 승화의 과정으로 묘사되어 있다. 세부적인 사항에 있어서의 문제점들도 있다. 알모따심에 대해 언급하는 유태계 흑인 코친은 알모따심의 피부 색깔이 검다고 말한다. 한 기독교인은 그를 탑 위에서 두 팔을 활짝 벌리고 있는 사람으로 묘사한다. 빨간 옷의 한 라마승은 〈내가 타쉴훈포[34]의 수도장에서 모습을 떴고, 경배했던 야크 소[35]의 버터 같은 형상〉으로 그를 기억한다. 이러한 선언들은 각 민족의 특수한 문화적 배경에 의해 달리 묘사되어지는 동일한 한 신을 암시한다. 내가 보기에 그러한 관점은 그다지 자극적인 것은 아니다. 그러나 나는 또 다른 이해방식에 대해서는 그와 같은 태도를 취하지는 않을 것이다. 신은 다른 어떤 존재를 찾아헤매고 있고, 이보다 우월한 어떤 자를 찾고 있는 어떤 자(또는 불가결하게 존재해야 하면서도, 그리고 동일한), 그리고 그렇게 시간의 끝(보다 정확히 말하자면 영속성)까지, 또는 순환의 형태로 그 찾음이 계속된다는 추측. 알모따심 (여덟 번의 전쟁에서 이기고, 여덟 아들과 여덟 딸을 낳았고, 8천 명의 노예들을 남겼고, 왕국을 8년, 8일 밤낮의 기간 동안 통치했던 아바시다[36] 왕국의 여덟번째 왕의 이름)은 어원학적으

---

34) 티벳의 한 지역 이름.
35) 티벳과 중앙아시아에서 번식하는 털이 긴 소.
36) 750-1258년까지 계속되었던 이슬람 왕국. 실제로 여덟번째 왕의 이름이 알무타심 이븐 하룬 Al-Mútasim Ibn Harun이었다. 762년 수도를 다마스커스에서 현재 이라크의 수도 바그다드로 옮김으로써 이슬람의 주도권이 페르시아에서 아랍권으로 넘어간다. 페르시아(현 이란)과 아랍은 다른 종족적 배경을 가진 다른 민족이다.

로 볼 때 〈피난처를 찾는 자〉라는 의미를 가지고 있다. 1932년 판에서 주인공이 수행한 순례의 대상이 순례자였다는 사실은 비율로 따져볼 때 그를 찾을 수 있는 가능성이 상대적으로 희박했음을 설득력 있게 말해 준다. 1934년판에서는 앞에서 내가 선언했던 그 기괴한 신학이 들어설 자리를 마련해 준다. 우리가 본 대로 미르 바하두르 알리는 예술의 유혹 중 가장 격렬한 유혹, 즉 천재가 되고자 하는 유혹을 비켜갈 능력이 없었던 것이다.

내가 쓴 앞의 글을 다시 읽고 난 나는 내가 이 책의 장점들에 대해 충분한 강조를 하지 않은 게 아닌가 하는 두려움이 든다. 이 소설에는 크나큰 진보를 이룩한 측면들도 있다. 예를 들어, 제 19장에 나오는 논쟁이 그러하다. 여기서 〈상대를 이기는 방식으로 자신의 논지의 타당성을 증명하지 않기 위해〉 다른 사람의 궤변을 배격하지 않으려는 인내심 많은 어떤 사람이 알모따심의 친구라는 게 예시된다.

현재의 한 책이 옛날에 씌어진 어떤 책으로부터 유래함은 명예로운 사실이라는 건 납득할 만한 일이다. 왜냐하면 그 누구도 동시대 사람에게 빚을 지기를 좋아하지 않기 때문이다(존슨[37])이 말한 것처럼). 호머의 『율리시스』에 대한 제임스 조이스[38])의 반복적이면서도 그러나 사소한 접촉은 비평계로 하여금 계속 무조건적인 찬탄을 자아내게 하고 있다─ 나는 왜 그러한지의 이유에 대해 결코 알아내지 못할 것이다. 바하두르의 소설이 파리드

---

37) Samuel Johnson(1709-1784) : 1755년 펴낸 『영어사전』으로 유명한 영국의 언어학자이자 문학연구가. 여기에 나오는 말은 사무엘 존슨이 실제로 했던 말이다.
38) 제임스 조이스 또한 『율리시스』를 썼기 때문에.

우딘 아타르³⁹⁾의 시집 『새들의 대화』⁴⁰⁾와 가진 접촉은 그 책이 런던뿐만 아니라 심지어 알라하바드와 캘커타에서조차 상당히 신비스러운 격찬을 불러일으키게 될 것임을 예견시키고 있다. 바하두르의 책이 또 다른 책으로부터 유래했다는 것을 보여주는 예들은 부지기수이다. 한 작품 검열관은 이 소설의 첫 장면과 키플링⁴¹⁾의 『도시의 성벽에서』라는 작품 사이에서 발견되는 유사성들을 항목별로 지적했었다. 바하두르는 그것을 인정했다. 그러나 만일 두 책의 무하람⁴²⁾ 달 10일 밤에 관한 장면들이 서로 일치하지 않는다면 그것이 되려 비정상이라고 그는 논박한다 ……. 가장 정당하게 엘리엇⁴³⁾은 여주인공인 글로리아나가 단 한 번도 등장하지 않는 — 리처드 윌리엄 처치⁴⁴⁾의 검열에서 지적된 대로 — 미완성 알레고리 작품 『요정나라의 여왕』⁴⁵⁾ 60번

---

39) 앞에서 언급한 패리드 에딘 아타르의 또 다른 이름.
40) 패리드 에딘 아타르가 쓴 시집의 제목.
41) Rudyard Kipling(1865-1936): 인도가 영국의 식민지였을 당시 인도 태생의 영국 작가. 그는 대부분의 교육을 영국에서 받았으나 청년시절은 인도에서 보냈다. 보르헤스가 자신의 작품 여러 곳에서 뛰어난 작가로 극찬하고 있는 그는 『병영의 발라드』, 『정글책』 등의 작품을 남겼다.
42) 앞에서 밝힌 대로 이슬람 월력의 첫번째 달.
43) Thomas Sterns Eliot(1888-1965): 미국에서 태어났으나 영국에 귀화한 영미 모더니즘의 대표적인 시인. 대표작으로 「황무지」가 있다. 물론 앞에서와 마찬가지로 엘리엇이 바하두르 알리의 작품에 대한 언급했다는 것은 허구이다.
44) Richard William Church(1815-1890): 영국의 성직자이자 작가이자 비평가. 보르헤스는 그가 성직자였고, 영국의 지식인들에 대한 많은 글을 썼다는 점을 들어 그를 검열관에 비유하고 있다.
45) 에드먼드 스펜서 Edmund Spenser(1552-1599)가 쓴 서사시. 여기서 〈요정나라〉란 영국을 가리키며, 그곳의 여왕 〈글로리아나〉는 엘리자베스 여왕을 가리킨다. 이야기의 줄거리는 여왕과 그녀의 여섯 기사에 관한 것이지만 주요 메시지는 신교 국가 영국과 구교 국가 스페인 사이의 갈등에 초점

째 시와 그것이 흡사하다는 것을 상기시킨다.[46] 나는 아주 조심스럽게 아주 오래되고, 가능함직한 이 작품의 원천을 지적하고자 한다. 예루살렘의 카발라 신비주의 철학[47]자 이삭 루리아,[48] 그는 16세기에 한 조상, 또는 스승의 영혼은 위로를 해주거나 영감을 주기 위해 어떤 불행한 후대 사람의 영혼 속에 들어갈

이 맞춰져 있다.
46) 여기서 보르헤스가 말하고자 하는 것은 바하두르의 소설이 찾고 있는 대상이 알모따심이지만 에드먼드 스펜서의 작품에서처럼 그가 결코 작품에 등장하지 않는다는 것을 시사하고자 함이다.
47) 카발라 Cabala라고 불리는 이 말(히브리 신비주의 철학)은 히브리어의 Kabbal에서 나온 말로 〈이어받는〉의 뜻을 가지고 있다. 따라서 파생적인 의미인 〈받는 자〉, 〈전통적인〉, 〈전승〉의 뜻도 가지고 있다. 카발라는 주로 우주의 체계를 공리화시키는 작업에 주력한다. 말하자면, 창조와 우주의 운용과 운명, 그리고 그것들을 구성하고 있는 것들에 대한 해석이 그것이다. 그것은 인간과 다른 창조물들의 역할, 그리고 천국의 주인들의 행태와 그들의 최고신과의 상호관계에 대한 묘사를 포함하고 있다. 성서에 대한 신비주의적이고 시적인 방법으로서의 해설을 통해 카발라는 우주에 대해 암시적인 접근을 채택한다. 그들은 모든 물질적 존재의 안과 뒤에는 신적인 존재가 숨어 있다고 믿는다. 카발라들에게 있어 가장 중요한 책은 13세기 아랍어로 씌어졌다고 알려져 있는 〈광채〉의 뜻을 가진 『조하르 Zohar』이다. 이 책의 저자는 자신이 이 책을 쓰지 않고 신의 영감을 받아 자신이 그저 대필을 한 필경사에 불과하다는 태도를 취하고 있다. (『보르헤스 사전』, 44-45쪽 참조.)
48) Issac Luria(1534-1572) : 일명 〈사자〉로 알려진 히브리 신비주의 철학자. 그는 자신의 철학이 형성되는 주요 시절을 이집트에서 보냈고, 나중에는 갈릴리 북쪽에 있는 사페드에서 히브리 신비주의 철학의 중심인물로 부상한다. 그는 거의 문헌을 남기지 않았지만 많은 그의 제자들이 그의 가르침을 자신들의 저서에서 인용하고 있다. 그들의 신비주의 철학은 인도의 윤회사상과 매우 흡사한 데가 있다. 그들에 따르면 모든 인간의 영혼은 아담으로부터 나오며, 에덴 동산에서 죄를 지음으로써 쫓겨난 뒤 그것으로부터 유리된다. 그러나 메시아가 도래함으로써 그 영혼은 다시 원래의 자리로 되돌아간다. 그러기 전까지 영혼들은 인간의 몸이라든지 다른 무생물의 형태로 떠돌게 된다.

수 있다고 주장했다. 바로 이러한 영혼 환생의 한 양식을 〈이부르〉[49]라고 한다. [50]

---

[49] Ibbur : 이삭 루리아에 의해 제창된 가르침의 하나로 일종의 영혼 환생설이다. 그에 따르면 정의로웠으나 자신의 과업을 다 마치지 못한 영혼은 그것을 마치기 위해 다시 살아 있는 사람의 영혼 속으로 들어갈 수 있다. 또한 죄에서 완전히 해방된 영혼 또한 약한 영혼에게 들어갈 수 있는데 그것은 그 영혼으로 하여금 정의의 과업을 완수하도록 도와주기 위함이다.

[50] 이 글을 들려주는 과정중 나는 페르시아의 신비주의자 파리드 알-딘 아부 탈립 무하마드 벤 이브라힘 아타르의 시『만티크 알-타이르(새들의 대화)』를 언급했었다. 그는 니샤푸르(중세 이란의 도시 중 가장 중요했던 도시이며 아타르의 고향── 역주)가 약탈당했을 때 징기스칸의 아들인 툴레의 군인들에 의해 살해당했다. 아마 그 시를 요약해 보는 것도 도움이 되리라 생각된다. 새들의 오래전의 왕 시무르그 Simurg가 중국의 중심지에 빛나는 깃털 하나를 떨어뜨리게 된다. 옛날의 무정부 상태를 두려워한 새들은 그것을 찾기로 결정한다. 새들은 자신들의 왕의 이름이 〈30마리의 새〉라는 것을 안다. 그들은 그의 왕궁이 땅을 둘러싸고 있는 둥그런 산맥 〈카프〉에 있다는 것을 안다. 그들은 거의 끝이 없는 모험과 맞닥뜨리게 된다. 그들은 일곱 개의 골짜기들, 또는 바다들을 건너간다. 마지막에서 두번째 장벽의 이름은 〈현기증〉이다. 마지막 것의 이름은 〈섬멸〉이다. 수많은 순례자들이 포기를 한다. 그리고 다른 이들은 죽는다. 자신들의 과업에 철통 같은 의지를 가진 30마리의 새들은 시무르그의 산을 밟게 된다. 마침내 그들은 그것을 바라본다. 그들은 자신들이 시무르그이고, 시무르그는 자신들이 각기 한 사람이면서 또한 모두라는 것을 깨닫는다(플로티누스,──『아홉 신』, 8권 7장── 는 또한 자기 정체성의 원리에 관한 천국적인 확장에 대해 언명한다. 〈개념적인 천국에서 모든 것은 모든 곳에 있다. 그 어떤 것이든 모든 것들이다. 태양은 모든 별들이며, 하나의 별은 모든 별들이며 태양이다.〉『새들의 대화』는 가르신 데 따시 Garcín de Tassy에 의해 불어로 번역되었다. 영어로는 에드워드 피츠제럴드 Edward FitzGerald가 번역했다. 이 주석을 달기 위해 나는 버턴 Sir Richard Burton의『천일야화』 제10권과 마가렛 스미스 Margaret Smith의『페르시아의 신비주의자 : 아타르』(1932)라는 논문을 참고했다).

이 시와 미르 바하두르 알리의 소설과의 접촉이 아주 과대한 것은 아니다. 제20장에서 한 페르시아 서적상이 알모따심이 했던 말이라고 한 그 말은 알모따심이 했던 다른 말들의 과장 해석인 듯싶다. 이러저러한 유사성들은 〈찾음을 당하고 있는 자〉와 〈찾는 자〉가 동일하다는 것을 의미할 수도 있다. 또한 〈찾는 자〉가 〈찾음을 당하는 자〉에게 어떤 영향을 미쳤을 수 있음을 의미할 수도 있다. 책의 다른 장은 알모따심이 바로 그 법대생이 죽였다고 믿었던 〈힌두인〉이라는 것을 시사한다. [원주]

역주: 여기서 우리는 파리드 우딘 아타르의 시집에 관한 부분을 제외하고 다른 부분 역시 허구의 산물임을 짐작할 수 있다.

삐에르 메나르, [1] 『돈키호테』[2]의 저자

실비나 오깜뽀에게[3]

이 소설가가 남겨놓은 가시적인 작품들은 쉽고, 숫자도 얼마 되지 않는다. 따라서 앙리 바슐리에 부인[4]이 엉터리 목록에서

---

1) Pirre Menard : 보르헤스가 창조해 낸 허구의 인물. 그러나 몇 가지 점에서 프랑스 출신의 화학자요 작가였던 루이 메나르 Louis Menard(1822-1901)가 그 모델이 아닌가 하는 추정을 하도록 만든다. 그는 사진 원판을 만들 때 쓰이는 콜로듐(콜로디온)의 화학공식을 만들어냈으며 『한 신비주의적 이교도의 꿈』 등과 같은 저서를 남겼다. 그를 삐에르 메나르의 모델로 보는 이유는 두 인물이 다같이 프랑스인이며, 또한 그가 패러디의 대가로 알려져 있어 세르반테스의 『돈키호테』를 패러디하고 있는 삐에르 메나르와 유사해 보이기 때문이다. 실제로 루이 메나르는 소실된 그리스의 많은 비극들을 다시 쓰려고 시도했다고 알려지고 있다.
2) 주지하다시피 우리에게 알려진 『돈키호테』의 저자는 스페인의 세르반테스 Miguel de Cervantes Saavedra(1547-1616)이다.
3) Silvina Ocampo(1905) : 아르헨티나 작가로 비오이 까사레스의 부인. 또한 잡지 《수르》의 발간인이었던 빅또리아 오깜뽀의 여동생이다. 보르헤스는 비오이, 그리고 실비나와 함께 『환상문학 선집』과 같은 여러 책을 편집했다.
4) 허구적 인물.

범한 삭제와 첨가는 용서받을 수 없는 행위이다. 편집 방향이 개신교적이라는 게 공공연하게 알려진 한 일간신문은 자신의 가없은 독자들에게 그러한 해악을 그대로 권장하는 무성의를 보였다. 비록 그 독자들이 석수공들의 비밀결사대[5]나 할례를 받은 자(유태인)들이 아니고 숫자도 별로 안 되는 칼뱅주의자들이지만 말이다. 메나르의 진실한 친구들은 이 목록에 대해 경계심을 느꼈을 뿐만 아니라 심지어 비애감까지 느꼈다. 사람들은 말할는지 모른다. 이미 많은 시간이 지나간 뒤인 어제서야 우리들이 음산한 삼나무들에 둘러싸인 그의 대리석 묘비 앞에 모였다고, 그리고 이미 그 잘못된 목록은 그의 명성을 망가뜨려 놓고 있다고……. 결론적으로 몇 가지 사항을 확실하게 밝혀두는 것은 불가피한 일인 듯싶다.

물론 내가 별볼일없는 사람이기 때문에 사람들은 나의 말에 귀를 기울이지 않을는지도 모른다. 그렇다고는 하지만 내가 두 가지의 명백한 증거를 제시하는 것까지는 막지 말아주었으면 싶다. 다행스럽게도 바꾸르 남작 부인(그녀가 주관하는 〈금요회〉의 모임에서 나는 그 비탄에 젖은 시인을 만나게 되는 영예를 가졌다)께서 영광스럽게도 다음 페이지에서 내가 밝히는 사실들을 입증해 주셨다. 모나코 공국에서 가장 우아한 사교계 인사 중의 하나인 바뇨레지오 여백작은 그것을 위해 특유의 귀족적인 과묵함을 파기해 가면서까지 그녀의 표현대로 하자면 〈진실 아니면 죽음〉이라는 희생을 치렀다. (그녀는 아! 자신의 공평무사한 처세술로 인해 생긴 희생자들로부터 아주 무자비한 중상모

---

5) 공제 우애를 목적으로 하는 결사대로 〈자유롭고 인정된 석수공들 Free and Accepted Masons〉이라고 불린다.

략을 당한 세계적인 자선사업가 시몬 카우츠쉬와 결혼하여 지금은 미국의 펜실베니아 주 피츠버그에 살고 있다.) 그녀는 잡지 《룩스 Luxe》에 기고한 공개 서한에서도 나의 입장을 지지했다. 나는 이 정도로 권위 있는 인사들의 보증이면 그 모든 게 충분하다고 본다.[6]

앞에서 나는 메나르가 남긴 가시적인 작품들은 쉽게 분류될 수 있다고 말했었다. 아주 주의 깊게 그의 개인 서류철들을 검토한 나는 그의 작품을 다음과 같은 항목별로 정리할 수 있었다.

1) 처음에는 《라 꽁끄(조개) La conque》지 1899년 3월호에, 그리고 개작을 해 10월호에, 두 번에 걸쳐 발표한 상징주의적인 소네트.[7]

2) 우리의 일상용어를 구성하는 동의어들이나 암시적 표현이 아닌, 하나의 관례에 의해 창조되고, 본질적으로 시적 요구에 의해 고안된 관념적 실체들인 개념적 시어를 만들어낼 수 있는 가능성에 대한 논문(님, 1901).[8]

3) 데카르트, 라이프니츠, 그리고 존 윌킨스의 사상체계에서 목도되는 연관성과 유사성에 관한 논문(님, 1903).[9]

---

6) 물론 여기에 나오는 모든 인물들과 잡지들은 허구이다.
7) 문학 잡지로 파리에서 1891년 3월부터 1892년 12월까지 발행되었다. 따라서 1899년 3월호와 10월호의 이야기는 허구이다.
8) Nîmes : 프랑스의 한 마을 이름. 그러나 실제로 그러한 작품이 간행된 기록이 없으므로 이것은 작품상의 허구에 불과하다. 이 님이라는 지역의 이름은 계속해 등장하는데 그것들 역시 모두 허구이다.
9) 여기서 프랑스의 철학자인 데카르트 René Descartes(1596-1650), 독일의 철학자 라이프니츠 Gottfried Wilhelm Leibniz(1646-1716), 그리고 영국의 신학자 윌킨스 John Wilkins(1614-1672)가 가진 유사성이란 그들이 똑같이

4) 라이프니츠의 〈보편적 성격〉에 관한 논문(님, 1904). [10]

5) 양 진영에 속해 있는 졸병들 중의 하나를 없애 장기를 보다 재미있게 둘 수 있는 가능성에 대한 기술적인 글. 메나르는 이러한 혁신적인 방식을 제안하고, 권고하고, 그것에 대한 논의를 전개해 나가지만 종국에 가서는 그것을 거부하는 것으로 이 글을 끝낸다.

6) 라몬 룰의 『일반예술대계』에 관한 논문(님, 1906). [11]

7) 서문과 역주를 단, 루이 로뻬스 데 세구라가 지은 『장기놀이의 자유로운 창안과 기교에 관한 책』의 번역(파리, 1907). [12]

세계 공용어의 창달을 주창했다는 데에 있다. 데카르트는 존재하는 모든 지식을 세계 공통적인 기호들 안에 담을 수가 있으며, 그것을 통해 세계 공용어가 만들어질 수 있다고 보았다. 라이프니츠는 모든 지식 안에는 모든 언어 안에서 추출해 낼 수 있는 보편적인 상징을 통해 묘사될 수 있는 어떤 기본적 뿌리 같은 것이 존재한다고 보았다. 존 윌킨스는 그의 저서 『실제적 성격과 철학적 언어를 향한 에세이 *An Essay towards a Real Character and a Philosophical Language*』(1668)에서 특이한 방식의 세계 공용어를 주창했다. 그에 따르면 세계는 같은 어원을 가진 단어들에 조직적인 새로운 이름을 부여해 만든 분류에 의해 모든 언어들의 구분이 가능하다. 그는 바로 이러한 분류가 세계의 공용어를 창출하는 데 기여할 수 있다고 본다.

10) 앞 주에서 지적한 대로 라이프니츠가 모든 언어 속에 공통적으로 들어 있다고 본 뿌리적 개념을 가리킨다. Charateristica universalis.

11) 라이몬드 룰리오 Raimundo Lulio, 또는 라몬 룰 Ramón Llull(1232-1315): 중세를 대표하는 석학들 중의 한 사람으로 최초로 라틴어가 아닌 근대어, 즉 카탈란어로 철학서적을 쓴 사람이며 동시에 최초로 카탈란어로 시를 쓴 사람이다. 카탈란어란 지금 바르셀로나를 중심으로 한 스페인의 까딸루냐 지방에서 쓰고 있는 방언이다. 그는 젊어서는 방탕한 생활을 했으나 나중에는 독실한 기독교 신자로 변신, 라틴어와 카탈란어로 된 수많은 작품들을 남겼다. 그 안에는 철학서적 및, 소설, 시 등이 포함되어 있다.

12) Ruy López de Segura(16세기 중반?): 근대적인 장기놀이의 기초를 세운 스페인의 과학자. 님의 경우와 마찬가지로 여기서도 파리에서 이 논문이 발간되었다는 것은 허구임.

8) 조지 불의 〈상징논리〉에 관한 논문의 초고.[13]

9) 프랑스 산문에 깃들여 있는 기본적인 운율법칙을, 생-시몽의 작품들을 예로 조명하고 있는 연구논문(《로망스어지》, 몽펠리에, 1909년 10월).[14]

10) (앞에서 말한 법칙이 존재하지 않는다고 주장한) 뤽 두르땅에 대한, 그의 작품들을 예로 삼은 반론(《로망스어지》, 몽펠리에, 1909년 12월).[15]

11) 께베도의 『문화를 항해하기 위한 지침』을 「교양의 나침반」이라는 제목으로 번역해 놓은 원고.[16]

12) 까롤루스 우르까드의 석판화 전시회 카탈로그 서문(님, 1914).[17]

13) 아킬레스와 거북이에 관한 그 유명한 문제에 관한 논지들을 연대순으로 다루고 있는 『한 문제에 관한 문제들』(파리,

---

13) George Boole(1815-1864) : 영국의 논리학자이자 수학자. 그는 논리학과 수학을 결합시킨, 소위 수리논리학의 창시자로서 저서 『사유의 법칙』 등을 남겼다.
14) 생-시몽 Louis de Rouvroy Saint-Simon(1675-1755) : 루이 14, 15세 치하를 다룬 뛰어난 연대기들을 썼던 프랑스의 군인이자 작가. 《로망스어지 Revue des langues romanes》란 로망스어학회에 의해 1870년부터 1945년 몽펠리에와 파리에서 발간된 잡지이다. 여기서 1909년 10월에 삐에르 메나르의 글이 실려 있다고 하나 그 해에는 단 한 번밖에 발간되지 않았으며, 그 호에는 메나르가 썼다고 하는 그런 글이 실려 있지 않다.
   로망스어란 라틴 속어 latin vulgar들을 가리키는 것으로서 프랑스어, 스페인어, 이탈리아어, 카탈란어, 루마니아어 등이 이에 속한다.
15) 뤽 두르땅 Luc Durtain(1881-1959) : 앙드레 느쀠 André Nepveu라는 본명의 프랑스 작가. 여기서도《로망스어지》12월호라는 표기는 허구이다.
16) 께베도에 관해서는 「틀뢴, 우크바르, 오르비스 떼르띠우스」의 주 75번을 참조할 것.
17) 허구적 인물.

1914)이라는 작품. 현재까지 이 책은 두 가지 판이 나와 있다. 제2판에는 라이프니츠의 조언 〈선생, 거북이를 두려워하지 마시오〉라는 제사가 붙어 있고, 러셀과 데카르트에 관한 부분이 개작되어 있다.[18]

14) 뚤레의 〈구문론적 관습〉에 대한 치열한 분석(*N.R.F.* 1921년 3월호). 내 기억에 메나르는 여기서 비판을 하거나 칭찬을 하는 것은 비평과 전혀 무관한 감상적 행위라고 언명하고 있다.[19]

15) 폴 발레리의 시「해변의 묘지」를 알렉산더 운율로 바꿔놓은 작품(*N.R.F.* 1928년 1월호).[20]

18) 여기서 거북이와 아킬레스의 문제란 그리스 궤변철학자 제논의 그 유명한 두번째 명제를 가리킨다. 즉 아킬레스가 거북이로 하여금 한 지점을 출발하도록 만든 다음 그를 따라잡으려고 한다. 그러나 아킬레스가 거북이가 출발한 지점에 도착했을 때는 이미 거북이는 다른 지점에 가 있고, 아킬레스가 그 지점에 도착했을 때 거북이는 역시 또 다른 지점에 가 있어 아킬레스는 영원히 거북이를 잡을 수 없다는 역설이다.
〈여보시오, 거북이를 두려워하지 마시오〉라는 이 말은 라이프니츠가 1692년 철학자 시몬 푸처에게 보낸 편지에 들어 있는 말이다. 그에 따르면 기하학적으로 분할된 단위는 무한하지만 그것의 총합계는 유한하기 때문에 아킬레스가 거북이를 따라잡을 수 있다는 논지이다.

19) 뚤레 Paul Jean Toulet(1867-1920) : 프랑스 작가로 특이하고 돌발적인 구문구조의 사용으로 유명했다. 작품으로『돈키호테의 결혼』등이 있다.
*N.R.F.*란 잡지 *Nouvelle Revue Française*를 가리킨다. 여기에 메나르의 논문이 실렸다는 것 역시 허구이다.

20) 폴 발레리의 「해변의 묘지」가 실린 것은 이 잡지의 1920년 8월호이다. 물론 발레리의 다른 시가 이 잡지의 1928년 1월호에 실린 것은 사실이지만 그것은「해변의 묘지」도 아니며 그것을 알렉산더 운으로 바꾸어놓았다는 것도 허구이다. 알렉산더 운이란 정형률의 일종으로 각 행이 12음절로 되어있는 운을 가리킨다. 그런데 발레리의「해변의 묘지」는 10음절이 중심을 이루고 있었다. 발레리가 당시 흔히 즐겨 쓰이던 12음절 알렉산더 운 대신 10음절을 쓴 것은 중후함 대신 부드러움을 창출해 내기 위해 의도적인 것이었는데 이것을 다시 12음절로 바꿨다는 것은 발레리의 시를 오히려 퇴보시켜 버린 행위라는 지독한 풍자이다.

16) 자끄 레불 편저 『현실의 폐기에 관한 논고들』에 실려 있는 폴 발레리에 대한 공격(부언해 말하자면 이 독설은 그가 폴 발레리에 대해 가졌던 생각과 정반대되는 것이다. 발레리 또한 그것을 알고 있었고, 두 사람의 오래된 우정에는 금이 가지 않았다).[21]

17) 저널리즘의 어쩔 수 없는 왜곡을 바로잡고, 잘못되고 경솔한 해석에 여지없이 노출되어 있는 자신의 진정한 모습을 세계와 이탈리아에 보여주기 위해 바뇨레지오 백작 부인이 매년 발간하는 《승리를 거둔 책》── 이 표현은 이 간행물에 글을 쓰곤 하는 가브리엘르 다눈치오의 말이다 ── 에서 내리고 있는 바뇨레지오 백작 부인에 대한 〈정의(定義)〉.[22]

18) 바쿠르 남작 부인에게 바친 일련의 뛰어난 소네트(1934).

19) 구두점에서 그 효과가 드러나는 친필 시 목록.[23]

여기까지가 연대순으로 본 메나르의 〈가시적인〉 작품들이다.

스페인어에 있어서 알레산더 운은 한 행이 12음절이 아닌 14음절로 되어 있는 정형운을 가리킨다.
21) 자끄 레불이라는 작가는 존재하지 않는다.
22) Gabriele D'Annunzio(1864-1938) : 이탈리아의 소설가이자 시인이며 극작가.
23) 앙리 바슐리에 부인 또한 께베도가 성 프란체스코 드 살의 『신앙입문』을 직역한 것을, 삐에르 메나르가 다시 직역한 번역 작품을 목록 안에 포함시키고 있다. 삐에르 메나르의 서고에는 그러한 작품의 흔적조차 없다. 아마 우리의 친구가 농담으로 했던 말을 그녀가 잘못 들었던 게 틀림없다. [원주]
역주 : 여기서 성 프란체스코 드 살(1567-1622)은 프랑스의 유명한 신학자를 가리킨다. 그의 저서 『신앙입문』은 실제로 께베도가 스페인어로 번역했다. 그런데 그것을 다시 삐에르 메나르가 번역했다는 것은 원래 프랑스어로 된 것이 스페인어로, 다시 그것이 프랑스어로 번역되었다는 것을 의미한다. 이러한 역설적인 풍자성은 작품이 전개되어 가면서 이 작품의 가장 중요한 주제로 등장하게 된다.

(앙리 바슐리에 부인의 자상하고, 또는 탐욕스러운 앨범에 들어 있는 몇 편의, 그가 쓴 것으로 보이는 그저 그런 소네트들만 제외시켰을 뿐 달리 누락된 작품은 없다.) 이제 다른 작품에 눈을 돌려보기로 하자. 지하에 묻혀 있고, 진정으로 위대하고, 탁월한 작품 말이다. 아 인간이 가진 가능성이란 게 얼마나 무한한 것인가! 미완성 작품. 이 작품, 아마 우리들 시대에 있어 가장 의미 있는 작품일지도 모를 이 작품은 『돈키호테』 1부의 9장과 38장, 그리고 22장의 한 부분으로 되어 있다.[24] 나는 이러한 주장이 넌센스처럼 들리리라는 것을 안다. 이러한 〈넌센스〉를 정당한 것으로 논증해 보이기 위한 것이 바로 이 글의 일차적인 목표이다.[25]

서로 가치에 차이가 있는 두 개의 텍스트가 메나르의 이 작품

---

24) 세르반테스의 『돈키호테』는 1부와 2부로 나누어져 있고, 1부는 1605년, 2부는 1615년에 간행되었다. 1부 9장은 한 비스까야(스페인 북쪽 해안의 주 이름) 사람과 돈키호테 사이에 있었던 격투를, 38장은 학술과 무술에 대한 돈키호테의 일장연설을, 22장은 노예선의 노예들에 관한 일화를 다룬 장들이다. 보르헤스는 삐에르 메나르의 『돈키호테』가 이들 두 장 전체와 한 장의 부분으로 이루어져 있다고 말한다. 보르헤스가 이 장들을 택한 이유는 9장과 22장에서 시데 아메떼 베넨헬리가 등장하고, 38장에서는 소설을 정의하고 있는 논지가 나오기 때문인 듯하다. 시데 아메떼 베넨헬리는 『돈키호테』 1부에서 세르반테스가 『돈키호테』를 쓰기 위해 참조한 원저자로 등장한다. 마치 삐에르 메나르의 『돈키호테』 원본이 세르반테스의 『돈키호테』이듯, 세르반테스의 『돈키호테』 원본은 아랍인인 시데 아메떼 베넨헬리의 『돈키호테』이다.

25) 또한 나는 삐에르 메나르의 작가적 성격을 소묘해 보려는 이차적 의도를 품었었다. 그렇지만 바꾸르 남작 부인이 준비하고 있다고 들은 빼어난 글과 까롤루스 우까르데의 섬세하고 적확한 펜에 어찌 감히 내가 대적을 할 수 있단 말인가? [원주]
역주: 앞에서 밝힌 대로 바꾸르 남작 부인과 석판화가 까롤루스 우까르데는 허구의 인물이다.

에 영감을 주었다. 첫번째 텍스트는 한 특정한 작가와의 〈완전한 일치〉라는 주제를 소묘하고 있는 노발리스의 그 문헌학적 단상이다(드레스덴판에서 이 단상은 번호 2005번을 달고 있다).[26] 또 다른 텍스트는 예수 그리스도를 한 번화가에, 햄릿을 까나비에르 거리[27]에, 또는 돈키호테를 미국의 월 스트리트에 가져다 놓고 있는 그런 기생충 같은 작품들 중의 하나였다. 뛰어난 품격을 가진 모든 사람들이 그러하듯 메나르는 그러한 헛되고 소란스러운 행태를 혐오했다. 그에 따르면 그러한 것들은 시대착오적인 망상에 따른 천박한 즐거움을 불러일으키기 위한 것이거나, 또는 (보다 나쁜 것으로) 모든 시대가 동일하다거나, 또는 모든 시대가 서로 다르다는 그런 초보적인 지식으로 사람들을 현혹시키기 위한 것에 불과하다. 비록 모순적이고 피상적인 구성 방식을 가지고 있기는 하지만 그에게 있어 보다 흥미롭게 보였던 것은 알퐁스 도데의 그 유명한 제안이었다. 그 뛰어난 기사(돈키호테)와 그의 종자(산초 판사)를 타르타린이라는 한 인물의 형상 속에 결합시키는 것……[28] 메나르가 현대판 『돈키호

---

26) Novalis(1772-1801) : 원명이 프레드리히 본 하덴베르크 Friedrich von Hardenberg인 독일의 낭만주의 시인이자 소설가. 여기서 언급하고 있는 그의 책은 여러 경구들을 모아놓은 『단상 Fragmente』을 가리킨다. 드레스덴판 2005번에는 다음과 같이 쓰여 있다. 〈내가 한 작가의 정신에 따라 행위할 수 있고, 그의 작품들을 번역할 수 있고, 그리고 그의 개인성으로부터 추락함 없이 여러 가지 방식으로 그의 작품들을 변형할 수 있을 때만 나는 그 작가를 이해할 수 있다.〉
27) 마르세이유의 가장 번잡한 거리들 중의 하나.
28) 알퐁스 도데 Alphonse Daudet(1840-1897) : 우리에게 널리 알려진 프랑스 작가. 타르타린은 그의 소설 『타르타린 데 타라스콘의 놀라운 모험』에 나오는 주인공 이름이다. 이 소설은 타르타린이 사자를 잡으러 대장정을 떠나면서 자행하는 우스꽝스러운 일화들을 다루고 있는데 여기서 타르타린이

테』를 쓰기 위해 자신의 일생을 바쳤다는 여느 사람들의 비아냥 거림은 그의 명석한 기억력을 모독하는 짓이다.

그는 또 다른 『돈키호테』를 집필하려는 게 아니었다──그것은 쉬운 일이지만. 그가 집필하려고 했던 것은 『돈키호테』 그 자체였다. 물론 그가 절대로 원작을 문자 그대로 옮겨 쓰려고 했던 것은 아니었다. 그의 경탄할 만한 야심은 미겔 데 세르반테스의 작품과 일치하는──단어와 단어, 그리고 행과 행──그런 몇 페이지를 쓰는 것이었다.

「나의 의도는 단지 놀랍게 만들려는 것뿐이지」

1934년 9월 30일 그가 바욘[29]에서 내게 편지를 썼다.

「내가 퍼뜨린 소설이 객관적 세계, 신, 우연, 우주의 형상과 같이 목적론적이고 형이상학적인 논거가 궁극적으로 도달하게 되는 그런 사유체계보다 더 선각자적이라거나 보편적이라는 것은 아니네. 단 하나 차이점이 있다면 철학자들은 자신들의 중간 작업 과정을 아주 멋있는 책들 속에 담아 출판하는 반면 나는 그것들을 생략해 버리기로 마음먹은 데에 있지」

사실 그가 오랜 세월에 걸쳐 수행했던 그 작업을 증거해 줄 만한 단 한 줄의 원고도 남아 있지 않다.

그가 처음 생각해 냈던 작업 방식은 상대적으로 단순했다. 스페인어에 능통하는 것, 가톨릭 신앙을 회복하는 것, 무어인들 또는 터키인들과 전쟁을 벌이는 것,[30] 1602년부터 1918년까지의

보여주는 행태를 두고 보르헤스는 돈키호테와 산초 판사의 성격을 동시에 가지고 있다고 본다.

29) Bayonne : 피레네 산맥 근처에 있는 프랑스의 마을 이름.

30) 세르반테스가 젊은 시절 레빤도 전쟁에서 터키인들과, 후에 튜니스와의 전쟁에서 무어인들과 싸운 사실을 암시한다.

유럽 역사에 대해 잊어버리는 것, 미겔 데 세르반테스가 되는 것. 삐에르 메나르는 이러한 과정을 열심히 추적했다(내가 알기로 그는 17세기 스페인어를 훌륭하게 구사하는 단계에까지 이르게 되었다).[31] 그러나 그는 그 방법이 너무 쉽다는 이유로 중단해 버렸다. 독자들은 그게 아니라 사실은 그렇게 한다는 게 불가능하기 때문에 중단한 게 틀림없다고 생각할는지 모른다! 맞는 말이다. 그러나 보다 정확히 말하자면 그가 의도한 작업 자체가 애초부터 불가능했고, 그것을 성취시키기 위한 모든 불가능한 방법들 중 앞의 방법은 가장 흥미롭지 못한 방법이었다. 20세기에 살면서 17세기의 대중소설가가 된다는 것은 어쩐지 그에게 일종의 강등처럼 보여졌던 것이다. 설사 어떻게 해서든 세르반테스가 되어 『돈키호테』라는 목표에 도달한다 할지라도 그것은 그에게 삐에르 메나르이면서, 삐에르 메나르의 경험들을 통해 『돈키호테』에 도달하는 것보다 덜 야심적인 작업 — 따라서 덜 흥미로운 — 으로 생각되었다. (내친 김에 하는 말이지만, 그런 생각 때문에 그는 『돈키호테』 2부에 나오는 자전적인 「서문」을 빼도록 만들었다. 이 서문을 삽입시키는 것은 또 다른 인물 — 세르반테스 — 을 창조하는 것은 되겠지만, 또한 그것은 『돈키호테』를 메나르의 관점이 아닌 세르반테스의 관점으로 제시하는 게 되었을 것이기 때문이었다. 당연히 메나르는 그러한 용이한 방법을 거부했다.)

「본질적으로 나의 작업이 난해한 것만은 아니네」
나는 편지의 한 곳에 이렇게 씌어 있는 것을 보았다.

---

31) 세르반테스가 1605, 1615년에 각각 『돈키호테』의 1, 2부를 썼으므로 그 시대는 17세기에 속한다.

「문제는 그것을 완수하기 위해서는 내가 불사신이 되어야 한다는 데에 있지」

나는 자주 그가 이미 그 작업을 끝냈고, 내가 마치 메나르가 생각했던 그런 방식으로 『돈키호테』를 ──『돈키호테』 전체를 ── 읽고 있다는 상상이 들곤 한다고 고백해야 할까? 지난 며칠 밤 동안 『돈키호테』의 26장 ── 메나르가 결코 건드려 본 적이 없는 ── 을 뒤적거리다가 나는 다음과 같은 예외적인 문장에서 그의 문체와 그의 목소리 같은 어떤 것을 발견했다. 〈강의 요정들과 고통에 젖어 있고 물로 축축한 에코. [32]〉 정신적 형용사와 물질적 형용사의 절묘한 결합은 나로 하여금 어느 날 오후 우리가 함께 토론을 벌였었던 셰익스피어의 시 한 편을 떠오르게 만들었다.

그곳, 터번을 두른 한 못된 터키인이……. [33]

---

32) Echo : 그리스 신화에 나오는 숲의 요정. 그녀는 말하기를 아주 좋아하는 요정이었는데 어느 날 헤라가 님프들과 놀고 있는 남편 제우스를 찾아나섰다. 헤라는 에코의 감미롭고 아름다운 말솜씨에 홀려 그녀의 얘기를 듣느라 시간을 보낸다. 그 사이에 제우스는 도망가버린다. 그것을 발견하고 화가 난 헤라는 에코에게 스스로 말은 하지 못하고 다른 사람이 한 말만 되풀이하도록 하는 저주를 내린다. 어느 날 에코는 나르시스를 만나고, 사랑에 빠진다. 그녀는 그에게 말을 걸어 자신의 사랑을 고백하고 싶지만 그렇게 할 수가 없다. 나르시스는 자꾸 자신이 한 말만 되풀이하는 그녀에게 화가 나 가버린다. 절망한 에코는 깊은 숲속에 숨어 슬피 울다가 절벽이 되고 만다. 그래서 지금도 사람들이 소리를 지르면 저 먼산의 절벽이 된 에코는 그것을 되풀이해 소리친다. 에코가 메아리를 의미하는 것은 바로 이러한 신화적 배경 때문이다.
33) 이 부분은 셰익스피어의 「오델로」에서 오델로가 자결을 하기 전 자신의 과거 행적을 상기하는 장면에서 나온다. (5막 2장)

그렇지만 왜 하필이면 『돈키호테』인가? 그렇게 독자들은 물을는지 모른다. 만일 그가 스페인 사람이라면 세르반테스에 대한 선호가 굳이 설명되지 않는 것은 아니다. 그러나 문제는 그가, 발레리는 에드몽 떼스뜨[34]를 낳고, 말라르메는 발레리를 낳고, 보들레르는 말라르메를 낳고, 바로 이 보들레르를 낳은 에드거 앨런 포의 신봉자인 님 출신의 상징주의자라는 사실에 있다. 앞에서 말한 그 편지는 이 문제점에 대해 언급을 하고 있다. 메나르는 다음과 같이 자신의 입장을 명백히 밝히고 있다.

「내가 『돈키호테』에 대해 깊은 흥미를 느낀 것은 사실이네. 그러나, 어떻게 말을 해야 하나? 그러니까 그 작품을 선택한 것이 필연적이었던 것은 아니라고 해야겠지. 나는 포의 그 감탄문을 연상하지 않고서는 우주를 상상할 수 없는 그런 사람인데 말이야」

아, 이 정원이 마술에 걸려 있다고 생각해 보라.[35]

또는 「술취한 배 Le Bateau ivre」[36]나 「늙은 선원」[37]을 연상하지

---

34) 발레리의 산문에 나오는 작중인물. 『불한당들의 세계사』의 「서문」 주 6번을 참조할 것.
35) 이 시행은 포가 트로이 전쟁의 직접적인 원인이 되었던 미녀 헬레나에게 바친 헌시에 나오는 대목이다. 1831년에 발표된 이 시는 보름달이 뜬 7월의 어느 날 시의 화자가 마술에 걸린 정원에 들어가 헬레나를 만나게 되는 내용을 담고 있다. 끝내 모든 마술이 풀리지만 화자는 자신이 살아 있는 동안 자신을 지켜줄 그녀의 눈만은 끝까지 사라지지 않는 것을 본다.
36) 프랑스의 상징주의 시인 랭보가 17세(1871) 때 쓴 유명한 시. 이 시에서 화자는 달빛 가득한 바다를 가로지르고, 폭풍이 이는 바다를 뚫고 나가는 환영을 그린다. 메나르는 바로 이러한 이미지들이 우주를 연상하는 데 필수적이라는 것이다.

않고서는 역시 마찬가지의 결론에 도달하게 그런 사람인데 말이야. 그렇지만 반대로 『돈키호테』없이도 나는 우주를 상상할 수가 있지. (물론 나는 나의 개인적 역량을 말하고 있는 것이지, 그러한 작품들이 가지고 있는 역사적 반향을 말하고 있는 것은 아니네.) 사실 『돈키호테』는 우연에 의해 만들어진 책이고, 그러기 때문에 『돈키호테』는 쓸모없고 보잘것없는 책이라고 말할 수 있지. 나는 전혀 같은 단어를 쓰지 않고서도 그 작품을 미리 생각할 수 있고, 그것을 쓸 수가 있어. 나는 열두세 살 때 이 작품을, 아마 전체를 다 읽었지. 후에 나는, 물론 현재에는 그럴 의향이 없는 몇 장을 골라 아주 꼼꼼하게 재독을 했지. 나는 또한 그의 막간극들, 희곡들, 『라 갈라떼아』, 『모범소설집』, 『뻬르실레스와 세히스문다의 명백한 고난』, 『빠르나소의 여행』[38] 등을 읽었지……. 망각과 무관심 때문에 단순화되어 있는 『돈키호테』에 대한 나의 개략적인 기억은 마치 아직 씌어지기 전의 어떤 책에 대한 막연한 이미지와 같은 거라 할 수 있지. 일단 그러한 이미지(아무도 상식의 차원에서 부정할 수 없는)가 형성되면 내가 가지고 있는 문제가 세르반테스가 가졌던 문제보다 훨씬 어렵다는 게 명백해지지. 그 순종적인 나의 선구자는 우연과의 협동을 거부하지 않았지. 그는 언어와 발명의 관성에

---

37) 영국의 시인 사무엘 테일러 콜리지가 1789년에 발표한 서사시. 이 시는 한 선원이 알바트로스(신천옹)라는 새를 죽인 이후 발생하는 기괴하고 환상적인 재난들의 출현을 다루고 있다.
38) 모두가 세르반테스의 작품들이다. 『라 갈라떼아 La Galatea』는 세르반테스의 첫 작품으로 1585년에 출간된 목가소설이다. 『모범소설집』은 1613년에, 『뻬르실레스와 세히스문다의 명백한 고난』은 1617년에 발표된 소설이며, 『빠르나소의 여행』은 1614년에 발표한 풍자시이다.

끌려 약간 되는 대로 그 불멸의 작품을 작성해 나갔던 거지. 나는 그의 그 우발적인 작품을 문자 그대로 재작성하겠다는 신비로운 책무를 떠맡게 된 거지. 나의 이 고독한 놀이는 두 개의 극단적으로 상반된 법칙에 의해 좌우되지. 첫번째 법칙은 나로 하여금 형식적 또는 심리적 전형의 다양성들을 시험해 볼 수 있는 계기를 마련해 주게 되네. 두번째 법칙은, 〈원〉텍스트를 위해 그러한 다양성들을 버리고, 전혀 반박의 여지없이 그러한 폐기를 합당한 것이라고 견지하게끔 만들어주지……. 이러한 기술적인 측면의 장벽에 또 다른 —— 보다 원초적인 —— 장벽이 하나 더 있다네. 17세기 초에 『돈키호테』를 쓴다는 것은 근거가 있었고, 불가피했고, 그리고 거의 운명적인 일이었다고 말할 수가 있겠지. 그러나 20세기 초에는 사정이 다르지. 극단적이리만치 아주 복잡한 사건들로 가득 찬 300년이란 세월이 그냥 헛되이 흘러간 것만은 아니기 때문에 말이네. 그러니까 그 사건들 중 단 하나만 언급한다 해도 그것은 곧바로 『돈키호테』 그 자체가 돼버리니까 말이네」

이러한 세 가지 문제점에도 불구하고 메나르의 단편「돈키호테」는 세르반테스의「돈키호테」보다 훨씬 더 오묘하다. 후자는 아주 조악한 방식으로 기사도 소설의 허구에 자신의 나라가 안고 있는 시골의 가련한 현실을 대치시킨다. 메나르는 작품의 배경이 되는 〈현실〉로서 레빤또 전쟁과 로뻬시대의 〈까르멘〉의 땅을 선택한다.[39] 만일 모리스 바레나 엔리께 라레따 박사가 이러

---

39) 레빤또 전쟁은 1571년에 있었던 스페인과 오토만 제국 사이의 전쟁을 말한다. 세르반테스는 이 전쟁에 참여해 한쪽 팔을 잃었다. 로뻬는 세르반테스와 동시대를 살았던, 스페인 황금기의 대표적인 극작가요 시인인 로뻬 데 베가 까르뻬오(1562-1635)를 가리킨다. 까르멘이란 비제의 오페라「까

한 선택을 했다면 작품 안에 얼마나 많은 스페인적인 요소들을 끌어들였을 것인가? [40] 메나르는 아주 당연하게 이러한 것들을 피해갔다. 메나르의 작품에는 집시도, 아메리카대륙 정복자들도, 신비주의자들도, 종교재판도, 펠리페 2세도, 아우또라는 신앙극도 등장하지 않는다. [41] 그는 지방색을 소홀히 해버리거나

르멘」에 나오는 여주인공의 이름이다. 따라서 메나르가 마치 세르반테스에 비해 새로운 〈현실〉을 다루고 있는 것처럼 보인다. 그러나 실제로는 레빤또 전쟁과 로뻬의 시대가 16세기 말에서 17세기 초이고, 그리고 비제의 「까르멘」의 배경이 구체적인 명시는 없지만 집시, 군인 등 여러 가지 측면을 보아 스페인의 시골 지역임을 암시하고 있기 때문에 결국 세르반테스가 다루었던 〈현실〉과 다를 바가 없다고 볼 수 있다. 보르헤스가 즐겨 사용했던 언어 유희의 대표적인 한 예이다.

40) 모리스 바레 Maurice Barrès(1862-1923) : 주로 스페인을 무대로 작품을 썼던 프랑스 작가. 그의 대표작인 『피와 열광과 죽음에 관하여』라는 작품 또한 스페인의 투우를 주제로 한 소설이다.

로드리게스 라레따 Enrique Rodríguez Larreta(1875-1961) : 라틴아메리카 모더니즘을 대표하는 아르헨티나 출신 소설가. 로드리게스 라레따 역시 스페인을 무대로 하여 대부분의 작품을 썼다. 그가 스페인을, 그것도 과거 시대를 주로 무대로 삼은 것은 소위 라틴아메리카 모더니즘의 대표적인 성격 중의 하나인 〈이국정서주의 exotism〉 때문이다. 그의 대표작 『라미로 씨의 영광』 역시 16세기 펠리페 2세 시대의 스페인을 무대 배경으로 가지고 있다.

즉, 이들 두 작가가 보여준 스페인 취향적 성격으로 보아 만일 이들이 앞에 말한 레빤또와 로뻬시대의 스페인을 다뤘다면 여러 가지 스페인적인 작품 설정을 하였을 것이라는 말이다.

41) 집시, 아메리카 대륙 정복자들, 신비주의자들, 종교재판 등은 매우 스페인적인 것들이다. 집시는 스페인의 대명사와 같은 것이고, 스페인이 아메리카 대륙을 발견, 정복했기 때문에 대륙 정복자들 또한 매우 스페인적인 것이다. 또한 스페인은 산 후안 데 라 끄루스, 산따 떼레사와 같은 매우 뛰어난 신비주의 작가들 또한 탄생시켰다. 게다가 유럽이 종교개혁의 물결에 휩싸여 있는 동안 스페인은 반종교개혁 Contrarreforma을 일으킬 정도로 정통적 가톨릭주의적이었고, 따라서 종교재판의 전통 또한 뚜렷했다. 펠리페 2세(1527-1598)는 매우 종교적이었고, 레빤또 전쟁의 승리 등 국력 확장에도 많은 업적을 남긴 스페인의 왕이었다. 아우또 Auto는 극 중에

아예 배제해 버린다. 지방색에 대한 이러한 경시는 그로 하여금 역사소설에 대한 새로운 개념을 품도록 만들어준다. 이러한 경시는 전혀 반박의 여지없이 『살람보』[42]를 가차없이 능멸하도록 만든다.

각 장(章)들을 하나하나 고찰해 봐도 놀라움은 전혀 감소되지 않는다. 예를 들어 1부의 28장을 시험해 보자. 이 장은 돈키호테가 무예와 문예의 문제에 대한 자신의 견해를 개진하고 있는 흥미로운 이야기를 다루고 있다. 이 장에서 돈키호테가 (마치 께베도가 후에 『모든 자들의 시간』[43]에 나오는 비슷한 문구에서 그러한 것처럼) 문예에 반해 무예를 선호하는 논쟁을 펼쳤다는 것은 잘 알려져 있다. 세르반테스는 제대 군인이었다. 따라서 세르반테스가 그러한 판결을 내렸다는 것은 전혀 납득이 가지 않는 일이 아니다. 그런데 버트란드 러셀,[44] 그리고 『지식인들

상영되는 막간극으로 주로 종교적인 주제를 많이 다루었다.
42) 1862년에 발간된 플로베르의 소설. 로마와 카르타고 사이에 벌어진 퓨닉 전쟁(1차는 기원전 264-241년에, 2차는 기원전 218-201년에 일어났다) 시대에 카르타고의 젊은 여사제와 반란군 대장 사이의 사랑을 다룬 이야기다. 메나르가 이 작품을 비판하는 것은 이 작품에는 당시 카르타고(지방색) 생활 방식과 문화가 상세하게 묘사되어 있기 때문이다.
43) 원 제목은 『모든 자의 시간, 그리고 그 시간의 지혜 속에서의 운명 La hora de todos y la fortuna con seso』이다. 이 작품에서 께베도 또한 돈키호테처럼 〈그리스는 책은 풍요했지만 정복한 것은 적었다〉라고 무예를 예찬하고 있다.
44) Bertrand Russell(1872-1970) : 영국의 철학자이자 수학자. 저서로는 『수학적 원리』, 『외부 세계에 대한 우리의 지식』, 『정신의 분석』 등이 있다. 러셀의 중심 사상은 수학은 논리학의 해명 방식 안에 들어 있고, 모든 물리적 현상들은 논리적 사유체계로 설명될 수 있다고 본다. 보르헤스가 여기서 러셀을 언급한 것은 그가 전쟁 반대론자로서 1차대전중 군에 입대하기를 거부해 구금되었던 것에 기인한다. 즉, 세르반테스는 무예를 칭송하지만 러셀은 평화주의자인 것이다.

의 배반』⁴⁵⁾과 동시대 사람인 삐에르 메나르의 돈키호테가 그러한 아리송한 궤변들의 제물이 되다니! 바슐리에 부인은 그러한 궤변들 속에서 작가가 주인공의 심리 속으로 종속되는 경탄할 만하고 전형적인 한 현상을 파악했다. 다른 사람들은 (전혀 통찰력이 없으므로) 『돈키호테』가 〈문자 그대로 베껴져 있는 것〉을 보았다. 바꾸르 남작 부인은 니체의 영향을 보았다. (내가 보기에 전혀 반박의 여지가 없는) 이 세번째 해석에 감히 삐에르 메나르의 거의 신성한 겸손함에 배치되지 않을 네번째 해석을 덧붙여야 할지 나는 확신이 서지 않는다. 그의 겸손함이란 자신이 선호하는 생각들과 정반대되는 생각들을 주창하게 돼버리는 삐에르 메나르의 움츠리고 반어법적인 습관을 가리킨다. (우리 다시 한 번 그 허망한 초현실주의적 책자에 들어 있는 자끄 르불의 폴 발레리에 대한 공격을 상기해 보자.⁴⁶⁾) 세르반테스의 텍스트와 삐에르 메나르의 텍스트는 언어상으로는 단 한자도 다른 게 없이 똑같다. 그러나 삐에르 메나르의 것은 전자보다 거의 무한정할 정도로 풍요롭다. (그의 반박론자들은 전자에 비해 보다 애매모호하다고 말할지도 모른다. 그러나 애매모호성

---

45) 프랑스의 철학자 줄리앙 벤다 Julien Benda(1867-1956)가 1927년 쓴 팸플릿. 이 글에서 벤다는 19세기와 20세기의 지식인들이 학문 자체에 전념하지 않고 정치적, 사회적 문제에 깊이 관여하는 것을 비판했다. 비록 보다 간접적인 것이기는 하지만 보르헤스의 의도는 러셀의 경우와 마찬가지로 문예 우위론을 암시하기 위한 것이다.

46) 앞에서 가상 인물인 자끄 르불은 『현실의 폐기에 관한 논고』에서 폴 발레리에 대해 공박을 가했으나 실제로 그의 속마음은 그 반대였고, 발레리 또한 그것을 알고 있었다는 대목이 나온다. 즉, 보르헤스는 이처럼 삐에르 메나르도 자신의 진정한 마음과 달리 실제로는 그 반대의 말을 하고 있다는 점을 암시하기 위해 이를 언급하고 있다.

은 하나의 풍요로움이 아니고 무엇이겠는가.)

　메나르의 『돈키호테』와 세르반테스의 『돈키호테』를 비교해 보면 그것은 확연히 드러난다. 예를 들어 세르반테스는 이렇게 적고 있다.

　……진리, 진리의 어머니는 시간의 적이고, 사건들의 저장고이고, 과거의 목격자이고, 현재에 대한 표본이며 충고자이고, 그리고 미래에 대한 상담관인 역사이다.
　　　　　　　　　　　　──『돈키호테』 제1부 9장

　17세기의 〈평범한 천재〉인 세르반테스에 의해 편집된[47] 이러한 열거형 문장은 역사에 대한 단순한 수사적 찬양에 불과하다. 반면 메나르는 이렇게 적는다.

　……진리, 진리의 어머니는 시간의 적이고, 사건들의 저장고이고, 과거의 목격자이고, 현재에 대한 표본이며 충고자이고, 그리고 미래에 대한 상담관인 역사이다.

　역사는 진리의 〈어머니〉이다. 이러한 생각은 놀라운 것이다. 윌리암 제임스와 동시대 사람인 메나르는 역사를 현실에 대한 탐구가 아닌 현실의 원천으로 정의한다.[48] 메나르에게 있어 〈역

---

47) 여기서 보르헤스가 〈썼다〉는 표현 대신 〈편집했다〉라는 표현을 쓴 것은 『돈키호테』 안에 시드 아메떼 베넨헬리라는 원작자가 등장하고, 세르반테스는 단지 그것을 재구성, 또는 옮겨왔다고 주장하고 있기 때문이다.
48) William James(1842-1910) : 미국의 소설가 헨리 제임스(1843-1919)의 형으로 실용주의 철학자. 저서로 『종교적 경험의 다양성』 등이 있다. 보르

사적 진실〉이란 일어난 사건이 아니라 사건이 일어났었을 것이라고 판단하는 행위를 가리킨다. 마지막 문구——〈현재에 대한 표본이며 충고자이고, 그리고 미래에 대한 상담관〉——는 뻔뻔스럽게도 실용주의적이다.

또한 문체에 있어서의 차이점도 아주 명명백백하다. 메나르의 고어체——무엇보다 외국어 문체적인——는 작위적인 흔적을 벗어나지 못하고 있다. 자신이 살았던 시대의 스페인어를 유창하게 구사할 줄 알았던 선구자 세르반테스의 경우는 전혀 그렇지 않다.[49)]

그 어떤 지적인 활동도 종국에 가서는 쓸모없게 되기 마련이다. 하나의 철학적 원리는 시초에 세계에 대해 그럴 듯한 묘사를 하고 있는 것처럼 보인다. 그러나 시간이 지남에 따라 그것은 철학사 속에서 단순히 한 장(章)——만일 한 단락이나 명사로 되어버리지 않는다면——으로 남게 된다. 문학에 있어서 이러한 시간에 따른 쇠락 현상은 더욱 치명적이다. 메나르는 내게 『돈키호테』가 무엇보다 우선 재미있는 책이라고 말했다. 그러나 현재에 있어 그것은 애국주의적 취향, 문법적으로 오만함, 호화로운 장정으로 꾸민 각종 난잡한 판본들이 난무하도록 만드는 요인이 될 뿐이다. 영광이란 일종의 몰이해에 불과하며, 아마 최악의 몰이해일는지도 모른다.

헤스가 여기서 윌리엄 제임스를 언급한 것은 각 인간의 의식이 역사의 방향을 결정한다는 그의 생각을 비유로 역사는 실제로 일어났던 사건이 아니라 일어났으리라고 판단하는 것이라는 메나르의 역사관을 조명하기 위함이다.

49) 동일한 글일지라도 17세기에 세르반테스가 썼다는 사실을 염두에 두면 그 글의 문체가 어색해 보이지 않지만 20세기에 프랑스인이 썼다면 고어체로 보이고, 외국어 문체로 보인다는 뜻이다.

이 허무주의적 확인이 전혀 새로운 것은 아니다. 그러나 우리의 시선을 끄는 것은 그러한 허무주의적 진실 앞에서 삐에르 메나르가 이끌어낸 결단일 것이다. 그는 모든 인간의 노력 뒤에 기다리고 있는 허무와 마주 서기로 결심했다. 그는 난삽하기 그지없고, 애초부터 쓸모가 없는 그런 작업에 몸을 던졌던 것이다. 그는 이미 존재하고 있는 책을 외국어로 다시 쓰기 위해[50] 온갖 노고와 수많은 불면의 밤들을 바쳤다. 그는 수없이 원고를 쓰고 다시 쓰고 또다시 쓰고, 집요하게 교정을 가했고, 그리고 수천 페이지에 해당하는 그 원고들을 모두 찢어버렸다.[51] 그는 그 누구에게도 그 원고를 검토하도록 허락하지 않았고, 그리고 그것들이 살아남지 않도록 유의했다. 나는 그것들을 재구성해 보려고 했지만 그것은 헛일이었다.

나는 이 『돈키호테』〈마지막 결정판〉을 일종의 양피지사본[52]으로 보는 게 옳다는 생각을 해왔다. 그 양피지사본 안에서는 우리들의 친구가 썼다 지운 글의 흔적들이 —— 희미하기는 하지만 해독이 불가능한 것은 아닌 —— 어렴풋이 들여다보일 것이다. 불행하게도, 단지 제2의 삐에르 메나르만이 자신의 선행자가 했던 작업을 역으로 올라가 이 트로이의 유적들을 발굴하고 복원

---

50) 메나르가 프랑스인이기 때문에 그에게 있어 스페인어는 외국어이다.
51) 나는 그의 사각형 공책들, 시꺼멓게 지운 문장들, 그의 매우 특이한 활자 표기, 마치 벌레가 기어다니는 것 같은 글씨체를 기억하고 있다. 오후에 그는 님의 교외로 산책을 나가기를 좋아했다. 그는 공책 한 권을 가지고 나와 신나는 화톳불을 만들곤 했다. [원주]
52) palimpsest : 씌어 있는 글자를 지우고 그 위에 다시 쓴 것. 현대에 들어 양피지본은 소위 간텍스트성, 또는 상호텍스트성의 상징으로 자주 쓰인다. 그 대표적인 예가 모방의 문제를 다룬 제라르 주네뜨 Gerard Genette의 저서 『양피지사본 : 이급문학 Palimpsestes La littérature au second degré』이다.

시킬 수 있으리라······.

「생각하고, 분석하고, 창조하는 것은 (그는 또한 내게 이렇게 써보냈다) 비정상적인 행위가 아니라 지성의 정상적인 호흡작용이네. 이러한 일반적인 기능이 이따금 성취시키게 되는 것을 미화시키거나, 케케묵고 시대에 동떨어진 생각들을 보물인 양 떠받들거나, 〈만능 박사 Doctor Universalis〉[53]가 생각했던 것을 무턱대고 받아들이는 것은 우리의 게으름과 야만성을 고백하는 것에 다름 아니네. 모든 사람들은 모든 것을 생각할 수 있는 능력이 있어야 하고, 미래에는 그처럼 될 것이네」

메나르는 (아마 무의식적으로) 새로운 테크닉을 통해 그때까지 여전히 초보적이고 불완전했던 읽기라는 예술을 풍요하게 만들었다. 고의적인 시대 교란과, 잘못된 원저자 설정의 테크닉을 통해서 말이다. 이러한 무한적용의 테크닉은 우리로 하여금 마치 『오딧세이』가 『아에네이드』보다 후의 작품이고, [54] 앙리 바슐리에 부인의 『켄타우로스[55]의 정원』이 정말로 앙리 바슐리에 부인의 작품인 것처럼 여기도록 만든다. 이러한 테크닉은 가장 잔잔한 작품들조차 모험들로 가득 차도록 만든다. 『예수의 모방』

---

53) 로마시대 프랑스의 철학자인 알라누스 데 인술리스 Alanus de Insulis(프랑스 이름은 알랑 드 릴르, 1128-1202)에게 그의 광범위한 지식을 들어 주어진 칭호.

54) 『오딧세이』는 그리스의 시인 호머가 쓴 트로이 전쟁 후 오딧세이의 귀환을 다룬 서사시이며, 『아에네이드』는 로마시대의 서사시인 버질이 쓴 트로이의 왕자 아에네아스가 트로이 멸망 후 이탈리아 반도로 건너와 로마제국을 건설하는 과정을 그린 서사시이다. 따라서 기원후 1세기경에 쓰여진 버질의 『아에네이드』가 기원전 4세기경에 쓰여진 『오딧세이』보다 후에 쓰어진 것이다.

55) 켄타우로스는 그리스 신화에 나오는 가상적 존재로 머리에서 허리까지는 사람의 형상을 가지고 있고, 그 아래는 말의 형상을 가지고 있다.

이라는 책을 루이 페르디낭 셀린, 또는 제임스 조이스의 작품으로 보는 것⁵⁶⁾은 이러한 보잘것없는 정신적 낌새가 이룬 최대치의 혁신이 아닐까?

---

56) 『예수의 모방』은 신학자 아우구스티누스 학파의 신학자 토마스 켐피스 Thomas Kempis(1380-1471)의 4권으로 된 신비주의적 저서이다. 셀린 Louis Ferdinand Céline(1894-1961)은 아주 외설적인 표현의 소설로 유명한 프랑스 작가이다. 제임스 조이스 James Joyce(1892-1941)는 『율리시스』, 『젊은 예술가의 초상』, 『피네간 경야』로 유명한 아일랜드의 소설가이다.

원형의 폐허들[1]

그리고 만일 그가
너를 꿈꾸기를 멈춰버렸다면 ······.

『거울을 통해, Ⅵ』[2]

〈누구나 똑같은 마음을 가졌던〉[3] 그날 밤 아무도 그가 배에서 내리는 것을 보지 못했다. 아무도 그 대나무 배가 진흙 수렁 속으로 가라앉는 것을 보지 못했다. 그러나 며칠이 지나자 그 과묵한 사람이 〈남쪽〉에서 왔고, 그의 고국이 강 위쪽의 거친 산 기슭에 자리잡은 셀 수 없이 많은 마을들 중의 하나라는 것을

---

1) 여기서 원형이란 〈둥그런〉, 〈순환하는 circular〉의 뜻이다.
2) 이 작품은 루이스 캐롤 Lewis Carroll이라는 필명으로 알려진 찰스 덕슨 캐롤 Charles Dodgson Carroll(1832-1898)이 1872년에 펴낸 『이상한 나라의 앨리스』(1865)의 속편에 해당하는 작품이다.
3) 제임스 어비 James Irby, 하이메 알라스라키 Jaime Alazraki와 같은 많은 주요한 보르헤스 연구가들은 〈만장일치의〉, 〈전원일치〉라는 뜻을 가진 이 unánime(영어 : unanimous)라는 형용사에 중대한 의미를 부여한다. 여기서 〈누구나 똑같은 마음을 가졌던〉이란 달리 말하면 단 한 사람의 마음속에서만 그 밤이 존재했다는 뜻으로 해석될 수도 있다. Donald L. Shaw, *Ficciones : Jorge Luis Borges* Barcelona : Editorial Laia, 1988, 53쪽 참조.

모르는 사람은 없었다. 그곳의 언어인 젠드[4]는 그리스어에 오염되어 있지 않았고, 문둥병 또한 드물었다. 확실한 것은 그 묘연한 정체의 사람이 진흙 수렁에 입을 맞췄고, 자신의 살에 상처를 입히는 가시넝쿨들을 옆으로 밀치지도 않은 채 (아마 그것을 느끼지 못한 듯) 강둑으로 올라갔고, 그리고 한때는 핏빛이었다가 지금은 잿빛으로 변한 호랑이 같기도 하고 말 같기도 한 석상이 있는 원형의 경내로 피범벅이 된 채 구역질을 해대며 질질 몸을 끌고 갔다는 사실이다. 이 원 모양의 경내는 오래전 화재가 있기 전까지는 신전이었다. 사람들은 늪지대의 밀림이 불경하게 침범해 있는 그 신전의 신을 더 이상 숭배하지 않았다. 그 이방인은 신전의 기둥 아래에 몸을 뉘었다. 중천에 뜬 해가 그를 깨웠다. 그는 조금도 놀라워하지 않고 벌써 아물어버린 몸의 상처 자국들을 조사해 보았다. 그는 창백한 눈을 감았고, 그리고 몸이 쇠약해졌기 때문이 아니라 스스로의 의지의 결정에 따라 잠을 청했다. 그는 이 신전이 자신의 포기할 수 없는 목표에 아주 합당한 장소라는 것을 알고 있었다. 그는 강 아래쪽에도 끝없이 펼쳐진 삼림에 먹혀들어가지 않은, 역시 모셔져 있던 신들이 불타 죽어버린 또 다른 안성맞춤의 신전이 하나 있다는 것을 알고 있었다. 그는 지금 자신이 해야 할 일이 잠을 자는 것임을 알고 있었다. 자정이 돼서야 그는 음산한 새의 울음소리에 잠을 깼다. 맨발의 발자국들, 몇 개의 무화과 열매들과 물항아리는 그 지역 사람들이 경외심을 가지고 자신의 잠자는 모습을 엿보았고, 그리고 그들이 자신의 호감을 얻기를 바라거나 자신

---

4) Zend : 고대 페르시아의 언어. 또는 고대 페르시아의 국교인 조로아스터교의 경전 『아베스타』의 주석서를 가리키는 말이다.

의 마술을 두려워하고 있다는 것을 말해 주고 있었다. 그는 오싹한 한기를 느꼈고, 무너진 담벼락 속에서 찾은 무덤 구멍 속으로 들어갔고, 그리고 이름을 알 수 없는 나뭇잎들로 자신의 몸을 가렸다.

그가 추구하고 있는 목표는 물론 초자연적인 것이기는 하지만 불가능한 것은 아니었다. 그는 한 인간을 꿈꾸고 싶었다. 그는 세심한 완벽함을 가지고 그를 꿈꿔 현실 속에 내놓고 싶었다. 이 마술적 계획은 그의 영혼 전체를 탈진시켜 놓았었다. 만일 누군가가 그에게 이름을 묻고, 전에 살았던 삶에 대한 그 어떤 것을 물었다 할지라도 그는 어떻게 대답을 해야 할지 몰랐을 것이었다. 그는 버려지고 부서진 사원이 마음에 들었다. 왜냐하면 그것은 그에게 있어 가시적인 세계의 가장 최소치였기 때문이었다. 그는 나무꾼들의 집 근처에 사는 것 또한 마음에 들었다. 왜냐하면 그들이 아주 기초적인 것만을 필요로 하는 그의 생필품들을 책임져 주었기 때문이었다. 그가 하는 유일한 일은 잠을 자고 꿈을 꾸는 것뿐이었으므로 그들이 시주하는 쌀과 과일은 그러한 그의 육체를 위한 식량으로 충분했다.

처음에, 꿈들은 혼란스러웠다. 그러나 얼마 되지 않아 꿈들은 변증법적 성격을 가지게 되었다. 그 이방인은, 어떻게 보면 불타버린 이 신전과 유사한 한 원형경기장의 한가운데에 있는 꿈을 꿨다. 묵묵한 학생들의 무리가 원형경기장의 계단식 좌석들을 가득 메우고 있었다. 마지막에 있는 학생들의 얼굴은 수세기 너머 우주의 저 끝에 있었음에도 불구하고 아주 또렷하고 정확했다. 그는 해부학과 우주구성론과 마술에 관한 강의를 하고 있었다. 얼굴들은 자신들 중의 하나를 그 헛된 환영의 형체로부터 구원해 현실 세계로 끌어내 주게 될 그 시험의 중요성을 깨닫고 나 있는 듯 열심히 강의를 듣고 있었고, 강의에 대한 이해와 함께 질문에 대답을 하려고 갖은 애를 다 쓰고 있었다. 그 이방인은 꿈속에서나 깨어 있을 때나 그 영령들의 답변들에 대해 생각했고, 그럴 듯한 거짓말쟁이들에게 속아넘어가지 않도록 주의를 기울였고, 약간의 어리둥절함 속에서 점차 성장해 가는 하나의 지성을 보았다. 그는 우주에 참여할 자격이 있는 그런 한 영령을 찾기 시작했다.

　아흐레, 또는 열흘 밤이 지난 후 그는 씁쓰레한 기분과 함께 자신의 이론들을 수동적으로 받아들이는 그런 유의 학생들로부터는 아무것도 기대할 게 없다는 것을 깨닫게 되었다. 그러나 이따금 그럴 듯한 모순에 빠지곤 하는 학생들에게서는 기대할 만한 게 있었다. 전자들은 사랑과 따뜻한 정을 받을 가치는 있었지만 하나의 개인으로 상승할 능력은 없었다. 후자들은 약간 더 긴 이전의 삶을 가지고 있었다. 어느 날 오후(이제 오후들 또한 그의 꿈의 속국이 되었고, 이제 그는 단지 새벽에만 두세 시간 정도 깨어 있을 뿐이었다) 그는 단 한 학생만 남겨두고 그 거대한 환영의 학교를 영원히 지워버렸다. 그는 과묵하고, 누르푸르뎅뎅한 얼굴에, 이따금 고집스럽고, 이따금 자신을 꿈꾸고 있는 사람과 같은 날카로운 모습을 보여주곤 하는 소년이었다. 그는 자신의 동료들이 갑자기 사라진 것에 대한 놀라움을 오래 끌고 가지 않았다. 몇 가지의 특별한 강의를 받은 후의 그의 괄목할 만한 발전은 자신의 선생을 놀라게 만들었다. 그럼에도 불구하고, 재앙은 다가왔다. 어느 날, 그 이방인은 마치 끈끈한 사막에서 걸어나오듯 꿈속에서 걸어나왔고, 곧 여명으로 착각했던 오후의 허망한 빛을 보았다. 그리고 그는 자신이 꿈을 꾸지 않았었다는 것을 깨달았다. 그날 밤과 낮 내내, 불면의 견딜 수 없는 광채가 그를 덮쳤다. 그는 밀림을 탐험해 몸이 지치도록 만들어보려고 했다. 그는 독당근 줄기들 사이에서 얼핏 쓸모없는 아주 초보적인 환영들로 덧없이 얼룩진 어렴풋한 잠 속에 빠져들어갔다. 그는 학교를 만들어보려고 시도했고, 간신히 훈계의 말을 내뱉었다. 그러나 학교는 흐트러지고, 지워져 버렸다. 거의 끝이 없는 불면 속에서 분노의 눈물은 그의 늙은 눈을 새까맣게 태워버렸다.

그는 비록 상위질서와 하위질서의 모든 수수께끼들을 다 푼다 할지라도 꿈의 뒤엉키고 변덕스러운 질료를 가지고 어떤 형상을 만든다는 것은 남자가 할 수 있는 일 중 가장 어려운 일이라는 것을 깨달았다.[5] 그것은 모래로 밧줄을 만들거나 얼굴 없는 바람으로 동전을 만드는 것보다 더 어려운 일이었다. 그는 첫번째 시도가 어쩔 수 없이 실패할 수밖에 없었다는 것을 묵묵히 받아들였다. 그는 처음부터 그를 잘못 인도한 그 거대한 환각을 송두리째 잊어버리고 다른 작업 방식을 찾았다. 그것을 실행에 옮기기 전, 그는 한 달 동안을 그의 망상이 소진시켜 버렸던 기력을 재충전하는 데에 보냈다. 그는 꿈에 대한 그 어떤 사전계획도 포기했고, 곧 이어 그는 매일 충분한 시간의 잠을 잘 수 있게 되었다. 그는 이 기간 동안 거의 꿈을 꾸지 않았거니와 꾸었던 그 꿈들에 대해서도 주의를 기울이지 않았다. 자신의 작업을

---

5) 보르헤스가 사람이라는 말 대신 남자라는 용어를 쓴 것은 비록 꿈이지만 람을 만드는 것은 원래 여자의 생체학에 속하는 것이기 때문에, 그것이 가진 이중적인 어려움을 시사하기 위함이다.

재개하기 위해 그는 달의 원반이 완전히 둥그래지기를 기다렸다. 그날이 오자, 그는 오후에 강물 안으로 들어가 몸을 정결하게 하고, 혹성의 신들에게 경배를 드리고, 한 전지전능한 이름의 음절들6)을 똑바로 발음한 뒤 잠자리에 들었다. 잠이 들기가 무섭게 그는 팔딱거리며 뛰는 한 심장의 꿈을 꿨다.

그는 활기차고, 따뜻하고, 비밀스럽고, 꼭 쥔 주먹 크기의, 아직 얼굴도 성별도 없는 한 인간의 육체의 그림자 속에 들어 있는 석류빛깔의 그것을 꿈꿨다. 그는 투명한 14일 동안의 밤에 세심한 사랑으로 그것을 꿈꿨다. 매일 밤 그는 점점 더 명료하게 그것을 인지해 가기 시작했다. 그는 그것을 건드리지 않았다. 그는 그것을 눈으로 조사하고, 관찰하고, 그리고 아마 눈으로 그것을 교정하는 것에 자신의 작업을 한정시켰다. 그는 여러 거리와 각도에서 그것을 인지했고, 그것에게 생명을 부여했다. 열네번째 밤이 되자 그는 검지로 폐동맥을 건드렸고, 그 다음에는 심장 전체, 안과 밖을 모두 만져보았다. 그 촉각 시험은 만족스러운 것이었다. 그 다음날 밤 그는 의도적으로 꿈꾸기를 중단했다. 그런 다음, 그는 다시 심장을 꺼냈고, 한 혹성의 이름에게 기원을 드렸고, 그리고 주요 기관들의 다른 부분을 상상하기 시작했다. 1년이 되기 전에 그는 뼈대, 눈꺼풀에 도달했다. 셀 수 없이 많은 머리카락들이 아마 가장 어려운 작업이었으리라. 마침내 그는 하나의 완전한 인간, 한 소년을 꿈꿨다. 그러나 그는 몸을 일으킬 줄도, 말을 할 줄도, 눈을 뜰 줄도 몰랐다. 밤이면 밤마다 그는 잠들어 있는 것 같은 그 소년의 꿈을 꾸었다.

---
6) 신의 이름을 의미함.

그노시스 학파의 우주 구조론에 보면 조물주들은 제 발로 일어설 줄 모르는 〈빨간 아담〉을 창조한다.[7] 마치 도인의 수많은 밤들이 창조해 낸 꿈의 아담처럼 이 흙으로 만든 그노시스 학파의 아담도 미숙하고, 조야하고, 초보적이기 그지없는 인간이었다. 어느 날 오후 그는 거의 자신의 그 작품을 부숴버리다시피 해버렸고, 그리고 후회를 했다(오히려 그를 완전히 파괴시켜 버리는 게 나았을 것이다). 땅과 강의 신들에게 탄원을 끝낸 그는 호랑이이기도 하고, 말이기도 한 그 석상의 발치에 무릎을 꿇었고, 그 미지의 신에게 도움을 청했다. 그날 해거름쯤 그는 그 석상의 꿈을 꾸었다. 그는 살아 있고, 부들부들 떠는 그것의 꿈을 꿨다. 그것은 호랑이와 말 사이에서 태어난 흉칙한 후손이 아니었다. 그것은 동시에 이 두 사나운 동물이었으며, 황소였고, 한 송이 장미였고, 폭풍이었다. 이 여러 형상을 가진 신은 자신의 이름이 지상의 언어로 말하면 〈불〉이고, 한때는 사람들

---

7) 그노시스 gnosis란 말은 희랍어로 〈지식〉이라는 뜻이다. 그노시스 학파는 초대 교회의 한 종파를 가리키며, 이 종파는 신에 대한 직접적인 지식을 강조함으로써 이단으로 낙인찍혔다. 그들에 따르면 세계는 신이 창조하지도 않았고, 신의 섭리에 따라 움직이지도 않는다. 세계를 창조하고 지배하는 존재들은 신으로부터 나왔지만 신에 대해 모르고, 인간들로 하여금 신에 대해 아는 것을 방해하는 하급신(아콘 Archon)들이라고 한다. 그리고 그들 하급신들 중 최고의 위치에 있는 존재는 〈조물주 Demiurge〉이다. 세계는 바로 이러한 아콘들에 의해 둘러싸여 인간이 신에 귀의하는 것을 막고 있다.
  그노시스 학파에 따르면 아콘들의 수장인 조물주가 만든 최초의 인간은 〈빨간 인간〉이다. 왜냐하면 히브리어의 어원을 찾아가 보면 〈아담〉이란 〈인간과 빨강〉이라는 이중적 뜻을 가지고 있기 때문이다. 그런데 그노시스 학파에 따르면 최초의 이 〈빨간 인간〉은 영혼이 없는 존재이다. 그가 영혼을 갖기 위해서는 그가 영혼을 갖도록 만들기 위한 일종의 제식이 필요하다. 이러한 그노시스 학파의 창조관은 히브리의 〈카발라(신에 대한 직접 지식을 가질 수 있다는 믿음을 가졌던 유대의 종파)〉에서 유래한 것이다.

이 이 원형의 신전에서(그리고 똑같은 다른 신전들에서) 자신에게 제물과 제사를 드렸다고 알려주었다. 그리고 그 신은 마법을 써 그가 꿈꾸고 있는 영령에게 생기를 불어넣어 주겠으며, 〈불〉인 자신과 꿈꾸는 자인 〈너〉를 제외한 모든 사람들은 그가 피와 살을 가진 인간인 줄 믿게 될 거라고 말했다. 그 신은 그에게, 새로 만든 그 인간에게 제식을 올리는 것을 가르친 다음[8] 그를 아직 피라미드들이 남아 있는 강 아래의 부서진 다른 신전으로 보내 그 황폐한 신전에서도 자신을 찬양하는 목소리가 들려오도록 하라고 명령했다. 꿈을 꾸고 있는 그 도인의 꿈속에서 그 꿈꾸어지고 있던 존재가 깨어났다.

  도인은 그 신의 명령들을 실행에 옮겼다. 그는 자신의 꿈의 자식에게 우주의 비밀과 〈불〉의 제전을 가르쳐주기 위해 상당한 시간을 보냈다(그것은 결국 2년이라는 시간이 걸렸다). 도인은 깊은 마음속에서 그 아이와 헤어져야 한다는 무거운 고통에 시달리고 있었다. 그는 교육을 핑계삼아 매일 꿈속에 있는 시간을 늘려갔다. 게다가 그는 문제점이 있는 것 같아 보이는 오른쪽 팔을 다시 만들어주기까지 했다. 이따금 그는 이러한 모든 일이 전에 일어났던 것 같은 느낌에 정신적 현기증을 느끼기도 했다……. 그렇지만 전체적으로 볼 때 그는 이 모든 날들이 행복했다. 그는 눈을 감으면 생각하곤 했다. 〈이제 나는 나의 아들과 함께 있게 될 것이다.〉 또는 덜 자주이기는 하지만 〈내가 수태시킨 아이가 나를 기다리고 있고, 내가 그에게로 가지 않으면 그는 존재하지 않게 될 것이다〉라고.

---

[8] 앞에서 말한 것처럼 그노시스 학파에 따르면, 〈빨간 아담〉은 일종의 제례이다.

점진적으로 그는 소년을 현실에 적응시켜 나가기 시작했다. 일단 그는 아이로 하여금 먼 산의 꼭대기에 깃발을 꽂도록 시켰다. 다음날 그 산의 꼭대기에서는 깃발이 펄럭이고 있었다. 그는 횟수를 거듭할수록 점점 더 대담해져야 하는 그와 비슷한 다른 명령들을 내렸다. 그는 어떤 씁쓰레한 기분과 함께 자신의 아들이 태어날 때가 임박했음을 깨달았다. 그리고 그는 아마 태어나고 싶어 안달이 나 있을지도 몰랐다. 그날 밤 그는 처음으로 아이에게 키스를 했고, 그에게 끝없이 펼쳐진 형언하기 힘든 밀림과 늪지를 거쳐 강 아래에 잔해들이 허옇게 흩어져 있는 다른 사원으로 가도록 명령했다. 그 전에 (자신이 환영이라는 것을 알지 못하고, 자신이 다른 사람들과 마찬가지로 한 사람의 인간이라고 믿게끔 하기 위해) 도인은 아이로 하여금 교육을 받았던 몇 년 동안의 기억을 송두리째 잊어버리도록 만들었다.

그러나 그의 승리와 그의 평화는 곧 권태로 물들어갔다. 새벽이나 황혼이 되면 그는 자신의 비현실적인 아이가 강 아래에 있는 다른 원형의 신전에서 같은 제식을 올리고 있을 것이라 상상을 하며 석상 앞에 몸을 부복하곤 했다. 밤이 되면 그는 꿈을 꾸지 않거나 아니면 단지 모든 인간들이 꾸는 그런 꿈을 꾸곤 했다. 그는 감지되는 우주의 소리들과 형상들이 명확하지가 않음을 느끼곤 했다. 왜냐하면 함께 있지 않은 그의 아들이 자신의 영혼의 줄어든 부분을 섭취하고 자라났기 때문이었다. 그의 인생의 목표는 완결되었다. 그는 일종의 황홀경 속에 계속 빠져 있었다. 그의 삶에 관해 썼던 사람들 중 어떤 사람들은 연수로 표기하기를 선호하고 다른 어떤 사람들은 5년 단위로 표기하기를 선호하는 얼마만큼의 시간이 지난 뒤 자정에 두 명의 뱃사공

이 그의 잠을 깨웠다. 그는 그들의 얼굴을 볼 수가 없었다. 그러나 그들은 그에게 〈북쪽 신전〉에서 살고 있는 불 속을 걸어가도 타지 않는 한 도인의 얘기를 들려주었다. 그는 문득 신의 말을 떠올렸다. 그는 우주를 구성하고 있는 모든 존재들 중 단지 〈불〉만이 자신의 아들이 환영이라는 것을 알고 있을 뿐이라는 사실을 상기했다. 처음에는 마음에 전혀 동요를 주지 않던 이 기억이 나중에 가서는 고문으로 돌변했다. 그는 자신의 아들이 이러한 비정상적인 초능력에 대해 의문을 갖게 되고 이러저러한 경로를 거쳐 자신이 단순한 환영의 형상에 불과하다는 것을 깨닫게 될지도 모른다는 두려움에 사로잡혔다. 사람이 아닌, 다른 사람의 꿈에 의해 만들어진 존재라는. 얼마나 형용할 수 없는 굴욕감을 느낄 것인가, 얼마나 아찔한 현기증을 느낄 것인가! 모든 아버지들은 단순한 혼동의 느낌, 또는 행복감 속에서 자신이 낳은(허락한) 자식들에 대해 관심을 쏟는다. 따라서 그 도인이 자신의 아들의 미래에 대해 천하루의 비밀스러운 밤 동안[9] 노심초사했다는 것은 전혀 놀라운 일이 아니다.

---

9) 〈천하루 밤〉이란 인도로부터 페르시아 및 아랍에 흘러들어간 것으로 믿어지는 『천일야화』에서 나온 말이다. 언제 그것이 페르시아 및 아랍어로 번역되었는지는 명확하지 않다. 이 작품은 액자소설의 구조를 가지고 있다. 즉 샤리야르 왕의 대신의 딸 셰헤라자데가 죽음을 모면하기 위해 방책을 강구하는 부분과, 그 방책으로 셰헤라자데가 왕에게 들려주는 얘기들의 내용이 그것이다. 샤리야르 왕은 결혼을 해 부인과 동침을 하고 난 뒤 죽이는 습관을 가지고 있었다. 셰헤라자데는 매일 밤 그에게 이야기를 들려주며 가장 극적인 부분에서 얘기를 끝내 다음날 밤 왕이 그 얘기를 계속해 달라고 요청하도록 만든다. 결국 천하루 동안 셰헤라자데는 왕에게 얘기를 들려주었고, 마침내 자신을 죽이려는 왕 앞에 왕과 자신 사이에서 태어난 아들을 데리고 가 죽음을 면하고, 왕의 총애를 받게 된다. 보르헤스는 바로 셰헤라자데가 천하루 사이에 아이를 낳아 키운 사실과 도인의 아들을 걱정하는 행위

그의 이러한 골똘한 불면의 밤은 비록 전에 몇 가지 그런 징조가 엿보이기는 했지만 아주 돌발적으로 끝이 났다. 첫째 (아주 오랜 가뭄 끝에) 저 멀리 산꼭대기 위에 떠 있는 마치 새처럼 가볍고 빠른 구름, 그 다음 〈남쪽〉을 향해 퍼지고 있는 마치 표범의 입 같은 장밋빛 색깔의 하늘, 그 다음 밤의 금속들을 녹슬게 하는 연기들, 그리고 마지막으로 겁에 질린 동물들의 질주. 왜냐하면 수세기 전에 일어났던 똑같은 일이 다시 반복되고 있었기 때문이었다. 폐허가 된 〈불의 신〉의 신전이 불에 의해 붕괴되어 가고 있었다. 새들이 없는 새벽에 도인은 벽들을 집어 삼키며 활활 타오르고 있는 불길들을 보았다. 순간, 그는 강으로 뛰어들까 생각했다. 그러나 그는 곧 죽음이 자신의 노년을 영화롭게 만들어주기 위해, 자신을 힘든 삶의 노고로부터 해방시켜 주기 위해 다가오고 있다는 것을 깨달았다. 그는 불길의 날개들을 향해 걸음을 옮겼다. 그러나 불길은 그의 살갗 속을 파고들지 못했다. 불길은 그를 할퀴고, 그를 집어삼켰지만 그는 불의 열기를 느끼지도 못했고, 타지도 않았다. 안도감과 함께, 치욕감과 함께, 두려움과 함께 그는 자신 또한 자신의 아들처럼 다른 사람에 의해 꿈꾸어진 하나의 환영이라는 것을 깨달았다.[10)]

를 간접적으로 비유하고 있다.
10) 여러 보르헤스 연구가들은 이 작품이 〈색즉시공(色卽是空)〉, 즉 〈모든 물질은 공허하다〉라는 불교사상과 도교에 나오는 장자의 나비꿈(나비가 된 꿈을 꾸고 깨어난 뒤 자신이 지금 사람이면서 나비의 꿈을 꾸었는지 나비이면서 사람의 꿈을 꾸고 있는지 혼돈되는 상황)의 사상이 저변에 깔려 있다고 본다. 여기서 도인이 꿈을 꿔 자신의 아들을 만드는 3단계 작업은 첫째, 이성을 통해서(교육), 둘째, 감성을 통해서(심장), 셋째, 직관 또는 선(불)을 통해서라고 해석을 하는 사람도 있다. 그러나 보르헤스의 많은 작

품이 그러하듯이 작품의 골격을 이루고 있는 사유의 근간은 불교, 도교, 그리고 히브리의 신비주의 전통, 그노시스 학파의 우주관, 페르시아와 아랍의 세계관, 그리고 스페인/라틴아메리카 문학 전통인 공고라의 장시 『고독』, 후아나 이네스 데 라 그루스 수녀의 장시 『첫번째 꿈』, 깔데론의 희곡 『인생은 꿈이다』, 우나무노의 『안개』 등이 복합적으로 게재되어 있다.

보르헤스가 자신의 연구가인 바레네체아에게 한 말에 따르면 이 작품이 자신이 썼던 작품 중 가장 쉽게 씌어졌던 작품이라고 한다. 그는 왜 그렇게 쉽게 씌어졌는가에 대한 이유를 매우 의미심장하고 어려운 말로 비유한다. 〈이 작품의 모든 것이 마치 이미 다른 사람이 그것을 꿈꾸었던 것처럼 내게 다가왔다.〉 Ana Mar a Barrenechea, *Borges The Labyrinth Maker* New York : New York University, 1965, 151쪽.

바빌로니아[1]의 복권

나는 바빌로니아의 모든 사람들이 그러했던 것처럼 총독이었습니다. 모두가 그랬던 것처럼 나는 노예였습니다. 나는 또한 전지전능과 수치, 그리고 감옥생활을 경험했습니다. 보세요, 나의 오른손에는 검지손가락이 없습니다. 보세요, 이 망토의 찢겨진 틈으로 내 배에 나 있는 주홍빛 문신이 보일 겁니다. 이것은 두번째 상징인 베스 Beth[2]입니다. 이 글자는 보름달이 뜨는 밤이면 짐멜 Ghimel[3]을 의미하는 문신을 가진 사람들을 이길 수

---

1) 바빌로니아는 〈신의 문〉이라는 뜻을 가진 그리스어의 〈바벨〉이 그 어원이다. 히브리어로 바랄 balal인 이 단어는 〈혼돈〉을 가리킨다. 바빌로니아는 유프라테스 강 유역에 있던 도시의 이름으로 천문학, 점성술로 유명하다. 기원전 2250년부터 바빌로니아는 상업의 중심지였으며, 기원전 332년경 여러 개의 작은 마을들로 몰락했다.
2) 히브리어의 두번째 알파벳이며 또한 숫자로는 2를 가리킨다. 성서의 첫 알파벳이 바로 이 〈베스〉이며, 베스가 쓰인 이유는 이것의 숫자인 2, 즉 세계가 하늘과 땅이라는 이원론적으로 구성되었다는 것을 의미하기 위해서이다.

있는 힘을 줍니다. 그러나 반대로 알렙 Aleph[4] 문신을 가진 사람들에게는 지배를 당하게 됩니다. 알렙의 문신을 가진 사람들은 달이 뜨지 않는 밤이면 짐멜의 문신을 가진 사람들에게 복종을 해야 합니다. 그날 나는 희끄무레한 새벽 기운이 감도는 시각 한 지하실에서 검은 돌 앞에 바칠 신성한 황소들의 목을 잘랐더랬습니다. 나는 태음력으로 1년 동안 보이지 않는 사람이 될 거라는 신탁을 받았습니다. 내가 소리를 질러도 사람들은 대꾸를 하지 않았고, 내가 빵을 훔쳐도 그들은 나를 참수형에 처하지 않았습니다. 나는 그리스인들이 알지 못했던 그 어떤 것에 대해 알게 되었습니다. 불확실성. 구리로 만든 한 방에서 교살자의 묵묵한 손수건 앞에 섰을 때 희망은 내게 굳건히 들어서 있었습니다. 마치 쾌락의 강에서 공포가 그러했듯 말입니다. 헤라클리데스 폰티쿠스[5]는 감탄과 함께 피타고라스[6]가 자신이 바로 전생에서는 피루스[7]였고, 그 전에는 에우포르부스[8]였고, 그

---

3) 히브리어의 세번째 알파벳이며, 숫자로는 3이다.
4) 히브리 알파벳의 첫번째 문자이며 숫자로는 1을 가리킴. 그러나 실제로 이 알파벳은 묵음이며, 단지 모음 구두점을 가리키기 위해서만 쓰인다. 한편 이 글자는 모든 다른 문자들의 상징임과 동시에 우주 자체를 가리키기도 한다. 보르헤스의 다른 단편집 『엘 알렙』의 「엘 알렙」이라는 단편에 보면 알렙은 세상의 모든 지점들을 포괄하고 있는 한 지점이라고 나와 있다.
5) Heraclides Ponticus(기원전 390-330) : 그리스의 철학자로 플라톤의 제자. 수학, 철학 등에 관한 많은 저서들을 남겼다고 알려져 있으나 현재 남아 있는 것은 없다. 그는 죽기 전 자신의 시체가 사라지도록 만들어 사람들로 하여금 자신이 하늘로 올라갔다고 믿게끔 하려다 실패했다. 앞에서 화자가 자신이 투명 인간이 되는 신탁을 받았다고 한 뒤 헤라클리데스를 인용한 것도 같은 맥락에서 이해할 수 있다.
6) Pythagoras : 기원전 6세기경의 그리스 철학자. 여기서 보르헤스가 피타고라스의 예를 든 것은 그가 육체는 죽어도 인간의 영혼은 죽지 않고 자기 갱신과 정화를 통해 다른 생명체로 옮겨간다고 믿었기 때문이다.

리고 그보다 전에는 다른 어떤 생명체였다는 것을 기억하고 있었다고 감탄스럽게 언급하고 있습니다. 저는 그와 같은 변신을 경험하기 위해 죽음이나 심지어 거짓의 힘조차 빌릴 필요가 없습니다.

내가 거의 대담하기조차 한 이러한 다양한 경험을 하게 된 것은 다른 공화국들에서는 시행되지 않았거나, 설사 그랬다 할지라도 불완전하고 은밀하게 행해졌던 한 제도 덕분이었습니다. 복권. 나는 그것의 역사에 대해 깊은 연구를 하지는 않았습니다. 나는 현자들이 그것에 대해 거부감을 표명한다는 것에 대해 압니다. 나는 그것의 강력한 권세에 대해, 점성술에 정통하지 않은 사람이 달에 대해 아는 그 정도만큼밖에 알지 못합니다. 나는 복권이 현실의 한 부분이었던 그런 어지러운 땅에서 태어났습니다. 오늘날까지 나는 마치 해독할 수 없는 신들의 섭리나 내 마음속에 대해 그러했던 것처럼 복권에 대해서도 거의 생각을 해보지 않은 편이었습니다. 바빌로니아와 그곳의 열광적인 관습으로부터 멀리 떨어져 나와 있는 지금 나는 어떤 경이로움 속에서 복권과, 밤을 새운 사람들이 새벽녘에 중얼거리던 당첨 번호에 관한 신성모독적인 추측들에 대해 생각해 보곤 합니다.

나의 아버지는 전에 ─ 수세기 전일까, 아니면 몇 년 전일까? ─ 복권은 바빌로니아에서 하층계급의 사람들이나 하던 놀이였다고 말씀하시곤 했습니다. 그는 이발사들이 동전을 받고 기호

---

7) 트로이 전쟁의 영웅 아킬레스와, 데이다미아 사이에 태어났다는 그리스 신화의 인물. 일명 네옵톨로메우스라고 불리기도 한다.
8) 트로이 전쟁에서, 트로이 전쟁의 원인이 되었던 헬레나의 남편인 스파르타의 왕 메넬라우스에게 사살당했던 트로이의 영웅. 피타고라스는 실제로 자신이 전생에 에우포르부스였다고 주장했다.

들이 새겨진 네모난 뼛조각이나 양피지를 팔았다는 말씀을 들려주었지요(나는 아버지가 사실대로 말했는지 알 수가 없습니다). 추첨은 밝은 대낮에 실시되었습니다. 당첨된 사람들은 행운을 얻기 위한 또 다른 절차를 거치지 않고 즉석에서 은전을 받았습니다. 당신들도 아시겠지만 그 추첨 방식은 아주 원시적인 것이었습니다.

그런 식의 〈복권〉이 실패한 것은 당연한 일이었습니다. 왜냐하면 그런 방식에는 도덕적 가치가 부재했기 때문입니다. 그런 유의 복권은 인간이 가진 모든 측면들을 고려하지 않은 것이었습니다. 그것은 단지 희망만을 겨냥한 것이었지요. 이러한 저질의 복권을 창안해 낸 상인들은 대중의 무관심에 직면하게 되었고, 적자를 보기 시작했습니다. 어떤 사람이 개량을 시도했습니다. 행운의 숫자들 사이에 몇 개의 불운의 숫자들을 끼워넣은 겁니다. 이러한 개량을 통해 숫자가 매겨진 사각형 물건들을 산 구매자들은 상을 탈 수도 있고, 반대로 상당한 액수에 해당하는 벌금을 물게 되는 이중의 아찔한 재미를 느낄 수 있게 되었습니다. 이러한 작은 위험(30개의 행운의 숫자마다 1개의 불운의 숫자가 끼여 있는)은 자연스럽게 대중의 관심을 불러일으키기에 충분했습니다. 바빌로니아 사람들은 복권에 정신없이 빠져들게 되었습니다. 복권을 사지 않는 사람들은 소심한 사람, 즉 겁쟁이로 간주되었습니다. 그렇게 당연시되어 버린 경멸은 시간이 흘러가면서 더욱 증폭되었습니다. 복권 놀이에 참여하지 않는 사람도 조롱을 받았지만 벌금을 물게 된 사람들도 조롱을 받게 되었습니다. 〈회사〉(그때부터 그렇게 불리기 시작했습니다)는 누적되어 있는 거의 모든 액수의 벌금을 내지 않았을 경우 새로

당첨이 된다 해도 상금을 타갈 수가 없도록 하는 규칙을 시행했습니다. 회사는 추첨에서 진 자들이 벌금을 내도록 하기 위해 소송을 하기도 했습니다. 판사는 불운의 번호를 뽑고도 의무를 이행하지 않는 사람들에게 벌금과 소송에 따른 부대 비용을 지불하든지, 며칠간 구류를 살라는 판결을 내렸습니다. 소송을 당한 모든 피소인들은 〈회사〉에게 손해를 끼치려고 감옥행을 택했습니다. 이 몇 사람들의 허세로 인해 〈회사〉가 종교적이고 형이상학적이라 할 수 있는 무소불위의 권력을 손아귀에 넣게 되는 결과를 낳게 되었습니다.

얼마 지나지 않아 추첨 발표문에는 불운의 숫자를 뽑은 사람들에 대한 벌금 액수 대신 그들 각 번호에 해당하는 구류 기간만 명기되기 시작했습니다. 그 당시에는 사람들이 그것에 대해 거의 주의를 기울이지 않았으나 이러한 단순화는 아주 중대한 의미를 가지고 있었습니다. 〈그렇게 해서 바로 최초의 비금전적인 복권이 출현했던 겁니다.〉 그것은 대단한 성공을 거두었습니다. 〈회사〉는 복권 놀이에 참여한 사람들의 성화에 못 이겨 불운의 숫자의 수를 늘려갈 수밖에 없었습니다.

바빌로니아 사람들이 논리학뿐만 아니라 균형론에까지 열성적이었다는 것을 모르는 사람은 없습니다. 따라서 행운의 숫자들은 돈으로 계산하고, 불운의 숫자들은 구금 날짜로 계산한다는 것은 사리에 맞지 않는 일로 생각되실 수도 있습니다. 몇몇 도덕주의자들은 돈의 소유가 항상 행복의 유무를 결정하는 것이 아니고, 다른 형태의 행복이 보다 본질적일 수 있다는 논지를 폈습니다.

빈민가에서 또 다른 문제가 발생했습니다. 교회의 사제단들이 판돈을 늘리고, 공포와 희망의 비율을 각양각색으로 조절하는 변칙을 저질렀던 겁니다. (당연하고, 불가피하게 질투심을 느낄 수밖에 없는) 가난한 사람들은 그처럼 악명 높도록 달콤한 가슴 졸임으로부터 자신들이 배제되어 있다는 것을 알게 되었습니다. 가난하건, 부자건 모두가 복권 놀이에 참여할 수 있어야 한다는 정당한 욕구는 격한 소요를 불러일으켰습니다. 그 소요에 대한 기억은 후에도 사람들의 뇌리 속에서 오랫동안 사라지지 않았을 정도였습니다. 몇몇 완고한 사람들은 그것이 필연적인 역사적 단계로서 새로운 질서의 도래를 의미한다는 것을 이해하지 못했습니다(또는 이해하지 못한 척 했습니다)……. 한 노예가 주홍색 복권을 훔쳤고, 당첨 결과 그 복권을 가지고 있는 사람이 받게 될 형벌은 혀를 태우는 것이었습니다. 그런데 복권을 훔치는 사람이 받아야 할 법적 형벌 또한 똑같았습니다. 어떤 바빌로니아 사람들은 그가 도둑이기 때문에 달군 쇠로 그 형벌을 받아 마땅하다고 했고, 다른 사람들은 보다 관대하게, 우연이 그렇게 결정한 것이기 때문에 형집행자가 그것을 집행해야 한다고 주장했습니다…….[9] 소동들이 일어났고, 불행한 유혈 사태까지 벌어졌습니다. 그러나 바빌로니아의 민중들은 마침내 부자들의 반대를 이기고 자신들의 의지를 관철시켰습니다. 사람들은 자신들의 목적을 달성하게 되었습니다. 첫째, 그들은 〈회사〉로 하여금 민중의 권리를 인정하도록 만들었습니다. (이러한 통합은 새로운 복권 운영 방식이 가진 방대함과 복잡성에 비추어 필연적인

---

9) 여기서 두 형벌 사이의 차이는 하나도 없다. 전자는 혀를 태우는 기구인 달군 쇠를 강조한 것이고, 후자의 경우에는 그 형을 집행하는 사람을 강조한 것이다. 이러한 아이러니의 사용은 보르헤스의 소설 도처에서 발견할 수 있는 성격이다.

결과였습니다.) 둘째, 복권을 비밀스럽게, 무료로, 모든 사람들에게 실시하도록 만들었습니다. 복권에 대한 상업적 판매가 금지되었습니다. 이미 바알[10] 신에 대한 경배 의식에서 시작된 것으로서 자유로운 모든 사람은 자동적으로 신성한 추첨에 참가하게 되었고, 추첨은 신의 미로 속에서 60일 밤마다 거행되었습니다. 그리고 그 추첨에서 다음 60일째 밤에 이르기까지의 그들의 운명이 결정되었습니다. 추첨의 결과는 셀 수 없을 정도로 많았습니다. 어떤 행운의 추첨자는 자신의 위치를 현자 위원회의 회원으로까지 승격시킬 수 있었고, (공공의 적이 됐건 개인적 원한에 따른 적이 됐건 간에) 어떤 사람을 감옥에 집어넣을 수 있었고, 고요하고 캄캄한 방에서 우리의 가슴을 달뜨게 만들지만 다시는 보기를 원치 않는 어떤 여자를 만날 수도 있었습니다. 불운을 뽑게 되면 수족을 잘리거나, 갖가지 불명예를 입거나, 죽음을 당하게 되었습니다.

이따금 추첨 결과가 단 한 가지 경품 —— 평범한 방식을 이용한 C의 살해, B에 대한 신비스러운 신격화 —— 으로만 되어 있는 것은 30번이나 40번의 추첨에서나 나올 수 있는 큰 행운에 해당했습니다. 복권의 추첨 방식을 여러 가지로 혼합하는 것은 어려운 일이었습니다. 그러나 우리는 〈회사〉의 사람들이 전지전능했고(하고), 매우 빈틈이 없었다(없다)는 점을 기억해야 합니다. 많은 경우, 어떤 행운이 단순한 우연의 일치였다고 생각하

---

10) Baal : 셈어에서 〈주님〉이라는 뜻을 가지고 있는 말로 근동 지방에서는 출산의 신으로 불렸다. 바빌로니아의 경우 바알은 그리스의 제우스에 해당되며 나중에는 바빌로니아의 주신이 되었다. 유태의 전통에서 이 바알 신은 주변 종족의 이방신으로 치부되었으며, 성경에는 잔인한 신으로 묘사되어 있다.

는 것은 그들의 미덕을 과소평가하는 일일 겁니다. 이러한 문제를 피하기 위해 〈회사〉의 직원들은 암시와 마술을 사용하였습니다. 그것의 과정이나 운용 방식은 비밀에 부쳐져 있었습니다. 그들은 개별 사람이 느끼는 개인적인 희망과 공포를 알아내기 위해 점성술사들과 첩자들을 이용했습니다. 돌로 된 사자상들, 카프카 Qaphqa라 불리는 신성한 변소,[11] 그리고 공공연히 〈회사〉로 나 있는 길이라고 알려진 먼지 낀 수도관에는 틈바구니들이 있었습니다. 바로 그런 곳들에다 그 간악한 사람들, 또는 선량한 사람들이 자신들이 수집한 정보들을 놓아두었습니다. 그러한 다양한 정보들을 담은 문서들은 알파벳 순서로 된 문서 보관실에 보관되었습니다.

믿을 수 없게도 불평 불만이 일기 시작했습니다. 〈회사〉는 늘 그러했던 그 신중한 태도와 함께 그것에 직접적인 대응을 하지 않았습니다. 회사는, 지금은 성스러운 책 속에 삽입되어 있는 짤막한 반박문을 한 가면 공장의 폐품 속에 새겨넣기를 선호했습니다. 이 교의적인 문건은 〈복권이란 세계의 질서 속에 우연을 삽입시키는 것이며, 실수를 받아들이는 것은 우연에 배치되는 게 아니다〉라는 주장을 담고 있었습니다. 오히려 그것은 우연을 확인해 주는 것이라는 거지요. 마찬가지로 사자상들과 정

---

11) 비록 철차법은 다르지만 이 단어는 프란츠 카프카 Frantz Kafka(1883-1924)를 가리킨다. 카프카의 언급은 우선 〈회사〉라는 비유가 가진 의미와 관계된다. 여러 가지 엇갈린 해석이 있지만 이 작품에서 〈회사〉는 절대자를 가리키기도 하고, 복권이 운용되는 역사적 변천에 초점을 맞추면 그것이 고대 국가로부터 현대 국가의 변화와도 흡사하다. 양자의 경우는 모두 카프카의 소설들이 국가 또는 절대자를 비유하고 있다는 점에서 비슷하다. 실제로 보르헤스는 이 작품이 카프카로부터 결정적인 영향을 받았다고 밝힌 적이 있다.

보를 받는 다른 신성한 장치가 없다고 부정하는 것은 아니지만 그것들은 (그러한 정보들을 참조할 권리가 있다고 주장하는)〈회사〉의 공인 없이 운영되고 있다고 주장하고 있었습니다.

이 포고문이 나가자 사람들의 불만이 잠잠해졌습니다. 또한 그것은 그것을 쓴 사람이 예견치 못했던 또 다른 효과를 산출해냈습니다. 즉, 회사의 운영 지침과 방식에 수정을 가하도록 만든 것입니다. 저에게 주어진 시간이 얼마 남아 있지 않군요. 배가 곧 출항할 것이라고 알려왔으니까요. 그러나 그것에 대한 얘기를 마무리짓도록 해보겠습니다.

도무지 믿어지지 않으시겠지만 이제까지 복권 놀이에 관한 이론을 확립해 보려고 시도한 사람은 단 한 사람도 없었습니다. 바빌로니아 사람들은 사색을 즐겨하는 사람들이 아닙니다. 그들은 운명의 판단을 존중했고, 그것에 자신들의 생명과 희망과 아찔한 공포를 위임해 버렸습니다. 그러나 그들은 결코 그것의 미로적인 법칙들과, 운명의 비밀이 숨겨져 있는 순환적인 천체에 대한 연구를 하지 않았습니다. 그럼에도 불구하고, 제가 앞에서 언급했던 그런 공식적인 선언은 법률적·수학적 성격에 대한 많은 논쟁들을 불러일으켰습니다. 그것들 중의 어떤 것으로부터 다음과 같은 가정이 탄생했습니다. 만일 복권이 우연에 대한 강화, 즉 우주에 주기적으로[12] 혼돈을 주입시키는 것이라면 단 하나의 단계가 아닌 모든 추첨의 단계에 우연을 개입시키는 게 옳을 거라는 가정 말입니다. 우연이 어떤 사람의 죽음을 명령하면서도 이 죽음의 상황 ─ 은밀히 죽는다든지, 공개석상에서 죽는다든지, 한 시간 또는 1세기가 연기되는 것 ─ 이 우연에 의해

---

12) 복권을 60일 밤마다 추첨한다고 했기 때문에.

결정되지 않는다는 것은 우스꽝스러운 일이 아니지 않겠어요? 이러한 정당한 자기 반성은 마침내 괄목할 만한 개혁을 가져오도록 만들었습니다. 개혁에 따른 복권 추첨의 복합성(수세기의 실습을 통해 보다 악화된)은 몇몇 전문가들만 이해할 수 있는 거지만 대략 상징적인 방법으로 다음과 같이 요약할 수가 있습니다.

첫번째 추첨에서 한 사람의 죽음이 지시되었다고 가정해 봅시다. 그것이 실행되기 위해서는 (말하자면) 대략 아홉 명의 집행자를 추천해야 하는 또 다른 추첨이 뒤따라야 합니다. 이들 중 네 사람은 형 집행자를 지명하게 될 세번째 추첨을 해야 하고, 둘은 그러한 불운을 행운으로(말하자면 보물의 발견 같은) 대체할 수 있고, 다른 한 사람은 처형 방식을 강화할 수 있고(예를 들어, 고문을 사용해 그것을 악명 높고, 풍요롭게 만들 수 있는), 나머지 사람들은 그러한 처벌 방식의 이행을 거부할 수 있게 됩니다. 물론 이것은 상징적인 도식에 불과합니다. 사실 추첨의 횟수는 무한히 거듭될 수밖에 없게 됩니다. 그 어떤 결정도 마지막이 될 수 없고, 모든 곁가지 결정들은 다른 곁가지 결정들 속으로 뻗어가게 됩니다. 무지한 자들은 무한한 추첨을 하려면 무한한 시간이 요구된다고 말합니다. 그러나 사실 〈거북이와의 경주〉 비유가 보여주고 있는 것처럼 한 단위의 시간은 무한히 쪼개질 수 있을 정도로 충분합니다.[13] 이러한 무한성은

---

13) 이것은 엘레아학파의 대표적인 철학자 제논의 〈나는 화살〉과 함께 그의 대표적인 (두번째) 명제이다. 이 역설의 내용은 아킬레스가 거북이로 하여금 먼저 출발하게 하고 그의 뒤를 쫓지만 아킬레스는 영원히 거북이를 잡을 수 없다는 것이다. 왜냐하면 거북이가 지나갔던 지점에 아킬레스가 도착하면 거북이는 벌써 그 지점을 떠나버렸을 것이기 때문이고, 그렇게 해

〈우연〉이 표방하는 들쑥날쑥한 숫자들과, 〈복권〉의 플라톤주의자들이 찬양했던 〈천체적 원형〉[14]과 경탄스러우리만치 조화를 이루게 됩니다 .... 이러한 우리들의 관습에 대한 어떤 일그러진 메아리가 티베르 강[15]에서 다시 되살아난 듯 보입니다. 엘루스 람쁘리디우스는 『안또니우스 헬리오가발루스 황제』라는 저서에서 이 황제가 경품 목록을 적은 조개껍질들을 자신의 초대객들에게 나누어주곤 했다고 적고 있습니다.[16] 그렇게 해서 어떤

서 둘 사이의 추적은 영원해질 것이기 때문이다. 보르헤스는 이 제논의 명제에 대해 앞의 작품 「틀뢴, 우크바르, 오르비스 떼르띠우스」, 에세이집 『토론』에 실려 있는 「아킬레스와 거북이의 영원한 달리기」와 「거북이의 환생」에서 자세히 다루고 있다. 「틀뢴, 우크바르, 오르비스 떼르띠우스」의 역주 39를 참조할 것.

14) 플라톤주의에 있어 천체적 원형(原型) celestial archetype은 일명 〈플라톤적 모델〉이라고도 불리는 것으로 플라톤의 저서 『리퍼블릭』에 나와 있다. 이 원리에 따르면 세상의 현상은 매우 다양하고, 우리는 감각을 통해 그것을 받아들이게 된다. 그러나 우리는 이러한 다양한 현상들 속에 들어 있는 하나의 추상적 형식을 추출해 낼 수가 있는데 그것이 바로 〈원형〉이다. 이 원형은 단순히 인간이 만들어낸 개념이 아니라 그 정점이 〈신〉으로 되어 있는 우주의 계급 구조적 구성 체계이다.

이 〈원형〉은 후에 융 학파에 의해 문학 작품 속에 들어 있는 공통적인 속성을 발견하는 문학 연구 방식으로도 발전했다.

15) 이탈리아 중부에 있는 강의 이름. 트로이의 영웅이었던 아에네아스가 강의 신인 티르니우스의 충고에 따라 이 강의 연안에 나중에 로마제국의 모태가 되는 새로운 도시를 세운다. 따라서 티베르는 여기서 로마를 가리킨다. 여기서 로마를 지적한 것은 다음에 언급되는 헬리오가발루스라는 황제가 복권과 비슷한 경품 놀이를 했기 때문이다.

16) 안또니우스 헬리오가발루스 Antonius Heliogabalus (204-222)는 원래 바시아누스라는 이름을 가졌던 로마의 황제이다. 그는 시리아에서 로마군으로 복무했고, 태양신의 제사장으로 임명되기도 했다. 그는 218년 15세의 나이로 로마 황제에 선출되었으나 폭정으로 인해 한 변소에서 살해된다. 이 황제의 경품 놀이는 엘루스 람쁘리디우스의 저서 『존엄한 역사』에서 언급되고 있다.

사람은 황금 10그램을, 다른 사람은 열 마리 파리, 또는 열 마리 산쥐, 또는 열 마리 곰을 받았지요. 당연히 헬리오가발루스가 소아시아에서 시조신을 모시는 성직자들 사이에서 교육을 받았다는 것을 상기해 볼 필요가 있습니다.[17]

또한 그 목적은 알 수 없지만 사람과 무관한 추첨 결과도 있었습니다. 어떤 사람은 에우프라테스 강에 타프로바나[18]산 사파이어를 던지라는 명령을 받았습니다. 다른 사람은 한 탑의 꼭대기에서 새 한 마리를 날려주라는 명령을 받았습니다. 또 다른 사람은 매 세기마다 해변에 있는 셀 수 없이 많은 모래로부터 하나를 빼라는(또는 더하라는) 명령을 받았습니다. 이따금 결과는 무시무시했습니다.

〈회사〉의 자비로운 영향 아래 우리들의 관습은 우연으로 물들어가게 되었습니다. 열두 항아리의 다마스커스 산 포도주를 산 사람이 그 중의 하나에 부적이나 뱀이 들어 있다 해도 놀라지 않을 겁니다. 계약서를 쓰는 공증인은 계속해서 거의 항상 내용을 잘못 기재합니다. 저 또한 시간에 쫓기면서 말씀드리고 있는 이 얘기 중 몇 가지 아름다운 것들, 몇 가지 잔혹한 것들을 왜곡시켜 말씀드렸을 겁니다. 아마, 거기에 어떤 신비스러운 단조로움 또한 그랬을지도……. 지구상에서 가장 명민한 우리의 역사가들은 우연을 교정할 수 있는 방법을 창안해 냈습니다. 이 방법의 운용은 (일반적으로) 매우 믿을 만한 것으로 널리 알려져 있습니다. 물론 약간의 속임수 없이 그 운용 방식이 그렇게 널

---

17) 헬리오가발루스가 소아시아에서 군 복무를 했기 때문에 바빌로니아의 복권에 대해 배웠을 것이라는 암시이다.
18) 스리랑카에 있는 주요 보석 광산지.

리 유명해질 수는 없지만 말입니다. 게다가 〈회사〉의 역사만큼 그토록 허구에 오염된 역사는 없으니까요……. 한 사원에서 발굴된 고문서학 자료는 어제 했던 추첨의 결과일 수도 있고, 오래전에 했던 추첨의 산물일 수도 있습니다. 그 어떤 책도 각 낱권 사이에 그 어떤 차이점도 없이 발간될 수는 없습니다. 유태의 율법학자들은 있어야 할 것을 생략하고, 없어야 할 것을 첨가하고, 어떤 것을 변경시키겠다는 비밀 맹세를 합니다. 거기다가 간접적인 거짓말까지 시행됩니다.

〈회사〉는 신성한 겸손함을 가지고 자신을 비밀로 만들어버렸습니다. 당연히 누가 회사의 직원들인지 알 수가 없습니다. 끊임없이 회사가 발하는 명령들은 사기꾼들에 의해 남발되는 명령들과 다를 바가 없습니다. 게다가 자신이 사기꾼이라고 떠벌리며 다닐 사람이 어디 있겠습니까? 말도 안 되는 명령을 즉흥적으로 만들어낸 주정꾼, 자다가 갑자기 일어나 자신의 옆에서 자고 있던 부인을 목졸라 죽인 정신병자, 혹 그들은 〈회사〉의 극비 명령에 따라 그렇게 했던 것은 아닐까요? 신과도 비교되는 이러한 은밀한 작업 방식은 온갖 형태의 추측을 불러일으켰습니다. 어떤 사람은 가증스럽게도 〈회사〉는 수세기 전부터 존재하지 않게 되었고, 우리들의 삶이 가진 신성한 무질서는 순전히 세습적이고, 전통적인 것이라고 은근히 시사합니다. 다른 사람은 〈회사〉를 영원한 무엇으로 판단하고, 그것은 마지막 신이 세계를 멸망시켜 버릴 때까지 계속될 거라고 가르칩니다. 또 다른 사람은 〈회사〉가 전지전능하기는 하지만 단지 아주 사소한 것들에게만 영향을 미칠 수 있는 존재라고 말합니다. 예를 들어, 새의 울음소리, 녹과 먼지의 빛깔, 새벽의 덜 깬 잠 같은 것들 말입니다. 또 다른 사람은 이교도가 아닌 척 위장하며 〈회사〉는 〈결코 존재하지 않았으며 앞으로도 존재하지 않을 것〉이라고 떠벌립니다. 그와 마찬가지로 천박한 또 다른 어떤 사람은 그 은밀한 기업의 존재를 긍정하건 부정하건 상관이 없다고 합니다. 왜냐하면 바빌로니아는 우연들의 영원한 놀이 그 이상의 어떤 것도 아니기 때문이라는 것이지요. [19]

---

19) 앞부분에서는 〈회사〉의 존재가 국가를 의미하는지 절대자를 의미하는지 애매모호하지만 종결에 와서는 그것이 절대자를 가리키고 있음이 명백해진다. 보르헤스가 이처럼 애매모호한 기술 방식을 쓰는 것은 「알모따심에로의 접근」에서도 직접 밝히고 있는 것처럼 절대자를 단순한 상징으로 전락시키지 않으려는 의도 때문이다. 〈다른 말로 바꿔 말하자면 들을 수 없고, 볼 수 없는 알모따심은 우리에게 무미건조한 최상급들의 남발이 아닌 살아 있는 인물이라는 인상을 남겨야 한다. 1932년판에는 초자연적인 성격들이 거의 제거되어 있다. '알모따심이라고 불리는 인물'은 약간 상징적인 성격을 띠고는 있지만 구체적이고 개별적인 성격 또한 결여되어 있지 않다. 불행하게도 이 훌륭한 문학 작업 방식은 다음 판에까지 계속되지 않았다. 1934년 판에서 이 소설은 알레고리로 전락한다. 알모따심은 신의 상징으로 변하고……. 〉 1932년판의 약간 상징성을 띠고는 있지만 구체적이고 개별적인 성격 또한 결여되어 있지 않는 〈알모따심〉이 바로 〈회사〉인 것이다.

허버트 쾌인[1]의 작품에 대한 연구

　허버트 쾌인은 로스커먼[2]에서 죽었다. 나는《타임스》지 문학 부록[3]이 그에게 반 칼럼 크기의 추모 기사밖에 할애하지 않았다는 것에 그다지 놀라지 않았다. 그 기사는 부사를 이용해 모든 수식 형용사들의 뜻을 고쳐놓고 있었다(또는 엄중히 훈계를 가하고 있었다).《스펙테이터 *Spectator*》지 별책[4]에 실린 기사는

---

[1] 허버트 쾌인이란 물론 허구적 인물이다. 그러나 그의 성 Quain은 〈기묘한〉, 〈유일한〉, 〈이상한〉, 〈보기 드문〉의 뜻을 가진 영어 단어 quaint를 연상케 한다고 도날드 쇼는 말한다. 전기한 그의 작품, 64쪽.

[2] Roscommon : 아일랜드 중앙에 있는 지역 이름임과 동시에 마을 이름.

[3] *Times Literary Supplement* : 일간지인《타임스》에서 일주일에 한 번씩 발행하는 부록으로 문학 리뷰로서 대표적인 간행물. 물론 그에 관한 추모 기사가 실렸다는 것은 거짓이다.

[4] *Spectator* : 1828년에 창간된 급진적인 시각을 가지고 있는 영국의 주간지. 물론《타임스》지와 마찬가지로 이 잡지에 그러한 기사가 실렸다는 것은 거짓이다.

확실히 보다 길고, 보다 정중해 보인다. 그러나 기사는 쾌인의 첫번째 작품인 『미로의 신』을 아가사 크리스티 부인[5]의 작품들 중 하나와, 다른 작품들은 게르트루드 슈타인[6]의 작품들과 비교하고 있다. 그것은 모든 사람이 절대적으로 그렇다고 동의하는 것도 아닐 뿐더러 고인을 욕되게 할 그런 실수였다. 게다가 고인은 결코 자신이 천재라고 생각한 적이 없었다. 그리고 그는 이미 언론을 지겹도록 만들었던 사람이 한결같이 마치 자신이 떼스뜨 씨[7]나 사무엘 존슨 박사[8]나 되는 것처럼 그럴 듯하게 점잔을 빼는 우스꽝스러운 문학 토론의 밤 또한 신뢰하지 않았다……. 그는 탁월한 통찰력을 가지고 자신의 저작이 가지고 있는 실험적 성격들을 인지했었다. 그는 그것들이 칭찬을 받아야 한다면 참신하고, 담백한 성실성을 가지고 있기 때문이지 감동적인 어떤 덕목을 가지고 있기 때문이 아니라는 것을 잘 알고 있었다. 〈나는 마치 콜리[9]의 송가들과 같다네.〉 1939년 3월 6일

---

5) Agatha Christie(1890-1976) : 영국의 탐정소설가로 범죄에 얽힌 복합적인 사건전개 구조로 국제적인 명성을 얻었다. 대표작으로는 『목사관에서의 살인』 등이 있다. 아가사 크리스티 작품의 특징은 여러 공간들을 섭렵하는 일반적인 범죄소설과는 달리 폐쇄되고 좁은 공간에서의 범죄와 그것의 해결에 있다. 특히 결말부에서의 극적인 반전으로 유명하다.
6) Gerturde Stein(1874-1946) : 미국 여성 소설가요 시인으로 주로 파리에서 살며 활동했다. 그녀는 특히 마티스, 피카소 등과 같은 큐비즘, 추상파 화가들과 친분이 많았다. 그녀의 작품이 가진 실험적 성격들은 유럽의 아방가르드와 미국의 모더니즘에 많은 영향을 끼쳤다. 양대 세계대전 사이에 활동했던 미국의 대표적 소설가들인 컬드웰, 헤밍웨이, 포크너, 스타인백 등의 세대를 가리키는 말인 〈잃어버린 세대〉는 그녀가 붙인 말이다.
7) 발레리의 작품에 나오는 작중 인물. 『불한당들의 세계사』의 서문, 각주 14번 참조.
8) Samuel Johnson(1709-1784) : 영국의 비평가이자 언어학자로 『영국 시인들의 생애』, 『영어사전』 등의 대표작이 있다.

롱포드[10]에서 그가 내게 보낸 편지에는 그렇게 씌어 있었다. 〈나는 예술에 속해 있는 게 아니라 단지 예술의 역사에 속해 있을 따름이라네.〉 그에게 있어 역사보다 더 열등한 학문은 없었다.

나는 허버트 쾌인이 보인 그러한 겸손함에 대해 언급한 적이 있다. 물론 그러한 겸손함이 그의 사고 능력을 고갈시킨 것은 아니다. 플로베르와 헨리 제임스는 사람들로 하여금 예술 작품이란 자주 나오는 것도 아닐 뿐더러 그것은 고통스러운 작업의 산물이라고 생각하는 데 익숙해지도록 만들었다. 16세기(우리『빠르나소의 여행[11]』을 상기해 보자, 셰익스피어의 운명을 상기해 보자)에는 예술에 대해 이러한 침통한 견해와는 다른 생각을 가지고 있었다.[12] 허버트 쾌인도 마찬가지였다. 그에게 있어 좋은 문학이란 아주 흔한 것일 뿐더러, 심지어 길거리에서의 대화조차도 부지기수로 그런 좋은 문학이 될 수 있다. 또한 그는 미적 본질은 경이로움을 배제한 채 성사될 수 없으며, 기억에 의해 경이로움을 느낀다는 것은 어려운 일이라고 보았다. 그는 아주 진지하게 과거에 씌어진 책들을 〈무작정 고집스럽게 보존하

9) Abraham Cowley(1618-1667) : 밀톤과 동시대에 살았던 영국의 시인. 그는 영국의 송가 ode 전통에 핀다루스식 송가를 확립시켰다. 대표작으로는 『다윗 왕에 관한 서사시』등이 있다.
10) 쾌인이 죽었다는 로스커먼의 동쪽에 있는 군의 이름.
11) 빠르나소는 그리스에 있는 산의 이름으로 그리스신화에서 아폴로와 뮤즈들의 산으로 알려져 있다. 『빠르나소의 여행』이란 세르반테스가 쓴 3천 행으로 된 자전적 요소가 짙은 풍자시이다.
12) 이 말은 세르반테스의 『빠르나소의 여행』의 특징이 고심해서 쓴 시가 아니라 쉽게 쓴 시이며, 또한 셰익스피어가 다작을 했다는 것을 의미하는 말이다. 즉 16세기에는 플로베르나 헨리 제임스의 견해와는 달리 작품을 쉽게 쓰는 것에 이의를 가하지 않았다는 말이다.

는 행위〉를 개탄했다……. 나는 그의 그러한 애매한 논지에 합당한 근거가 있는지는 알 수가 없다. 그러나 나는 그의 책들이 지나치게 〈경이로움〉에 연연해 있었다는 것을 안다.

 나는 그의 첫작품을 어떤 부인에게 빌려준 것을 후회한다. 왜냐하면 그것을 돌려받지 못하게 되어버렸기 때문이다. 나는 『미로의 신』이라는 제목의 그 책이 일종의 탐정소설이라는 논지를 편 적이 있다. 나는 발행인이 그 책을 1933년 11월 말경에 펴낸 것에 고마움을 느낀다. 12월 초 런던과 뉴욕에서는 『시아미스 쌍둥이의 미스터리』[13]라는 책에 관한 흥미롭고 격렬한 논란이 벌어지고 있었다. 나는 『미로의 신』이 실패한 까닭을 이러한 파괴적인 우연의 일치에 두고 싶다. 그와 더불어 그것이 실패한 또 다른 이유는 (최대한도로 진지하게 말하자면) 흠투성이의 작품 구조와 바다에 대한 몇몇 묘사에서 보이는 형식적이고 공허한 장황함에 기인한 것 같다. 7년이라는 시간이 지났기 때문에 나는 세세한 작중 사건들 하나하나를 모두 기억할 수가 없다. 나의 망각에 의해 허약해진(나의 망각에 의해 정선된) 대강의 줄거리는 다음과 같다. 도입 부분은 수수께끼 같은 살인, 전개 부분은 사건에 대한 지루한 논의, 결말 부분은 사건의 해결. 그런데 이미 사건의 수수께끼가 풀렸음에도 불구하고 작품의 말미에는 다음 문장을 포함한 회고조의 긴 단락 하나가 나온다. 〈모두가 두 장기놀이꾼의 만남이 우연이라고 믿었다.〉이 문장은 앞에서 제시하고 있는 사건의 해결이 잘못되었다는 것을 깨닫도

---

13) 엘러리 퀸 Ellery Queen이라는 필명으로 프레드릭 더네이 Fredric Dannay 와 멘프레드 베닝턴 리 Manfred Bennington Lee가 쓴 탐정소설. 기괴한 한 의사의 호화로운 저택에서 일어난 살인 사건을 다루고 있다. 여기에 등장하는 탐정의 이름이 퀸이고, 그의 아들 이름이 엘러리여서 매우 흥미롭다.

록 만든다. 어리둥절해진 독자는 그것과 관련된 앞장들을 다시 들춰보게 되고, 진짜로 올바른 해결책인 다른 해결책을 발견하게 된다. 이 기이한 책의 독자는 책에 등장하는 탐정보다 더욱 명석하다.

보다 이질적인 작품은 3부가(실제로는 3부밖에 없지만) 1936년에 나온 〈시간적으로 거꾸로 씌어 있고, 가지처럼 갈라지는 구조를 가지고 있는 소설〉『에이프릴 마아치 *April March*』이다. 읽고 보니 이 작품이 일종의 유희라는 것을 깨달았다고 평하지 않는 사람은 아무도 없었다. 작가 또한 이 작품을 그렇게 여겼다는 것 역시 상기해 볼 필요가 있다. 그가 내게 이렇게 말했던 기억이 난다. 〈나는 이 작품을 쓰기 위해 대칭, 개연적인 법칙들, 넌더리나는 모든 놀이의 본질적인 성격들을 추적해 보았다네.〉 심지어 제목까지도 하나의 동음이의(同音異義)적인 말장난이다. 그것(April March)은 〈사월의 행진〉이 아니라 문자 그대로 〈4월 3월〉이다.[14] 어떤 사람은 이 책에서 보이는 던[15]의 흔

---

14) 이 책의 제목은 영어로 *April March*이다. 만일 이 말을 두 단어가 합쳐진 복합명사로 보면 이것의 뜻은 〈4월의 행진〉이다. 그러나 따로 떨어진 단어라면 이것은 〈4월 3월〉이 된다.

15) John William Dunne(1875-1949) : 아이레 출신의 철학자로 『시간에 대한 실험』, 『인간은 죽지 않는다』 등의 저서를 남겼다. 보르헤스는 에세이집 『또 다른 심문』의 「시간과 존 윌리암 던」이라는 글에서 다음과 같이 그의 시간에 관한 독특한 논리를 요약하고 있다. 〈던은 후안 데 메나의 『미로』, 우스펜스키의 『제3기관』에서처럼 미래는 자신의 모든 흥망성쇠, 그리고 세세한 사건들과 함께 이미 존재하고 있다라고 주장한다. 이 미리 존재하는 미래를 향해(브래들리가 선호하는 것처럼 이 미리 존재하는 미래로부터) 우주적 시간의 완전한 강, 또는 우리들의 삶의 유한한 강이 흐른다. 이러한 이동, 이러한 흐름은 모든 운동이 그러한 것처럼 하나의 한정된 시간을 요구한다. 말하자면 우리는 첫번째 시간이 이동할 수 있도록 하는 두번째 시간을 갖게 될 것이고, 이어 두번째 시간이 이동할 수 있도록 하는 세번

적 같은 것을 지적했다. 쾌인은 책의「서문」에서 브래들리[16]의 그러한 역행적인 세계를 창출해 내려고 시도했다고 밝히고 있는데, 그러한 세계에서는 죽음이 출생을, 상처의 딱지가 상처를, 상처를 입히는 행위에 상처가 앞서 나타난다(『현상과 현실』, 1897, 215쪽). [17] 그러나 『에이프럴 마아치』가 제안하는 세계는

째 시간, 그리고 그렇게 해서 영원한…….〉
　여기서 보르헤스가 던을 언급한 것은 쾌인의 작품이 시간 역행적 구조를 가지고 있다고 앞에서 언명했기 때문이다.
16) Francis Herbert Bradley (1846-1924) : 영국의 관념주의 철학자. 그의 가장 잘 알려진 저서『현상과 현실』에서 그는 현상은 현실의 전부가 아니라고 주장한다. 현실은 눈에 보이는 현상 이상의 것을 가지고 있고, 우리는 그것에 대한 완전한 지식이 없다. 예를 들어, 우리와는 다른 양식의 시간을 가지고 있는 세계를 가정해 볼 수가 있다. 그 세계에서는 시간이 거꾸로 흘러 상처의 딱지가 상처보다 먼저 일어나고, 상처가 그 상처가 일어나도록 만든 행위보다 먼저 일어난다. 우리가 이것을 불합리하다고 보는 것은 우리가 살고 있는 세계에서의 경험이 그것을 그렇게 보도록 하기 때문일 뿐이다. 또 다른 세계에서는 시간이라는 게 방향이 전혀 없거나, 또는 여러 방향으로 움직이는 그런 시간이 있을 수 있다.
　보르헤스는 에세이집『또 다른 심문』에 나오는「시간에 대한 또 다른 거부」라는 글에서 브래들리의 시간관에 대해 자세히 다루고 있다.
17) 아, 허버트 쾌인의 박식함, 아, 1897년에 발간한 한 책의 215쪽(이것은 브래들리의『현상과 현실』215쪽을 가리킨다──역주). 플라톤의『정치가』(대화체로 된 플라톤의 저서로 여기서 젊은 소크라테스와 엘레아학파에서 온 한 사람과 정치가에 대해 대화를 나눈다──역주)에 나오는 대화자가 이미 이와 비슷한 형태의 시간 역행에 대해 묘사하고 있다. 우주가 거꾸로 돌아 그 영향을 받은 〈땅의 자식들〉, 또는 〈원주민들〉은 노년에서 중년으로, 중년에서 유년으로, 유년에서 사라짐과 무로 역행되는 삶을 산다. 또한 테오폼푸스 Theopompus(기원전 378-323, 그리스의 역사가이자 웅변가──역주)는 자신의 저서『반박』에서 북쪽지방의 과일에 대해 말하고 있다. 그 과일들은 그 과일들을 먹은 사람에게서 열린 것으로 같은 시간 역행이 이루어지고 있다……. 보다 흥미로운 것은 〈시간〉의 전도를 상상해 보는 것이다. 우리가 미래는 기억할 수 있으나 과거에 대해 알지 못하거나, 또는 예견조차 할 수 없는 그런 상태.『지옥』편(단테의『신성한 코미디』제I부──역주)의 열번째 노래, 97-102행까지 참조. 그곳에서는 예

시간 역행적인 세계가 아니다. 단지 그것을 기술하는 방식이 시간 역행적이라는 것뿐이다. 내가 앞서 말했던 것처럼 〈시간적으로 거꾸로 씌어 있고, 가지처럼 갈라지는 구조를 가지고 있을〉 뿐인 것이다. 작품은 13장으로 구성되어 있다. 제1장은 길을 가는 낯선 사람들 사이에서 벌어지는 아리송한 대화에 대해 언급하고 있다. 제2장은 제1장에 나오는 날의 전날 밤에 일어난 사건들에 대해 언급하고 있다. 마찬가지로 그 전에 해당하는 제3장 역시 제1장에 나오는 날의 전날 밤에 일어날 수 있는 또 다른 사건에 대해 언급하고 있다. 제4장은 전날 밤의 또 다른 사건. (서로 전혀 관계가 없는) 이 세 개의 전날 밤 중 각기 하나 하나의 전날 밤은 다양한 성격을 가진 또 다른 세 개의 그 전날 밤들로 파편화된다. 따라서 이 작품 전체는 아홉 개의 소설을 구성하게 된다. 그리고 각 소설은 세 개의 긴 장들로 구성된다. (당연히 제1장은 아홉 개의 소설에서 모두 공통적이다.) 이 소설들 중 어떤 것은 상징적, 어떤 것은 초자연적, 어떤 것은 탐정소설적, 어떤 것은 심리적, 어떤 것은 공산주의적, 어떤 것은 반공산주의적 등등의 성격을 가지고 있다. 아마 다음의 도표가 이 작품을 이해하는 데 도움을 줄지도 모른다.

　　언자적 시력을 가진 눈과, 가까운 곳을 볼 수 없는 원시적인 눈이 비교되어 있다. [원주]

허버트 쾌인의 작품에 대한 연구　123

$$Z \begin{cases} y_1 \begin{cases} x_1 \\ x_2 \\ x_3 \end{cases} \\ y_2 \begin{cases} x_4 \\ x_5 \\ x_6 \end{cases} \\ y_3 \begin{cases} x_7 \\ x_8 \\ x_9 \end{cases} \end{cases}$$

이러한 구조에 대해 칸트의 12범주에 대한 쇼펜하우어의 공박을 똑같이 적용할 수가 있다. 쇼펜하우어는 칸트가 광신적으로 모든 것을 대칭에 희생시켜 버렸다고 공격했었다.[18] 가히 짐작할 수 있듯 아홉 개의 이야기들 중 어떤 것은 쾌인의 재능에 비해 뒤떨어지는 것도 있다. 아홉 개 중 가장 뛰어난 것은 매우 독창적인 x4가 아니라 환상적 성격을 가진 x9이다. 다른 것들

18) 〈칸트에 의해 주창된 열두 개의 개념은 감각 경험을 분류하기 위해 필요한 것들이다. 각기의 개념은 인간 지식이 가진 각기의 기능에 해당한다. 그것들은 양, 질, 관계, 양상, 네 가지로 나뉜다. 각 하나는 평행을 이루는 세 가지 관점으로 세분화된다. 처음의 것은 통일성, 전체성 그리고 복합성. 그 다음의 것은 현실, 거부, 그리고 한계. 그 다음의 것은 본질과 우연, 인과, 그리고 상호관계. 마지막 것은 가능성, 존재, 그리고 필요성이다. 『의지와 재현으로서의 세계』의 부록의 형태를 취하고 있는「칸트 철학에 대한 비판」에서 쇼펜하우어는 이 세 개의 카테고리가 가지고 있는 경직성을 다음과 같이 공격했다. 대칭에 대한 선호에 따라 칸트는 진리에 대한 공개적인 폭력을 행사할 수 있게 되게끔까지 지나치게 비약을 감행했다. 그래서 그 시스템은 모든 가능성을 강요하는 프로크루스테스(크면 자르고 작으면 늘리는)의 침대가 되고 말았다.〉(『보르헤스 사전』, 131쪽)

은 맥빠진 해학들과 불필요한 가짜 정확성 때문에 망가뜨려져 있다.[19] 만일 어떤 사람이 이 책을 시간 순서로 읽게 되면(가령, x_3, 그리고 y_1, z의 순서로) 그는 이 책의 참맛을 맛보지 못하게 된다. 두 개의 이야기, x_7과 x_8은 독립적인 가치를 가지고 있지 않다. 그것들은 서로 병치시켜야만 효과가 발휘된다……。

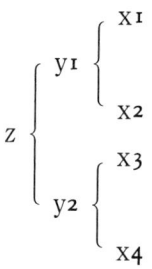

『에이프릴 마아치』를 출간하고 난 후 이미 쾌인은 3중적 구조에 대해 후회를 했고, 자신을 모방하고자 하는 사람은 2중적 구조를 선택하게 될 것이며, 조물주들이나 신들 대신 무한성, 그러니까 무한한 이야기들, 무한히 가지가 갈라지는 이야기들을 택하게 될 거라고 예언했다는 사실을 상기해야 하는지 나는 잘 모르겠다.

2막으로 된 영웅에 관한 희극『비밀의 거울』은 아주 상이하지만 역시 회고적인 시간 구조를 가지고 있다. 앞에서 언급한 작

---

[19] 여기서 가짜 정확성이란 보르헤스가 자주 쓰고 있는 가짜 사실주의와 상통한다. 즉 거짓으로 정확한 날짜, 거짓으로 정확한 책 이름 등등 그것으로서 보르헤스는 이러한 풍자를 통해 스스로를 희화시키고 있다.

품들이 가진 복잡한 형식은 작가의 상상력을 망쳐놓았다. 그러나 이 작품의 경우 작가의 상상력은 보다 자유롭게 전개되고 있다. 제1막(2막보다 긴)의 무대는 멜튼 모부레이[20] 근처에 있는 시 아이 이 트래일 C.I.E. Thrale 장군의 별장이다. 플롯의 중심은 실제로 등장하지 않는 장군의 큰딸인 울리카 트래일 양이다. 우리는 몇몇 다른 등장 인물들의 대사를 통해 그녀가 자존심이 강한 여장부라는 것을 간접적으로 간파할 수 있다. 그러면서 우리는 그런 타입의 여성이 왜 문학 작품에 자주 등장하지 않는지 의아하다고 생각하게 된다. 신문들은 그녀가 루트랜드의 공작과 스캔들이 있다는 기사를 싣는다. 신문들은 그 염문이 거짓임을 폭로한다. 그녀를 숭배하는 사람은 극작가 윌프레드 퀼리스이다. 그녀는 언젠가 얼떨결에 그에게 키스를 한 적이 있다. 등장 인물들은 모두 막대한 재산을 가지고 있는 명문대가의 자손들이다. 그들의 마음 씀씀이는 격렬하기는 하지만 고상하다. 대사는 벌워 리톤[21]의 장광설과 오스카 와일드,[22] 또는 필립 게달라[23]

---

20) 상층계급들의 별장이 많이 모여 있는 영국의 마을 이름.
21) Edward George Bulwer Lytton(1803-1873) : 영국의 소설가로 여러 장르를 섭렵했으나 특히 역사 소설가로 많이 알려져 있다. 주요 저작으로는 『폼페이 최후의 날들』(1834), 『리엔지』(1835), 『최후의 남작』(1943) 등이 있다. 그의 저작들은 중세, 로마시대, 15세기의 영국 등 다양한 시대를 포괄하고 있다. 그의 문체는 장황하고 과장적인 면모를 보여 자주 비판의 대상이 되었다.
22) Oscar Wilde(1854-1900) : 우리에게 『도리안 그레이』의 초상으로 유명한 더블린 태생의 영국의 소설가요 시인. 희곡으로는 『윈더미어 부인의 부채』, 『흔한 여자』등이 있고, 시집으로는 『리딩 감옥에 관한 발라드』가 있다. 보르헤스는 여덟 살 때 그의 단편 「행복한 왕자」를 스페인어로 번역할 정도로 어렸을 때부터 그의 작품에 친숙해 있었다.
23) 영국의 소설가. 「알모따심에로의 접근」 각주 2번 참조.

씨의 경구들이 혼합된 모습을 보이고 있다. 이 작품에는 밤꾀꼬리 한 마리와 어떤 밤 장면이 나온다. 그날 테라스에서 비밀의 결투가 벌어진다. (거의 모든 게 아리송하지만 흥미를 끄는 모순도 있고, 유치한 세부 사항들도 제시된다.) 2막에서도 1막에 등장했던 인물들이 다시 등장한다. 그러나 다른 이름들을 가지고 나타난다. 〈극작가〉 윌프레드 퀼리스는 리버풀[24] 시에서 중개인이 되어 있다. 그의 진짜 이름은 존 윌리암 퀴글리이다. 트레일 양 또한 존재한다. 퀴글리는 단 한 차례도 그녀를 본 적이 없지만 병적으로 《테틀러》지[25]나 《스케치》지[26]에 나온 그녀의 사진들을 수집한다. 퀴글리는 1막의 저자이다. 허구적 진실성이나 현실감이 결여된 그 〈별장〉은 현재 그가 살고 있는, 모양이 바뀌고 크기가 커진 유태-아일랜드계 하숙집으로 변해 있다 ……. 2막의 플롯은 1막의 플롯과 평행을 이루고 있다. 그러나 전체적으로 2막의 플롯은 약간 음산하고, 제대로 풀려가지 않고, 실패로 돌아간다. 『비밀의 거울』이 처음 무대에 올려졌을 때 평단은 프로이트와 줄리앙 그린[27]의 이름을 들먹였다. 내 생각에 프로이트의 이름을 언급하는 것은 전혀 타당성이 없어 보인다.

『비밀의 거울』이 프로이트적 희극이라는 소문이 널리 퍼졌다.

---

24) Liverpool : 영국의 한 항구 도시 이름.
25) *Tatler* : 1901년에 창간된 영국의 상류사회에서 즐겨보는 잡지.
26) *Sketch* : 1803-1959년에 발간된 주간 예술종합지. 이 두 개의 잡지에는 인물사진들이 많이 실렸다. 그러나 보르헤스의 이 언급은 거짓이다.
27) Julien Green(1900-) : 미국에서 태어나 프랑스어와 영어로 작품을 썼던 작가. 대표적인 작품으로는 『아드리아나 메수라』, 『라비아땅』, 『몽상가』 등이 있고, 프랑스 학술원 회원으로 뽑힌 최초의 외국인이기도 하다.

이러한 적절한 (그리고 거짓된) 해석은 이 작품의 성공 여부에 결정적인 역할을 했다. 불행하게도 쾌인은 이미 마흔을 넘어서 있었다. 그는 실패에 익숙해 있었고, 그는 얄팍하게 시대의 변화에 몸을 맡기는 사람이 아니었다. 그는 보상을 받기로 결심을 했다. 1939년 말 그는 『선언』을 출간했다. 이 작품은 그의 작품들 중에서 가장 독창적일지도 모르지만, 확실히 가장 평가를 받지 못했고, 가장 비밀스러웠던 작품이다. 쾌인은 늘 독자란 이미 멸종된 종족이라고 주장하곤 했다. 〈잠재적이든 실제적이든 간에 (그는 이렇게 이유를 들었다) 작가가 아닌 유럽 사람은 단 한 사람도 없기 때문에 말이네.〉 그는 또한 문학이 제공하고 있는 많은 행복 중에서 가장 최고의 것은 창조성이라고 단언하곤 했다. 왜냐하면 모두가 이러한 행복을 누릴 능력이 없고, 많은 사람들은 그것의 그림자로만 만족해야 하기 때문이라는 게 그의 주장이었다. 쾌인은 대중이라고 불리는 이러한 〈불완전한 작가들〉을 위해 『선언』이라는 책을 통해 여덟 개의 이야기를 제시했다. 이들 하나하나는 작가가 의도적으로 끝맺음을 해놓지 않아 하나의 훌륭한 이야기가 전개될 수 있도록 예시하거나 약속하고 있다. 어떤 이야기는 ── 가장 훌륭하지는 않다 ── 두 개의 줄거리를 암시한다. 허영심에 얼이 빠진 독자는 자신이 그것들을 창작했다고 믿게 된다. 나는 세번째 이야기「어제의 장미」로부터「원형의 폐허들」이라는 작품을 유추해 내는 순진함을 보였다. 이 작품은 나의 작품집『끝없이 두 갈래로 갈라지는 길들이 있는 정원』에 실려 있다.[28]   1941년

---

28) 여기서 지적하고 넘어가야 할 몇 가지 흥미로운 사실이 있다. 첫째, 보르헤스는 아직 출간되지 않은 자신의 책『끝없이 두 갈래로 갈라지는 길들이

있는 정원』(1941-1942년 사이에 발간된 단편집으로『픽션들』로 묶여지기 이전의 책 이름)에 대해 언급하고 있다는 사실이다. 물론 보르헤스가 이전에『끝없이 두 갈래로 갈라지는 길들이 있는 정원』의 마지막에 나오는 같은 이름의 단편을 이 단편「허버트 쾌인의 작품에 대한 연구」이전에 발표했더라면 별 문제가 없을 수도 있다. 왜냐하면 그 경우 보르헤스가 그 단편을 제목으로 소설집을 발간하려고 준비하고 있구나 하고 짐작케 하기 때문이다. 그러나 아직 발표되지 않은 단편의 제목을 책의 표제로 삼아 그런 작품집을 냈다고 언급하고 있는 것은 매우 흥미로울 수밖에 없다. 더구나 「끝없이 두 갈래로 갈라지는 길들이 있는 정원」이라는 단편은「바벨의 도서관」과 함께 미리 잡지에 발표했던 작품이 아니라 그 이름의 작품집이 나왔을 때 처음 선보인 작품이다. 그렇다면 이전에 미리 써놓고서 그 단편의 이름으로 책을 내려고 작정했던 것일까? 그러나 알려진 바에 의하면 그 단편은『끝없이 두 갈래로 갈라지는 길들이 있는 정원』에 실린 단편들 중 가장 늦게 씌어졌다고 한다. 그렇다면 보르헤스는 그 제목으로 작품을 구상만 하고 있었고, 그 작품의 제목을 발간하려고 준비하고 있던 책의 제목으로 쓰려고 했던 것인가?

또 하나 흥미로운 사실은 허버트 쾌인이 썼다는 마지막 소설『선언들』과 마찬가지로 보르헤스의『끝없이 두 갈래로 갈라지는 길들이 있는 정원』또한 여덟 개의 단편들로 구성되어 있다는 점이다. 그리고 보르헤스는『선언들』의 세번째 이야기인「어제의 장미」에서「원형의 폐허들」을 끌어왔다고 말하고 있다.「원형의 폐허들」은『끝없이 두 갈래로 갈라지는 길들이 있는 정원』에 네번째로 실려 있는 작품이다. 그러나 세번째 작품「알모따심에로의 접근」은 앞의 역주에서 언급했듯 원래는 에세이집『영원의 역사』에 실려 있는 작품이다. 이 작품이 에세이가 아닌 소설이기 때문에 보르헤스는 이 작품을『끝없이 두 갈래로 갈라지는 길들이 있는 정원』에 넣었다. 만일 보르헤스가 이 작품을「원형의 폐허들」이후에 넣으려고 생각했었다면「원형의 폐허들」은 세번째 작품이 되고, 쾌인의 작품「어제의 장미」와 순서가 일치하게 된다.

바벨의 도서관

이 방식을 통해 당신은 스물세 개 글자가 어떻게
여러 가지로 변용되는가에 대해 엿볼 수 있다······.

『음울의 해부』, 제2부, 2편, 4항[1]

우주(다른 사람들은 〈도서관〉[2]이라 부르는)는 부정수 혹은 무한수로 된 육각형 진열실들로 구성되어 있다. 아주 낮게 난간이 둘려져 있는 이 진열실들 사이에는 거대한 통풍 구멍들이 나 있다. 그 어떤 육각형 진열실에서도 끝없이 뻗어 있는 모든 위층들과 아래층들이 훤히 드러나보인다. 진열실들의 배치 구도는

---

1) 〈영국의 몽떼뉴〉로 불리는 영국 작가 로버트 버튼 Robert Burton(1577-1640)이 1621년에 쓴 학술 논문이다. 〈우울증〉에 대해 본격적으로 다루고 있는 학술 서적으로서 1부는 우울증의 원인과 증세에 대해, 2부는 그것의 치료 방식, 3부는 이성간의 사랑과 종교에 따른 우울증의 문제를 다루고 있다.
이 중간에 잘려져 있는 문장의 뒷부분은 다음과 같다. 〈그 변용은 무한할 정도로 다양하기 때문에 복합화되고 연역된 단어들은 따라서 창공의 원주 안에도 다 담을 수 없을 정도가 될 것이다. 열 개의 단어들은 40,320개의 다양한 방식으로 변용될 수 있다.〉 이러한 무한성은 보르헤스가 이 단편에서 제시하고자 하는 주제와 밀접한 관련을 맺고 있다.
2) 여기서 보르헤스는 도서관 Biblioteca을 대문자로 쓰고 있다. 이 단어를 대문자로 쓴 것과 〈우주〉라는 말과 동일시하고 있는 것은 그가 그리스의 작가

일정하다. 각 진열실에는 두 면을 제외하고 각 면마다 다섯 개씩 모두 스무 개의 책장들이 들어서 있다. 책장의 높이는 각 층의 높이와 같고, 보통 체구를 가진 도서관 사서의 키를 간신히 웃돌 정도이다. 책장이 놓여 있지 않는 두 면들 중의 하나는 비좁은 현관으로 통해 있다. 그 현관은 모두가 똑같은 형태와 크기를 가진 다른 진열실로 연결되어 있다. 현관의 왼편과 오른편에는 각기 아주 작은 방이 하나씩 있다. 하나는 서서 잠을 자는 곳이고, 다른 하나는 용변을 보는 곳이다. 현관에는 나선형 계단이 나 있는데 계단은 아득하게 위아래로 치솟거나 내려가 있다. 현관에는 거울 하나가 있다. 그 거울은 겉모양을 충실하게 복제한다. 사람들은 이 거울을 통해 〈도서관〉은 무한하지 않다는 결론에 도달하곤 한다. (만일 실제로 그렇지 않다면 이 환영 같은 복제는 왜 존재한단 말인가?) 나는 그 반짝거리는 표면이 무한을 반영할 뿐만 아니라 그것을 확증시켜 준다고 상상하기를 좋아한다……. 빛은 등(燈)이라는 이름을 가진 몇 개의 둥근 과일들로부터 유래한다. 각 육각형마다 서로 교차의 형태를 이루고 있는 두 개의 등이 있다. 등들이 발하는 불빛은 충분치 않으나 꺼지지 않고 항상 켜 있다.

〈도서관〉의 모든 사람들처럼 나는 젊은 시절 여행을 했다. 나

아폴로도루스 Apollodorus의 논문 「도서관 Bibliotheca」을 염두에 두고 그러하지 않나 하는 추측을 하도록 만든다. 더구나 아폴로도루스의 이 논문이 그리스신화를 다루고 있다는 점에서 더욱 그러하다. 또한 그의 작품집 『알렙』에 나오는 단편 「아스떼리온의 집」에는 아폴로도루스의 「도서관」에 대한 인용 부분이 나온다. 특히 〈바벨〉이라는 단어가 〈혼돈〉을 의미한다고 볼 때 여기서 도서관이란 〈혼돈으로서의 세계〉라고 볼 수 있다.

여기서 묘사되는 도서관은 보르헤스가 이 작품을 쓰고 있을 당시 근무하고 있던 시립 알라그로 수르 Alamagro Sur 도서관을 토대로 한 것이다.

는 한 권의 책, 아니 아마 책 목록에 대한 목록을 찾아 방황을 했다. 내 눈이 현재 내가 쓰고 있는 글조차 거의 볼 수 없게 된 지금 나는 내가 태어났던 육각형으로부터 몇 레구아(1레구아는 5.5727 Km) 정도 떨어진 곳에서 나의 죽음을 맞이할 채비를 하고 있다. 일단 내가 죽어버리면 나를 난간 너머로 밀칠 경건한 손들 같은 것은 필요가 없게 될 것이다.[3] 나의 무덤은 깊이를 알 수 없는 공기가 될 것이다. 나의 몸뚱이는 끝없이 가라앉을 것이고, 부식할 것이고, 영원한 추락이 일으키는 바람 속에 용해될 것이다. 나는 〈도서관〉은 끝이 없다고 단언한다. 관념론자들은 육각형의 방들이 절대적 공간, 또는 적어도 공간에 대한 우리들의 직관을 표상하기 위해 필수불가결한 형상이라고 주장한다. 그들은 삼각형, 또는 오각형 방은 상상이 안 되기 때문이라고 이유를 든다. (신비주의자들은 종교적 열락에 이르면 둥근 책 하나가 놓여 있는 둥근 방이 보인다고 한다. 그 책의 책등은 끝이 없고, 하나의 완전한 원인 벽들을 따라 둘러져 있다. 그러나 그들의 증언은 의심스럽다. 그들의 말들은 애매모호하다. 그 둥근 책은 〈신〉이다.) 지금으로서는 옛날부터 내려오는 격언을 되풀이하는 것으로 족하리라. 〈도서관은 구체(球體)로 되어 있다. 그것의 정(正) 중심은 각 개의 육각형이고, 그것의 원주는 측정이 불가능하다.〉

---

3) 이 문장은 원문에서부터 그 뜻이 매우 애매모호하다. 이미 〈죽는다면〉이라는 가정을 했기 때문에 〈난간 너머로 밀친다〉는 말이 죽음을 가리키는 것은 아닌 듯하다. 보다 가능함직한 해석은 앞의 〈책장에는 낮은 난간들이 둘러져 있다〉는 말에서 찾을 수 있을 듯싶다. 만일 도서관이 우주, 또는 세계라면 책들은 세계의 구성 요소들이다. 따라서 난간 너머로 밀친다는 것은 세계에 대해 알려고 하는 의지, 즉 어떤 경건한 의지를 가리킨다고 볼 수 있다.

각 육각형 진열실의 각 벽마다 다섯 개의 책장이 놓여 있다. 각 책장에는 똑같은 모형으로 된 서른두 권의 책이 꽂혀 있다. 각 책은 410페이지로 되어 있다. 각 페이지는 40줄, 각 줄은 흑색 활자로 찍힌 약 80개의 글자들로 구성되어 있다. 또한 책등에도 글자들이 있다. 이 글자들은 책에서 무엇이 다루어지고 있는가를 말하고 있거나 예시하고 있지 않다. 한때 나는 이러한 불일치가 의아스러웠던 기억이 난다. 왜 그러할까 하는 것에 대한 답을 제시하기 전에(그 답이 가진 비극적인 모습에도 불구하고 그것의 발견은 아마 역사에 있어 주요한 사건이다) 나는 몇 가지 공리들을 상기시키고자 한다.

첫번째 공리, 〈도서관〉은 영원으로부터 존재한다. 이러한 사실로부터 즉각 유추해 낼 수 있는 것은 세계의 미래가 영원하리라는 것이다.[4] 불완전한 사서인 인간은 우연, 또는 심술궂은 조물주들[5]의 작품일는지도 모른다. 서가들, 암호로 된 책들, 방문객을 위한 지칠 줄 모르는 층계들, 그리고 앉아서 생활하는 사서들을 위한 변소가 있는 천부적으로 우아한 자질을 타고난 우주만이 신의 작품일 수 있다. 신적인 것과 인간적인 것 사이에 존재하는 간극을 이해하기를 원한다면 실수를 범하기 쉬운 나의

---

[4] 여기서 〈영원성〉과 〈불사성〉에 대한 구분이 필요하다. 〈영원〉이란 시작도 없고 끝도 없는 것을 말한다. 〈불사〉란 시작은 있되 끝은 없는 것을 말한다. 따라서 〈도서관〉=세계가 영원으로부터 존재하고 있다면 그것은 영원히 계속될 수밖에 없다. 흔히들 영원성과 불사성은 기독교신과 그리스신화에 나오는 신들에 대한 성격 비교에 많이 이용된다. 기독교신은 시작도 끝도 없는 영원의 신이고, 그리스 신화의 신들은 시작은 있되 끝은 없는 불사의 신이다.

[5] 여기서는 유일신으로서의 조물주가 아닌 하급신으로서의 조물주들을 가리킨다.

손이 어떤 책의 표지에 휘갈겨 쓴 조악하고 삐뚤삐뚤한 글자들과, 책 안에 들어 있는 정확하고 섬세하고 완전히 까맣고 흉내낼 수 없을 정도로 균형을 가진 체계적인 글자들을 비교하는 것으로 충분할 것이다.

두번째 공리, 알파벳 철자의 수는 스물다섯 개이다.[6] 300년 전으로 거슬러 올라가 이러한 발견은 〈도서관〉에 대한 개론을 세우고, 그 어떤 가정으로도 설명이 불가능했던 한 문제를 만족스럽게 풀 수 있도록 만들어주었다. 거의 모든 책들이 형체가 일정치 않고 혼란스러운 성격을 가지고 있다는 문제가 바로 그것이었다. 나의 부친이 1594구역에 있는 한 육각형 진열실에서 본 책은 MCV라는 글자들로만 되어 있었다. 그 책은 외곬로 첫줄부터 마지막 줄까지 그 글자들로만 씌어 있었다. 또 다른 어떤 책(이 구역의 책들 중 아주 자주 열람이 되는)은 단순한 글자들의 〈미로〉로 되어 있다. 그러나 마지막에서 두번째 장에는 〈오, 시간, 너의 피라미드들이여〉라고 씌어 있다. 이것은 이미 알려진 사실이다. 이 책은 단 한 줄의 타당성 있는 말, 또는 한 마디의 직언을 위해 무의미한 중언부언, 앞뒤가 안 맞는 말, 그리고 뒤죽박죽의 언사를 수십 킬로미터씩 늘어놓고 있는 것이다. (나는 사서들이 책에서 의미를 찾으려고 하는 헛되고 미신적인 습관을 거부하고, 그러한 행위를 꿈이나 한 사람의 손바닥

---

6) 원고에는 아라비아 숫자나 대문자가 들어 있지 않다. 구두점은 쉼표와 마침표에 한정되어 있다. 이 익명의 저자에 따르면 이 두 개의 구두점, 띄어쓰기에 따른 공간, 그리고 스물두 개의 알파벳 철자들로 충분하다고 보이는 스물다섯 개의 글자가 되는 것이다 — 편집자 주. [원주]
　역주 : 여기서 〈익명의 저자〉란 신을 가리킨다. 그런데 말미에 〈편집자 주〉라고 붙여놓은 것은 보르헤스적인 일종의 언어의 유희이다.

에 나 있는 뒤엉킨 손금들을 가지고 의미를 찾으려고 하는 행위와 똑같이 취급하는 한 난폭한 지역을 안다……. 그들은 글쓰기의 발명가들이 원초적인 스물다섯 개의 알파벳을 모방했다는 것을 인정한다. 그러나 그들은 그러한 적용이 우연에 불과하고, 책들은 그 자체로서 아무것도 의미하지 않는다고 주장한다. 곧 살펴보겠지만 이러한 견해가 전적으로 오류인 것은 아니다.)

  오랫동안 사람들은 그러한 책들이 이해가 불가능한 것은 그것들이 고어나, 알지 못하는 어떤 외국어로 되어 있기 때문일 거라고 생각해 왔다. 사실, 태고 적의 사람들, 최초의 도서관 사서들은 우리가 현재 쓰고 있는 언어와는 매우 다른 언어를 썼다. 사실, 오른쪽으로부터 몇 마일 떨어진 곳에서 사용하고 있는 언어는 방언이고, 위로 90층을 올라가는 곳에 있는 언어는 해독이 불가능하다. 되풀이해 말하건대 이 모든 것들은 사실이다. 그러나 전혀 변화가 없는 MCV로 되어 있는 410페이지는 얼마만큼 사투리적이건, 또는 고대어이건 간에 그것은 그 어떤 언어에도 속하지 않는다. 어떤 사람들은 주장하기를 각 글자는 이어지는 다음 글자에 영향을 미치고, 71페이지 세번째 줄에 있는 MCV의 가치는 다른 페이지의 다른 지점에 있는 같은 일련의 글자가 가지고 있는 가치와 다르다고 한다. 그러나 이러한 아리송한 논지는 많은 사람들의 호응을 받지 못했다. 다른 사람들은 암호 표기법을 떠올렸다. 비록 원래 그것을 썼던 사람이 그렇게 의도하고 썼으리라는 뜻은 아니었지만 이러한 추측은 널리 받아들여졌다.

  500년 전, 상부 육각형의 책임자[7]가 다른 책들처럼 혼란스러

---

7) 전에는 세 개의 육각형 진열실을 한 사람이 맡아 근무했다. 자살과 폐질환

운 책 한 권을 발견하게 되었다. 그런데 그 책은 거의 두 페이지가 동일한 행들로 구성되어 있었다. 그는 자신의 발견물을 한 방랑하는 암호 해독가에게 보여주었다. 그 암호 해독가는 그에게 그 행들이 포르투갈어로 되어 있다고 말했다. 다른 사람들은 그것들이 이디쉬어[8]라고 말했다. I세기가 흘러가기 전 그는 그 언어의 정체를 밝혀냈다. 그것은 고대 아랍어의 어형 변화를 가진 과라니어[9]의 사모예드[10]-리투아니아[11]식 방언이었다. 그리고 그것의 내용 또한 해독되었다. 그것은 제한 없는 반복을 통한 다양한 변용들을 예로 조합 분석의 개념들을 설명하고 있는 책이었다. 이러한 일례들은 한 천재적인 사서로 하여금 〈도서관〉이 가진 기본적인 법칙들을 발견하도록 만들어주었다. 이 사상가는 모든 책은 서로 얼마나 다르건 간에 동일한 원소들로 되어 있다고 판단했다. 즉 띄어쓰기에 따른 공백과 마침표와, 쉼표, 그리고 스물두 개의 알파벳 철자. 또한 그는 모든 도서관 열람자들이 다음과 같은 사실을 확인했다고 주장했다. 〈아무리 '도서관'이 거대하다 할지라도 똑같은 두 권의 책은 없다.〉 이러한 논란의 여지가 없는 전제들로부터 그는 〈도서관〉이 총체적이고, 그곳의 책장들은 20여 개가 넘는 그 철자 기호들의 가능한 한 모든 조합(그 숫자는 아주 방대하지만 무한하지는 않다), 즉 모

이 이러한 직원 분배 체계를 망가뜨렸다. 말할 수 없이 우울한 기억. 그 당시 나는 수많은 밤 동안 단 한 사람의 사서를 발견하지 못한 채 복도들과 윤이 반짝반짝 나는 계단들을 헤매곤 했었다. [원주]

8) Yiddish : 독일어와 히브리어의 혼성 언어로 유럽과 미국에 살고 있는 일부 유태인들이 쓰고 있는 언어.
9) guaraní어 : 남아메리카 중부, 특히 파라과이의 원주민들이 쓰는 언어.
10) Samoyed : 시베리아에 거주하는 몽고족을 가리킴.
11) Lithuania : 구 소련 연방공화국 중의 하나.

든 언어로 표현할 수 있는 가능한 모든 것을 총망라하고 있다는 것을 추론해 냈다. 모든 것. 미래의 아주 세세한 역사, 대천사들의 자서전, 〈도서관〉의 신실한 목록, 셀 수 없이 많은 거짓 목록들, 그러한 목록들이 가진 오류에 대한 증거, 진실한 목록이 가진 오류에 대한 증거, 바실리데스[12]의 그노시스 학파적 복음, 이 복음에 대한 주석, 당신의 죽음에 관한 진정한 이야기, 갖가지 언어들로 씌어진 모든 책들의 번역, 모든 책들과 한 권의 책 사이의 중첩, 베다[13]가 색슨족[14]의 신화에 대해 쓸 수 있

---

12) Basilides : 130년경의 이집트 알렉산드리아 출신 그노시스 학파의 학자. 〈그는 피타고라스와 히브리 카발라 신비주의의 원리들, 그리고 동양의 전통을 기독교 신앙과 접합시켰다. 바실리데스는 그리스의 숫자체계에 따르면 신의 이름인 아브락사스 Abraxas란 이름을 구성하는 글자들의 숫자적 등가는 365에 이른다고 주장했다. 아브락사스가 〈이해〉를 창조했고, 이것이 이어 〈말〉을 창조했다. 계속되는 계급 구조적 과정에 따라 천사들의 다른 질서 체계들(사실 365개인)이 창조되었다. 이러한 위계 질서들 중 ─ 여기에는 유태의 신도 포함된다 ─ 가장 낮은 것이 세계를 창조했다. 바실리데스가 이러한 접근을 한 것은 악의 존재를 해결하기 위해서였다. 세계를 타락으로부터 구하기 위해 아브락사스는 자신의 아들인 〈이해〉를 세상에 보냈고, 그는 사람의 몸을 가진 예수가 되어 나타났다. 바실리데스는 인간의 몸이 악의 물질로 만들어졌기 때문이라는 이유를 들어 부활을 부정했다. 따라서 예수의 부활을 긍정할 수 없었던 그의 추종자들은 십자가 처형의 육체적 관점까지 부정하기에 이르렀다. 그의 추종자들 중 어떤 사람들은 죽음의 순간에 있었던 예수는 단지 환영에 불과했다고 주장했다. 또 다른 사람들은 예수가 죽은 자리에서 실제로 죽은 사람은 키레네 출신의 시몬이라고 주장했다.〉(『보르헤스 사전』 29쪽)
  보르헤스는 에세이집『토론』에 나오는「가짜 바실리데스에 대한 변호」라는 글에서 바실리데스에 대해 자세히 다르고 있다. 바실리데스에 대한 언급은 이『픽션들』의 2부에 실려 있는「유다에 관한 세 가지 다른 이야기」에서도 등장한다.
13) 허구적 인물인지, 옛 인도의 성전인 베다 Veda를 의도적으로 Beda라고 고쳐쓴 것인지 분명치 않다.
14) Saxon : 원래는 게르만족이었으나 5, 6세기경 영국을 정복하여 기존의 앵

었으면서도 쓰지 않았던 논문, 타키투스[15]의 소실된 책들.

〈도서관〉이 모든 책들을 소장하고 있다는 게 공표되었을 때 사람들이 받은 첫 느낌은 엄청난 행복감이었다. 모든 사람들은 손에 닿지 않는 곳에 숨겨져 있는 어떤 보물의 주인이 된 것 같은 기분에 사로잡혔다. 육각형 진열실에 가면 그 어떤 개인적 문제나 세계 보편적 문제에 대한 명쾌한 해답을 찾을 수가 있었다. 우주는 그 존재 이유가 밝혀졌고, 우주는 순식간에 무궁무진한 희망의 차원을 획득하게 되었다. 그리고 그 당시에는 〈변론서들〉이 크게 화제가 되었다. 그것들은 영원히 세상 모든 사람들이 가진 고유성을 변호하고, 그리고 그의 미래에 대한 깜짝 놀랄 만한 비밀들을 간직하고 있는 참회서와 예언서들이었다. 탐욕스러운 수많은 사람들이 줄을 지어 자신들이 살았던 행복했던 도서관을 버렸고, 각자 자신의 〈변론서〉를 찾으려는 헛된 욕망에 사로잡혀 층계 위로 내달았다. 그 순례자들은 비좁은 낭하에서 서로 논쟁을 벌이고, 음험한 악담들을 지껄이고, 신성한 층계에서 서로를 목졸라 죽이고, 자신의 〈변론서〉로 잘못 알았던 책들을 터널의 밑바닥에 버렸고, 뒤이어 당도한 사람들에게 떠밀려 죽어갔다. 다른 사람들은 정신이상이 되어버렸다……. 〈변론서들〉은 존재한다(나는 미래의 사람들, 실제로 존재하게 될 사람들에 대해 언급하고 있는 두 권의 책을 본 적이 있다). 그러나 자신의 〈변론서〉를 찾아나선 사람들은 그것을 찾을 수

글로족과 융합, 현재 영국민의 모태가 되는 앵글로 색슨족을 형성했던 종족.
15) Cornelius Tacitus(55-120) : 로마시대의 역사가로 로마 황실의 연대기들을 썼다. 그의 많은 작품들은 소실되었지만 남아 있는 것들도 있다. 이 다음에 나오는 단편 「끝없이 두 갈래로 갈라지는 길들이 있는 정원」에 보면 한 소년이 그의 저서 『연감』을 읽고 있는 대목이 나온다.

있는 가능성, 또는 그 책의 불충실한 해적판들이나마 찾을 수 있는 확률이 〈영〉이라는 것을 생각지 못했다.

또한 그 당시에는 인류에 관한 기본적인 의문들 —— 〈도서관〉과 시간의 기원 —— 이 풀리게 될지도 모른다는 희망이 팽배해 있었다. 이 심원한 질문들이 언어로 해명될 수 있을지도 모른다는 생각은 매우 그럴 듯해 보인다. 만일 철학자들의 언어만으로 충분치 않다면 다형체의 〈도서관〉은 그것에 필요한 전대미문의 언어, 그리고 이 언어의 어휘들과 문법들을 만들어냈을 게 아닌가. 사람들은 벌써 4세기 동안 육각형들을 샅샅이 뒤져왔다……. 〈검열관〉이라는 직책을 가진 공식적인 수색자들도 있었다. 나는 그들이 자신들의 임무를 수행하고 있는 것을 보곤 했다. 그들은 항상 지친 몸으로 여행에서 돌아온다. 그들은 잘못했으면 거의 죽을 뻔했던 부서진 층계들에 대해 말하곤 한다. 그들은 진열실들과 층계들에 대해 도서관 사서와 이야기를 나눈다. 이따금 그들은 무심코 손에 잡히는 책을 집어들고, 파렴치한 단어들을 찾기 위해 그것을 뒤적인다. 그러나 확실히 그들이 어떤 것을 발견하리라고 기대하는 사람은 아무도 없다.

당연히 이 터무니없는 희망 뒤에는 엄청난 절망이 뒤따른다. 어떤 육각형의 어떤 책장에 틀림없이 진귀한 책들이 감추어져 있겠지만 그것들을 손에 넣을 수 없다는 사실은 사람들을 견딜 수 없을 정도로 만들었다. 한 불경한 종파가 모든 수색을 중단하고, 모든 사람들이 개연적이나마 우연의 일치로 그 정전들을 만들어낼 수 있을 때까지 글자들과 기호들을 이리저리 맞춰보자고 제안했다. 정부 당국자들은 엄중한 제재를 가할 수밖에 없었다. 그 종파는 종적을 감추어버렸다. 그러나 나는 어린시절, 금지된 주사위 컵에 금속판들을 담아가지고 변소 안에 숨어 맥없이 신의 무질서를 흉내내는 노인들을 본 적이 있다.

반대로 다른 사람들은 불필요한 책들을 없애버리는 게 목적을 달성할 수 있는 첩경이라고 생각했다. 그들은 늘 가짜만은 아닌 신분증을 보여주며 육각형에 침범한 뒤 억지로 책 한 권을 뒤적거려 보고는 서고들의 모든 책들을 쓸모없는 것으로 판결을 내리곤 했다. 수백만 권에 달하는 책이 소실된 것은 그들의 위생학적이고, 금욕주의적인 열광에서 비롯되었다. 물론 그들의 이름이 저주의 대상인 것만은 확실하지만, 그들의 광기에 의해 파괴된 〈보물들〉을 애석해하는 사람들은 두 가지 명백한 사실을 간과하고 있다. 첫째, 〈도서관〉은 너무 광대하기 때문에 인간의 손에 의해 저질러진 모든 손실 부분은 극소량에 불과하다는 점이다. 둘째, 한 권의 책은 유일무이한 것으로서 대체가 불가능하지만(〈도서관〉은 총체적인 것이기 때문에) 항상 그것에 대한 수십만 권의 복사본이 있다는 사실이다. 그것들은 단지 글자 하나, 또는 쉼표 하나가 다를 뿐이었다. 일반적인 통념과는 달리 나는 감히 〈정화자들〉이 저지른 약탈 행위가 심각한 일로 받아들여지게 된 것은 그 광신적인 인물들이 불러일으킨 공포 때문에 과장된 것이라고 생각한다. 〈연지색 육각형〉에 소장되어 있는 책들을 정복하고 싶은 망상이 그들을 부추겼다. 그곳의 책들은 보통의 책들보다 크기가 작았는데 그것들은 전지전능했고, 삽화가 들어 있고, 그리고 마술적이었다.

또한 우리는 그 당시에 팽배해 있던 또 다른 미신에 대해 알고 있다. 소위 〈책의 인간〉에 대한 미신이 바로 그것이다. 어느 육각형, 어느 책장에는 (사람들이 추론하기를) 〈나머지 모든 책들〉의 암호임과 동시에 그것들에 대한 완전한 해석인 책이 존재하고 있는 게 확실하다. 한 사서가 그것을 대략 훑어보았고, 그는 신과 유사하게 되었다. 이 지역의 언어에는 아직도 아득한 옛날의 그 도서관 사서에 대한 숭배의 흔적이 남아 있다. 많은 사람들이 〈그〉를 찾아 순례의 길을 떠났다. 한 세기에 걸쳐 가능한 모든 곳들을 뒤졌으나 허사였다. 어떻게 그가 거처했던 그 고귀한 비밀의 육각형을 찾을 수 있단 말인가? 어떤 사람이 역행적 방법론을 제시했다. A라는 책을 찾기 위해 먼저 A가 있는 장소를 지시하고 있는 B라는 책을 참조한다. B라는 책을 찾기 위해 먼저 C라는 책을 참조한다. 그리고 그렇게 영원히……. 이러한 모험들 속에서 나는 나의 인생의 시간을 탕진하고 낭비했다. 나는 우주의 어떤 책장에 그러한 총체적인 책[16]이 있다는 걸 믿지 않는다. 그래서 나는 미지의 신들에게 한 사람—단 한 사람, 설사 그게 몇천 년 전일지라도—이래도 좋으니 그 책을 들춰보고, 그것을 읽어본 사람이 있기를 기도했다. 만일 영광과 지혜와 행운이 나의 것이 아니라면 그것들이 다른 사람의 것이라도 되게 하소서. 비록 나의 자리가 지옥이라 할지라도 천국이 존재하게 하소서. 내가 능멸을 당하고 죽어 무로 사라져 버린다 해도, 단 한 순간, 단 한 사람에게만이라도 〈당신〉의 거대한 〈도서관〉이 정당한 것이 되도록 해주소서.

〈도서관〉에서는 불합리한 게 바로 정상이고, 타당한 것은 (유

---

16) 나는 반복해 말한다. 어떤 책이 존재하기 위해서는 그 책이 존재할 가능성이 있다는 것만으로 충분하다. 단지 불가능한 책만이 존재할 가능성에서 배제되는 것이다. 예를 들어, 그 어떤 책도 사다리가 될 수 없다. 물론 틀림없이 이러한 가능성을 주창하고, 부정하고, 증거하고 있는 책들과, 그 구조가 사다리꼴을 하고 있는 그런 책들이 있기는 하지만 말이다. [원주]

치하고 단순한 일관성조차도) 거의 기적에 가까울 만큼 예외적인 것이라고 불경한 자들은 말한다. (나도 알고 있는 사실인데) 그들은 〈불안스럽게 다른 책들로 뒤바뀔 위험에 처해 있고, 마치 정신착란에 빠진 신처럼 모든 것을 긍정했다가 부정하고, 그러고 나서는 혼동에 빠져버리는 책들이 소장되어 있는 그런 열병에 걸린 '도서관'〉에 대해 말한다. 무질서를 부인하고 있을 뿐만 아니라 그것의 예들까지 들고 있는 그 책들의 단어들은 저자들이 가진 혐오스러운 취향과 절망적인 무지를 명백하게 드러내 보인다. 사실, 〈도서관〉은 모든 언어 구조들과, 스물다섯 개의 알파벳이 만들어낼 수 있는 모든 다양한 용법들을 포용한다. 그럼에도 불구하고 그곳에는 얼토당토 않는 것은 단 하나도 없다. 내가 관장하고 있는 많은 육각형 진열실들에서 최고의 걸작은 『가지런히 머리를 빗은 번개』, 또는 『석고의 경련』, 또는 『아사사사스 믈뢰 *Axaxaxas mlô*』[17]라는 제목을 가졌다고 말해 봤자 소용이 없다. 언뜻 보기에 이러한 단어 조합은 비논리적으로 보이지만, 암호 표기법적, 또는 알레고리적 방식에 있어서는 틀림없이 정당성을 가질 수 있다. 이러한 정당성은 언어적인 것이며, 〈가설〉로서 이미 〈도서관〉에서 인정받고 있다. 나는 다음과 같이 글자들을 섞을 수 없다.

dhcmrlchtdj[18]

---

17) 이 허구적인 단어는 「틀뢴, 우크바르, 오르비스 떼르띠우스」에서도 나온다. 그 단편에 나오는 이 단어의 뜻은 〈뒤로 달렸다〉이다.
18) 전혀 모음이 없다는 것에 주목할 필요가 있다.

왜냐하면 이것은 신성한 〈도서관〉이 예견한 할 수 없는 것이며, 그리고 〈도서관〉이 가진 비밀 언어들 중 그 어떤 언어도 이 것의 형편없는 의미체계를 담지 못하기 때문이다. 누구든지 어떤 음절을 내뱉으면 그것은 부드러움과 두려움으로 가득 차게 되고, 그것은 그 비밀 언어들 중의 하나에서 막강한 어떤 신의 이름이 되어버린다. 말을 한다는 것은 동어반복을 범하는 것을 의미한다. 쓸모없고 장황한 이 서간문은 이미 무한한 육각형들 중 어떤 하나에 있는 다섯 책장들 중의 하나에 꽂혀 있는 30권의 책들 중 하나에 적혀 있다. 그리고 거기에는 그것에 대한 반론 또한 언급되어 있다. (n가지의 가능한 언어들은 동일한 어휘들을 사용한다. 어떤 언어들에 있어서 〈도서관〉이란 상징은 〈두루 널려 있고, 무한히 계속되는 체제로서의 육각형 진열실들〉을 의미한다. 그러나 〈도서관〉은 〈빵〉 또는 〈피라미드〉 또는 다른 그 어떤 것이 될 수도 있다. 그리고 도서관을 정의하고 있는 앞의 일곱 단어[19]는 또 다른 의미를 가지고 있다. 지금 내 글을 읽고 있는 당신은 나의 말을 이해하고 있다고 확신할 수 있는가?)

체계적인 글쓰기는 나로 하여금 인류의 현상황이 아닌 다른 곳에 눈을 돌리게 만든다. 모든 것이 이미 썩어졌다는 명백한 사실 앞에서 우리는 폐기처분되어 버리거나 환영으로 돌변해 버린다. 내가 알고 있는 한 지역에서는 젊은 사람들이 책 앞에 부복하여 열정적으로 책장에 입을 맞추지만 그들은 그 책의 단 한 자도 이해하지 못한다. 전염병, 이단 논쟁, 결국은 도적질로 전

---

19) 앞의 일곱 단어란 〈육각형 진열실들이 두루 편재하고 끝없이 계속되는 체제〉라는 뜻을 가진 원문 〈ubicuo y perdurable sistema de galerías hesagonales〉, 즉 이 말이 일곱 단어로 되어 있다는 뜻이다.

락하게 되고 마는 순례가 많은 사람들을 죽였다. 앞 장에서 자살에 대해서도 언급한 걸로 생각하는데 그 수는 해마다 늘어가고 있다. 아마 나이와 두려움이 나의 판단력을 흐리게 하는지는 모르지만 인류 —— 유일한 종족 —— 는 소멸해 가고 있는 것 같은 생각이 든다. 그러나 〈도서관〉은 영원히 지속되리라. 불을 밝히고, 고독하고, 무한하고, 부동적이고, 고귀한 책들로 무장하고, 쓸모없고, 부식하지 않고, 비밀스러운 모습으로 말이다.

  나는 바로 앞에서 〈무한하고〉라는 말을 썼다. 나는 수사학적인 관습에 따라 이 형용사를 삽입시킨 게 아니다. 내 말은 세계가 무한하다고 생각하는 게 결코 비논리적인 것은 아니라는 것이다. 세계에 한계가 있다고 생각하는 사람들은 저 아득한 곳에 이르면 그들이 상상하는 어떤 모습으로 낭하들과 층계들과 육각형 진열실들이 끝이 날 수도 있다고 가정하는 거나 다름없다. 그것은 이치에 어긋난 생각이다. 반대로 세계에 한계가 없다고 생각하는 사람들은 가능한 책의 수에는 한계가 있다는 점을 망각하고 있음에 다름 아니다. 나는 그 오래된 문제에 대해 다음과 같은 해결책을 제시하고자 한다. 〈'도서관'은 한계가 없지만 주기적이다.〉 만약 어떤 영원한 순례자가 어느 방향에서 시작했건 간에 도서관을 가로질렀다고 하자. 몇 세기 후에 그는 똑같은 무질서(이 무질서도 반복되면 질서가 되리라, 신적인 질서) 속에서 똑같은 책들이 반복되고 있음을 확인하게 되리라. 나는 고독 속에서 이 아름다운 기다림으로 가슴이 설레고 있다.[20]

마르 델 쁠라따에서, 1941

---

20) 레띠시아 알바레스 데 똘레도는 이 광대한 〈도서관〉을 쓸모없는 것으로

간주했다. 그에 따르면 엄밀히 말해, 단 한 권의 책이면 충분하다. 무한히 얇은 종이들의 무한한 숫자로 되어 있고, 9 또는 10호 활자 크기로 인쇄된, 일반적인 형태의 책 한 권(17세기 초, 까발리에리는 모든 고체는 무한한 수의 평면들을 겹쳐놓은 것이라고 말했다). 이 비단 같은 편람을 다루는 일은 쉽지 않았으리라. 각 눈에 보이는 페이지는 그와 비슷한 눈에 보이는 페이지들로 나뉘게 될 것이리라. 결국 상상이 불가능한 한가운데 페이지는 뒷면이 없게 될 것이리라. [원주]

역주 : 레띠시아 알바레스 데 똘레도란 인물은 허구적 인물이며, 까발리에리Francesco Bonaventura Cavalieri(1598-1647)는 갈릴레오의 제자로 이탈리아의 수학자이다. 그의 기하학의 근간은 〈불분할성〉에 있다. 보르헤스가 그를 인용한 것은 바로 이러한 〈나뉠 수 없음〉에 기초한 그의 논란을 불러일으킨 학설 때문이다.

끝없이 두 갈래로 갈라지는 길들이 있는 정원

빅토리아 오깜뽀[1])에게

리델 하트가 쓴 『유럽 전쟁사』 242페이지를 보면 1916년 7월 24일 영국군 13개 사단이 (1,400문의 대포 지원하에) 세르-몽또반 전선을 공격하기로 되어 있었으나 29일 아침까지 연기되지 않으면 안 되었다고 적혀 있다.[2)] 리델 하트 대위는 공격 연기가

---

1) Victoria Ocampo(1893-1979) : 아르헨티나의 에세이 작가로 비오이 까사레스의 부인 실비나 오깜뽀의 언니이다. 그녀는 20세기 라틴아메리카 문학사에 있어 가장 중요한 잡지이며, 보르헤스 글들의 대부분이 실렸던 《수르 Sur》의 발행인 겸 편집인이었다. 실제로 보르헤스의 문학과 관계하여 그녀의 역할은 거의 결정적인 것이었다. 그녀는 보르헤스에게 《수르》의 지면을 제공했을 뿐 아니라 보르헤스를 유럽과 미국에 알리는 데 지대한 역할을 했다. 저서로는 에세이집 『증언들』, 『버지니아 울프』, 『오를란도와 시아』 등이 있다.
2) 리델 하트 Sir Basil Henry Liddell Hart(1895-1970) : 제1차 세계대전에 참전했던 영국의 전쟁사가로서 제1차 세계대전에 대한 역사서로 유명하다. 1930년에 발간한 제1판의 제목은 『유럽 전쟁사』가 아닌 『실제 전쟁, 1914-1918』이었다. 『유럽 전쟁사, 1914-1918』이라는 제목은 1934년 개정판이 나

폭우 때문이었지 특별한 의미를 갖고 있었던 것은 아니라고 적고 있다.[3] 칭따오[4] 대학의 영문학 노교수였던 유춘[5] 박사가 구술한 뒤 직접 검토하고 서명한 아래의 진술은 그 사건의 진상을 명백하게 밝혀주고 있다.[6] 처음 두 페이지는 소실되고 없다.

……그리고 나는 수화기를 내려놓았다. 나는 즉시 독일어로 대답을 하던 그 사람의 목소리를 기억해 냈다. 그것은 리차드 메든 대위의 목소리였다. 빅토르 루네베르크의 아파트에서 메

   오면서 붙여진 것이다.
     이 책에 따르면 영국군 제13사단이 1916년 6월 29일 공격을 하기로 되어 있으나 7월 1일로 연기되었다고 언급되어 있다. 따라서 보르헤스가 말한 영국군 13개 사단이 7월 24일 공격하기로 되어 있으나 29일까지 그것을 연기했다는 것은 허구이다. 또한 이러한 사실이 242페이지에 기록되어 있다고 말하고 있으나 실제로 이 부분은 252페이지에 기록되어 있다. 이 역시 보르헤스의 가짜 사실주의의 한 예이다.
     세르-몽또반 Serre-Montauban 전선이란 제1차 세계대전 때 프랑스 지역에서의 전선으로 세르는 프랑스 북부에 위치한 강이며 몽또반은 지역 이름이다.
3) 역시 리델 하트의 『유럽 전쟁사』에는 폭우 때문에 공격이 연기되었다는 언급이 없다.
4) 황해에 있는 중국의 도시 이름.
5) 『홍루몽』에 나오는 등장 인물의 이름. 이 역시 보르헤스 작품에서 흔히 발견되는 〈유희〉의 한 단면이다.
6) 여기서 한 가지 짚고 넘어가야 할 것은 칭따오 대학을 표기하는 원문이 Hochschule de Tsingtao로 되어 있다는 사실이다. Hochschule는 독일어로 〈대학〉이라는 뜻이다. 굳이 스페인어로 대학을 뜻하는 universidad를 쓰지 않고 그 독일어 단어를 쓴 것은 그가 그 대학의 영문학 교수라는 사실과 비유적 관련이 있다. 즉 보르헤스는 유춘이라는 사람이 쓴 글을 통해 1차 대전 시 독일과 영국 사이에 벌어진 한 전투의 실상을 밝히고자 한다고 주장하고 있다. 이러한 대립 관계를 보여주기 위해 보르헤스는 칭따오 대학이 독일계 대학인데 유춘 박사는 그 대학의 영문학 교수라는 이율배반적 설정을 하고 있는 것이다.

든 대위가 전화를 받았다는 것은 우리들의 일뿐만 아니라 우리의 목숨조차도 끝장이 났다는 것을(내게 그것은 매우 하찮은 일처럼 생각되었고, 또는 그렇게 생각할 수밖에 없었지만) 의미했다.[7] 그리고 또한 그것은 루네베르크가 구속되었거나 살해되었다는 것을 의미했다. 그날, 날이 저물기도 전에 나 또한 같은 운명을 맞게 될지도 모를 일이었다. 메든은 냉혹한 인간이었다. 아니 그는 그렇게 냉혹한 인간이 될 수밖에 없다고 말하는 게 옳을는지도 모른다. 영국군에 들어가 있는 아일랜드인,[8] 태도가 미심쩍고 반역의 소지가 있다고 의심받고 있는 사람이 어떻게 그러한 기적적인 호기를 덥석 붙들지 않고, 감사하지 않겠는가? 독일제국의 두 첩자 발견, 체포, 아마 사살까지로 연결될 그런 호기 말이었다. 나는 나의 방으로 올라갔다. 나는 어처구니없게도 방문을 잠갔고, 그리고 좁다란 철제 침대 위에 벌렁 드러누웠다. 나는 창문 사이로 낯익은 지붕들과 구름에 덮인 여섯시의 태양을 보았다. 나는 그 어떤 징조나 조짐도 없이 그날이 나의 무자비한 죽음의 날이 된다는 게 믿어지지가 않았다. 나의 아버지가 죽었는데도 불구하고, 내가 한때 하이 펭[9]의 대칭형으로 된 한 정원에서 놀던 어린아이였음에도 불구하고, 이제 나는 죽게 된단 말인가?

---

7) 상상하기조차 싫고 터무니없기까지 한 가정. 빅토르 루네베르크라는 가명의 프러시아 첩자 한스 하베너가 자신의 구속영장을 소지하고 온 리차드 메든 대위를 자동 권총으로 공격했다. 메든 대위는 자신을 방어하기 위해 루네베르크에게 상처를 입혀 죽게 만들었다. [원주]
8) 이 말은 아일랜드와 영국이 서로 종교적, 인종적으로 분쟁 관계에 있는데 아일랜드인이 영국군에 복무하고 있으므로 석연치 않게 볼 거라는 뜻이다.
9) 홍콩의 한 중국인 지역.

그러고 나서 나는 모든 것들이 정확하게 한 사람에게, 정확하게 지금 일어나고 있다는 것에 대해 생각했다. 셀 수도 없을 만큼 많은 세기들의 시간, 그런데 단지 현재에 일들이 일어나고 있다. 육지와 바다 위의 헤아릴 수 없을 정도로 많은 사람들, 그런데 정말로 일어나고 있는 모든 일들이 지금 내게 일어나고 있는 것이다……. 메든의 말대가리상 얼굴에 대한 견딜 수 없는 기억이 그러한 상념을 흐트려버렸다. 나는 증오와 공포의 갈림길에서(이제 나는 공포에 대해 말하는 것에 개의치 않는다, 이제 나는 리차드 메든에 대해 코웃음까지 쳤다, 이제 나의 목은 굵은 밧줄을 간절히 고대하고 있다) 틀림없이 안절부절 못하고 들떠 있을 그 군인이 내가 〈기밀〉을 소지하고 있다는 것에 대해 의심치 않고 있으리라 생각했다. 앙크르 강[10]변에 주둔한 새로운 영국 포병대의 정확한 위치. 한 마리 새가 회색빛 하늘을 가로질러 갔고, 나는 정신없이 그것을 비행기로, 그 비행기를 수직으로 폭탄들을 투하해 영국 진지를 초토화시키는 프랑스 상공의 수많은 비행기들로 연상했다. 한 발의 탄환이 나의 입을 부숴뜨리기 전에 독일에 있는 사람들이 들을 수 있게끔 그 지역 이름을 소리칠 수만 있다면……. 인간으로서의 내 목소리는 아주 보잘것이 없었다. 어떻게 나의 목소리를 대장의 귀에 들어갈 수 있도록 할 수 있을까? 그 병들고, 증오스러운 인간의 귀에 말이었다. 그는 루네베르크와 내가 스태포드셔[11]에 있다는 것 외에는 우리에 대해 아

---

10) 프랑스에 있는 강의 이름.
11) Staffordshire : 그냥 스태포드 Stafford라고도 불리는 영국의 서부지역 군 이름. 보르헤스의 할머니인 페니 하슬람이 태어난 곳이다. 따라서 이 지역에 대한 언급은 작품의 맥락과 특별한 연관관계가 있어서가 아닌 개연적인

무것도 알지 못한 채 헛되이 베를린에 있는 썰렁한 자신의 사무실에서 끝없이 신문들을 뒤적거리며 우리들로부터의 소식들을 기다리고 있을 것이었다……. 나는 큰소리로 말했다. 「나는 도망가야 한다」 나는 마치 메든이 이미 숨어서 나를 기다리고 있기나 한 것처럼, 불필요한 완벽한 침묵 속에서 소리없이 몸을 일으켰다. 어떤 무엇이 — 아마도 나의 행동이 쓸모없는 짓이라는 것을 스스로 확인하는 헛동작으로써 — 나로 하여금 나의 주머니들을 뒤져보도록 만들었다. 이미 짐작하고 있던 그런 것들이 주머니 속에서 나왔다. 미제 시계, 니켈 사슬, 네모난 동전, 이제 되려 위험에 빠지도록 만들지도 모를 쓸모없는 루네베르크 아파트의 열쇠들이 달린 열쇠고리, 수첩, 내가 즉시 파기해 버리려고 마음먹었었던(그러나 파기하지 않았던) 편지 한 장, 가짜 여권, 크라운 은화 하나,[12] 2실링과 몇 펜스,[13] 빨갛고 파란 줄이 나 있는 연필 하나, 손수건, 그리고 단 한 발의 탄환이 들어 있는 리볼버였다. 어처구니없게도 나는 마음의 용기를 얻기 위해 리볼버를 손에 쥐고 무게를 가늠해 보았다. 나는 막연하게 권총소리가 멀리까지 들리게 될 거라는 생각을 했다. 10분 정도의 시간이 지나자 나의 계획은 구체적인 윤곽을 드러냈다. 나는 전화번호부에서 소식을 전달해 줄 수 있는 유일한 인물의 이름을 찾아냈다. 그는 기차로 30분도 채 걸리지 않는 펜톤[14]의 교외에 살고 있

것에 불과하다고 볼 수 있다.
12) 영국의 화폐 단위로 크라운 은화는 5실링에 해당한다.
13) 역시 영국의 화폐 단위로 실링은 12펜스이며, 1페니(복수일 때는 펜스)가 최저 화폐 단위이다.
14) Fenton : 스태포드셔 군에 있는 마을의 이름.

었다.

 나는 비겁한 인간이다. 누구가 되었든 간에 위험하다는 것을 부정하지 않을 어떤 계획을 실행에 옮기기 시작한 지금 나는 그렇게 말하고 있다. 나는 그런 계획을 실천에 옮긴다는 게 얼마나 어려운 일이었는가를 안다. 내가 그렇게 한 것은 결코 독일을 위해서가 아니었다. 나는 야만적이고, 나로 하여금 첩자라는 천박한 행위를 강요한 나라에 대해 그 어떤 의미도 느끼지 못한다. 게다가, 나는 내가 보기에 괴테에 필적하는 한 영국사람──아주 겸손한──을 알고 있다. 나는 그와 채 한 시간도 이야기를 나누지 못했다. 그러나 그는 내게 있어 그 시간 동안 괴테였다……. 내가 그 계획을 실행에 옮긴 것은 대장이 나와 똑같은 혈통의 피를 조금 나누어 가지고 있다고 느꼈기 때문이었다──내게 수렴되는 셀 수 없이 많은 나의 조상들 말이다. 나는 그에게 한 사람의 황인종이 그의 군대를 구할 수 있다는 사실을 증명해 보이고 싶었다. 게다가, 나는 메든 대위로부터 도망쳐야 했다. 그의 손과 그의 목소리가 언제 나의 방문을 두드릴지 모를 일이었다. 나는 소리 없이 옷을 갈아입었고, 거울 앞에 서서 안녕 하고 중얼거렸고, 층계를 내려왔고, 문가에서 적요한 거리를 유심히 살핀 다음 밖으로 나왔다. 기차 정거장은 집에서 그다지 멀지 않은 거리에 있었다. 그러나 나는 차를 타는 게 나을 거라는 판단을 했다. 나는 그렇게 함으로써 사람들의 눈에 많이 띄지 않게 될 거라고 생각했다. 그러나 실상 텅 빈 거리로 나온 나는 내가 영원히 눈에 띄고, 훤히 노출되어 있는 것 같은 느낌이 들었다. 나는 택시 운전사에게 역 중앙입구 바로 앞에서 차를 세우도록 말을 했던 기억이 난다. 나는 의도적으로, 그리고 거의 고통스러우리만치 천천히 차에서 내렸다. 나는 애쉬그로브 마을로 갈 예정이었다. 그러나 나는 보다 멀리 떨어진 정거장의 차표를 끊었다. 기차의 출발 시각은 그때 시각으로 몇 분 남지 않은 8시 50분이었다. 나는 서둘렀다. 다음 기차는 9시 30분 출발이었다. 플랫폼에는 사람들이 거의 눈에 띄지 않았다. 나는 객실을 훑어보았다. 나는 객실 안에 몇 명의 농부, 상복 차림의 미망인 한 사람, 그리고 열렬히 타키투스의 『연감』15)을 읽고 있는 어린 나이의 한 부상당한 행복한 군인이 있었던 게 기억난다. 마침내 기차가 덜커덩거리며 움직이기 시작했다. 얼굴이 낯익은 어떤 사람이 플랫폼 끝까지 달려왔지만 기차에 올라타지는 못했다. 그는 리차드 메든 대위였다. 혼비백산한 나는 부르르 떨면서 되도록이면 으스스한 차창으로부터 멀리 떨어진 좌석의 통로편 구석에 몸을 움츠렸다.

이처럼 가슴이 철렁했던 기분은 곧 거의 유치한 행복감으로 바뀌어졌다. 나는, 결투는 시작되었고, 단 40분 동안에 불과하지만 운명의 덕에 적의 공격을 무산시킴으로써 첫번째 대결에서 내가 승리했다고 중얼거렸다. 나는 이 작은 승리가 전체적인 승리를 예견해 주는 것이라 생각하려고 애썼다. 나는 기차 시간표가 내게 가져다준 이 중요한 차이가 없었더라면 감옥에 있거나 죽었을 것이기 때문에 이 승리가 작은 것이 아니라고 생각했다. 나는 (약간 궤변적으로) 이처럼 치사한 행복감을 느끼는 게 바로 내가 모험을 잘 끌고 나갈 수 있는 사람임을 증명해 주는 것이라고 생각했다. 나는 이 나약함으로부

---

15) 로마제국의 역사가(55-120)로 『연감』, 『역사』 등의 저서가 있다.

터 아직 내게 남아 있는 마지막 힘들을 추출해 냈다. 나는 인류가 점차로 보다 대담한 일에 자신을 내던지게 될 것이라는 생각이 든다. 곧 세상에는 전사들과 도적들밖에 없게 될 것이다. 나는 그들에게 다음과 같은 충고를 하고 싶다. 〈대담한 어떤 일을 수행하는 자는 자신이 이미 그것을 완수했다고 생각해야 하고, 마치 과거처럼 절대로 바꿔놓을 수 없는 미래를 자신에게 강요해야 한다.〉 그래서 나는 이미 죽은 거나 다름없는 나의 눈들이 마지막이 될지도 모르는 그날의 해거름과, 밤의 도래를 새겨 담는 동안 나의 계획을 진척시켜 나아가고 있었다. 기차는 물푸레나무들 사이를 감미롭게 덜커덩거리며 달려가고 있었다. 기차가 거의 들판 한복판에서 멈추었다. 그 누구도 정거장의 이름을 외치지 않았다.

「애쉬그로브니?」 나는 플랫폼에 있는 몇몇 아이들에게 물었다.

「애쉬그로브예요」 아이들이 대답했다.

나는 내렸다. 등 하나가 플랫폼을 비추고 있었다. 그러나 아이들의 얼굴들은 어둠 속에 묻혀 있었다. 한 아이가 내게 물었다.

「선생님은 스티븐 알버트 박사님 댁에 가시나요?」

다른 아이가 대답을 기다리지도 않고 말했다.

「박사님의 집은 여기서 멀리 떨어져 있어요. 그렇지만 저 길을 따라 왼쪽 방향으로 가다가 교차로가 나올 때마다 왼쪽으로 꺾으시면 결코 길을 잃으시지 않을 거예요」

나는 그애들에게 동전 하나(마지막 동전)를 던져주었고, 몇 개의 돌계단을 내려갔고, 그리고 고적한 들길로 들어섰다. 길은 완만한 내리막을 이루고 있었다. 길은 포장이 되지 않은 맨땅이었다. 머리 위에서는 뒤엉킨 나뭇가지들이 늘어져 있었고, 손에 닿을 듯 낮고 둥근 달이 나와 함께 걸음을 옮기고 있는 것처럼 느껴졌다.

한 순간, 나는 리차드 메든이 어떤 방식으로든 나의 이 절망적인 계획을 눈치챈 게 아닌가 하는 의심에 사로잡혔다. 나는 곧 그것은 불가능한 일이라고 고개를 가로저었다. 계속 왼쪽으로 꺾어지라는 애들의 말을 상기한 나는 그것이 미로의 한가운데에 있는 정원에 이르기 위한 보편적인 절차라는 것을 기억해 냈다. 나는 미로들에 대해 약간의 지식을 가지고 있다. 그것은 내가 단지 취팽의 고손자이기 때문만은 아니다. 취팽은 운남성의 성주였는데『홍루몽』보다 더 많은 등장 인물들이 나오는 소설을 쓰기 위해, 그리고 모든 사람들이 길을 잃게 될 그런 미로를 만들기 위해[16] 덧없는 성주의 권력을 포기했다. 그는 이 기이한 노작을 위해 13년이라는 세월을 바쳤다. 그러나 한 이방인이 그를 죽였고, 그의 소설은 무의미한 것이 되어버리고 말았다. 그리고 그 누구도 그 미로를 발견하지 못했다. 나는 영국생 나무들 아래를 걸으면서 그 잃어버린 미로에 대해 생각했다. 나는 그것을 어떤 산의 신비스러운 꼭대기에 있는 범접할 수 없는 완전한 어떤 것으로 상상했다. 나는 그것이 논두렁을 따라 물 아래로 자취를 감추는 그 어떤 무엇으로 상상했다. 나는 그것을 더 이상 팔각정이나 원래의

---

[16] 『홍루몽』에는 셀 수 없이 많은 인물들이 나오기 때문이다. 그런데 여기서 『홍루몽』보다 더 많은 등장인물이 나오는 소설과 모든 사람들이 길을 잃게 되는 미로를 만든다는 것은 한 가지 일 같은 뉘앙스를 준다. 왜냐하면 지나치게 많은 인물들이 등장하는 소설에서 독자는 길을 잃게 되기 때문이다.

제자리로 되돌아오는 오솔길들이 아닌, 강들과, 지방들과 왕국들로 만들어진 영원한 무엇으로 상상했다……. 나는 미로들의 미로, 과거와 미래를 포함하고 어떤 방식으로 천체들까지 끌어들이는 그런 점점 늘어나는 꾸불꾸불한 미로에 대해 생각했다. 이 환상적인 생각에 몰입되어 나는 누군가에게 쫓기고 있는 나의 운명에 대해서조차 망각해 버렸다. 나는 얼마만큼 흘렀는지 알 수 없는 시간 속에서 마치 내 자신이 우주에 대한 추상적 인식자가 된 것 같은 느낌을 받았다. 희끄무레하고 생기에 넘치는 들판, 달, 그리고 남아 있는 오후의 잔재가 내 안에서 어떤 작용을 일으켰는지도 모를 일이었다. 그것들과 더불어 사람을 전혀 지치게 만들지 않는 내리막길 또한 일조를 했는지도 몰랐다. 저녁은 다정하고, 무한했다. 길은 내리막길을 이루고 있었고, 벌써 분간하기가 힘든 어두운 들판 속에서 계속 두 갈래로 갈라지곤 했다. 나뭇잎들과 거리감에 묶인 날카롭고, 휘파람 같은 어떤 음악소리가 바람의 흔들림 속에서 가까워졌다가 멀어지곤 했다. 나는 한 사람이 어떤 사람들의 적이 되거나, 적이 아니었을지라도 어떤 순간에 적이 될 수도 있지만 한 나라의 적이 될 수는 없다는 생각이 들었다. 마치 반딧불, 언어, 정원, 물의 흐름, 석양과 적이 될 수 없듯이 말이었다. 이런 생각을 하고 있던 나는 어느덧 우뚝 솟은 한 녹슨 철문 앞에 도착했다. 철문의 격자 사이로 포플러 나무 오솔길과 일종의 정자 같은 것이 엿보였다. 나는 곧 두 가지 사실을 깨달았다. 첫번째 사실은 하찮은 것으로서 아까 들려왔던 음악이 정자에서 흘러나오고 있다는 것이었다. 두번째 것은 거의 믿기 힘든 것으로서 그 음악이 중국 음악이라는 사실이었다. 바로 그 때문에 전혀 주의를 기울이지도 않았는데도 절로 내 귀에 그 음악이 들려왔던 것이리라. 나는 종 또는 초인종이 있었는지, 내가 문을 두들겼는지 기억이 나질 않는다. 쨍쨍거리는 음악소리는 멈추지 않고 계속되었다.

그런데 집의 뒤편에서 등불 하나가 다가오고 있었다. 이따금 나무둥치들을 비추었다가 가렸다가 하며 다가오는 북 형태의 등불은 달빛을 닮은 종이등이었다. 키가 큰 한 남자가 그것을 들고 오고 있었다. 나는 눈이 부셔 그의 얼굴을 볼 수가 없었다. 그가 대문을 열었고, 나의 모국어인 중국어로 말했다.

「자비로운 시팽 씨가 나의 고독을 덜어주려고 이렇게 계속 방문자들을 보내주시는군요. 선생께서도 정원을 보고 싶어 찾아오신 거겠지요?」

나는 우리 중국 영사들 중 한 사람의 이름이 시팽이라는 게 기억났다. 그러나 어리둥절해 되물었다.

「정원이라뇨?」

「끝없이 두 갈래로 갈라지는 길들이 있는 정원 말입니다」

무엇인가가 내 기억 속을 헤집고 일어났다. 나는 내 스스로조차 이해할 수 없는 정확성을 가지고 말했다.

「내 조상 취팽의 정원 말이지요」

「당신 조상이라구요? 그 고명하신 분이 당신의 조상이라구요? 들어오시지요」

축축한 오솔길은 마치 내가 어린시절에 노닐곤 했던 그 오솔길들처럼 꾸불꾸불했다. 우리들은 동서양의 책들이 즐비하게 꽂혀 있는 한 서재에 당도했다. 나는 노란 비단에 싸인 종이뭉치가 명나라의 세번째 황제의 주도하에 집필되었으나 결코 인쇄된 적이 없는 몇 권의 〈잃어버린 백과사전〉 원고들임을 알아볼 수가 있었다. 구리 불사조 상 옆에 있는 축음기 위에서는 레코드 판이 돌아가고 있었다. 나는 또한 주홍자기 하나와, 우리의 장인들이 페르시아의 도공들로부터 배워온 고(古)청자기를 하나 보았던 기억이 난다…….

스티븐 알버트는 미소를 띤 채 나를 바라보고 있었다. 그는 (이미 내가 말한 대로) 키가 아주 컸고, 날카로운 인상의 얼굴에 회색 눈, 그리고 회색 구레나룻을 기르고 있었다. 그는 약간 성직자 같은 느낌을 풍겼으며, 한편으로는 선원 같은 풍모를 가지고 있기도 했다. 잠시 후 그는 내게 〈중국학 학자가 되기 전〉 자신이 한때는 텐진[17]에서 선교사 생활을 했다는 것을 들려주었다.

우리는 앉았다. 나는 길고 낮은 소파에, 그는 창문과 키가 큰 원형 벽시계를 등진 채 앉았다. 나는 추적자인 리차드 매든이 도착하는 데 한 시간도 채 걸리지 않을 거라는 계산이섰다. 나의 돌이킬 수 없는 계획은 더 이상 기다릴 시간적 여유가 없었다.

「취팽의 삶은 경이로운 거였소 — 스티븐 알버트가 말했다 —. 자신이 태어난 고향의 성주였고, 천문학과 역학 그리고 사서삼경에 대한 주도면밀한 해석의 대가였고, 장기의 명수였으며, 뛰어난 시인이자 서예가였소. 그는 단 한 권의 책과 미로를 만들기 위해 그 모든 것을 버렸지요. 그는 압제와 정의와 수많은 침방들과 잔치 그리고 심지어 해박한 지식을 바탕

---

17) 중국 북동부의 도시 이름.

으로 얻을 수 있는 쾌락을 거부했지요. 대신 그는 13년이라는 세월 동안 〈청고루(淸孤樓)〉에 칩거하였지요. 그가 죽은 후 그의 후손들은 단지 혼란스러운 원고뭉치들밖에 발견하지를 못했어요. 당신도 아마 알고 있겠지만 그의 가족들은 그 원고들을 불에 던져 태워버리려고 했어요. 그런데 그의 유언 집행자가 ― 도교의 도인이었는지 불교의 승려였는지 확실치 않지만 ― 그것의 출판을 고집했지요」

「우리 취팽의 후손들은 ― 내가 대꾸했다 ― 그 수도사를 저주하고 있지요. 그 원고의 출간은 무의미한 일이었습니다. 그 책은 앞뒤가 맞지 않는 초고들을 뒤죽박죽으로 모아놓은 것에 불과해요. 저는 한 차례 그 책을 들춰본 적이 있습니다. 한 가지 예를 들어보지요. 그 책의 3장에 보면 주인공이 죽습니다. 그런데 제4장에서는 그가 살아 있습니다. 취팽의 또 다른 작업, 미로에 관해서인데……」

「바로 여기에 그 미로가 있소」

그가 래커 칠이 된 높은 책상 하나를 가리키며 말했다.

「상아로 만든 미로라구요! ― 나는 탄성을 질렀다 ― 정말 조그만 미로로군요……」

「상징들의 미로지요 ― 그가 정정했다 ―. 그러니까 시간의 불가시적인 미로지요. 무지몽매한 영국인인 내게 그 적나라한 비밀을 벗겨낼 수 있도록 하는 기회가 주어지다니. 물론 벌써 백년의 시간이 지난 지금 아주 자질구레한 세부 사항들까지 파악해 낸다는 것은 불가능한 일이지요. 그렇지만 무슨 일이 일어났는지에 대해 추측한다는 것은 어려운 일이 아닙니다. 한 번은 취팽 선생이 말했습니다. 〈은퇴해서 책을 쓰겠다.〉 그리고 다른 한 번은 이렇게 말했습니다. 〈은퇴해서 미로를 만들겠다.〉 사람들은 모두 두 가지의 일을 떠올렸습니다. 아무도 책과 미로를 동일한 대상으로 생각하지 않았던 거죠. 청고루는 아마 복잡한 정원의 한가운데에 세워져 있었을 겁니다. 그것은 사람들로 하여금 구체적인 건축물로서의 미로를 연상하도록 만들었을 겁니다. 취팽 선생은 고인이 되었습니다. 아무도 광활했던 그의 영지에서 미로를 발견하지 못했습니다. 나는 그의 소설이 가진 혼돈이 바로 그 미로가 아닌가 하는 생각이 들었습니다. 두 가지 단서가 내게 명백한 해답을 주었습니다. 첫번째는 취팽 선생이 완벽하게 무한히 계속될 그런 미로의 축조를 꿈꾸었다는 흥미로운 소문이며, 두 번째 단서는 제가 입수한 편지의 한 부분에서 나오게 된 거지요」

알버트가 일어섰다. 그가 잠시 동안 내게 등을 돌리고 서 있었다. 그가 검고 황금빛 색깔이 나는 책상 서랍을 열었다. 그가 전에는 연지빛이었던 그 편지를 들고 돌아섰다. 빛이 바랜 원고지에 씌어진 그 편지는 이제 주홍빛을 띠고 있었다. 서예가로서의 취팽의 명성은 헛된 것이 아니었다. 나는 나와 피를 나누고 있는 어떤 사람이 붓으로 정교하게 쓴 다음과 같은 문장을 뚫어져라 읽었다. 나는 그 말뜻을 이해할 수가 없었다. 〈나는 다양한 미래들에게(모든 미래들이 아닌) 끝없이 두 갈래로 갈라지는 길들이 있는 정원을 남긴다.〉 나는 다소곳이 편지를 돌려주었다. 알버트가 계속 말을 이어갔다.

「나는 이 편지를 입수하기 전에 한 권의 책이 무한한 책이 될 수 있는 방법에 대해 생각해 본 적이 있었습니다. 나는 단지 순환적인, 원형의 책 이외에는 그 어떤 것도 생각할 수가 없었습니다. 마지막 페이지와 첫번째 페이지가 동일해 무한히 계속될 수 있는 그런 책 말입니다. 또한 나는 천하루 밤들 중 중간에 있는 한 밤을 떠올렸지요. 그날 셰헤라자데 왕비는 (필경사의 불가사의한 자의성 때문에) 『천일야화』를 원형 그대로 언급하게 됩니다.[18] 그것은 다시 그런 유의 이야기를 들려줄 밤과 마주치게 될 위험을 가지도록 만들고, 그렇게 해서 그것은 무한히 반복을 거듭하게 되는 그런 성격을 가지게 되지요. 나는 또한 플라톤적[19]이고, 세습적인 어떤 작품에 대해

18) 필경사란 『천일야화』의 영어, 프랑스어 번역자들을 가리킨다. 특히 보르헤스가 여기서 가리키고 있는 번역자는 애드워드 래인(1801-1867)이다. 그 이유는 보르헤스가 『천일야화』중 중간에 해당하는 밤에 『천일야화』의 작품 구조 자체를 원형 그대로 이야기하고 있다고 언급하고 있는 대목과 연결된다. 여기서 『천일야화』를 원형 그대로 언급한다는 것은 셰헤라자데가 자신의 목숨을 구하기 위해 왕에게 들려주는 이야기 중에 자신의 처지와 비슷한 이야기를 들려줌을 뜻한다. 즉 셰헤라자데가 자신의 목숨을 구하기 위해 매일 밤 왕에게 이야기를 들려주는데 애드워드 래인이 번역한 『천일야화』에 567째 밤부터 606번째 밤에 비슷한 이야기가 등장한다. 이 이야기에서 왕의 첩이 왕자를 유혹한다. 왕자가 그것을 거절하자 왕의 첩은 왕에게 오히려 왕자가 자신을 유혹하려고 했다고 모함을 한다. 분노한 왕은 대신들에게 왕자의 처형을 명령한다. 대신들은 왕이 나중에 후회하고 왕을 설득시키지 못했다는 죄명을 씌워 자신들을 죽일지 모른다는 생각에 왕이 흥분을 가라앉히도록 시간을 벌 수 있는 방법을 생각해 낸다. 그것이 바로 셰헤라자데의 중심 줄거리처럼 왕에게 이야기를 들려주는 것이다.
그러나 필경사의 신비스러운 방심 때문에 그렇게 되었다는 말은 래인의 번역본에는 이러한 이야기가 등장하지만 보다 널리 읽혀지고 있는 리처드 버튼 판에는 그런 이야기가 나오지 않기 때문이다. 이는 래인의 『천일야화』가 지나치게 첨가, 삭제, 변형 등의 문제점을 가지고 있음을 지적하기 위함이지만 이러한 변형적 첨가 때문에 불가사의하게도 그러한 구조적 특징이 나오게 되었다는 것을 보르헤스는 암시하고 있다.
비록 내용은 상이하지만 리처드 버튼 판 602번째 밤에도 이러한 비슷한 작중 구조를 가진 이야기가 등장한다.

생각했지요. 아버지로부터 아들로 상속되는 그 책에서 각 후손이 새로운 장을 덧붙이거나, 자신의 조상들이 이미 써놓은 부분들을 경건한 주의력을 가지고 정정하는 그런 작품 말이지요. 이러한 상상들은 나를 희열에 달뜨도록 만들어주었지요. 그러나 그것들 중 그 어떤 것도, 아주 간접적인 방식으로조차 취팽이 쓴 작품의 상호모순적인 장들과 일치하는 것은 없었습니다. 이러한 혼란에 빠져 있던 내게 옥스포드로부터 당신이 아까 들춰보았던 그 편지가 배달된 겁니다. 나의 눈은 당연히 한 문장에 가 멈출 수밖에 없었지요. 〈나는 다양한 미래들에게 (모든 미래들이 아닌) 끝없이 두 갈래로 갈라지는 길들이 있는 정원을 남긴다.〉 나는 즉시 깨달았지요. 〈다양한 미래들 (모든 미래들이 아닌)〉이라는 이 구절은 내게 공간이 아닌 시간 속에서의 무한한 갈라짐을 연상하게 만들었지요. 나는 그 작품을 전체적으로 다시 한 번 읽고 나서 나의 생각에 대해 확신을 가지게 되었습니다. 모든 허구적 작품 속에서 독자는 매번 여러 가지 가능성과 마주치게 되는데, 그는 하나를 선택하고 다른 나머지들은 버리게 됩니다. 취팽의 소설 속에서 독자는 모든 것을 ─ 동시에 ─ 선택하게 됩니다. 이렇게 해서 그는 다양한 미래들, 다양한 시간들을 선택하게 되고, 그것들은 무한히 두 갈래로 갈라지면서 증식하게 됩니다. 여기서 이 소설이 가진 모순들의 정체가 밝혀집니다. 예를 들어, 팽이라는 사람이 어떤 비밀 하나를 간직하고 있는데 낯선 사람이 자

---

19) 플라톤적이라는 뜻은 모든 항성들이 회전을 끝내면 제자리에 돌아오고 그래서 원래의 출발점부터 다시 똑같은 출발을 하게 된다는 시간에 대한 플라톤의 원형적 개념을 빗댄 말이다.

신의 방문을 두들겼고, 팽은 그를 죽이기로 결심을 했다고 합시다. 당연히 그것의 결말은 아주 다양할 겁니다. 팽이 침입자를 죽일 수도 있고, 침입자가 팽을 죽일 수도 있고, 둘 다 살아날 수도 있고, 둘 다 죽을 수도 있는 등 아주 많습니다. 취팽의 작품에서는 모든 결말들이 함께 일어납니다. 각 결말은 또 다른 갈라짐의 출발점이 됩니다. 한 차례, 이 미로의 길들은 한점으로 모이게 됩니다. 예를 들어, 당신이 이 집에 당도한다는 하나의 사실이 있습니다. 그러나 과거의 한때 당신은 나의 적이기도 하고, 또 다른 때에는 나의 친구이기도 합니다. 만일 당신이 나의 형편없는 발음을 양해하신다면 몇 페이지 읽어볼까 합니다」

등불이 생생하게 드리우는 원 안에 갇힌 그의 얼굴은 의심할 길 없는 늙은이의 얼굴이었다. 그러나 그 얼굴에는 깨뜨릴 수 없고, 심지어 불사적이라 할 수 있는 어떤 무엇이 깃들여 있었다. 그가 아주 또박또박 두 가지 다른 이야기가 들어 있는 매우 서사적인 한 장을 읽었다.

첫번째 이야기에서는 한 군대가 전투를 벌이기 위해 황량한 산을 지나간다. 바위들과 어둠에 대한 공포가 군인들로 하여금 죽음에 대해 경시하도록 만들고, 그렇게 해서 그들은 손쉽게 승리를 거둔다. 두번째 이야기에서는 똑같은 군대가 축제가 벌어지고 있는 한 궁전을 가로질러 간다. 그들은 전장에서의 섬광들을 축제의 연장으로 생각하게 되었고, 그렇게 해서 그들은 승리를 거둔다.

나는 어떤 알 수 없는 경건함과 함께 이 오래된 이야기들을 들었다. 아마 나는 그 이야기 자체보다 그것이 나와 피를 나눈 사람에 의해 씌어졌고, 서구의 한 섬[20]에서 절망적인 모험을 하고 있는 도중에 중국과는 관계가 없는 한 나라 사람에 의해 내게 다시 복원되고 있다는 것에 더욱 감동을 하고 있었는지도 몰랐다. 나는 마치 암호처럼 각기 다른 이야기[21]들에서 똑같이 반복되던 마지막 문구를 기억한다. 〈그렇게 영웅들은 싸웠고, 감탄스러우리만치 그들의 가슴은 잔잔했고, 거친 칼을 들고 덤덤히 죽이고, 그리고 덤덤히 죽었다.〉

바로 그 순간부터 나는 내 주변과 나의 깜깜한 몸뚱이 안에, 눈에 보이지 않고 손으로 만질 수 없는 어떤 것들이 득실거리고 있는 듯한 착각에 사로잡혔다. 그것들은 우르르 흩어졌다가 평형으로 대오를 이룬 뒤 나중에는 양쪽으로 규합하는 군대들의 득실거림이 아니었다. 물론 군대에 대한 연상이 그것을 떠올리도록 만들어준 것은 사실이었다. 그러나 그것은 그보다 더 형용할 길이 없는 그런 어떤 내적인 소요였다. 스티븐 알버트가 말을 이어갔다.

「나는 당신의 고명하신 조상께서 하릴없이 그처럼 한 사건을 두고 여러 가지 변형된 이야기들을 만드느라 시간을 소비했다고는 생각지 않습니다. 나는 당신의 조상이 하나의 수사학적 실험을 무한히 수행해 보기 위해 13년이라는 세월을 바

---

20) 지금 〈나〉라는 작중 인물이 있는 영국을 가리킴.
21) 원문에 나와 있는 redacción, 또는 영어로 version이라는 말은 같은 작품에 대해 여러 가지 다른 판형들이 존재하거나, 같은 사건을 두고 다른 여러 가지 이야기들이 존재하는 것을 뜻한다. 그러나 우리말에 이러한 뜻을 정확히 전달해 줄 수 있는 단어가 없다. 그러나 여기서 이야기들이란 서로 다른 이야기가 아닌 같은 사건을 여러 가지 방식으로 보여주고 있는 그런 다양성들을 가리킨다.

쳤다고 믿고 싶지 않습니다. 당신의 나라에서 소설은 하급 장르에 속합니다. 그리고 그 당시 소설은 천대받던 장르였습니다. 취팽은 천재적인 소설가였습니다만 명백하게도 단순히 소설가로만 치부해 버릴 수 없는 그런 학자였습니다. 그와 동시대 사람들은—그리고 그의 삶 자체가 그것을 완벽히 확인시켜 주지만—그가 형이상학적이고 신비주의적 열정을 가지고 있다는 것에 대한 증언을 하고 있습니다. 사실 철학적 논쟁은 그의 소설의 상당 부분을 차지하고 있습니다. 나는 무엇보다도 시간이라는 문제만큼 그를 초조하게 만들고 고뇌하도록 만든 문제가 없었다는 것을 알고 있습니다. 그런데 바로 이 시간이 『끝없이 두 갈래로 갈라지는 길들이 있는 정원』이라는 소설에서 다루어지지 않고 있는 〈유일한〉 개념이라는 데에 문제가 있습니다. 심지어 그는 〈시간〉을 뜻하는 유사한 단어조차 쓰지 않고 있습니다. 당신이라면 이러한 의도적인 삭제를 어떻게 설명하시겠습니까?」

나는 여러 가지 해결책들을 제시했다. 그러나 그 모든 것들은 정확한 대답이 아니었다. 우리들은 토론을 벌였다. 마침내 스티븐 알버트가 내게 말했다.

「그 해답이 장기인 어떤 수수께끼에 대해 물어볼 때 해서는 안 될 말이 하나 있다면 그것은 무엇이겠습니까? 잠시 생각을 하시고 대답을 해보시죠」

「장기라는 말이겠지요」

「바로 그렇습니다—알버트가 말했다—. 『끝없이 두 갈래로 갈라지는 길들이 있는 정원』은, 그것의 해답이 시간인 하나의 거대한 수수께끼, 또는 우화인 거지요. 바로 그러한 깊은 이유 때문에 그는 그 단어를 언급할 수가 없었던 겁니다. 어떤 단어를 강조하기 위한 가장 뛰어난 방법은 그것을 〈영원히〉 생략해 버리거나, 췌사적인 은유, 또는 뻔히 드러나는 우회적인 언어에 호소하는 방법일 겁니다. 그것이 바로 완곡한 성격을 가진 취팽이 자신의 끝없는 소설 행간 행간에서 선호했던 고통스러운 작업 방식이었던 거지요. 나는 수백 묶음의 원고들을 서로 비교해 보았고, 필경사들이 부주의로 인해 범한 오식들을 정정했고, 원고의 이 혼돈이 가진 본질적인 의도에 대해 분석을 했고, 원래의 순서대로 그것을 재정리했고(재정리했다고 생각했고) 그리고 작품 전체를 번역했지요. 확실한 것은 그가 단 한 차례도 〈시간〉이라는 단어를 쓰지 않았다는 사실입니다. 왜 그러했는지에 대한 해명은 명백하게 드러납니다. 취팽 스스로 생각했던 것처럼『끝없이 두 갈래로 갈라지는 길들이 있는 정원』은 우주에 대한 하나의 이미지입니다. 그것은 불완전하기는 하지만 그렇다고 거짓된 이미지는 아닙니다. 당신의 조상은 뉴턴이나 쇼펜하우어와 달리 획일적이고 절대적인 시간에 대해 믿지 않았습니다.[22] 그는 시간의 무한한 연속들, 눈이 핑핑 돌 정도로 어지럽게 증식되는, 분산되고 수렴되고 평형을 이루는 시간들의 그물을 믿으셨던 거지요. 서로 접근하기도 하고, 서로 갈라지기도 하고, 서로 단

---

[22] 뉴턴은 시간은 무한히 계속되고, 공간은 무한히 확장되어 있다고 보았다. 그리고 그러한 절대적 시공 속에 모든 실재가 존재하고 있다고 보았다. 쇼펜하우어에 있어 시간이란 개인적이고, 특별한 상태에 의해 달라질 수 있는 그러한 것이 아니다. (『보르헤스 사전』170, 218쪽 참조.) 따라서 보르헤스는 이들 두 사람에게 있어 시간은 인간의 밖에 있는 절대적이고 획일적인 어떤 무엇으로 간주되고 있다고 보고 있다.

절되기도 하고, 또는 수백 년 동안 서로에 대해 알지 못하기도 하는 시간의 구조는 모든 가능성을 포괄하게 되지요. 우리는 이 시간의 일부분 속에서만 존재합니다. 어떤 시간 속에서 당신은 존재하지만 나는 존재하지 않습니다. 다른 어떤 시간 속에서 나는 존재하지만 당신은 그렇지 않습니다. 또 다른 시간의 경우 우리 두 사람이 함께 존재합니다. 호의적인 우연이 내게 부여한 현재의 시간 속에서 당신은 나의 집에 당도했습니다. 그러나 다른 시간, 그러니까 정원을 가로지르던 당신은 죽어 있는 나를 발견하게 될 겁니다. 또 다른 시간에 나는 지금과 같은 똑같은 말을 하지만, 나는 하나의 실수이고, 유령일 겁니다」

「모든 것에 대해 — 나는 전혀 떨지 않고 말했다 — 감사를 드리고, 취팽의 정원을 복원시켜 준 것에 대해 치하를 드리고 싶습니다」

「모든 것에 대해 그러하지는 않겠지요 — 그가 미소를 머금으며 중얼거렸다 —. 시간은 셀 수 없는 미래들을 향해 영원히 갈라지지요. 그 시간들 중의 하나에서 나는 당신의 적이지요」

나는 아까 말했던 그 득실거림을 다시 느끼기 시작했다. 집을 둘러싸고 있는 눅진한 정원은 보이지 않는 사람들로 가득 차 있는 것 같았다. 그 사람들은 다름 아닌 시간의 다른 차원들 속에서 여러 가지 다른 모습을 하고 있는 비밀스럽고, 분주한 알버트와 나였다. 눈을 치켜들자 어슴푸레한 악몽은 사라졌다. 노랗고 검은 정원에는 단 한 사람밖에 없었다. 그 사람은 마치 동상처럼 강인해 보였다. 그 사람은 오솔길을 따라 걸어오고 있었다. 그는 리차드 메든 대위였다.
「미래는 이미 존재하고 있지요 —— 나는 대답했다 ——. 그렇지만 현재의 나는 당신의 친구입니다. 그 편지를 다시 한 번 읽어볼 수 있을까요?」
알버트가 일어섰다. 우뚝 선 채 그가 높은 책상의 서랍을 열었다. 그동안 그는 내게 등을 돌리고 있었다. 나는 이미 리볼버를 꺼내들고 있었다. 나는 아주 조심스럽게 총을 발사했다. 알버트는 단 한마디의 신음도 내뱉지 않은 채 풀썩 쓰러졌다. 나는 그의 죽음이 번갯불처럼 순간적이었다고 맹세한다.
나머지 얘기들은 비현실적이고, 하잘것없는 것들이다. 메든 대위가 뛰어들어왔다. 그가 나를 체포했다. 나는 교수형 선고를 받았다. 증오스럽게도 내가 승리했다. 나는 공격을 가해야 할 도시의 감춰진 이름을 베를린에 교신하는 데 성공했다. 어제 그곳에 폭격이 가해졌다. 나는 그 기사를 탁월한 중국학 학자 스티븐 알버트가 유춘이라는 정체불명의 사내에게 살해당했다는 암호를 실었던 바로 그 신문에서 읽었다. 나의 대장은 이 암호의 뜻을 알아차렸다. 그는 (전쟁의 와중에서) 내가 알버트라는 이름의 도시를 알려야 하는데 그와 똑같은 이름을 가지고 있는 사람을 죽이지 않고는 그것을 알릴 방법이 없다는 것을 알고 있었다. 그러나 그는 나의 끝없는 참회와 피로에 대해 알지 못한다(그 누구도 알 수가 없으리라).

2부
기교들

서문

비록 더 박진감이 있기는 하지만 이 책에 들어 있는 단편들은 앞의 책에 들어 있는 것들과 별반 다를 바가 없다. 그렇지만 「죽음과 나침반」, 「기억의 천재, 푸네스」 두 작품에 대해 간략한 언급이 필요할 것 같다. 「기억의 천재, 푸네스」는 불면에 대한 하나의 긴 은유이다. [1] 「죽음과 나침반」에서는 독일과 스칸디나비아 이름들이 등장하지만 이 작품의 배경은 꿈의 부에노스 아이레스이다. 꾸불꾸불한 뚤롱 가는 빠세오 데 훌리오[2] 거리이고, 뜨리스떼 레 로이 호텔[3]은 허버트 애쉬가 아마 읽지는 않았겠지만 한 환상적인 백과사전 제11권을 받았던 바로 그 호텔이다.[4] 나는 이 작품을 써놓고 난 후에 작품

---

1) 실제로 보르헤스는 이 작품을 쓰기 전 1년 동안 극심한 불면에 시달렸다고 알려져 있다.
2) 부에노스 아이레스의 옛 거리 이름. 현재는 아르헨티나의 정치가이자 변호사였던 레안드로 알렘 Leandro Alem(1842-1896)의 이름을 따 알렘 거리로 불리고 있다. 레안드로 알렘은 급진 시민 연합 Unión Cívica Racdical의 우두머리로서 독재자 후아레스 셀만을 혁명으로 물리쳤다.
3) 보르헤스의 친구였던 아만다 몰리나 베디아가 자신의 침실 벽에 붙여놓은 환상의 섬 지도에 나오는 허구적인 호텔의 이름으로 보르헤스가 이 작품에서 사용하고 있다.
4) 허버트 애쉬는 앞에 나오는 단편 「틀뢴, 우크바르, 오르비스 떼르띠우스」에 나오는 작중 인물이다. 이 작품에서 그는 아드로게 거리에 있는 호텔에서 살고 있었는데 그곳에 사는 동안 틀뢴의 백과사전을 받은 것으로 되어 있다. 그러나 그가 그 소포를 열어보지 않고 주점에 놔두었기 때문에 아마 읽지는 않았을 것이라고 말하고 있다.

이 섭렵하고 있는 시간과 공간을 확장시키는 게 낫지 않을까 하는 생각을 했다. 복수는 세습적이 될 수 있다. 그 기간은 몇 년이 될 수도 있고, 몇 세기가 될 수도 있다. 〈신의 이름〉이 가진 첫번째 글자는 아이슬랜드에서 발음되었을 수도 있고, 두번째 글자는 멕시코에서, 세번째는 인도스탄에서 발음되었을 수도 있다. 하시딤 교파[5] 또한 성자들을 가지고 있고, 네 자로 된 〈신의 이름〉을 알아내기 위해 네 사람의 생명을 희생시킨 것은 내 단편이 가진 구조 때문에 그럴 수밖에 없었던 일종의 환상이었다는 점을 덧붙여야 할까?

       1944년 8월 29일, 부에노스 아이레스에서
           호르헤 루이스 보르헤스

---

5) 하시딤 교파에 관해서는 「죽음과 나침반」의 각주 8을 참조할 것.

1956년의 후기[6]

나는 2부 『기교들』에 세 개의 작품, 즉 「남부」, 「불사조 교파」, 그리고 「끝」을 추가시켰다. 구조가 단순한 「끝」에서 무기력하고 수동적인 면모 때문에 다른 등장 인물들과 대조를 이루는 레까바렌이라는 등장 인물을 제외하고 내가 창조한 것은 아무것도 없다. 아니 거의 없다. 그 작품에 들어 있는 모든 것은 한 유명한 책에 함축되어 있다.[7] 그리고 내가 바로 그 책을 찾아낸, 아니 적어도 그것이 세상에 널리 알려지도록 만든 장본인이다. 나는 〈불사조〉라는 알레고리 속에서 우회적이고, 점진적이지만 종국에 가서는 명명백백하게 드러나는 〈비밀〉이라는 흔해빠진 사실을 암시하는 문제를 다루었다. 그렇지만 얼마만큼 내게 운이 따라주었는지는 알 수가 없다. 나의 단편들 중에서 가장 나은 「남부」에 관해, 나는 그것이 소설적인 사건들에 대한 직접적인 이야기하기로서뿐만 아니라 다른 방식으로도 읽혀질 수 있다는 점만을 주지시키고자 한다.

내가 계속 되풀이해 읽고 있는 이질적인 도서 목록의 작가들로는 쇼펜하우어, 드 퀸시, 스티븐슨, 모스너, 체스터턴, 레온 블로이가 있다. 나는 독자들이 「유다에 관한 다른 세 가지 이야기」라는 제목이

---

6) 이 후기는 1956년 세 개의 작품을 추가해 같은 제목인 『픽션들』이라는 작품집을 내면서 서문에 첨가한 부분이다.
7) 이 책은 아르헨티나의 후기 낭만주의 시인 호세 에르난데스 José Hernández(1834-1886)가 쓴 서사시 『마르띤 피에로』를 가리킨다. 이 작품에 관해서는 「끝」이라는 작품의 역주에서 자세히 다루겠다.

붙은 기독교적 환상문학에서 어렴풋이 레온 블로이의 영향을 감지하리라 생각한다.

기억의 천재 푸네스

나는 손에 칙칙한 빛깔의 〈시계초〉[1]를 들고 있던 그를 기억한다. (나는 〈기억한다〉[2]라는 이 신성한 동사를 입에 올릴 자격이 없다. 지구상에서 단 한 사람만이 그러한 자격을 가지고 있는데 그 사람은 이미 죽었다.) 그는 한평생 내내 저녁부터 새벽까지 그 꽃을 바라보았음에도 불구하고 마치 세상의 그 누구도 본 적

---

1) passion flower : 민중서관에서 발행한 영어 사전에는 이 단어에 해당하는 식물을 〈시계초〉로 번역하고 있다. 이 식물은 열대에서 자라는 넝쿨식물로서 꽃이 핀다. 이 꽃은 예수가 십자가에 처형되었을 때 쓰여 수난화라고 불리고 직역하면 〈정열의 꽃〉이 된다.
2) 보르헤스는 1967년에 가진 한 강연에서 아르헨티나 사람들이 〈깨우다〉, 또는 〈깨다〉의 뜻을 가진 despertar, despertarse라는 동사 대신 그와 같은 뜻으로 원래 〈기억하다〉의 뜻을 가진 recordar, recordarse를 쓰고 있는 것에 대해 의식한 적이 있느냐고 물었다. 이것은 여기서 〈기억하다〉는 말이 〈(잠에서) 깨다〉, 즉 깨어 있다라는 말이 될 수도 있음을 가리킨다. 앞의 서문에서 보르헤스는 이 작품이 〈불면증〉에 대한 은유라고 했기 때문에 이 단어가 가진 이러한 이중적 의미는 여기서 중요한 위치를 가진다고 볼 수 있다.

이 없는 꽃을 보는 듯 그것을 바라보곤 했다. 나는 그를 기억한다. 담뱃불 너머로 과묵하고, 인디언 같고, 그냥 아득하게만 느껴지던 얼굴. 나는 마치 머리를 땋는 사람의 손처럼 길고 마른 그의 손을 기억한다(생각한다). 나는 그의 손 가까이에 있던 우루과이 군(軍) 문장이 새겨진 마떼[3] 찻주전자를 기억한다. 나는 희끄무레한 호수의 풍경과 함께 그 집의 창문에 드리워져 있던 노란 발을 기억한다. 나는 그의 음성을 똑똑하게 기억한다. 오늘날의 이탈리아 사람들에게서 들을 수 있는 이사잇소리가 없는, 변두리 지역의 옛사람들이 쓰던 느리고, 한이 서려 있는 콧소리. 내가 그를 보았던 것은 단 세 번뿐이었다. 마지막에 그를 본 것은 1887년이었다……. 나는 그를 알았던 모든 사람들이 그에 관한 글을 썼으면 싶다. 아마 그 중 나의 기록이 가장 짧고, 가장 보잘것없을 것이다. 그럼에도 불구하고 그것은 당신들이 편찬하게 될 책들 가운데서 가장 공정하지 않은 책은 아닐 것이다. 아르헨티나 사람이라는 개탄스러운 처지 때문에 우루과이에서는 주인공이 우루과이인일 경우 꼭 채택해야 하는 장르인 〈디띠람보〉 형식[4]을 쓸 수가 없다. 푸네스는 〈배운 놈〉, 〈양복쟁이〉, 〈항구 놈〉과 같은 모욕적인 단어들을 쓰지는 않았다. 그러나 충분히 그가 나를 그런 재수없는 부류로 치부했을 것은 틀림없다. 뻬드로 레안드로 이뿌체[5]는 푸네스를 가리켜 초인들의 선

---

3) 아르헨티나 사람들이 즐겨 마시는 차 이름.
4) 영어로 디쌔램 dithyramb이며 주신인 바쿠스를 찬양하는 형태의 찬양가다. 바쿠스제가 광란적이었기 때문에 매우 열광적인 어조를 가진 글을 지칭하기도 한다.
5) Pedro Leandro Ipuche(1899-1976) : 우루과이의 토착주의 시인으로 『새로운 날개들과 깊은 땅』 등의 시집이 있다. 주로 우루과이의 평원지대와 그곳

구자라고 했다. 〈야만적이고 원시적인 짜라투스트라.〉[6] 나는 그것에 대해 이의를 제기할 생각은 없다. 그러나 우리는 그가 몇 가지 치유가 불가능한 단점들을 지녔던 프라이 벤또스[7]의 촌놈이었다는 사실 또한 잊어서는 안 된다.

나는 푸네스를 처음 만났던 날을 또렷하게 기억하고 있다. 1884년 3월, 아니면 2월의 어느 오후에 나는 그를 만났다. 그해 나의 아버지는 여름휴가를 보내기 위해 나를 프라이 벤또스로 데려갔었다.[8] 그날 나는 사촌인 베르나르도 아에도와 함께 산 프란시스코[9] 목장에서 돌아오던 길이었다. 우리는 노래를 부르며 말을 타고 오고 있었다. 그러나 내가 들떠 있었던 것은 말을 타고 있다는 사실 때문만은 아니었다. 찌는 듯 무더웠던 하루 끝에 거대한 흑판 빛깔의 폭풍이 하늘을 뒤덮고 있었다. 남풍이 폭풍을 부추기고 있었고, 나무들은 벌써 광기로 부들부들 떨고

　에 살고 있는 사람들의 전통적 정서를 노래한 시들을 남겼다.
　물론 푸네스가 허구적 인물인 이상 실존 인물인 이 시인이 그에 대한 언급을 했다는 것은 거짓이다. 이것은 보르헤스에게서 자주 목도되는 가짜 사실주의의 한 예라고도 볼 수 있으나 보다 엄밀히 말하면 일종의 상징에 해당한다. 왜냐하면 뻬드로 레안드로 이뿌체는 바로 푸네스 같은 시골 사람들을 주로 자신의 작품 안에 담았기 때문이다.
6) 짜라투스트라는 니체의 장시 『짜라투스트라는 이렇게 말했다』에 등장하는 인물로 소위 인간 한계를 극복한 초인의 표상이다. 원래 짜라투스트라는 고대 페르시아 국교인 조로아스터교의 창시자인 조로아스터를 가리킨다.
7) Fray Bentos : 곧 작품 안에서 언급되는 곳으로 우루과이 강 연안에 있는 작은 마을이다. 어린 시절 보르헤스는 가족과 함께 이곳에 있는 사촌 베르나르도 아에도의 별장에서 여름휴가를 보내곤 했다.
8) 아르헨티나는 우리나라와는 정반대의 기후 조건을 가지고 있는 곳으로 우리의 겨울이 그곳에서는 여름이다.
9) San Francisco : 우루과이의 지역 이름으로 보르헤스의 사촌인 베르나르도 가족이 그곳에 목장을 가지고 있었다.

있었다. 나는 우리가 텅 빈 들판에서 폭우를 만나게 되지 않을까 두려웠다(기다려졌다). 우리는 폭풍과 일종의 경주를 벌이고 있었다. 우리는 양쪽으로 높게 벽돌을 쌓아 만들어놓은 보도 사이로 움푹 꺼져 내려가 있는 샛길로 들어섰다. 순식간에 날이 어두워졌다. 우리는 위의 보도에서 울려오는 다급하고, 거의 신비스럽기까지 한 발자국소리를 들었다. 우리는 눈을 들어올렸고, 마치 좁다랗고 부서진 담벼락 위를 달리듯 좁다랗고 부서진 보도를 달려가고 있는 한 소년을 보았다. 나는 목동들이 입는 그애의 헐렁한 바지와 샌달을 기억한다. 나는 이미 끝없이 밀려들고 있는 폭풍우를 등지며 달리던 그의 다부진 얼굴에 물려 있던 담배를 기억한다. 뜻밖에도 베르나르도가 그애에게 말을 걸었다.

「지금 몇 시야, 이레네오?」 그애가 하늘을 올려다보지도 않고, 걸음을 멈추지도 않으며 대답했다.

「8시 4분 전이야, 꼬마 베르나르도 후안 프란시스꼬」 그애의 음성은 날카로웠고, 조롱기가 담겨 있었다.

그때 나는 폭풍우 때문에 너무 정신이 없었다. 따라서 만일 나의 사촌이 부연 설명을 하지 않았더라면 내가 조금 전에 언급했던 그들의 그 대화는 전혀 나의 주의를 끌지 못했을 것이었다. 내 사촌이 그렇게 한 것은 (내 생각에) 자신이 살고 있는 지역에 대한 자부심과, 그애가 자신을 놀리려고 자신의 이름을 세 부분으로 나눠 한 대답에 대해 전혀 개의치 않다는 것을 보여주고 싶은 욕망 때문이었다.[10]

---

[10] 사촌의 이름을 베르나르도 후안 프란시스꼬라고 셋으로 나눠 불렀다는 뜻.

사촌은 내게 오솔길에서 만난 그 애가 몇 가지 기이한 행적을 하고 다니는 이레네오 푸네스라고 말해 주었다. 사촌에 따르면 그는 그 누구와도 만나려 하지 않고, 또한 마치 시계처럼 항상 정확한 시간을 알고 있다고 했다. 사촌은 그 애가 마을에서 다리미질로 생계를 꾸려가고 있는 마리아 끌레멘띠나 푸네스라는 아낙의 아들이라고 덧붙였다. 어떤 사람들은 그 애의 아버지가 고기 통조림 공장에서 일하던[11] 오코너라는 이름의 영국인 의사라고 했고, 다른 사람들은 살또[12] 지방 출신의 말 조련사, 또는 수색대원[13]이라고도 했다. 그는 라우렐 씨네 별장 모퉁이의 오두막에서 자신의 어머니와 함께 살고 있었다.

1885년과 1886년 우리 가족은 몬테비데오[14]에서 여름휴가를 보냈다. 1887년 나는 다시 프라이 벤또스로 왔다. 나는 당연히 모든 친지들, 그리고 마침내 〈시계 같은 푸네스〉에 대해 물었다. 나는 그가 산 프란시스꼬의 목장에서 반쯤 길들인 야생마로부터 떨어져 절망적인 전신마비 상태에 빠져 있다는 말을 들었다. 나는 그 소식에 접한 순간 느껴지던 이상야릇한 거북함을 기억한다. 내가 처음 그를 보았을 때 우리들은 산 프란시스꼬의 목장으로부터 돌아오고 있었고, 그는 높은 곳을 걷고 있었다. 나의 사촌 베르나르도의 입으로부터 들은 사실은 기존해 있던

---

11) 여기서 보르헤스가 고기 통조림 공장을 언급한 것은 휴가차 가 있던 프라이 벤또스가 고기 통조림 산업으로 유명한 지역이기 때문이다.
12) Salto : 우루과이 강 연변에 있는 우루과이의 지역 이름.
13) rastreador라는 이름의 이 직업은 아르헨티나나 우루과이의 광활한 평원에서 전문적으로 사람이나 짐승들의 자취를 찾는 것을 뜻한다. 말 조련과 함께 소위 가우초(목동)들이 가진 전문적인 능력으로 알려지고 있다.
14) Montevideo : 우루과이의 수도.

이야기들을 각색해 꾸민 일종의 환상 같은 면모를 상당히 가지고 있었다. 푸네스는 뒤뜰에 있는 무화과나무나 거미줄을 응시한 채 꼼짝 않고 자신의 침대에 누워 있다고 했다. 그는 저녁이 되면 창가로 자신을 옮겨놓도록 했다. 그는 자부심을 잃지 않으려고 말에서 떨어져 입은 타격이 오히려 덕이 된 듯이 행동하곤 했다……. 나는 두 차례 창의 격자 너머에 있던 그를 보았다. 창의 격자는 영원한 수인이 된 그의 처지를 잔혹하게 강조해 주고 있었다. 첫번째로 보았을 때 그는 미동도 없이 눈을 감고 있었다. 두번째 보았을 때도 역시 미동조차 하지 않고 있었지만 그는 향기로운 산토니카나무[15] 가지를 하염없이 바라다보고 있었다.

그때 나는 이미 일종의 허영심과 함께 라틴어에 대한 체계적인 공부를 시작한 뒤였다. 나의 짐꾸러미 안에는 로몽의 『저명 로마인들의 삶』,[16] 끼체라의 『라틴어 시 용어 사전』,[17] 줄리어스 시저의 주석집들,[18] 그리고 37권으로 된 플리니의 『자연

---

15) 약재로 쓰이는 식물의 일종.
16) Charles François Lhomond(1727-1794) : 프랑스의 문법학자이자 역사가. 그의 저서 『저명한 로마인들의 삶』이라는 책은 프랑스에서 교과서로 사용되기도 했다.
17) Louis-Marie Quicherat(1799-1884) : 프랑스의 라틴어 학자로 라틴어에 관한 많은 사전들과 용어 해설집들을 남겼다. 1857년에 발간한 『라틴어 시 용어사전 Thesaurus poeticus linguae Latinae』은 라틴 시에서 사용되는 시어들을 체계적으로 다루고 있는 작품이다.
18) Julius Caesar(기원전 100-44) : 보통 로마의 장군, 정치가로 알려져 있으나 학문에도 깊은 조예가 있었다. 로마 상원에 의해 독재를 할 수 있는 집정관의 자리가 부여되었으나 브루투스에 의해 살해되었다. 그의 주석서는 총 7권으로 되어 있으며 자신의 정치관, 로마의 역사에 관한 내용들이 수록되어 있다. 많은 사람들에 의해 자료로서뿐만 아니라 뛰어난 문학 작품으로 평가되고 있다.

사』¹⁹⁾ 중 한 권이 들어 있었다. 플리니의 이 책은 나의 빈약한 라틴어 실력으로는 감당하기 어려운 책이었다(갈수록 더 감당하기가 어려웠다). 시골에서는 그 어떤 비밀도 없는 법이다. 비록 마을 변두리의 오두막에서 살고 있지만 이레네오에게도 이 변종의 책들이 도착했다는 소식은 금세 알려졌다. 그가 내게 수사와 인사치레로 가득 찬 편지 한 통을 보내왔다. 그는 편지에서 〈1884년 2월 7일〉에 있었던 유감스럽게도 짧았던 우리들의 만남을 상기시키고 있었다. 그는 또한 1884년과 관련하여 그 해에 죽었던 나의 삼촌 그레고리오 아에도가 세운 혁혁한 공적에 대해 경의를 표하고 있었다. 〈당신의 삼촌은 이뚜자잉고의 용맹스러웠던 전투에서 깊은 인간 희생을 보여주었습니다.〉²⁰⁾ 그리고 그는 아직 라틴어를 모르기 때문에 책을 똑바로 이해하기 위해 필요할 것 같으니 사전과 함께 내가 가지고 있는 라틴어 책들 중 한 권을 빌려달라고 청하고 있었다. 그는 전혀 흠집 없이 원래의 상태대로 즉각 책을 돌려주겠다고 다짐하고 있었다. 그의 필체는 완벽하고, 그의 문장은 아주 날카롭게 개요를 묶어내는 힘이 있었다. 그의 철자법은 안드레스 베요가 선호하는 그런 유

---

19) Pliny the Elder(23-79) : 로마의 작가로 37권으로 된 『자연사』를 집필했다. 이 책은 자연과학 연구의 모태라고 할 수 있을 만큼 지리학, 고고학, 식물학, 물리학, 농학, 의학, 예술 등에 관한 광범위하고 해박한 지식을 담고 있다. 그는 자연과학뿐만 아니라 그 밖에 문법, 역사 등에 관한 저술들도 남겼다.

20) 이뚜자잉고 전투란 1827년 2월 20일 아르헨티나 북동쪽에 위치한 브라질과 아르헨티나 국경 꼬리엔떼스 지방에서 브라질과 아르헨티나-우루과이 연합군 사이에 벌어졌던 전투를 가리킨다. 이 전투에서 아르헨티나-우루과이 연합군이 승리했다. 푸네스가 우리 두 나라라고 한 것은 〈나〉인 화자가 아르헨티나인이고, 자신은 우루과이인임을 가리킴.

형을 따르고 있었다. 따라서 그는 i 대신 y를, g 대신 j를 쓰고 있었다.[21] 나는 처음에 그것이 농담이겠거니 하고 몸을 움츠렸다. 그러나 나의 사촌은 그 반대이며, 그것이 바로 이레네오의 특징이라고 단언하는 것이었다. 나는 난해한 라틴어를 단지 사전만으로 해결하겠다는 그의 생각이 오만함 때문인지, 아니면 무지 때문인지, 아니면 어리석음 때문인지 헤아릴 길이 없었다. 나는 그의 환상을 박살내줄 요량으로 끼체라의 『빠르나소로 가는 길』[22]과 플리니의 책을 보냈다.

2월 14일 나는 부에노스 아이레스로부터 전보 한 통을 받았다. 전보에는 아버지의 상태가 〈아주 좋지 않기〉 때문에 곧바로 돌아오라고 적혀 있었다. 하느님 용서하세요. 급박한 전보의 수신자라는 우쭐대는 마음, 전보에 들어 있는 〈않다〉라는 부정형과 〈아주〉라는 단정적인 부사 사이의 모순을 프라이 벤또스 사람들 모두에게 떠벌리고 싶은 욕심, 남자다운 자제력을 가장하며 나의 고통을 극적으로 만들고 싶은 유혹이 아마 나로 하여금

---

21) Andrés Bello(1781-1865) : 칠레의 시인이자 문법학자이며 또한 정치가였다. 그는 젊은 시절 런던에서 라틴아메리카의 혁명가 볼리바르의 비서를 지내기도 했고, 칠레로 돌아온 뒤에는 칠레 대학의 총장을 지내기도 했다. 그는 많은 저술을 남겼는데 그 장르는 학술 서적에서 시집, 산문집에 이르기까지 매우 다양하다. 1847년에 발간한 그의 문법서 『스페인어 문법』은 스페인어에 대한 대표적인 문법서 중의 하나로 간주되고 있다. 또한 그는 『시에 대한 훈계』, 『열대지역의 농업에 관한 시』, 『모두를 위한 기도』 등의 시집 제목에서 볼 수 있듯 매우 특이한 양식의 시 장르를 개척하기도 했다.

그는 스페인어에서 같은 음가를 가지고 있는 i 대신 y를, 모음 e, i 뒤에서 역시 같은 음가를 가지는 g(예를 들어 ge헤, gi히) 대신 j를 쓰도록 권장했다.

22) 라틴어 시 작법을 위한 사전. 빠르나수스는 그리스신화에서 예술의 신들인 뮤즈들이 기거하던 산의 이름이다.

아버지의 병에 따른 고통에 대해서 까마득히 잊어버리도록 만들었는지도 몰랐다. 짐을 꾸리던 나는 『빠르나소로 가는 길』과 플리니의 『자연사』가 없다는 것을 깨달았다. 〈토성〉호는 다음날 아침 출항할 예정이었다. 그날 밤 저녁식사를 마친 후 나는 푸네스의 집으로 갔다. 나는 밤 또한 낮처럼 찌는 듯 덥다는 사실에 몹시 놀랐다.

그 단아한 집에서 푸네스의 어머니가 나를 맞았다.

그녀는 내게 이레네오가 뒷방에 있고, 불이 꺼져 있더라도 놀라지 말라고 말했다. 왜냐하면 이레네오는 불을 켜지 않은 채 몇 시간씩 시간을 보내는 데 익숙해져 있기 때문이라고 했다. 나는 작은 낭하 같은 포석이 깔린 후원을 가로질렀다. 나는 두 번째 후원에 도착했다. 포도나무가 하나 있었다. 그래서 어둠은 더욱 칠흑 같았다. 나는 문득 이레네오의 빈정거리는 듯한 큰 목소리를 들었다. 그 목소리는 라틴어로 말하고 있었다. 침통하게 들떠 있는 그 목소리(어둠 속에서 들려오고 있는)는 연설문, 또는 기도문, 또는 주문을 외고 있는 것 같았다. 지상의 후원에서 로마어 음절들이 울려퍼지고 있었다. 나는 그것들이 점차 이해할 수 없게 되었을 뿐만 아니라, 영원히 끝나지 않을 것 같은 두려움에 휩싸여 들어갔다. 나중에 나는 그날 밤 그와 나눈 긴 대화 속에서 그것들이 『자연사』 7권 24장의 첫 단락이라는 것을 깨닫게 되었다. 이 장의 주제는 〈기억〉에 관한 것이다. 마지막 문구는 〈따라서 한 번 들었던 것을 정확하게 반복할 수는 없다〉였다.

목소리의 억양을 전혀 바꾸지 않은 채 이레네오가 들어오라고 말했다. 그는 침대 위에서 담배를 피우고 있었다. 나는 새벽이 되도록까지 그의 얼굴을 볼 수 없을 것 같은 느낌이 들었다. 나는 간헐적으로 빨갛게 타오르던 담뱃불이 기억난 듯싶다. 방에서는 어렴풋이 눅눅한 냄새가 났다. 나는 앉았다. 나는 전보에 관한 얘기와 아버지의 병환에 대해 말했다.

드디어 나는 내 이야기의 가장 난해한 지점에 이르게 되었다. 이 부분은 (독자들이 이미 눈치를 챘다면 좋겠지만) 반세기 전에 있었던 대화 그 자체에 다름 아니다. 나는 전혀 원상태로 복원이 불가능한 그 대화를 그대로 옮기려고 하지는 않을 것이다. 나는 이레네오가 말했던 많은 것들을 왜곡함이 없이 요약을 하고자 한다. 물론 간접화법은 거리감이 있을 뿐더러 취약하다. 나는 그렇게 하면 내 이야기의 효과가 사장된다는 것을 알고 있다. 독자들은 그날 밤 나를 압도했던 말로 표현하기 힘든 그런 순간들을 자신들의 상상력으로 채워야 할 것이다.

이레네오는 먼저 라틴어와 스페인어로 『자연사』에 기록되어 있는 놀랄 만한 기억력을 소지했던 사람들의 예를 열거하기 시작했다. 페르시아의 왕 시루스,[23] 그는 자신의 모든 병사들의 이름을 외고 있었다. 미트리다테스 에우파토르,[24] 그는 자신의 제국에서 사용되는 스물두 개의 언어로 법을 집행했다. 시모니데스,[25] 그는 기억술의 창시자였다. 메트로도루스,[26] 그는 한 번 들은 것을 똑같이 반복하는 기술을 펼쳤다. 이레네오는 아주

---

23) Cyrus(기원전 590-529) : 페르시아 왕국의 건국자.
24) Mithridates Eupator(기원전 132-63) : 로마 치하에 있던 아시아 지역을 다스렸던 왕.
25) Simonides(기원전 556-468) : 그리스의 저명한 서정시인.
26) Metrodorus : 로마시대 소아시아 북서쪽에 위치한 미시아라는 고대국가 출신으로 기억력이 뛰어났던 걸로 유명하다.

진지하게 그런 예들이 정말 경이롭지 않느냐고 경탄을 금치 않았다. 그는 청회빛 말이 자신을 내동댕이쳤던, 그 비가 뿌리던 날의 오후 이전에는 자신도 다른 사람들과 전혀 다를 바가 없는 사람이었다고 말했다. 일종의 소경, 귀머거리, 얼간이, 건망증 환자. (나는 그 전에도 그가 시간과 고유명사에 대해 정확한 기억을 가지고 있었다는 것을 상기시키려고 했다. 그러나 그는 별다른 반응을 보이지 않았다.) 그는 19년 동안 마치 꿈을 꾸는 사람처럼 살아왔었다. 보면서도 보지 않고, 들으면서도 듣지 않고, 그래서 모든 것, 거의 모든 것을 잊어버렸다. 말에 떨어진 그는 의식을 잃었다. 정신이 들었을 때 그에게 현재는 거의 견디기가 힘들 정도로 너무 풍요롭고, 너무 예민하게 변해 버렸다. 게다가 그는 가장 오래되고, 가장 사소한 일들까지도 기억이 났다. 조금 시간이 지난 후 그는 자신이 전신마비 상태에 빠졌다는 것을 알게 됐다. 그는 전혀 개의치 않았다. 그는 몸을 움직일 수 없는 것 정도야 아주 작은 대가에 불과하다고 판단했다(느꼈다). 이제 그의 지각력과 기억력은 완벽한 것이 되어 있었다.

우리는 한 번 쳐다보고서 탁자 위에 놓여 있는 세 개의 유리컵을 지각한다. 그러나 푸네스는 포도나무에 달려 있는 모든 잎사귀들과 가지들과 포도알들의 수를 지각한다. 그는 1882년 4월 30일 새벽 남쪽 하늘에 떠 있던 구름들의 형태를 기억하고 있었다. 그는 기억 속에서 그 구름들과, 단 한 차례 본 스페인식 장정의 어떤 책에 있던 줄무늬들, 그리고 께브라초 무장 항쟁[27]이

---

27) 1886년 3월 26일부터 31일 사이에 우루과이에서 일어났던 무장 투쟁. 군사정부의 재선출을 막기 위해 일어났으나 궤멸됨.

일어나기 전날 밤 네그로 강[28]에서 노가 일으킨 물결들의 모양을 비교할 수 있었다. 그러한 기억들은 간단한 게 아니었다. 하나하나의 시각적 이미지는 근육, 체온 등에 얽힌 이미지들과 연계되어 있다. 그는 꿈과 비몽사몽간의 일들을 모두 복원시킬 수가 있었다. 그는 두어 차례 하루 전체를 되돌이켜 보곤 했었다. 그는 전혀 머뭇거리지 않았지만 그러한 복원작업만으로도 하루 전체가 소요되었다. 그는 내게 말했다.

「나 혼자서 가지고 있는 기억이 세계가 생긴 이래 모든 사람들이 가졌을 법한 기억보다 많을 거예요」

그리고 또한 말했다.

「나의 꿈은 마치 당신들이 깨어 있는 상태와 똑같아요」

그리고 새벽이 가까워질 무렵 또한 말했다.

「나의 기억력은 마치 쓰레기 하치장과도 같지요」

칠판에 그려놓은 원, 직각삼각형, 마름모와 같은 것들이 우리가 완벽하게, 그리고 즉각적으로 인지할 수 있는 그런 형상들이다. 이레네오에게는 말의 곤두선 갈기들, 언덕 위의 가축떼들, 다른 모양으로 바뀌는 불길, 그리고 그것의 셀 수 없이 많은 재들, 긴 임종의 밤 동안 수없이 바뀌는 망자의 얼굴들을 가지고 그러한 일이 일어났다. 나는 그가 하늘에서 한꺼번에 얼마나 많은 수의 별들을 보았는지 상상하기조차 힘들다.

이러한 것들을 그가 말했다. 그때뿐만 아니라 그 이후에도 나는 그것들에 대해 전혀 의구심을 품지 않았다. 그 당시에는 영사기나 축음기가 없었다. 그럼에도 불구하고 아무도 푸네스를 실험해 보려고 하지 않았다는 게 이상하고, 심지어 믿어지지 않

---

28) 우루과이에 있는 강의 이름.

기까지 한다. 확실한 것은, 우리는 미룰 수 있는 것은 모두 미루면서 살고 있다는 사실이다. 우리 모두는 은밀하게 우리가 영생불멸하고, 곧 모든 인간이 모든 일을 하게 되고, 모든 것을 알게 될 거라는 것을 깨닫고 있는지도 모른다.

어둠 속에서 푸네스의 목소리는 계속 말을 하고 있었다.

그는 1886년에 이르러 자신이 독창적인 숫자 체계를 고안해 냈고, 며칠 되지 않아 셈의 부호들은 2만4천 개를 넘어서게 되었다고 말했다. 그는 일단 한 번 생각을 하면 절대 잊지 않기 때문에 그것을 적어놓지 않았다. 그로 하여금 제일 먼저 그러한 숫자 체계에 대해 생각하도록 자극한 것은 33인의 우루과이 독립 투사[29]들을 지칭할 때 단 하나의 단어와 단 하나의 숫자 체계 대신, 두 개의 숫자 체계와 세 개의 단어가 요구된다는 불만에서 비롯되었다.[30] 그런 다음 그는 그 황당무계한 원리를 다른 숫자들에도 적용했다. 그는 7,013 대신 (예를 들어) 막시모 뻬레스라고 했다. 7,014 대신에는 〈철도〉라고 했다. 다른 숫자들의 이름을 들어보자면 〈루이스 멜리안〉, 〈올리마르〉, 〈유황〉, 〈고삐들〉, 〈고래〉, 〈가스〉, 〈주전자〉, 〈나폴레옹〉, 〈아구스띤 데 베디아〉가 있다. 그는 500 대신 9라고 말했다. 각 단어는 하나의 특별한 기호를 가지고 있다. 일종의 부호 같은 것. 마지막

---

29) 우루과이의 독립 영웅들을 가리킴. 1825년 브라질에 예속되어 있던 일단의 우루과이 부대가 라바예하의 지도 아래 독립을 쟁취하기로 결의하고, 브라질 군대들을 격퇴시켜 독립을 쟁취했다.
30) 33을 뜻하는 treinta y tres는 세 단어로 되어 있고, 십단위와 일단위라는 두 개의 수 체계로 되어 있다. 푸네스는 이것을 한 단어로, 그리고 수 체계는 십단위와 일단위라는 두 체계가 아닌 하나의 체계로 만들자는 것이다.

것들은 보다 복잡했다……. 나는 이 뒤죽박죽인 용어들의 광시
곡이 정확하게 수 체계와 상반된다는 점을 말하려고 했다. 나는
그에게 365란 숫자는 숫자로서의 〈네그로 디모떼오〉, 또는 〈육
포〉 등에게서는 발견되지 않는 분석적 성격이 들어 있다고 말했
다. 푸네스는 내 말을 이해하지 못했거나 이해하기를 거부하는
것 같았다.

17세기에 로크[31]는 각 사물, 각 돌, 각 새, 각 나뭇가지가 고
유한 이름을 가질 수 있는 하나의 불가능한 언어를 가정했다(거
부했다). 푸네스는 한때 그와 비슷한 유의 언어를 계획했다. 그
러나 그는 그 작업이 지나치게 막연하고, 지나치게 애매모호했
기 때문에 그것을 포기했다. 사실, 푸네스는 모든 숲의 모든 나
무들의 모든 나뭇잎들뿐만 아니라 그가 그것들을 지각했거나 그
것들을 다시 생각했던 모든 순간들까지도 기억하고 있었다. 그
는 과거 날들의 하나하나를 7천 개의 기억들로 축약시키기로 마
음을 먹었다. 그런 다음 그는 기호들을 가지고 그 기억들을 정
의해 보려고 했다. 두 가지 이유가 그로 하여금 그것을 포기하
도록 설복했다. 그 작업은 끝이 없을 거라는 생각, 그리고 해보
았자 쓸모가 없을 거라는 생각. 그는 죽을 때까지 한다 해도 심
지어 어린시절의 모든 기억들을 분류하는 일조차 끝을 낼 수 없

---

[31] John Locke(1632-1704) : 영국의 철학자. 대표작으로 『인간 지식을 위한
에세이』가 있다. 그는 이 책의 3권에서 보르헤스가 말하고 있는 그러한 언
어의 문제를 다루고 있다. 여기서 그는 모든 것들은 각기 독자적인 것이지
만 그것들 각각에 고유한 이름을 부여할 수 없다고 주장한다. 가정은 가능
하지만 그것의 실행이 불가능하고, 오히려 그것이 의사소통을 편리하게 만
들어주는 것이 아니라 오히려 복잡하게 만들기 때문에 불필요하다고 본다.
따라서 로크는 대신 사물에 대한 일반적인 용어의 창출이 언어의 가장 위
대한 속성이라고 주장한다.

으리라는 생각이 들었던 것이다.

내가 언급했던 두 가지 계획(자연수들에 대한 끝없는 용어 창출, 모든 기억의 영상들을 분류해 놓은 쓸모없는 정신적 목록)은 황당무계한 것이기는 하지만 일면 아리송한 위대성을 드러내 보이기도 한다. 그것들은 우리에게 푸네스의 현란한 세계를 조명하거나 추측해 볼 수 있도록 만들어준다. 우리들은 푸네스가 일반적인, 그러니까 플라톤적인 생각들을 할 수 없었다는 사실을 잊지 말아야 한다.[32] 그는 〈개〉라는 종목별 기호가 다양한 크기와 형상들을 가진 상이한 수많은 하나하나의 개들을 포괄한다는 사실을 이해하기가 힘들었다. 또한 그는 (측면에서 보았을 때) 14의 3에 있는 개와 (정면에서 보았을 때) 4의 3에 있는 개가 왜 똑같은 이름을 가져야 하는지 골머리를 앓았다. 그는 거울에 비쳐볼 때마다 다르게 보이는 자신의 얼굴과 손들 때문에 화들짝 놀라곤 했다. 스위프트에 따르면 릴리풋의 황제는 미세한 손의 움직임을 분간할 수 있다고 한다.[33] 푸네스는 쉴새없이 상처의 화농과 이빨이 썩는 것 그리고 피로의 고요한 진행 과정을 분별했다. 그는 죽음이 진척되거나, 습기가 차오르는 하나하나의 과정을 보았다. 그는 다형적이고 순간적이고 그리고 거의

---

32) 플라톤적이라 함은 플라톤이 현실을 우주적 질서의 표현으로 본 반면 아리스토텔레스는 개인적 경험의 부분으로 본 데에서 기인한다. 따라서 플라톤적으로 보면 지식은 많은 사람들이 공유하는 일반성을 띠게 된다. 반면 아리스토텔레스에게 있어서는 개인적 인지의 결과로 나타난다. 이러한 대비를 바탕으로 보르헤스는 푸네스의 그러한 세계를 아리스토텔레스적인 개인적 인지의 영역으로 간주한다.

33) 조나단 스위프트 Jonathan Swift(1667-1745)의 소설 『걸리버 여행기』에는 난장이들의 나라인 〈릴리풋〉이 나온다. 보르헤스는 릴리풋을 통해 푸네스가 가진 정밀한 관찰력을 비유하고 있다.

견딜 수 없을 정도로 정밀한 세계에 대한 고독하고 명증한 관찰자였다. 바빌로니아, 런던, 그리고 뉴욕은 자신들이 가진 잔혹한 현란함을 가지고 인류의 상상력을 압도해 왔다. 사람들이 득실거리는 그곳들의 건물이나, 사람들이 바삐 지나가는 큰길에서는 아무도 남아메리카의 황량한 한 변두리에서 밤낮을 가리지 않고 불행한 이레네오 위로 수렴되는 것과 같은 전혀 지칠 줄 모르는 어떤 현실의 열기나 압박감을 느끼지 않았다. 그는 잠을 자기가 힘들었다. 잠을 잔다는 것은 세상으로부터 마음을 거두어들여 버리는 것과 같다. 간이침대에 등을 누인 채 어둠 속에서 푸네스는 자신을 둘러싸고 있는 정밀하기 그지없는 집들의 틈새와 골격 하나하나를 새겨보고 있었다. (반복해서 말하거니와 그의 기억들 중 가장 사소한 것조차 육체적 즐거움이나 육체적인 고통에 대한 우리들의 지각보다 훨씬 정밀하고, 훨씬 생생하다는 것이다.) 마을의 동쪽, 아직 구획 정리가 되어 있지 않는 지역에 푸네스가 보지 못한 몇 채의 새로운 집들이 있었다. 푸네스는 그것들을 똑같이 어둠으로 만들어진 검고, 아담한 집들로 상상했다. 왜냐하면 그는 그쪽으로 얼굴을 돌려놓고 잠을 자곤 했기 때문이었다. 또한 그는 자신이 늘 물살에 흔들리고 휩쓸려가는 강바닥에 있는 상상을 하곤 했다.

   그는 전혀 힘들이지 않고 영어, 프랑스어, 포르투갈어, 라틴어를 습득했다. 그렇지만 나는 그가 사고를 할 수 있을 것인가 하는 의심이 들곤 했다. 사고를 한다는 것은 차이점을 잊는 것이며, 또한 일반화를 시키고 개념화를 시키는 것이다. 푸네스의 풍요로운 세계에는 단지 거의 즉각적으로 인지되는 세부적인 것들밖에 없었다.

새벽의 주도면밀한 빛이 지상의 정원에 찾아들었다.

그때서야 나는 밤새 내게 말을 했던 목소리의 얼굴을 볼 수 있었다. 이레네오는 열아홉 살이었다. 그는 1868년에 태어났다. 그는 마치 청동상처럼 기념비적이고, 이집트보다 더 오래되고, 예언과 피라미드들보다 앞서 있는 것처럼 보였다. 나는 내가 했던 한마디 한마디가 (내가 했던 몸짓 하나하나가) 그의 완고한 기억 속에 영원히 남아 있으리라는 생각을 했다. 나는 괜스레 쓸데없는 몸짓들을 증식시키고 있는 것은 아닌가 하는 두려움에 까마득한 현기증을 느꼈다.

이레네오 푸네스는 1889년 폐울혈로 죽었다.

칼의 형상

 원한 서린 흉터 하나가 그의 얼굴을 가르고 있었다. 관자놀이에서 시작해 턱의 광대뼈로 이어진 잿빛의, 거의 완벽한 활 모양을 가진 흉터였다. 그의 본명은 중요치 않다. 따꾸아렘보[1]의 모든 사람들은 그를 〈꼴로라다[2]의 영국인〉이라고 지칭했다. 그 지역 들판의 주인이었던 까르도소는 자신의 땅을 팔려고 하지 않았다. 나는 그 영국인이 전혀 예측하지 못한 이야기를 꺼냈다는 말을 들었다. 그가 땅 주인에게 얼굴의 흉터에 얽힌 비밀에 대해 털어놓았던 것이다. 〈영국인〉은 국경지대인 리오 그란데 델 수르[3]에서 왔다. 상당수 사람들이 그가 브라질에서 밀수꾼이

---

1) Tacuaremb : 우루과이의 중앙을 흐르고 있는 강의 이름으로, 또한 지방과 도시의 이름이기도 하다. 남아메리카 원주민들의 언어들 중 하나인 과라니 어로 〈가늘고 긴 골풀〉이라는 뜻을 가지고 있다.
2) Colorada : 따꾸아렘보 지방에 있는 지역의 이름.
3) Río Grande del Sur : 아르헨티나와 우루과이 국경에 인접한 브라질의 주

었다고 말한다. 들판은 잡초들로 무성했다. 웅덩이들의 물은 수질이 형편없었다. 〈영국인〉은 이러한 결함들을 뒤바꿔놓기 위해 자신의 일꾼들처럼 열심히 일을 했다. 사람들은 그가 거의 잔인할 정도로 엄격했지만 세세하도록 공정했던 사람이었다고 말한다. 또한 그는 술고래였다고 한다. 1년에 여러 차례 그는 2층 방에 2, 3일씩 틀어박혔다가 마치 한바탕 전쟁을 치렀거나 빈혈증에 걸린 사람처럼 창백하고, 넋이 나가 보이지만 전처럼 똑같이 위엄 섞인 자태로 나타나곤 했다. 나는 그의 얼음처럼 차가웠던 눈과, 활기에 차 있던 날씬한 체구, 그리고 회색빛 콧수염을 기억한다. 그는 아무와도 교제를 하지 않았다. 사실 그의 스페인어는 초보에 가까운 데다 거기에 브라질식의 포르투갈어까지 뒤섞여 있었다.⁴⁾ 그는 몇 가지 사업상의 편지나 책자 외에는 그 어떤 서신 왕래도 하지 않았다.

나는 최근에 북쪽지방을 지나다가 까라구아따 강⁵⁾의 갑작스런 범람으로 하룻밤을 꼴로라다에서 머물게 되었다. 몇 분도 채 지나지 않아 나는 나의 출현을 별로 달가워하지 않는다는 것을 깨달았다. 나는 그 〈영국인〉의 비위를 맞추려고 시도해 보았다. 나는 인간들이 가진 열정들 중 가장 무딘 열정에 호소를 했다. 애국심. 나는 영국과 같은 정신을 가진 나라는 결코 무너질 수 없는 나라라고 말했다. 청취자는 내 말에 동의했다. 그러나 그는 자신이 영국 사람이 아니라고 말했다. 그는 던거번 출신의 아일랜드 사람이었다.⁶⁾ 이 말을 해놓고 그는 마치 얼떨결에 비

이름.
4) 브라질에서는 스페인어가 아닌 포르투갈어를 쓴다.
5) Caraguat : 앞에서 말한 따꾸아렘보 강의 지류.
6) Dungarven : 아일랜드 워터포드 군에 있는 지역의 이름.

밀을 털어놓은 사람처럼 황급히 입을 다물었다.

저녁식사를 마친 후 우리들은 날씨를 살피려고 밖으로 나왔다. 날은 개었지만 번갯불들이 하늘을 가르며 반짝이고 있는 남녘의 산봉우리들 위에서는 또 다른 폭풍이 꾸물거리고 있었다. 아까 저녁 시중을 들었던 일꾼이 깨끗이 치운 식탁에 럼주 한 병을 대령했다. 우리는 한참 동안 침묵 속에서 술을 마셨다.

나는 내가 취했다는 것을 깨달았을 때가 몇 시였는지 모른다. 나는 불현듯 어떤 생각이 떠올라서 그랬는지, 아니면 객기에 사로잡혀 그랬는지, 아니면 따분해서 그랬는지 나도 모르게 그 상처에 대해 묻고 말았다. 〈영국인〉의 안색이 돌변했다. 순간 나는 그가 나를 자신의 집에서 내몰아버리겠거니 생각했다. 마침내 그가 다시 아까와 같은 원래의 목소리로 입을 열었다.

「한 가지 조건하에서 당신에게 내 흉터에 관한 이야기를 들려 주겠소. 단 한 점의 부끄러운 일이나 수치스러운 정황조차도 미화시키지 않고 말하겠다는 조건하에서 말이오」

나는 동의했다. 이것이 바로 그가 영어와 스페인어, 심지어 포르투갈어까지 뒤섞어가며 내게 들려준 이야기이다.

「1922년경 카노트 지방7)의 한 도시에서 나는 아일랜드의 독립을 위해 반란을 꾸몄던 많은 사람들 중의 하나였소. 우리들 중 어떤 동지들은 계속 애국적인 사업에 몸을 담고 있었지요. 그러나 어떤 사람들은 역설적이게도 〈영국의 깃발〉 아래 바다와 사막에서 전쟁을 치러야 했지요. 가장 고귀했다고 볼 수 있는 그 사람은 새벽의 병영 마당에서 잠에 잔뜩 취한 군인들에 의해 총

---

7) Connacht : 전에는 Connought라고 불렸던 아일랜드 서부에 위치한 지방의 이름.

살을 당했지요. 다른 사람들은(가장 불행했던 사람들은 아니었지만) 내란의 와중에 거의 비밀스럽게 치러졌던 이름없는 전투에서 자신들의 삶을 마감했지요. 우리들은 공화주의자들이었고, 가톨릭교도들이었지요. 확실치는 않지만 우리들은 낭만주의자들이었다고 할 수 있지요. 아일랜드는 우리에게 유토피아적 미래이기는 했지만 반대로 견딜 수 없는 현재이기도 했지요. 그것은 하나의 씁쓰레하면서도 감미로운 신화였고, 원형의 탑들임과 동시에 붉은 빛깔의 늪이었지요.[8] 그것은 파넬의 실각[9]이었고, 그리고 전쟁에서의 영웅들이었고, 또 다른 전생들에서는 물고기들이었고, 산들이었던 황소들을 훔치는 얘기를 담은 거대한 서사시였지요……. 결코 잊지 못할 어느 날 저녁 우리들에게 뮌스터[10]에서 한 동지가 도착했지요. 존 빈센트 문이라는.

그는 겨우 스무 살이 될까 말까한 나이의 청년이었지요. 그는 비쩍 말랐고, 마치 척추가 없는 듯 흐물흐물해 보였지요. 그는 단지 신만이 그 제목을 알 어떤 공산주의 교본을 열정적으로, 그러나 제대로 이해를 하지 못한 채 독파를 했었습니다. 그는 어떤 토론이 벌어지든 간에 변증법적 유물론을 가지고 그것을 해결하려고 했습니다. 어떤 사람을 미워하거나 어떤 사람을 좋

---

8) 원형의 탑이란 감옥을, 핏빛 늪이란 수없이 흘린 피를 가리키는 듯하다.
9) Charles Stewart Parnell(1846-1891) : 아이레의 무장 자치 투쟁의 지도자로 1875년 국회의원에 피선됐고, 반란 혐의로 1881년 구속되었다가 거센 항의성 폭력으로 풀려났다. 파넬의 실각이란 1889년 그의 동지였던 오쉬아가 파넬과 자신의 부인인 키티 사이의 간통 관계를 고소함으로써 야기된 사건으로 이로 인해 파넬은 정치적 영향력을 잃게 되고, 가톨릭교에서는 지도자로서의 그의 위치를 인정하지 않게 되었다.
10) Munster : 아일랜드의 가장 큰 지방의 이름으로 아일랜드 독립 투쟁의 본거지였다.

아하게 되는 이유는 셀 수 없이 많은 법이지요. 문은 세계의 역사를 야비한 경제 투쟁의 역사로 간략화시키곤 했지요. 혁명의 성공은 미리 예정되어 있는 것이라고 그는 단정짓곤 했어요. 나는 그에게 신사는 오직 순수한 동기에만 관심을 갖는다는 말을 했었지요……. 이미 밤이 으슥해 있었지요. 우리는 계속 복도에서, 계단에서, 그리고 텅 빈 거리에서 토론을 벌였지요. 그가 내리는 결론들은 그의 완고하고 카랑카랑한 목소리보다 훨씬 덜 인상적이었지요. 그 새로운 동지는 토론을 벌이지 않았습니다. 그는 경멸감, 그리고 일종의 분노에 사로잡혀 자신의 의견을 그저 마구 내뱉을 뿐이었지요.

우리가 도시 외곽의 한 동네에 이르렀을 때 갑작스러운 총성이 우리를 혼비백산하도록 만들었습니다(그때 대략 우리들은 공장인지 병영인지 모르는 곳의 높은 담을 따라 걷고 있던 중이었지요). 우리들은 포장이 안 된 길로 뛰어들어갔습니다. 체구가 거대한 한 군인이 불이 붙어 있는 한 오두막에서 나오더군요. 그가 우리에게 멈추라고 소리를 질렀어요. 나는 발걸음을 빨리 했지요. 뒤를 돌아보니까 빈센트 문이 공포에 영원히 얼어붙은 듯 꼼짝않고 서 있는 거예요. 그래서 나는 되돌아가 그 군인을 한 방에 때려눕힌 뒤 빈센트 문을 흔들어 깨우고, 그에게 욕을 퍼부으며 나를 따라오라고 윽박질렀지요. 나는 그의 팔을 부축해야 했어요. 마치 공포의 힘이 그를 허수아비로 만들어놓아 버린 것 같았아요. 우리는 화염으로 뒤엉켜 있는 야음 속으로 도주했지요. 사격병들이 우리들의 뒤를 쫓아오더군요. 탄환 한 발이 문의 오른쪽 어깨를 스치고 지나갔지요. 우리가 소나무숲 사이를 타고 도주하는 동안 그는 가냘픈 울음을 터뜨렸어요.

그때가 1922년 가을이었지요. 나는 버클리 장군[11]의 별장 안으로 도망쳐 들어갔지요. 장군은(나로서는 한 번도 본 적이 없는) 그 당시 무슨 임무를 맡고 있었는지 모르지만 뱅갈[12]에 가 있었지요. 100년이 채 못 되었는데 거의 무너지고 망가져가고 있던 그 건물은 혼란스러운 복도들과 쓸모없는 대기실들로 가득 차 있었습니다. 미술관과 거대한 서재가 1층 전체를 독차지하고 있더군요. 그곳에는 물의를 일으켰고, 일견 19세기의 역사 전체를 구성하는 서로 주제가 다른 책들이 가득했습니다. 니샤뿌르[13]의 반월도들도 있었는데 꼼짝 않고 멈춰 있는 그것들의 반원형 칼날은 아직도 전쟁의 바람과 격렬함을 간직하고 있는 것처럼 보였습니다. 우리들은 (그렇게 기억하고 있는데) 뒷문을 통해 안으로 들어갔지요. 입이 바짝 말라 있는 문이 벌벌 떨며 정말 아찔한 밤이었다고 중얼대더군요. 나는 그의 상처를 치료해 주고, 그에게 차 한 잔을 가져다 주었지요. 나는 그의 〈상처〉가 별것이 아님을 알 수 있었지요. 그런데 갑자기 그가 황망한 얼굴로 더듬거리는 것이었어요. 〈당신은 너무 무시무시한 위험을 자초했어요.〉

나는 그에게 걱정하지 말라고 말했지요(내란의 와중에서 그것 외에 내가 할 수 있었던 일이 무엇이었겠어요. 게다가 한 사람의 동지가 잡히게 되면 우리 전체의 비밀이 누출될 위험마저 있

---

11) 다음 문장에 버클리 장군이 뱅갈에 가 있다고 진술하고 있는데 실제로 그 당시 영국군 안에는 뱅갈에 가 있던 그런 장군이 없었다.
12) 인도의 북동지역의 이름. 바로 이곳에 인도가 영국의 식민지였을 당시 대영제국 동인도회사가 설립되었다.
13) 니샤뿌르는 중세 이란의 도시 이름이다. 1221년 몽고의 징기스칸에 의해 점령되기도 했다.

는 상황에서요).

　다음날이 되자 문은 평정을 회복하더군요. 그는 내게서 담배 하나를 받아들고, 엄중히 우리 혁명당의 재정에 관해 문제점들을 제기하기 시작하더군요. 그의 지적들은 아주 명쾌했지요. 나는 (진심으로) 상황이 매우 심각하다고 대답했지요. 그때 사격병들의 요란한 총성들이 남쪽에서 울려퍼졌어요. 나는 문에게 동지들이 우리들을 기다리고 있다고 말했지요. 내 코트와 권총은 내 방에 있었지요. 내가 다시 돌아왔을 때 문은 눈을 감은 채 소파에 누워 있었습니다. 나는 그가 열이 있겠거니 생각했지요. 그의 어깨는 격렬한 경련으로 떨고 있었습니다.
　순간 나는 그가 도저히 치유가 불가능한 겁쟁이라는 것을 깨달았지요. 나는 마지못해 그에게 조심하라고 말하고 혼자 일어섰지요. 겁에 질려 있는 작자는 빈센트 문이 아니라 바로 나 자신인 것 같은 수치감이 들도록 만들더군요. 한 사람이 어떤 일을 했다면 그것은 마치 모든 사람들이 했던 거나 다름이 없는 거지요. 그래서 에덴 동산에서 저질러진 한 차례의 불복종이 인류 전체에 영향을 미치게 된 것은 전혀 부당한 일이 아닌 거지요.[14] 그래서 단 한 사람의 유태인이 십자가에 매달리는 것으로 전인류가 구원받는다는 것 또한 전혀 부당한 일이 아니지요.[15] 그렇게 보면 쇼펜하우어의 말이 일리가 있는 거지요. 나는 다른 사람들이고, 그 어떤 사람도 모든 인간이고, 셰익스피어는 일종의 가련한 존 빈센트 문이다라는.
　장군의 거대한 집에서 우리는 아흐레를 보냈지요. 교전에 따

---

14) 아담의 죄로 인해 인류 모두가 고통을 겪게 된다는 뜻.
15) 예수 혼자 인류 전체의 죄를 대속한다는 뜻.

른 피해와 성과에 대해서는 언급을 하지 않겠습니다. 이 이야기를 하고 있는 목적은 내가 받은 이 상처에 얽힌 일화를 들려주려는 것뿐이니까요. 그 9일에 걸친 나날들은 나의 기억 속에서 마치 단 하루처럼 생각됩니다. 물론 우리 동지들이 병영을 뚫고 들어가 똑같이 엘핀[16]에서 기관총으로 난사당한 16명의 우리 동지들의 복수를 해주었던 마지막에서 두번째 날은 빼고 말입니다. 나는 새벽녘의 어슴프레함을 틈타 집을 빠져나갔지요. 밤이 되자 나는 돌아왔습니다. 나의 동료는 2층에서 나를 기다리고 있더군요. 그는 상처 때문에 1층으로 내려올 수가 없었던 거지요. 나는 그의 손에 마우드[17] 또는 클라우스위츠[18]의 책이 들려 있었던 게 기억납니다. [19] 〈내가 선호하는 무기는 대포지요.〉 어느 날 밤 그가 이렇게 제게 말하더군요. 그는 우리의 계획에 대해 의문을 제기하더군요. 그는 그 계획을 검찰하고 그것에 수정을 가하고 싶어했어요. 또한 그는 자주 〈우리들의 통탄할 경제적 토대〉에 대해 비판을 가하곤 했어요. 그는 교조적이고, 침통한 태도로 우리들의 비참한 종말을 점치곤 했어요. 그가 〈C'est une affaire flambée(다 끝난 일이지요)〉라고 중얼거리더군요. 그는 자신이 육체적으로 겁쟁이라는 것을 호도하기 위해 자신의 정신적 오만함을 과장했지요. 이렇게 해서 좋든 나쁘든 9일이

---

16) Elphin : 아일랜드의 항구 이름.
17) Frederich Natush Maude(1854-1933) : 영국의 군 역사가로 『전략의 발전』 등의 저서를 남겼다.
18) Carl von Clausewitz(1780-1831) : 프러시아의 군 역사가로 『전쟁에 관하여』라는 저서가 있으며, 〈베를린 군 아카데미〉를 창설했다
19) 여기서 모드의 책인지 클라우스위츠의 책인지 모른다는 것은 모드가 클라우스위츠를 번역했기 때문에 그것이 모드의 직접적인 저서인지, 크라우스위츠의 번역서인지 모른다는 뜻이다.

지나갔지요.

10일째가 되던 날 도시는 블랙 앤 탠스[20]의 수중에 들어갔지요. 말등에 높이 올라탄 입을 꼭 다문 기마병들이 거리들을 순찰했지요. 재와 연기가 바람에 흩날리고 있었지요. 나는 거리의 한 모퉁이에 버려져 있는 시체 한 구를 보았지요. 그러나 그것보다는 광장 한가운데서 군인들이 총을 쏘아대고 있던 사격 연습용 꼭두각시가 더욱 강렬한 인상으로 내 기억에 남아 있습니다……. 나는 여명이 아직 하늘에 남아 있던 시간에 집을 나왔었지요. 정오가 되기 전에 저는 집으로 돌아왔지요. 문은 서재에서 누군가와 이야기를 나누고 있더군요. 목소리의 억양으로 보아 그는 전화 통화를 하고 있는 것 같았어요. 그런 다음 나는 그가 나의 이름을 들먹이는 소리를 들었지요. 그리고 이어 내가 6시에 돌아올 것이라고 말하는 소리를 들었지요. 그런 다음 나는 내가 정원을 가로질러 오는 동안 나를 체포하라고 말하는 소리를 들었지요. 나의 합리적인 친구는 합리적으로 나를 팔아먹고 있었던 거지요. 나는 그가 자신의 신변에 대한 보장을 요구하는 소리를 들었지요.

여기서부터 제 얘기는 혼란스러워지고, 종잡을 수 없게 됩니다. 제가 알기로 저는 어둡고 악몽 같은 복도들과, 현기증을 일으키는 깊숙한 층계들을 따라 밀고자의 뒤를 쫓았습니다. 문은 그 집에 대해 잘 알고 있었을 뿐만 아니라 저보다 훨씬 더 많이 알고 있었지요. 한두 차례 나는 그를 놓쳤지요. 나는 군인들이

---

20) Black and Tans : 영국과 아일랜드 간의 내전(1916-1922) 후반기에 영국군에서 차출되어 아일랜드에 파견된 특수부대이다. 이 말은 그들이 입었던 카키 군복 바지와 검정 경찰 상의에서 유래했고, 그들은 잔인성으로 악명이 높았다.

나를 붙들기 전에 그를 구석으로 몰아넣을 수 있었습니다. 나는 장군이 모아놓은 수집품들 중에서 반월도를 뽑아들었지요. 나는 그 반월 모양의 칼날을 가지고 그의 얼굴에 영원히 사라지지 않을 피의 반달을 새겨놓았지요. 보르헤스 씨, 이방인인 당신에게 나는 모든 것을 다 털어놓았소. 이제 당신이 나를 경멸한다 해도 나는 괴롭지 않소」

 여기서 그가 이야기를 멈추었다. 나는 그의 손이 떨고 있는 것을 보았다.

「그래서 문은 어떻게 됐나요?」 나는 물었다.

「유다의 돈을 받은 뒤 브라질로 도망을 쳤지요. 그날 오후 그는 광장에서 주정꾼들에 의해 총살당하는 한 꼭두각시를 보았지요」

 나는 그가 나머지 이야기를 들려주기를 기다렸으나 그는 입을 열지 않았다. 나는 하는 수 없이 계속 이야기를 들려달라고 요청할 수밖에 없었다.

 신음소리 하나가 그의 몸을 꿰뚫고 지나갔다. 그가 아득한 동작으로 희끄므레하고 둥근 흉터 자국을 가리켰다.

「당신은 내 말을 믿지 않는 거지요? ─ 그가 더듬거리며 말했다 ─ 내가 얼굴에 가지고 다니는 이 치욕의 표적이 보이지 않소? 나는 당신으로 하여금 끝까지 이 얘기를 듣도록 하기 위해 그런 식으로 말을 했던 거요. 내가 바로 나를 보호해 주었던 사람을 밀고했던 거요. 내가 바로 빈센트 문이요. 이제 나를 마음껏 경멸하도록 하시오」

배신자와 영웅에 관한 논고

따라서 플라톤적 연도[1]는
되풀이해 옳음과 그름을 선회하고,
여전히 옛것 속을 선회한다.
모든 사람들은 무용수들이고, 그들의 발걸음은
징의 요란한 쨍그렁 소리를 향해 다가간다.

W. B. 예이츠: 『탑』[2]

체스터턴(우아한 탐정소설의 창시자이며 그것을 높은 수준까지 고양시켰던 사람)과 궁정고문이었던 라이프니츠(예정조화설의 창안자)가 한가한 오후들을 보내던 나로 하여금 이 이야기를

---

1) 플라톤적 연도란 플라톤의 대화집 『테마에우스』의 서른아홉번째 문단에 나오는 말이다. 플라톤에 따르면 천체의 운동은 여덟 개의 순회 방식으로 나뉘어 있으며, 그러한 방식에 따라 시간이 측정된다. 이러한 운동 속에서 총체적 시간인 36,000년이 지나면 모든 행성들은 원래 출발했던 제자리로 되돌아오게 된다.
2) 주지하다시피 아일랜드와 아일랜드인에 관한 주제는 보르헤스의 여러 작품에 등장한다. 특히 아일랜드 독립투쟁에 있어 상징적인 인물로 알려진 윌리엄 버틀러 예이츠 William Butler Yeats(1865-1939)는 보르헤스의 소설과 에세이에서 계속 천착되고 있는 주제 중의 하나이다. 그는 많은 시집과 희곡 작품들을 남겼는데 그의 저작들은 대부분이 신화와 역사의 결합 양식을 취하고 있다. 주요 저작으로는 『갈대 속의 바람』, 『탑』 등이 있다. 『탑』은 그의 시선집으로 1928년 발간되었다. 인용되고 있는 부분은 「1919」의 제2

구상하도록 하는 데 중대한 역할을 했다. 나는 그 이야기를 쓰게 될 것이고, 어떤 방식으로 그렇게 하고 있는지도 모른다. 아직 세부 사항이나, 정정, 전체적인 정리 따위가 진척되어 있지는 않다. 심지어 어떻게 쓸 것인가 결정조차 하지 못하고 있는 부분들도 있다. 오늘, 1944년 1월 3일 나는 이 이야기를 다음과 같이 생각해 보려고 한다.

사건은 압제에 시달리고 있지만 끊임없이 저항을 멈추지 않고 있는 한 나라에서 일어난다. 폴란드, 아일랜드, 베니스 공화국, 남아메리카의 어떤 나라, 또는 발칸 반도의 어떤 나라……. 화자가 현대의 시점을 가지고 있기는 하지만 그가 언급하는 사건은 19세기 중엽 또는 초에 일어난 일이다. 우리는 그 장소를 (이야기를 끌어나가기 위한 편의상) 아일랜드라고 하자. 우리 그때를 1824년이라고 하자. 화자는 라이언이라고 불린다. 그는 컬패트릭의 증손자이다. 젊고 미남의 영웅이었던 컬패트릭은 암살당했다. 그의 무덤은 누군가에 의해 몰래 파헤쳐졌다. 그의 이름은 브라우닝과 빅토르 위고의 시를 빛나게 해준다. 그의 동상은 불그스레한 늪지의 한가운데에 있는 언덕을 점령하고 있다. [3]

편에 나오는 것으로서 1919년 영국 진압군 블랙 앤 탠스(「칼의 형상」의 역주 20번 참조)의 만행을 고발하기 위해 쓴 것이다. 여기서 예이츠는 모든 역사는 다시 되풀이된다는 플라톤적 연도의 사색을 빌려 역사의 문제를 다루고 있다.

3) 이 부분에 대한 해석은 많은 문제점을 유발할 수 있다. 먼저 퍼거스 컬패트릭이라는 인물에 관한 것으로 그가 허구적 인물이라는 사실에 있다. 에블린 피쉬번에 의하면 퍼거스라는 이름은 셀틱의 설화에 나오는 여러 영웅들의 이름이며, 컬패트릭은 성인 패트릭이 태어난 곳으로 알려진 스코틀랜드의 한 마을 이름이다(『보르헤스 사전』 132쪽). 이는 개연적이기는 하지만 아일랜드와 스코틀랜드를 포함하고 있는 영국과의 대비를 비유하고 있는지도 모른다.

컬패트릭은 반란 음모가들의 베일에 휩싸인 영광스러운 대장이었다. 컬패트릭은 모압의 땅에서 멀리 바라보기만 했을 뿐 결코 약속된 땅을 밟아보지 못했던 모세처럼[4] 미리 계획하고 꿈꾸었던 혁명이 성공하기 전날 밤 목숨을 잃었다. 그의 죽음 100주년이 가까워오고 있다. 그 범죄의 자초지종은 아직도 수수께끼로 남아 있다. 그 영웅의 전기 편찬에 종사하고 있던 라이언은 그 수수께끼가 단순한 경찰의 범죄 수사적 관점을 넘어서는 어떤 면모를 가지고 있음을 발견한다. 컬패트릭은 한 극장에서 암살당했다. 영국의 경찰은 끝끝내 암살자를 찾아내지 못했다. 역

또한 피쉬번은 배신자였으며 영웅이었던 퍼거스 컬패트릭을 셀틱의 설화에 등장하는 퍼거스 맥 로히와 비교한다. 여기서 퍼거스 맥 로히는 얼스터와 카노트 사이에 벌어진 전쟁에서 자신의 아들과 싸우게 되는 비극을 경험한다.
　　컬패트릭이 브라우닝Robert Browning(1812-1889)과 빅토르 위고Victor Marie Hugo(1802-1885)의 시들을 빛내준다는 것은 컬패트릭의 삶과 그들의 시 사이에 어떤 관계가 있음을 말한다. 그러나 실제로 보르헤스의 이러한 언명에도 불구하고 브라우닝과 위고의 시 속에 앞으로 전개될 컬패트릭에 얽힌 사건을 조명해 주는 그런 시들은 없다. 아마 보르헤스가 이들 이름을 언급한 것은 브라우닝과 위고가 똑같이 역사적 낭만주의의 관점에서 역사적 사건을, 그것도 전제군주와 반란이라는 시점을 가진 많은 작품들을 썼다는 데에 기인한 것 같다.

4) 모압은 현재 요르단 강 동쪽에 위치하고 있는 구약성서에 나오는 지역의 이름이다. 모세가 약속된 땅에 들어가지 못하고 이 모압의 땅에 머무르게 된 것은 그가 이스라엘의 신 야훼의 명령을 어겼기 때문이다. 모세와 그의 형제 아론이 애굽에서 탈출한 백성들을 데리고 한 광야에 들어가게 된다. 그곳에서 물을 발견하지 못하자 백성들이 모세와 아론에게 불평을 하게 되고, 둘은 기도를 올린다. 야훼는 둘에게 백성들을 한 광야의 반석 앞에 모이게 하고 자신의 이름(야훼)을 들어 반석으로 하여금 물을 내게 해 자신의 이름을 찬양토록 하라고 명령을 내린다. 그러나 모세와 아론은 분노한 백성들 앞에서 자신들이 기적을 행할 수 있다는 것을 보여주려고 야훼의 이름 대신 지팡이로 반석을 두 번 두들겨 물을 나오게 한다. 이에 진노한 야훼는 모세와 아론으로 하여금 약속된 땅에 들어가지 못하도록 하는 벌을 내린다. (『민수기』20장 1-13절.)

사가들은 경찰이 그를 살해했는지도 모르기 때문에 범인을 잡지 못한 게 그들의 명성을 해치는 것은 아니라고 말한다. 라이언은 암살의 다른 정황들 때문에 의구심을 갖게 된다. 그것들은 순환적인 성격을 가지고 있다. 그것들은 멀리 떨어져 있는 지역과 까마득한 옛날에 일어났던 사건들을 반복하고 있거나, 그것들과 뒤섞여 있다. 경찰들이 그 영웅의 몸을 뒤졌을 때 봉함된 편지 한 통을 발견했다는 사실을 모르는 사람은 아무도 없다. 그 편지에는 그날 밤 그 극장에 가게 되면 봉착하게 될 위험에 대해 경고하고 있었다. 줄리어스 시저 또한 자신의 친구들이 비수를 움켜쥐고 자신을 기다리고 있던 장소로 가던 도중 결코 펼쳐보지 않았던 한 통의 편지를 받았다. 그 편지에는 배신자들의 이름과 함께 반란에 관한 음모가 폭로되어 있었다. 시저의 아내 칼푸르니아는 꿈에서 로마 상원이 자신의 남편에게 헌정한 탑이 무너지는 것을 보았다.[5] 컬패트릭이 죽기 전날 밤, 킬거번의 원형탑이 불탔다는 허황되고 출처를 알 수 없는 소문이 도시 전체에 널리 퍼졌다. 그는 킬거번[6]에서 태어났기 때문에 그것은 하나의 전조로 간주될 수 있었다. 시저의 이야기와 아일랜드인 반

---

5) 이 부분은 셰익스피어의 극 『줄리어스 시저』를 보르헤스가 간접 인용한 것이다. 이 작품에서 보면 그의 세번째 부인인 칼푸르니아가 악몽을 꾼 뒤 시저에게 상원에 출두하지 말라고 한다. 시저의 부인은 그의 동상이 분수처럼 피를 뿜고, 로마 사람들이 그것으로 손을 씻는 꿈을 꾸었던 것이다. 그러나 시저는 부인의 말을 듣지 않고 상원에 출두했고 살해당한다. 또한 아르테미도루스가 시저에게 살해 음모 및 그것에 가담한 사람들의 명단을 적은 청원서를 올리나 시저는 끝내 그것을 읽지 않는다.
 여기서 상원이 시저에게 탑을 헌정했다는 것은 처음에 상원이 그에게 독재를 할 수 있는 집정관의 권한을 부여했음을 뜻한다.
6) Kilgarvan : 아일랜드에 있는 마을의 이름. 물론 이 지역에 원형탑은 없는 것으로 알려지고 있다.

란 음모 이야기 사이의 이러한 유사성은 (그리고 또 다른 유사성들은) 라이언으로 하여금 시간의 비밀스러운 형상에 대해 생각해 보도록 만든다. 끝없이 되풀이되는 선들의 그림. 그는 꽁도르세가 주창했던 10단계의 역사관과[7] 헤겔, 슈펭글러 그리고 비꼬의 형태학[8] 그리고 헤시오도스가 묘사한, 금으로부터 철로 전락한 인류에 대해 생각한다.[9] 그는 셀틱 문학을 공포로 가득 차

---

7) 꽁도르세 Jean Antoine Nicolas de Caritat Condorcet(1743-1794) : 프랑스의 철학자로서 저작 『인간정신 발전의 역사적 모습에 관한 묘사』에서 소위 역사 발전 10단계설을 주장한다. 그에 따르면 계몽시대에 이르러 인류는 완벽한 야만성으로부터 시작한 발전의 9단계에 진입했고, 그러한 발전은 계몽시대가 충분히 진척되는 10단계에 이르러 완성될 것으로 본다. 여기서 보르헤스의 의도는 꽁도르세가 그러한 10단계의 과정에서 어떤 특별한 현상들이 되풀이되어 나타난다고 했던 사실을 상기시키고자 함이다. 즉 시저와 컬패트릭 사이의 유사성을 암시하기 위해서이다.

8) 헤겔 Georg Wilhelm Fredrich Hegel(1770-1831)의 경우는 역사가 변증법적 발전을 통해 완성에 이른다는 그의 역사관을 가리키고 있다. 슈펭글러 Oswald Spengler(1880-1936)는 독일의 철학자로 역사를 끝없는 순환의 연속으로 보았다. 비꼬 Giambattista Vico(1668-1744)는 현대 구조주의 탄생의 중요한 원천으로 여겨지는 이탈리아의 철학자, 역사가로서 슈펭글러와 마찬가지로 인류 역사를 순환적인 것으로 보았다.
  보르헤스가 이들의 이름을 든 것은 역시 꽁도르세와 마찬가지로 이들이 똑같이 역사를 단선적으로 보지 않고 끊임없이 순환하고 있다고 본 데에 기인한 듯하다. 이 순환의 개념 속에는 유사한 사건이 되풀이된다는 전제가 내포되어 있다. 물론 헤겔의 경우 이러한 순환성이 신의 의지, 또는 인류의 완성이라는 목적론적 사고를 지향하고 있지만 그것의 단계적 과정들이 정 thesis, 반 anthesis, 합 synthesis의 계속되는 순환성을 띠고 있다는 점에서 다른 형태의 순환성을 엿볼 수 있다.

9) 그리스의 서사시인 헤시오도스(기원전 7세기경)는 『신의 계보』, 『일과 낮』, 『헤라클레스의 방패』 등과 같은 작품에서 그리스 신화를 다루면서 인류의 발생과 그 진행 과정을 보여준다. 그에 따르면 인류는 5단계로 나뉘어 잔존해 왔다. 첫 단계는 금의 시대로 일을 할 필요도 없고, 아내도 자식도 없고, 예술도 없으며 필요한 것은 땅이 다 제공해 주는 시대이다. 두번째 단계는 은의 시대로 여자가 도착하고 서로간에 싸우고 신에 대해 무지하지만

게 만들고, 시저가 바로 영국의 드루이드[10] 사람들로부터 유래한다는 영혼 윤회설에 대해 생각한다. 그는 퍼거스 컬패트릭이 퍼거스 컬패트릭이기 이전에 줄리어스 시저가 아니었는가 하고 생각한다. 이러한 어지러운 미로로부터 그를 구원해 준 것은 하나의 흥미로운 발견 덕분이다. 그러나 그 발견은 곧 그를 더욱 설명할 길 없고 기이한 미로들의 심연 속으로 빠뜨린다. 퍼거스 컬패트릭이 죽던 날 그가 한 거지와 나누었던 몇 마디 말은 이미 셰익스피어에 의해 그의 비극 「맥베드」에 예시되어 있다.[11] 역사가 역사를 복사한다는 것은 이제 더 이상 놀랄 만한 것이 아니다……. 라이언은 영웅의 가장 오래된 동지였던 제임스 알렉산더 놀란이 1814년 셰익스피어의 주요 저작들을 게일어[12]로

아직은 행복한 시대이다. 세번째 단계는 청동의 시대로 인간이 고기를 먹게 되고 항상 서로 싸우게 되는 시대이다. 네번째 단계는 영웅의 시대로 〈트로이 전쟁의 영웅들〉과 〈테베의 일곱 영웅들〉처럼 영웅들이 활약하는 시대이다. 마지막 시대는 철의 시대로 살인, 폭력 등과 같은 죄악으로 가득 차고 모든 진실과 명예가 사라진 시대이다.
보르헤스가 말하는 금에서 철로 전락한 헤시오도스의 인류라고 한 것은 바로 이러한 과정을 거쳐 마지막 단계에 이른 인류를 가리킨다. 그러나 본문의 내용과 관련지어 보르헤스가 이러한 인류 전개상을 언급한 것은 이러한 단계를 거치면서 드러나는 인류 역사의 순환성을 지적하기 위함이다.

10) 로마제국에 귀속되어 기독교로 개종하기 전 갈리아 지방(현재의 이탈리아 북부, 프랑스, 벨기에 등지)과 영국에 살았던 고대 셀트 족의 지도자들로 종교 행사와 재판을 관장했다. 이들은 시저의 『주석서』에도 자세하게 묘사되어 있다. 따라서 여기에서 가리키고 있는 드루이드는 현재 영국 땅에서 살았던 셀트 족 드루이드를 가리킨다.
셀트 족의 문학에는 이들 드루이드에 관한 이야기가 자주 등장하는데 그들의 종교관의 핵심은 영혼 윤회설이었다.

11) 여기서도 「줄리어스 시저」의 경우와 마찬가지로 맥베드의 죽음을 경고하는 대목이 「맥베드」에 나옴을 암시하고 있다.

12) 스코틀랜드 고지 주민의 언어.

번역했다는 것을 알아낸다. 그 중에는『줄리어스 시저』또한 포함되어 있다. 그는 또한 문서 보관소에서 스위스의 축제극에 관해 쓴 놀란의 원고 한 편을 발견한다. 그것은 수천 명의 배우들이 동원되고, 역사적 일화들이 발생한 바로 그 도시들과 산에서 공연되는 대규모의 순회극이다. 그는 공개되지 않는 또 다른 문서를 통해 죽기 2, 3일 전 컬패트릭이 마지막 회합을 주재하면서 한 배신자를 처형하도록 서명했다는 것을 알게 된다. 그러나 그 이름은 그 문서에서 지워지고 없다. 이러한 판결은 컬패트릭의 자비로운 성격과 일치하지 않는다. 라이언은 이 사건을 파헤쳐 들어가고(이 조사 내용이 나의 이 이야기 구성에서 빠져 있는 부분 중의 하나이다), 수수께끼를 푸는 열쇠를 발견한다.

컬패트릭은 한 극장에서 살해당했다. 그러나 또한 도시 전체가 하나의 극장이었고, 배우들은 모든 시민들이었다. 그리고 그의 죽음으로 절정에 이르렀던 연극은 며칠 낮과 밤 동안 계속되었다. 사건은 다음과 같이 일어났다.

1824년 8월 2일 음모자들이 모였다. 나라 안은 이미 반란의 분위기가 무르익어 가고 있었다. 그럼에도 불구하고 항상 무엇인가가 실패로 돌아가곤 했다. 조직 안에 배반자가 있는 게 틀림없었다. 퍼거스 컬패트릭은 이미 제임스 놀란에게 배신자를 색출하라는 지시를 내렸었다. 놀란이 자신의 의무를 수행했다. 그는 바로 그날의 회합에서 배신자가 바로 컬패트릭임을 밝혔다. 그는 부정할 수 없는 증거들을 가지고 자신의 고발을 입증했다. 음모자들은 자신의 우두머리에게 처형의 판결을 내렸다. 컬패트릭은 몸소 자신에 대한 판결문에 서명을 했다. 그러면서도 그는 자신에 대한 처벌이 조국에 누가 되지 않도록 해달라고 청했다.
 그때 놀란에게 기묘한 계책이 떠올랐다. 아일랜드는 컬패트릭을 우상처럼 떠받들고 있었다. 그가 수치스러운 행위를 저질렀다는 게 조금이라도 알려지는 날이면 반란은 수포로 돌아갈 위험이 있었다. 놀란은 배신자의 처형을 조국의 해방을 위한 계기로 삼을 수 있는 하나의 계략을 제안했다. 그는 사형 선고를 받은 죄인이 미리 짜놓은 극적인 상황 속에서 미지의 암살자 손에 죽도록 하면 어떻겠느냐는 것이었다. 그렇게 되면 그 사건은 사람들의 뇌리에 깊게 새겨질 것이고, 그로 인해 반란은 보다 급속하게 전개될 게 아니냐는. 컬패트릭은 그 계획에 자신도 동참하겠다고 자청했다. 그렇게 함으로써 그는 속죄의 기회를 얻고, 자신의 죽음의 마지막을 화려하게 장식할 수 있을 것이었다.
 시간에 쫓기고 있었기 때문에 놀란은 그 복잡한 처형에 관한 독창적인 방식을 고안해 내지는 못했다. 그는 자신들의 적인 영국 희곡작가 윌리엄 셰익스피어를 표절하지 않으면 안 되었다. 그는 「멕베드」와 「줄리어스 시저」의 장면들을 차용했다. 공개적이면서도 베일에 감춰진 그 공연은 여러 날에 걸쳐 행해졌다. 죄수는 더블린[13]시로 들어갔고, 토론을 벌였고, 연기를 했고, 기도를 했고, 훈계를 했고, 비장한 언어들을 내뱉았다. 그의 영광을 반추할 이러한 모든 연기들은 놀란에 의해 미리 짜맞춰져 있던 것이었다. 수백 명의 배우들이 주인공과 함께 합작 공연을 했다. 어떤 사람들의 배역은 복합적이었다. 다른 사람들의 배역은 잠깐 나오는 엑스트라에 불과했다. 그들의 대사와 연기는 역사책들, 아일랜드의 꺼지지 않는 기억 속에서 사라지지 않을 것

---

13) 아일랜드의 수도.

이었다. 자신을 구원해 줌과 동시에 자신을 죽음으로 몰아갔던 그 세세하게 계획된 운명에 휩쓸려 들어간 컬패트릭은 즉흥적인 연기와 대사들로 재판관이 작성한 대본을 보다 풍요롭게 만들어 주었다. 그렇게 해서 1824년 8월 6일이 되기를 기다려왔던 수많은 배우들이 등장한 그 연극은 제때에 링컨이 앉게 될 그 좌석을 연상케 하는 간막이 좌석에서 막을 올렸다.[14] 탄환 하나가 오랫동안 애타게 그리워하던 배신자-영웅의 가슴에 박혔다. 두 종류의 피를 쏟아내던 그는[15] 미리 입을 맞춰놓았던 몇 마디 말조차 내뱉지 못했다.

놀란의 작품에서 가장 덜 극적인 장면들은 셰익스피어를 모방했던 부분들이다. 작가가 그것을 끼워놓은 이유는 그것을 통해 미래에 어떤 사람이 진실을 깨닫도록 하기 위해서였을 거라고 라이언은 추정한다. 그는 자신도 놀란의 음모에 한 부분을 이루고 있음을 깨닫는다……. 그는 여러 차례 심사숙고를 한 끝에 자신의 발견에 대해 입을 다물기로 마음먹는다. 그는 그 영광스러운 영웅에게 바치는 책을 한 권 출판한다. 그러나 이것 또한 미리 예견되어 있었는지 어떻게 장담할 수 있을까.

---

14) 링컨은 1865년에 역시 한 극장의 칸막이 좌석에서 연극을 관람하다 잔 월크스 부스의 총에 맞아 사망했다. 따라서 양자의 유사성을 강조하기 위해 비유로 쓴 것이다.
15) 구원과 사망의 피를 뜻함.

죽음과 나침반

만디에 몰리나 베디아에게[1]

뢴로트[2]의 무모한 통찰력을 단련시켰던 많은 문제들 중, 유카리나무들의 끝없는 향기 속에 묻혀 있는 별장 뜨리스떼 레 로이[3]에서 절정에 이르렀던 그 주기적인 피비린내 나는 사건들처럼 기이한 —— 우리 아주 엄중하도록 기이하다고 말하자 —— 것은 없었다. 사실 에릭 뢴로트는 마지막 범죄를 막는 데 성공하지

---

1) Mandie Molina Vedia : 보르헤스의 친구로 만디에는 아만다 Amanda의 애칭이다.
2) Erik Lônnrot : 에릭 뢴로트는 허구의 인물이다. 피쉬번은 이 인물이 가진 상징성을 다음과 같이 말한다. 이것은 「죽음과 나침반」에 나오는 〈빨간색 redness〉의 주제를 강조해 주는 허구적 이름이다. 에릭은 『에릭 설화』에 모험담이 전해 내려오고 있는 10세기 노르웨이의 탐험가 〈에릭 레드 Erik Red〉와 연결된다. 뢴로트는 근대 핀란드 문학 창시자의 한 사람인 엘리아스 뢴로트 Elias Lônnrot와 연결된다. (피쉬번의 전기한 책, 144쪽.)
3) Triste-le-Roy : 앞의 서문에서 밝힌 대로 보르헤스가 이 단편을 바치고 있는 만디에 몰리나 베디아가 자신의 벽에 걸어놓은 상상의 지도에 표시되어 있는 상상의 별장 이름.

못했다. 그러나 그가 그것을 예견했다는 것에 대해서는 논란의 여지가 없다. 그는 또한 야르몰린스키를 죽인 불행한 살인자의 정체를 알아내지 못했다. 그러나 사악한 일련의 범죄들 속에 감춰진 비밀스러운 문자들과, 그것에 레드 샤를라흐[4]가 개입해 있다는 것은 알아냈다. 레드 샤를라흐의 또 다른 별명은 〈신사 샤를라흐〉였다. 이 범죄자는 (다른 많은 범죄자들과 마찬가지로) 자신의 명예를 걸고 뢴로트를 죽이겠다고 공공연히 선언하고 다녔다. 그러나 뢴로트는 그것에 대해 전혀 겁을 집어먹지 않았다. 뢴로트는 스스로를 일종의 오귀스뜨 뒤빵[5] 같은 아주 이성적인 사람으로 믿고 있었다. 그러나 그에게는 일종의 모험가적인 측면과 함께 도박가적인 기질조차 숨겨져 있었다.

　첫번째 범죄는 〈호텔 뒤 노르〉[6]에서 일어났다. 호텔의 높은 첨탑은 사막 빛깔의 물이 흐르고 있는 강의 하구를 장엄하게 내려다보고 있었다. 그 첨탑은 절묘하게 한 병원의 증오스러운 흰 빛깔, 줄줄이 늘어서 있는 유치장의 감방들, 그리고 그런 장소 특유의 모양을 가진 어떤 매음굴을 하나의 풍경으로 융합해 주고 있었다. 바로 그 첨탑으로 제3차 탈무드[7] 회의 참석차 포돌스크[8]에서 파견된 대표 마르셀 야르몰린스키 박사가 왔다. 그는

---

4) 샤를라흐 Scharlach는 독일어로 〈주홍〉, 레드 Red는 영어로 〈붉은〉이라는 형용사이다.
5) 에드거 앨런 포의 여러 작품에 등장하는 탐정으로 뛰어난 분석 능력과 이성적인 판단을 가진 탐정의 대명사로 간주된다. 그가 등장하는 작품으로는 「모르그 가의 살인」, 「마리 로제의 미스터리」 등이 있다.
6) Hotel du Nord라는 호텔은 허구적 이름이나 부에노스 아이레스의 특급호텔 중 하나로 알려진 플라자 호텔 Plaza Hotel을 가리킨다고 알려져 있다.
7) 탈무드는 주로 1-3세기경에 유태의 종교적(율법), 문학적(신화) 구전을 집대성해 놓은 것으로 주석이 달려 있다.

회색빛 구레나룻을 기르고 있었고, 역시 회색빛 눈을 가지고 있었다. 우리는 결코 그가 〈호텔 뒤 노르〉를 마음에 들어했었는지 알 길이 없다. 그는 그 호텔을 3년에 걸친 카르파티안 산맥에서의 전쟁[9]과, 3천 년에 걸친 박해와 유태인 학살[10]을 견디게 했던 그 오래된 체념 속에서 받아들였다. 그에게는 R층의 한 방이 주어졌다. 그의 방 건너편 특실에는 호사스러운 갈리리의 영주[11]가 들어 있었다. 저녁식사를 마친 야르몰린스키는 처음 와 본 도시의 관광은 다음날로 미루기로 했다. 그는 자신의 많은 저서들과 몇 벌의 옷가지들을 벽 선반에 가지런히 정돈을 해놓은 뒤 자정이 되기 전 방의 불을 껐다(바로 옆방에서 묵고 있던 영주의 운전사가 그렇게 증언했다). 다음날인 4일 11시 3분 《이디쉬 자이퉁》지[12]의 편집장이 그에게 전화를 걸었다. 야르몰린

---

8) 폴란드의 남동쪽에 자리잡고 있는 지역의 이름이다. 이곳은 나라를 잃고 세계 각처에 흩어져 살고 있던 유태인들이 밀집해 있던 지역 중의 하나이다. 이곳이 유태인들의 역사에서 중요한 의미를 가지게 된 것은 이곳이 여러 유태 정신 운동의 중심지였기 때문이다. 이곳에서 16세기에 바로 샤베타이 스비라는 거짓 메시아 물결이 일어났고, 또한 이곳은 18세기에 폴란드 유태인들을 중심으로 급속도로 퍼져나갔던 하시딤 교파의 원천지였다. 하시딤 교파는 발 솀 토브가 창시자로서 율법주의와 형식적인 제례에 반한 대중적인 종교성과 믿음 자체에 중점을 두었다.
9) 카르파티안 Catpathian은 중부 유럽에 있는 산맥의 이름이다. 역사적으로 이 지역은 유태인 학살 사건이 아주 많이 목격된 지역이다. 여기서 3년간의 전쟁이란 확실하게 드러나는 사건이 아닌 유태인 학살에 대한 상징이다.
10) 바빌론의 침입으로 유태인들이 거주지를 잃고 떠돌게 된 디아스포라부터 현재까지의 3천 년을 가리킨다. 그 사건 이후 유태인들은 사방에 흩어져 살게 되었고, 끊임없는 박해와 학살을 감수해야 했다.
11) 이 작품의 무대가 되는 시기에 소위 갈릴리의 영주, 또는 소왕은 없었다. 이 제도는 로마 치하의 유대 당시에 있었던 것으로 대표적인 갈릴리의 영주로는 세례 요한의 목을 베었던 헤롯이 있다.
12) *Yidische Zaitung* : 1914년 발간된 아르헨티나 최초의 유태인 신문. 물론

스키 박사는 전화를 받지 않았다. 그는 그의 방에서 발견되었고, 그의 얼굴은 이미 약간 거무튀튀하게 변해 있었고, 거의 벌거벗은 그의 몸뚱이는 구식 망토에 덮여 있었다. 그는 복도로 나 있는 문에서 멀지 않는 곳에 뉘어 있었다. 깊은 칼 자국이 그의 가슴을 가르고 있었다. 몇 시간 후 같은 방에서는 기자들, 사진사들, 경찰들, 형사 트레비라누스와 뢴로트가 목소리를 낮춰 사건에 대한 숙의를 하고 있었다.

「우린 지금 세 발 달린 고양이를 찾아야 할 필요는 없네 —— 트레비라누스가 거대한 시가를 휘두르며 말했다 ——. 세상 모든 사람들은 갈릴리의 영주가 세상에서 가장 값비싼 사파이어를 가지고 있다는 것을 알고 있네. 누군가가 그것을 훔치기 위해 실수로 이 방에 들어왔었을 것이네. 야르몰린스키가 일어났고, 도둑은 그를 죽일 수밖에 없었을 것이네. 자네 생각은 어떤가?」

「가능은 하지만 흥미로운 것 같지는 않습니다 —— 뢴로트가 말을 받았다 ——. 트레비라누스 형사님께서는 아마 현실이란 게 조금도 흥미로워야 할 필요가 없다고 말씀하시겠지요. 그러나 저는 형사님께 현실은 구태여 흥미로워야 할 필요가 없지만 가정은 그래서는 안 된다고 말씀드리고 싶습니다. 형사님께서 제시하신 그 가정에는 지나치게 많은 우연이 게재되어 있습니다. 여기 한 죽은 랍비[13]가 있습니다. 저는 한 상상의 도둑이 저지르게 된 상상의 불운이 아닌 순전히 랍비적인 설명을 선호하고 싶습니다」

이것은 야르몰린스키가 실존 인물이 아니기 때문에 이 신문의 편집장이 그에게 전화를 했다는 것은 가짜 사실주의에 속한다.
13) 유태인 율법학자를 가리키는 말.

트레비라누스가 불쾌한 얼굴로 대꾸했다.

「나는 랍비적인 설명 같은 것에는 관심이 없어. 내가 관심을 갖고 있는 것은 이 낯선 자를 칼로 찌른 범인의 체포에 있어」

「그렇게 아주 낯선 사람만은 아닙니다」

뢴로트가 정정했다.

「여기 그의 모든 저작들이 있습니다」

뢴로트가 벽 선반에 꽂혀 있는 일련의 길쭉한 책들을 가리켰다. 『카발라[14]에 대한 해명』, 『로버트 풀러드[15]의 철학에 관한 연구』, 『세퍼 예지라』[16] 직역본, 『발 솀[17]의 전기』, 『하시딤 교파[18]의 역사』, 『테트라그라마톤』[19]에 관한 (독일어로 된) 논문책자, 그리고 『모세 오경』[20]의 신성한 단어들에 대한 또 다른 소논문 책자였다. 트레비라누스는 공포와 거의 혐오감이 깃든 얼

---

14) 유태의 신비주의. 「알모따심에로의 접근」 역주 47번 참조.

15) Robert Fludd(1574-1637) : 영국의 의사이자 신비주의자로 의학과 심령치료 요법의 접합을 시도했다. 그는 유태의 카발라 신비주의 영향을 깊게 받았다. 그는 우주가 신, 세계, 인간이라는 세 단위로 구성되어 있고, 이들 3자는 상호 연계되어 있다고 보았다.

16) Sepher Yezira : 히브리어에서 sepher는 〈책〉을, yezirah는 〈창조〉를 뜻한다. 이 책은 3-6세기경에 씌어진 것으로 창조의 과정에 대해 설명하고 있다.

17) Baal Shem : 히브리어로 Baal은 〈주인〉, Shem은 〈이름〉을 가리킨다. 따라서 발 솀이란 〈신성한 이름의 주인〉이라는 뜻이다. 이 이름은 폴란드에서 일어난 유태인 교파 하시디즘의 창시자 이스라엘 벤 엘리에제 Israel ben Eliezer(1700-1760)에게 붙여진 이름이다. 그는 발 솀 톱 Baal Shem Tov으로 불렸다.

18) 하시디즘, 또는 하시딤 교파는 앞의 역주 8번 참조.

19) Tetragrammaton : 희랍어로 tettra는 〈넷〉을, grammaton은 〈글자〉를 의미한다. 여기서 네 글자란 헤브리어에서의 J H V H, 즉 야훼(개신교에서는 여호와)를 가리킨다. 말하자면 이것은 신의 이름인 것이다.

20) 모세가 쓴 것으로 되어 있는 구약성경의 첫 다섯 책들인 『창세기』, 『출애굽기』, 『레위기』, 『민수기』, 『신명기』를 가리킨다.

굴로 그것들을 바라보았다. 그런 다음 그가 웃음을 터뜨렸다.
「나는 가련한 기독교인일 따름이네 — 그가 대꾸했다 —. 원한다면 이 모든 종잇조각들은 가져가도 좋네. 나는 유태인들의 미신에 빼앗길 그런 한가한 시간이 없는 사람이니까」
「아마 이 범죄는 유태 미신의 역사와 관계가 있을지도 모르지요」 뢴로트가 중얼거렸다.
「마치 기독교와 관련이 있을지도 모르는 것처럼 말이에요」
《이디쉬 자이퉁》지의 편집장이 감히 참견하고 나섰다. 그는 근시안에 무신론자이며 몹시 수줍어하는 사람이었다.
아무도 그의 말에 대꾸하지 않았다. 경찰관들 중의 한 사람이 조그마한 타자기에서 다음과 같은 채 끝맺지 않은 문장이 적혀 있는 종이 한 장을 발견했다.

〈이름〉[21]의 첫번째 글자가 발음되었다.

뢴로트는 지그시 미소를 억눌렀다. 순식간에 서적수집가, 또는 히브리학자가 된 그는 고인의 책들을 묶도록 시켰고, 그것들을 자신의 아파트로 가져갔다. 그는 수사에는 관심없이 그 책들을 읽는 일에 몰두했다. 그는 한 대형 8절판 책에서 〈경건파〉[22]의 창시자인 이스라엘 발 솀 톱[23]의 가르침들을 발견했다. 또다른 책은 발음해서는 안 되는 신의 이름인 〈테트라그라마톤〉[24]

21) 여기서 〈이름〉은 대문자로 씌어 있기 때문에 신의 이름을 가리킨다.
22) 하시딤 교파의 또 다른 이름.
23) 앞에서 말한 하시딤 교파의 창시자의 원 이름 이스라엘 벤 엘리제와 그의 또 다른 이름 발 솀 톱을 교합해 이스라엘 발 솀 톱이라 부른 것이다.
24) 원래 유대의 전통에서 〈야훼〉를 뜻하는 테트라그라마톤은 고위 성직자들

의 덕성과 공포에 대해 들려주고 있었다. 또 다른 책은 신이 비밀의 이름을 가지고 있다는 주제를 담고 있었다. 그 비밀의 이름 속에는 마치 페르시아인들이 마케도니아의 알렉산더로부터 유래했다고 보았던 둥그런 유리 상자처럼[25] 세계의 모든 것들이 축약되어 있었다. 신의 여덟번째 속성은 영원성이었다 — 말하자면 우주가 미래에 어떻게 될 것이고, 현재 어떠하고, 과거에 어떠했는지에 대한 즉각적인 지식 말이다. 전통적으로 신의 이름은 99개가 있다. 히브리 학자들은 그 숫자가 불완전한 99개인 까닭을 짝수에 대한 환각적인 두려움 탓으로 돌렸다. 하시딤 교파는 그러한 부족함이 바로 신의 100번째 이름이 있어야 함을 거꾸로 증명하고 있다고 주장한다 — 〈절대적 이름〉.

그는 며칠 후 《이디쉬 자이퉁》지 편집장이 찾아왔기 때문에 그러한 학문의 세계로부터 빠져나와야 했다. 편집장은 살인에 관한 얘기를 하고 싶어했다. 뢴로트는 신의 다양한 이름들에 관해 이야기하기를 원했다. 편집장은 에릭 뢴로트 탐정이 살인자

을 빼놓고는 발음해서는 안 되는 신성하고 무서운 이름이었다.

25) 여기서 알렉산더의 둥그런 유리 상자란 아마 그에 얽힌 설화들에서 비롯된 것 같다. 알렉산더는 동서의 거의 모든 왕국을 정복했고, 그에 따라 많은 국가들이 알렉산더에 대한 설화들을 소지하고 있다. 그에 관한 한 설화에 보면 알렉산더는 지상의 모든 땅들을 점령하고, 공중까지 점령한다. 그를 위해 그는 마술 유리 상자를 얻게 되고, 그것을 타고 공중을 날아다니며 한 마녀의 도움을 얻어 새들의 언어를 습득한 뒤 새들을 정복한다.

또 다른 상징적 예는 페르시아에서의 알렉산더에 관한 설화에서 발견된다. 알렉산더의 페르시아식 이름인 이스칸다가 세계를 정복한 뒤 그의 칼에서 거울이 나온다. 이 거울은 〈철학의 거울〉로 누구든지 그 안을 들여다보면 진리를 인식할 수 있게 된다.

보르헤스는 아마 앞에 나오는 유리 상자라는 이미지에 뒤에 나오는 페르시아적 설화를 접합시켜 놓은 것처럼 보인다.

의 이름을 찾아내기 위해 신의 이름들을 연구하고 있다는 3단짜리 기사를 게재했다. 뢴로트는 저널리즘의 센세이셔널리즘에 이미 익숙해져 있기 때문에 그것에 화를 내지 않았다. 어떤 책이든 찍어내기만 하면 그것을 사는 어떤 사람이 있다는 것을 깨달은 한 장사꾼이 대중의 구미에 맞게 편집한 『하시딤 교파의 역사』를 발간했다.

두번째 범죄는 1월 3일 밤, 수도의 황량한 서쪽 교외에서 가장 호젓하고 인적이 뜸한 지역에서 발생했다. 새벽녘에 이 황폐한 지역을 순찰하던 기마경관이 옛 페인트 가게의 그늘 아래서 판초를 뒤집어쓴 채 납작하게 엎드려 있는 한 사람을 발견했다. 딱딱하게 굳어 있는 그 사람의 얼굴은 마치 피로 만든 가면을 쓰고 있는 것처럼 보였다. 깊은 칼자국이 그의 가슴을 갈라놓고 있었다. 노랗고 빨간 마름모꼴 무늬를 가진 담에서는 분필로 적어놓은 글자들이 발견됐다. 경찰은 그 글자들을 읽어 내려갔다……. 그날 오후 트레비라누스와 뢴로트는 멀리 떨어져 있는 그 사건의 현장으로 향했다. 왼쪽과 오른쪽 차창 양편으로 도시가 흩어져가고 있었다. 점차로 하늘이 커져갔고, 이미 집들보다 벽돌 굽는 가마나 포플러나무의 숫자가 많아지기 시작했다. 그들은 그 애련한 목적지에 도달했다. 현장은 나름의 방식으로 휘황찬란한 석양빛을 반사하고 있는 것처럼 보이는 장밋빛 담장의 골목 끝이었다. 죽은 자의 신원은 이미 밝혀져 있었다. 그는 다니엘 시몬 아세베도로서 북쪽 교외지역에서는 약간 이름이 알려져 있는 치였다. 그는 한때 마부에서 정치깡패로 상승을 했다가 다시 도둑으로, 그리고 마침내는 경찰의 밀정으로까지 전락한 사람이었다. (그가 맞이한 이러한 죽음의 형태는 그가 영위했던 그러한 삶의 형태와 딱 들어맞아 보였다. 아세베도는 총이 아닌 단도를 잘 다룰 줄 알던 도적 세대의 마지막 주자였다.) 분필로 써놓은 글씨는 다음과 같았다.

〈이름〉의 두번째 글자가 발음되었다.

세번째 범죄는 2월 3일 밤에 일어났다. 1시 좀 못미쳐 트레비라누스 형사의 사무실 전화벨이 울렸다. 쉰 목소리를 가진 한 사내가 아주 비밀스러운 어조의 음성을 흘렸다. 그는 자신의 이름을 긴스버그(Ginzberg 또는 Ginsberg)라고 밝혔다. 그는 적당한 보상을 해준다면 에세베도와 야르몰린스키의 죽음에 관련된 정보를 알려줄 수 있다고 말했다. 혼란스러운 경적소리들과 나팔소리들이 밀고자의 목소리를 앗아가 버렸다. 그런 다음 전화가 끊어져 버렸다. 물론 장난 전화일 가능성을 부정하지는 않았지만(무엇보다도 축제 기간 중이었으니까), 트레비라누스는 그 전화가 뚤롱 가에 있는 리버풀 하우스라는 술집에서 걸려왔다는 것을 알아냈다. 그 지저분한 거리는 길 양편으로 만물상, 우유가게, 창녀집, 그리고 성경 판매상들이 즐비하게 늘어서 있는 곳이었다. 트레비라누스는 리버풀 하우스의 주인과 전화 통화를 했다. 주인은(아일랜드계 전과자인 블랙 피네건으로서 이제는 존경받는 그런 생활에 몰두해 있었고, 그리고 거의 그런 삶에 익숙해져 있었다) 그에게 자신의 집에서 마지막으로 전화를 했던 사람은 방을 빌려쓰고 있는 그리피우스라고 하는 사람으로 조금 전에 몇 사람의 친구들과 함께 나갔다고 말했다. 트레비라누스는 즉시 리버풀 하우스로 갔다. 주인은 그에게 다음과 같은 사실을 들려주었다. 8일 전 그리피우스가 주점의 위층에 있는 방 하나를 빌렸다. 그는 칙칙한 회색빛 구레나룻을 기른 모난 얼굴의 사내였다. 그는 낡은 검정옷을 입고 다녔다. (트레비라누스가 짐작하는 그런 목적하에 방을 활용하고 있던) 피네건은 의심할 바 없이 과도한 방값을 요구했다. 그리피우스는 망설이지 않고 요구한 금액을 즉각 지불했다. 그는 거의 외출을 하지 않았다. 그는 자신의 방에서 저녁과 점심식사를 했다. 주점에 들락거리는 사람들 중 그의 얼굴을 아는 사람은 거의 없었다. 그날 밤 그는 전화를 쓰기 위해 피네건의 사무실로 내려왔다. 굳게 문이 닫힌 마차 한 대가 주점 앞에 멈추어섰다. 마부는 마부석에서 꼼짝 않고 앉아 있었다. 몇몇 동네 사람들의 기억에 따르면 그는 곰 가면을 쓰고 있었다. 두 명의 어릿광대들이 마차에서 내렸다. 그들은 키가 작았고, 누가 보아도 술에 몹시 취해 있다는 것을 한눈에 알 수 있었다. 그들은 나팔을 뚜뚜 불어대며 피네건의 사무실 안으로 몰려들어갔다. 그들이 그리피우스를 껴안았다. 그리피우스는 그들을 알고 있는 것처럼 보였으나 냉랭하게 그들을 맞았다. 그들은 이디쉬어[26]로 몇 마디 말을 주고받았다. 그는 낮고 쉰 목소리로, 그들은 날카로운 가성으로. 그리고 그들은 그의 방으로 올라갔다. 15분 후쯤 셋은 매우 흐뭇해하는 얼굴을 하고 내려왔다. 비틀거렸던 것을 보아 그리피우스는 나머지 두 사람처럼 술에 몹시 취한 듯 보였다. 그는 가면을 쓴 두 어릿광대들 사이에 전봇대처럼 우뚝 솟은 채 휘청거리며 걸음을 옮겼다. (주점 안에 있던 여자들 중의 하나가 노랗고, 빨갛고, 초록 빛깔을 한 마름모꼴을 기억해 냈다.) 두 차례

---

26) 독일어와 히브리어의 혼성어.

그가 넘어졌다. 두 차례 어릿광대들이 그를 일으켜 세웠다. 세 사람은 마차에 올라탔고, 사각형으로 바닷물을 막고 있는 내항 쪽으로 자취를 감추었다. 마차의 디딤판에 마지막으로 올라선 광대가 부두의 창고 석판에 추잡한 그림 하나와 문장 하나를 휘갈겨 썼다.

트레비라누스는 그 글을 보았다. 그것은 거의 예상했던 대로였다. 그것은 다음과 같이 씌어져 있었다.

〈이름〉의 글자들 중 마지막 글자가 발음되었다.

트레비라누스는 그리피우스 긴스버그의 작은 방을 조사했다. 바닥에는 작은 핏자국이 하나 있었다. 방의 구석에는 헝거리산 담배꽁초들이 널부려져 있었다. 옷장에는 여러 곳에 육필 코멘트가 적혀 있는 책 ── 레우스덴의 『히브리-그리스적 문헌학자들』(1739)[27] ── 이 한 권 들어 있었다. 그는 화난 얼굴로 그것을 들여다보았고, 뢴로트를 찾아오도록 시켰다. 형사가 납치 가능성에 대해 서로 다른 증언들을 하고 있는 목격자들을 심문하고 있는 동안 뢴로트는 모자도 벗지 않은 채 그 책을 읽기 시작했다. 4시에 그들은 밖으로 나왔다. 그들은 꾸불꾸불한 뚤롱 가를 따라 새벽의 죽은 뱀들을 밟고 지나가고 있었다. 트레비라누스가 말했다.

「혹시 오늘 밤에 일어난 이 사건들이 환영은 아닐까?」

---

27) Johann Leusden(1624-1699) : 네덜란드의 위트레흐트 대학에서 히브리어를 가르쳤던 카발라 신비주의 철학자. 보르헤스가 언급하고 있는 책은 『히브리 문헌학』에 들어 있는 두번째 논문을 가리키고 있는 듯하다.

에릭 뢴로트가 미소를 지었다. 그리고 아주 심각하게 『문헌학자들』의 서른세번째 논술 중 한 구절(밑줄이 그어져 있는)을 들려주었다.

「Dies Judaeorum incipit a solis occasu usque ad solis occasum diei sequentis. 이 말은 — 그가 덧붙였다 — 유태의 하루는 해가 질 때 시작해서 다음날 해가 질 때까지 계속된다는 뜻이지요」

형사가 빈정거렸다.

「그 사실이 바로 오늘 자네가 찾아낸 가장 중요한 단서라는 건가?」

「아닙니다. 가장 중요한 것은 긴스버그가 했던 어떤 말입니다」

석간신문들이 주기적으로 일어나는 살인 사건에 대해 그냥 넘어갈 리가 없었다. 《칼의 십자가》지는 이 사건을 최근에 있었던 신비주의 회합이 보인 경탄할 만한 규율과 질서에 대비시킨 기사를 썼다. 어네스트 팔라스트는 《순교자》에 기고한 글에서 〈세 명의 유태인을 없애기 위해 세 달을 소비하는 이 은밀하고 간명한 계획이 가진 견디기 힘든 지연 전술〉에 대한 비판을 퍼부었다. 《이디쉬 자이퉁》지는 〈비록 많은 출중한 식자들이 그 삼각 미스터리에 대한 또 다른 설명은 있을 수 없다고 인정하고는 있지만〉 그것이 반유태주의 음모일 거라는 무시무시한 가정에 대해서는 부인했다. 남부의 가장 저명한 총잡이인 신사 레드 샤를라흐는 자신의 구역에서는 절대 그런 범죄가 일어나지 않을 거라고 장담을 했고, 프란츠 트레비라누스가 직무를 태만히 하고 있다고 비난을 퍼부었다.

3월 1일 밤, 트레비라누스는 장중한 모양의 봉함 봉투 안에 담긴 편지 한 통을 받았다. 봉투 안에는 바르후 스피노자[28]라는 사람이 서명한 편지와 베데커의 여행 가이드[29]에서 뜯어낸 게 틀림없는 상세한 도시의 지도가 들어 있었다. 편지는 3월 3일에 네번째 범죄가 일어나지 않을 거라고 예언하고 있었다. 왜냐하면 서쪽의 페인트 가게, 뚤롱 가의 술집, 〈호텔 뒤 노르〉는 신비로운 등변삼각형을 이루는 완벽한 세 점들이기 때문이라는 것이었다. 지도에는 빨간 잉크로 정삼각형이 그려져 있었다. 트레비라누스는 어처구니없다는 표정으로 매우 기하학적인 그 논지를 읽어나갔다. 그는 그 편지와 지도를 뢴로트—의심할 여지 없이 그러한 미친 짓거리에 가장 잘 어울리는—집으로 보냈다.

에릭 뢴로트는 그것들을 조사했다. 실제로 세 지점은 똑같은 등거리를 이루고 있었다. 시간에 있어서의 대칭(12월 3일, 1월 3일, 2월 3일), 그리고 또한 공간에 있어서의 대칭……. 그는 불현듯 비밀을 풀 수 있을 것 같은 예감이 떠올랐다. 콤파스와 나침반에 대한 생각이 그러한 급작스런 영감이 떠오르도록 만든 것이었다. 그는 미소를 지었고, 〈테트라그라마톤〉이라는 단어—최근에 알게 된—를 뇌까려 보았고, 그리고 트레비라누스 형사에게 전화를 걸었다. 뢴로트는 그에게 말했다.

「어제 보내주신 그 등변삼각형 정말 감사합니다. 그것이 이 사건을 해결할 수 있는 열쇠를 주었습니다. 금요일인 내일 범인들은 감옥에 들어가 있게 될 겁니다. 우리는 이제 두 다리를 뻗

---

28) Baruj Spinoza(1632-1677) : 네덜란드계 유태인 철학자. 그러나 물론 그가 이런 편지를 보낼 리는 없다.
29) 칼 베데커 Karl Baedeker(1801-1859) : 독일의 출판업자로 자신의 이름을 집어넣은 많은 여행 안내 책들을 출판했다.

고 잠을 잘 수 있게 되었습니다」

「그렇다면 그들이 네번째 범죄를 계획하고 있지 않다는 말인가?」

「확실히 네번째 범죄를 계획하고 있기 때문에 우리가 두 다리를 뻗고 잠을 잘 수가 있다는 말이지요」

뢴로트가 전화를 끊었다. 한 시간 후 그는 남부 철도 회사의 기차를 타고 버려진 뜨리스떼 레 로이 별장을 향해 가고 있었다. 내 이야기에 나오는 이 도시의 남쪽에는 흙탕물로 뒤덮인 눈먼 샛강이 하나 흐르고 있었다. 그 샛강은 피혁 공장과 쓰레기들로 악명이 높았다. 이 샛강의 건너편에 있는 공장지대에는 바르셀로나[30] 출신 한 거물 정치인의 비호 아래 총잡이들이 득실거리고 있었다. 뢴로트는 그 총잡이들 중 가장 유명한 레드 샤를라흐가 자신의 이러한 은밀한 방문의 목적을 알아내기 위해 동분서주하고 있을지도 모른다는 생각에 지그시 미소가 떠올랐다. 두번째로 죽은 아세베도는 샤를라흐의 동료였다. 뢴로트는 막연하나마 네번째 희생자가 샤를라흐일지도 모른다는 생각을 했다. 곧 그는 고개를 가로저었다……. 다행스럽게도 그는 사건의 실마리를 풀었었다. 그는 단순한 정황들, 그러니까 현실(이름들, 재소자 기록, 얼굴들, 재판과 구속 절차)에 대해 전혀 흥미를 느끼지 못했다. 그는 조금 여행을 하고 싶었고, 책상에 죽치고 앉아 보냈던 세 달간의 수사로부터 해방되고 싶었다. 그는 그 연쇄 살인 사건에 대한 해답이 미지의 삼각형과 케케묵은 한 그리스어 단어 속에 담겨져 있다는 사실을 되새겨 보았다. 수수께끼는 이제 거의 투명하게 벗겨진 것처럼 보였다. 그는 그

---

30) Barcelona : 스페인의 도시 이름.

것에 100일이라는 시간을 허비했다는 것에 굴욕감 같은 것을 느꼈다.

기차가 고적한 한 화물역에 멈추어 섰다. 륀로트는 내렸다. 마치 새벽으로 착각하게 만드는 그런 저녁이었다. 흐린 평원의 공기는 눅진하고, 냉랭했다. 륀로트는 들판을 따라 걷기 시작했다. 그는 개들을 보았고, 운행하지 않는 철도 위에 멈춰 있는 객차 하나를 보았고, 지평선을 보았고, 웅덩이에 가득 고여 있는 물을 마시고 있는 은빛 말 한 마리를 보았다. 별장 뜨리스떼 로이의 사각형 망루가 눈에 들어왔을 때 날은 어두워지고 있었다. 별장은 자신을 둘러싸고 있는 유카리나무들에 버금갈 만큼 높이 우뚝 솟아 있었다. 그는 하나의 새벽과 하나의 저녁(동쪽의 오래된 빛과 서쪽의 또 다른 오래된 빛)이라는 차이가 신의 〈이름〉을 찾아 헤매던 사람들이 그토록 고대했던 시간으로부터 자신을 엇갈리도록 만들 리는 거의 없다고 생각했다.

녹슨 철제 담장이 들쑥날쑥한 별장의 모양을 잘 말해 주고 있었다. 정문은 잠겨 있었다. 안으로 들어갈 수 있으리라는 큰 기대 없이 륀로트는 담장을 한 바퀴 돌았다. 다시 정복할 수 없는 정문 앞으로 되돌아온 륀로트는 거의 기계적으로 빗장 사이로 손을 집어넣었고, 그의 손에 문고리가 잡혔다. 자지러지는 듯한 금속성 소리가 그를 놀라게 했다. 내키지 않는 듯 바둥거리며 문이 활짝 열렸다.

륀로트는 유카리나무들을 끼고 앞으로 나아갔다. 그의 발 밑에서는 여러 해에 걸쳐 떨어져 혼란스럽게 쌓여 있는 딱딱한 나뭇잎들이 바삭거리며 부서졌다. 저 앞에서 무분별하도록 대칭적인 구조물들과, 광적이리만치 동일한 형상을 가진 구조물들로 가득 찬 뜨리스떼 레 로이 별장이 다가왔다. 음산한 조각품 전시용 벽에 놓여 있는 냉담한 디아나[31] 여신상은 두번째 전시용 벽에 있는 또 다른 디아나 여신상과 동일했다. 한 발코니와 또 다른 발코니는 서로를 반영하고 있었다. 이중으로 나 있는 층계는 두 개의 난간을 향해 뻗어 있었다. 두 개의 얼굴을 가진 헤르메스[32] 신상 하나가 흉칙한 그림자를 드리우고 있었다. 륀로트는 별장 주변을 둘러보았던 것처럼 집 안을 둘러보았다. 그는 집 안의 모든 것을 살펴보았다. 그는 테라스 아래에서 바닥에 나 있는 쪽문 하나를 발견했다.

그는 그것을 밀어젖혔다. 몇 개 안 되는 대리석 계단이 지하실과 연결되어 있었다. 이 건물을 지은 건축가의 기호를 이미 간파한 륀로트는 벽의 반대쪽에도 또 다른 계단이 있을 거라 추측했다. 그는 그것을 발견했고, 올라갔고, 손을 쳐들어 함정의 문을 밀어올렸다.

밝은 빛 하나가 그를 창 쪽으로 인도했다. 그는 창을 열었다. 노랗고 둥근 달이 음울한 정원에 설치된 물을 뿜지 않는 두 개의 분수를 비추고 있었다. 식당 앞 곁방들과 복도를 지나 그는 똑같은 모양을 가진 작은 정원들을 지나갔다. 가도 가도 똑같은 정원들이 계속 나왔다. 그는 원형의 대기실들로 통해 있는 먼지 덮인 계단을 따라 올라갔다. 그는 양옆에 늘어서 있는 거울 속에 무한히 복제되고 있는 자기 자신을 보았다. 그는 여러 가지 높이와 여러 가지 각도에서 똑같은 모양의 황량한 정원을 드러

31) 그리스 신화에서는 아르테미스로 불리고 로마 신화에서는 디아나로 불리는 수렵의 여신.
32) 그리스 신화에서는 헤르메스, 로마 신화에서는 머큐리로 불리는 상업, 통신의 신.

내 보여주는 창문들을 열어젖히거나 빼꼼히 열어보는 일에 지쳐
버렸다. 안쪽의 가구들에는 노란 먼지덮개들이 끼여 있었고, 거
미들이 사방에 거미줄을 방사해 놓고 있었다. 한 침실이 그의
발걸음을 붙들었다. 그 침실의 자기 꽃병에는 단 한 송이의 꽃
이 꽂혀 있었다. 손을 가져다 대자마자 오래된 꽃잎들은 산산조
각으로 부서져버렸다. 2층의 마지막 침실에 이른 그는 집이 무
한하고, 끝없이 자라나고 있는 것 같은 착각에 사로잡혔다. 〈아
주 큰 집은 아니야.〉 그는 생각했다. 〈어둠, 대칭, 거울들, 수
많은 세월, 나의 무지, 그리고 고적감 때문에 이 집이 크게 보
이는 거야.〉

나선형 계단을 올라간 그는 망루에 도달했다. 그날의 저녁 달
이 마름모꼴 창문들을 관통하고 있었다. 마름모꼴 창문들은 노
랗고, 빨갛고, 그리고 녹색이었다. 놀랍고 어지러운 기억 하나
가 그를 붙들어 세웠다.

작달막하고 거칠고 단단한 두 사내가 그에게 달려들었고, 그
의 무장을 해제시켰다. 아주 키가 큰 또 다른 사내 하나가 그에
게 근엄한 인사를 건넸다. 그리고 말했다.

「당신은 정말 친절한 사람이오. 우리로 하여금 하루 밤과 낮
을 절약하도록 해주었으니 말이오」

레드 샤를라흐였다. 그들이 뢴로트를 포박했다. 마침내 뢴로
트가 언어를 회복했다.

「샤를라흐, 당신도 〈비밀의 이름〉을 찾고 있소?」

샤를라흐는 대꾸없이 계속 서 있었다. 그는 그 짤막한 격투에
끼여들지 않았었다. 그는 고작해야 뢴로트의 총을 받으려고 손
을 내밀었을 뿐이었다. 그가 입을 열었다. 뢴로트는 그의 목소

리에서 지친 승리의 감정, 우주의 크기만한 증오심, 그 증오보다 결코 작지 않은 슬픔을 읽었다.

「그렇지 않소 — 샤를라흐가 말했다 —. 나는 보다 덧없고 허망한 것을 찾고 있었소. 나는 에릭 뢴로트를 찾고 있었소. 3년 전 뚤롱 가의 한 도박장에서 바로 당신이 내 동생을 체포했고, 그래서 그는 감옥에 들어갔지요. 나의 부하들이 경찰과의 총격전에서 배에 총을 맞은 나를 마차 속으로 밀어넣었지요. 9일 낮과 밤 동안 나는 이 황량하고 쌍둥이처럼 대칭적인 별장 안에서 사경을 헤맸지요. 극심한 고열이 나를 뒤덮었지요. 석양과 새벽을 동시에 바라보고 있는, 두 개의 얼굴을 가진 그 증오스러운 야누스[33]가 나의 비몽사몽간을 괴롭혔지요. 나는 나의 몸뚱이에 넌더리가 날 지경에 이르기 됐지요. 나는 두 개의 눈, 두 개의 팔, 두 개의 폐가 두 개의 얼굴만큼 기괴하다고 느끼게 되는 지경에까지 이르게 되었지요. 한 아일랜드인이 나를 예수교인으로 개종시키려고 하더군요. 그는 내게 〈이방인들〉[34]의 속담을 되풀이해서 말했지요. 〈모든 길은 로마로 통한다.〉 밤만 되면 나는 그 은유가 자아내는 정신착란 속으로 빠져들곤 했소. 나는 세계가 마치 하나의 미로인 것 같은 느낌에 사로잡혔소. 북쪽으로 가려고 하든 남쪽으로 가려고 하든 모든 길들은 로마로 가게 되어 있기 때문에 나는 그 미로로부터 빠져나온다는 게

---

33) 로마의 신화에 나오는 수문장의 신으로 안쪽과 바깥쪽을 지키기 위해 얼굴이 앞뒤에 달려 있다.

34) 원문에는 Goim으로 되어 있다. 영어로는 goym이다. 이 말은 원래 〈국가〉를 뜻하는 히브리어의 goy에서 나온 말이다. 그러나 이디쉬어(히브리어와 독일어의 혼용어)에서 이 말의 뜻은 이방인들, 즉 비히브리인들을 가리킨다.

불가능할 것 같은 생각이 들었었소. 또한 그 미로는 나의 동생이 고통을 받고 있는 사각형 감방이고, 그리고 뜨리스떼 레 로이 별장이기도 했소. 그 밤들을 지내는 동안 나는 두 개의 얼굴을 가진 신, 그리고 고열과 거울의 신에게 나의 동생을 구금시킨 사람의 주변에 미로의 그물을 치겠다고 맹세를 했지요. 나는 미로를 만들었소. 견고한 미로. 재료들은 죽은 이교 연구가, 나침반, 18세기의 한 교파, 한 그리스어 단어, 단도, 페인트 가게의 마름모꼴 형상이었소.

 내게 그 일련의 사건들 중 첫번째 사건은 아주 우연히 주어졌던 거였소. 나는 나의 동료들과 ─ 그 중에는 아세베도도 끼여 있었소 ─ 갈리리 영주의 사파이어를 훔칠 계획을 짰었더랬소. 그런데 아세베도가 배신을 했던 거요. 그는 우리가 선금으로 준 돈을 술로 탕진해 버리고는 하루 전에 미리 일을 저질렀던 거요. 그는 거대한 호텔 속에서 길을 잃어버렸소. 새벽 2시경 그는 야르몰린스키의 방으로 뛰어들었소. 불면에 시달리고 있던 그는 그때 마침 글을 쓰기 시작하고 있던 차였소. 우연의 일치로 그는 〈신의 이름〉에 관한 주석 또는 논문을 쓰고 있었소. 그때 그는 이미 다음과 같은 말들을 써놓은 뒤였소. 〈'이름'의 첫번째 글자가 발음되었다.〉 아세베도는 그에게 조용히 하라고 명령했지요. 야르몰린스키는 호텔의 경비원들을 깨우게 될 비상벨을 누르기 위해 손을 뻗었소. 아세베도는 그의 가슴에 칼침 한 방을 먹였소. 그것은 거의 반사적인 행동이었소. 반세기를 폭력과 함께 살아온 그는 가장 쉽고 확실한 방법은 죽이는 것이라는 사실을 이미 터득하고 있었던 거지요……. 10일 후 나는 《이디쉬 자이퉁》지에서 당신이 야르몰린스키의 저서들을 이용해 그의 죽음에 관한 열쇠를 찾고 있다는 것을 알게 됐지요. 나는 『하시딤 교파의 역사』를 읽었지요. 나는 〈신의 이름〉을 발언해서는 안 된다는 종교적 공포가 〈이름〉이 전지전능하고 알아내기 어려운 무엇이라는 교리를 낳도록 만들었다는 사실을 알게 되었소. 나는 그 비밀의 〈이름〉을 찾아헤맸던 하시딤 교도들 중 몇몇은 심지어 인간을 제물로 바쳤다는 것을 알게 되었소……. 나는 당신이 그런 부류의 하시딤 교도들이 그 랍비를 희생의 제물로 삼았을 거라 추측하리라는 것을 깨달았소. 나는 당신의 그 추측을 역이용할 방법에 골몰했지요.

　마르셀로 야르몰린스키는 12월 3일에 죽었소. 두번째 〈제물〉로 나는 1월 3일을 택했소. 야르몰린스키는 북쪽에서 죽었소. 두번째 〈제물〉을 위한 장소로는 서쪽이 합당하리라 판단했소. 다니엘 아세베도는 필연적인 희생물이었소. 그는 죽어 마땅한 인물이었지요. 그는 충동적이고, 그리고 배신자였소. 또한 만일 그가 붙들리는 날이면 모든 계획은 수포로 돌아갈 것이기 때문이기도 했소. 우리 패거리들 중의 하나가 그에게 칼침을 먹였지요. 그의 죽음을 첫번째 죽음과 연결시키기 위해 나는 페인트 가게의 마름모꼴 무늬 벽에 다음과 같이 썼소. 〈'이름'의 두번째 글자가 발음되었다.〉

　세번째 〈범죄〉는 2월 3일에 일어났소. 트레비라누스가 깨우쳤던 대로 그것은 단순한 환영이었소. 그리피우스 긴스버그가 바로 나였소. 나는 나의 친구들이 나를 납치할 때까지 뚤롱 가의 추잡한 골방에서 거의 몇 년 같던 일주일을 견뎌냈소(여린 빛깔의 가짜 구레나룻의 도움을 받아서 말이오). 마차의 디딤판에서 그들 중의 하나가 기둥에 〈'이름'의 마지막 글자가 발음되었다〉

라고 썼지요. 이 문장은 연쇄 살인 사건이 3중적 성격을 가지고 있다는 것을 공표하는 것이었소. 사람들은 그 문장을 그런 식으로 이해를 했소. 그럼에도 불구하고, 나는 추리가인 에릭 뢴로트 당신으로 하여금 사건이 4중적이라고 생각하도록 만드는 암시들을 반복적으로 삽입시켜 놓았소. 북쪽에서 일어난 하나의 불가사의, 동쪽과 서쪽에서 일어난 불가사의들은 당연히 네번째 불가사의를 남쪽에서 요구하게 될 거라는. 〈테트라그라마톤〉— 야훼 JHVH라는 신의 이름 — 은 네 글자로 구성되어 있소. 그리고 어릿광대들의 옷차림과 페인트 가게가 가지고 있던 마름모꼴은 네번째 사건이 일어날 것임을 시사하고 있었소. 나는 레우스덴의 책에 나오는 한 구절에 밑줄을 그어놓았소. 이 구절은 히브리 사람들에게 있어 하루는 전날 저녁에서 다음날 저녁을 의미한다는 것을 말해주고 있소. 그 계산법에 따르면 살인은 매달 4일에 일어났던 거요. 나는 등변삼각형을 트레비라누스에게 보냈소. 나는 당신이 부족한 한 점을 채워넣을 것임을 예견했었소. 완벽한 마름모꼴을 만들어줄 지점, 확실한 죽음이 당신을 기다리고 있는 장소로 예정되어 있는 지점. 나는 이 모든 것을, 에릭 뢴로트 당신을 사람이 살지 않는 이 뜨리스떼 레 로이 별장으로 유인하기 위해 꾸몄던 것이오」

뢴로트가 샤를라흐의 눈을 피했다. 그가 칙칙한 노랑, 초록, 빨강 빛깔의 마름모꼴로 나누어져 눈에 들어오는 나무들과 하늘을 쳐다보았다. 그는 약간의 한기와 무심하고 거의 정체를 알 수 없는 어떤 슬픔을 느꼈다. 이미 밤이 되어 있었다. 먼지로 뒤덮인 정원으로부터 쓸모없는 한 마리 새의 울음소리가 치솟아 올라왔다. 뢴로트는 마지막으로 대칭적이고 주기적인 살인의 문제에 대해 생각해 보았다.

「당신의 미로에는 선이 세 개나 있는데 그것은 너무 많은 거요 ── 마침내 그가 말했다 ──. 나는 직선으로 된 선이 하나밖에 없는 그리스의 한 미로에 대해 알고 있소. 이 선 속에서 단순한 사고를 가진 한 탐정이 그러했을 것처럼 수많은 철학자들이 길을 잃었소. 샤를라흐, 만일 또 다른 생에서 당신이 나를 사냥하게 된다면 A 지점에서 첫번째 범죄를 시도하도록 하시오 (저지르시오). 그런 다음 두번째 범죄는 A 지점으로부터 8킬로미터 떨어진 B 지점에서, 그 다음 세번째 범죄는 A 와 B 지점으로부터 4킬로미터 떨어진 C 지점, 그러니까 그 두 지점의 중간에서 범하도록 하시오. 그런 다음 A 지점과 C 지점에서 2킬로미터 떨어지고, 다시 그 두 지점의 중간에 해당하는 D 지점에서 나를 기다리시오. 지금 뜨리스떼 레 로이에서 나를 죽이게 될 것처럼 그렇게 나를 D 지점에서 죽이시오」

「다음에 당신을 죽이게 될 때 ── 샤를라흐가 대답했다 ── 그 미로를 사용하기로 약속하겠소. 단 하나의 직선으로 되어 있고, 불가시적이고 끝이 없는 그런 미로 말이오」

비밀의 기적

그리고 신은 그를 100년 동안 죽게 한 다음
그를 살려냈고, 그리고 그에게 물었다.
── 너는 얼마 동안 여기에 있었는가?
── 하루 또는 하루의 일부입니다.
그가 대답했다.

『코란』, II : 261

1939년 3월 14일 밤,[1] 자로미르 훌라딕은 자신이 살고 있는 프라하 시 셀트네그라스 거리[2]의 한 아파트에서 긴 장기 시합을 벌이는 꿈을 꿨다. 그는 미완성 비극 『적들』, 『영원에 대한 변론』, 그리고 유태 사상이 간접적으로 야콥 뵘메[3]에 끼친 영향에 관한 한 연구서의 저자였다. 장기 게임은 두 사람이 아닌 두 저

---

1) 이 날은 이 작품의 무대가 되고 있는 체코슬로바키아의 프라하 시와 관련하여 역사적으로 매우 중요한 날이다. 왜냐하면 다음날인 1939년 3월 15일 히틀러의 군대가 이 도시에 진입했기 때문이다. 히틀러의 침략은 이 작품의 주제와 관련하여 또 다른 중요한 의미를 갖게 되는데 그것은 프라하에 많은 인구의 유태인들이 살고 있었고, 히틀러의 프라하 침공 주목적이 유태인들의 학살에 있었다는 점에 있다.

2) 체코슬로바키아의 프라하 시에 있는 중심 거리의 이름으로 카프카가 살았던 것으로 유명하다.

3) Jacob Bôhme(1575-1624) : 루터파의 독일 신비주의 신학자. 신의 지식에 대한 신비주의적 접근을 강조했고, 『거대한 신비』 등을 위시한 수많은 저서를 남겼다.

명한 가문 사이에서 벌어지고 있었다. 경기는 수세기 동안 계속되어 오고 있었다. 아무도 그 내기에 걸려 있는 상이 무엇인지를 기억조차 하지 못했다. 그러나 사람들은 그것이 거대하고, 아마 무한한 어떤 것일 거라고 수군거렸다. 장기말과 장기판은 한 비밀의 탑 안에 놓여 있었다. 자로미르는 (꿈 속에서) 경쟁을 벌이고 있는 두 가문 중 한 가문의 장남이었다. 시계가 지체할 수 없는 대국의 시간을 알리고 있었다. 꿈꾸는 자는 비가 내리는 사막의 모래밭을 달리고 있었다. 그는 장기의 말 모양이나 경기 법칙조차 기억해 낼 수가 없었다. 바로 그 순간 그는 꿈에서 깨어났다. 후두둑거리며 떨어지는 빗소리와 음산한 시계소리가 멈췄다. 구령에 맞춘 일률적이고 질서정연한 발자국소리가 셀트네그라스 거리를 따라 올라오고 있었다. 새벽이었고, 〈제3제국〉[4]의 선발 기갑부대가 프라하에 입성하고 있었다.

19일, 당국은 한 건의 고발에 접하게 됐다. 바로 같은 날 저녁 자로미르 흘라딕은 체포됐다. 그는 몰다우 강[5] 반대편 하구에 있는 흰 페인트가 칠해진 한 청결한 병영으로 압송되었다. 그는 게슈타포가 제시하는 혐의들에 대해 단 한 가지도 부인을 할 수가 없었다. 그의 어머니 성은 자로슬라브스키였고, 그의 몸 속에는 유태인의 피가 흐르고 있었다. 뵘메에 관한 그의 연

---

4) 독일어로 Das Dritte Reich(스페인어로 Tercer Imperio, 영어로 The Third Empire)라는 이 개념은 원래 기독교에서 유래한다. 즉, 제1시대는 구약시대, 제2시대는 예수의 시대, 제3시대는 성령의 시대가 그것이다. 이 개념은 독일의 민족 개념에 왜곡되게 접합되어 제1제국은 로마 제국, 제2제국은 비스마르크의 시대로 상징되는데 보르헤스는 여기서 히틀러 시대를 제3제국에 비유하고 있다.

5) 몰다우 강이란 프라하 시의 중심을 흐르고 있는 블타바 강에 대한 독일식 이름이다.

구는 유태 사상에 근거하고 있었다. 그리고 오스트리아에 대한 독일의 합병[6]에 반대하는 항의 서명의 마지막 명부에서 그의 서명이 발견되었다. 1928년 그는 헤르만 발쉬도르프 출판사를 위해 『세퍼 예지라』[7]를 번역했었다. 이 출판사의 과장적인 도서목록은 상업적인 의도에 따라 번역자의 명성을 과대포장했다. 홀라딕의 생사를 손안에 쥐고 있는 게슈타포 우두머리 율리우스 로스가 이 도서목록을 면밀히 조사했다. 사람들은 대체로 자신의 전공 분야가 아닌 경우 어떤 것에 대해 쉽게 판단을 내리는 경향이 있다. 율리우스 로스는 고딕체로 씌어진 두어 개의 형용사만을 가지고서 대번에 홀라딕이 중요한 인물일 거라는 판정을 내렸다. 처형일자는 3월 29일 오전 9시로 잡혔다. 이처럼 날짜가 늦춰진 것은(이러한 연기가 내포하고 있는 중요성에 관해서 독자들은 나중에 알게 될 것이다) 당국이 마치 채소나 혹성들처럼 비감정적이고 완만하게 일을 처리하기를 바랐기 때문이었다.

홀라딕이 받은 첫번째 느낌은 단순한 공포였다. 그는 단두대나, 참수형이나, 교수형은 무섭지 않지만 총살형을 당한다는 것은 견딜 수 없으리라는 생각이 들었다. 그는 부질없이 그런 구체적인 정황이 문제가 아니라 죽는다는 누구나 맞게 되는 그 담백한 사실이 두려운 것이라고 되뇌어보았다. 그는 지칠 줄 모르고 죽음의 정황들에 대해 생각해 보았다. 어이없게도 그는 그 정황의 모든 가능성들을 추정해 보려고 했다. 그는 그 잠에서 깨어날 새벽부터 신비스러운 발사의 순간에 이르게 되는 과정을 무한히 예상해 보았다. 그렇게 해서 그는 율리우스 로스가 예정

---

6) 나치에 의한 1938년 3월에 있었던 오스트리아 합병을 가리킴.
7) 「죽음과 나침반」의 역주 16번을 참조할 것.

해 놓은 그날이 오기도 전에 수백 번도 넘게 죽었다. 기하학이 다 포괄할 수 없을 정도로 다양한 형태와 각도의 마당에서, 각 처형 때마다 숫자가 다르고, 어떨 때는 멀리서, 또 어떨 때는 가까이서 자신을 끝장내 버리는 각양각색의 군인들이 쏜 기관총에 의해 그는 죽었다. 그는 진정한 두려움을 가지고(아마 진정한 용기를 가지고) 그러한 상상의 처형들을 맞닥뜨렸다. 하나하나의 환영은 몇 초 동안 지속되었다. 원이 그를 둘러싼다. 그리고 자로미르는 영원히 죽음의 전율스러운 해거름 쪽으로 몸을 돌린다. 그런 상상을 떠올리다가 그는 현실이 항상 예상과 일치하는 것은 아니라는 생각을 했다. 그는 얼토당토 않게도 그처럼 어떤 상황에 대해 미리 상세하게 떠올리면 그러한 일이 일어나지 않게 될지도 모른다는 환상에 사로잡혔다. 그는 이 가련한 마법에 빠져 그런 상황들이 일어나지 않게끔 하기 위해 되도록이면 잔혹한 장면들을 머리에 떠올렸다. 그러나 곧 그가 그렇게 생각함으로써 도리어 그러한 장면들이 실제로 일어날지도 모른다는 두려움에 빠지게 된 것은 당연한 일이었다. 밤이 되면 그는 비탄에 잠겨 어떤 식으로든 덧없이 흘러가는 시간의 본질을 붙들어맬 방법이 없을까 하고 고뇌했다. 그는 시간이 29일 새벽을 향해 발걸음을 재촉하고 있다는 것을 알고 있었다. 그는 소리를 지르며 스스로를 위로하려고 했다. 「나는 지금 22일 밤에 있다. 이 밤이 계속되는 동안(그리고 나머지 6일 밤 동안) 나는 죽지 않고 영원하다」 잠을 자고 있는 동안 그는 밤이 마치 잠수를 하고 있는 깊고 어두운 수영장처럼 생각되었다. 이따금 그는 안절부절 못한 채 명확한 발사의 장면을 확정지으려고 발버둥을 치곤 했다. 좋든 나쁘든 발사는 상상이라는 허망한 고역으로부터 그를 해방시켜 줄 것이었다. 28일, 감방의 벽 위쪽에 뚫려 있는 쇠창살에 마지막 석양이 반짝이고 있었다. 문득 그는 자신의 희곡『적들』이 떠올랐고, 그것은 그를 그러한 가련한 상념들로부터 벗어나도록 만들어주었다.

흘라딕은 40대에 들어서 있었다. 그는 몇몇 친분 관계와 잡다한 습관적인 일상들을 제외하고는 자신의 일생을 힘든 문학 작업에 바쳤었다. 다른 모든 작가들처럼, 그 또한 다른 작가들의 가치를 평가할 때는 그들이 이룩해 놓은 업적에 근거해 평가하면서도, 다른 작가들이 자신을 평가할 때는 자신이 구상하고 있거나 계획해 놓은 작품들을 가지고 평가해 주기를 바랐다. 그가 출판했던 모든 책들은 그에게 복잡미묘한 허탈감을 안겨다 주곤 했다. 뵘메, 아브네스라,[8] 그리고 플러드[9]의 저서들에 관한 연구는 근본적으로 그들의 관점을 여과 없이 요약하고 있는 것에 머물러 있었다. 『세퍼 예지라』의 번역은 부주의, 태만, 추측으로 얼룩져 있었다. 아마『영원에 대한 변론』이 그나마도 그것들에 비해 나은 작품이었을 것이다. 이 저술의 제1권에는 움직이지 않는 파르메니데스의 존재[10]로부터 시작해 힌턴의 변경시킬

---

8) 원문에는 아브네스라 Abnesra라고 되어 있지만 원 이름은 아브라함 아벤 에스라 Abraham Aben Ezra, 이벤 에스라 아브라함 Iben Ezra Abraham, 또는 아브라함 아베네스라 Abenesra이다. 1092년(?)에 태어나 1167년에 죽은 유태 율법학자요, 성경 주석가였고, 천문학자였으며, 시인이었다.
9) 플러드에 관해서는 「죽음과 나침반」의 역주 15번을 참조할 것.
10) Parmenides (기원전 6세기 초) : 제논과 함께 엘레아학파의 대표적인 철학자였고, 그리스 철학의 전성기를 이룬 플라톤과 아리스토텔레스에게 깊은 영향을 미쳤다. 그의 교훈시「자연에 관하여」는 현재 160여 행 정도가 남아 있다. 그의 시와 그의 시를 인용하고 있는 그리스 철학자들에 따르면 파르메니데스가〈존재〉를 움직이지 않는 것으로 보았다. 따라서 그에게 있어 존재는 성장하지도, 줄어들지도, 분할되지도 않는 등의 그 어떤 변화를

수 있는 과거[11]에 이르기까지 사람들이 신화화한 다양한 영원들의 얘기가 나온다. 힌턴은 (프란시스 브래들리[12]와 함께) 우주의 모든 현상들이 하나의 시간적 시리즈를 형성한다는 것을 부정한다. 그는 인간에게 가능한 경험들의 수는 무한하지 않으며, 시간이 일종의 허위임을 증명하기 위해서는 단 하나의 〈반복〉만으로도 충분하다고 주장한다……. 그런데 불행하게도, 그러한 오류를 반증하고 있는 그의 논지 또한 오류에 근거해 있다는 데에 문제가 있다. 홀라딕은 냉소적으로 그러한 힌턴의 주장에 대해 생각해 보곤 했지만 남는 것은 항상 혼란감뿐이었다. 그는 또한 일련의 표현주의적 시들을 쓰기도 했다. 스스로도 믿기지 않게 이 시들은 1924년에 발간된 한 시선집에 포함되었다. 그리고 그 이후에도 이 시선집의 전례를 따르지 않는 시선집은 하나도 없었다. 홀라딕은 운문으로 된 희곡『적들』을 가지고 이 모든 지나간 모호하고 진척 없는 과거를 보상받고자 했다. (홀라딕은 운문이 관객들로 하여금 예술의 조건인 비현실성을 망각하지 않도록 만든다고 보았기 때문에 그 형식을 선호했다.)

이 희곡은 시간과 장소와 행동의 일치라는 희곡 작법의 고전적 원칙을 견지하고 있었다. 작중 사건은 19세기 말 어느 날 저녁, 흐라드캐니 성[13] 안에 있는 뢰메르슈타트 남작의 서재에서

갖지 않는다. 다만 우리가 그것이 변화한다고 보는 것은 단지 그것이 가진 외양에 대한 우리의 인식 때문이다. 그러한 인식이 가능한 것은 예를 들어, 빛과 어둠의 양극으로 존재하는 대립성 때문이다.
11) James Hinton(1822-1875) : 영국의 의사이자 철학자. 그에 따르면 존재는 인식에 의해 결정되므로 과거는 외부에 확정적이고 독립적인 무엇으로 존재하는 것이 아닌 무엇으로 비쳐진다.
12) Frnacis Bradley에 관해서는「허버트 퀘인의 작품에 대한 연구」의 역주 16번을 참조할 것.

일어난다. 1막 1장에서 한 낯선 사람이 뢰메르슈타트를 방문한다. (시계는 7시를 가리키고 있고, 강렬한 마지막 태양빛이 유리창에 반사되고, 대기는 감미롭고 귀에 익은 한 헝가리 음악을 실어온다.) 그 사람의 방문에 이어 또 다른 사람들의 방문이 뒤를 잇는다. 뢰메르슈타트는 자신을 애먹이는 그 사람들이 어떤 사람들인지 모른다. 그러나 그는 이미 그들을 꿈 속에서 만났던 것 같은 불유쾌한 기분을 느낀다. 모두들 과장적으로 그에게 아첨을 떤다. 그러나 그들이 그를 패망시키려고 음모를 꾸미고 있는 비밀의 적들이라는 것은 역력히 드러난다 — 처음에는 관객들에게, 그 다음에는 남작에게. 뢰메르슈타트는 그들의 복잡한 음모를 방해하고, 골탕을 먹이는 데 성공한다. 대사에서 그의 애인인 줄리아 데 바이데나우와, 한때 귀찮은 구애로 그녀를 귀찮게 했던 야로슬라브 쿠빈이라고 하는 사람이 언급된다. 그는 이제 정신이상이 되었고, 스스로를 뢰메르슈타트로 믿고 있다……. 위기는 고조된다. 2막의 끝부분에서 뢰메로슈타트는 한 음모자를 죽여야 하는 자신을 보게 된다. 제3막, 즉 마지막 막이 시작된다. 점차로 구성상의 혼란이 증대된다. 구성의 관점에서 볼 때 이제 나와야 할 필요가 없는 것처럼 보이는 배우들이 다시 등장한다. 한 순간 뢰메르슈타트에 의해 죽었던 사람이 다시 나타난다. 어떤 사람이 아직 저녁이 되지 않았음을 지적한다. 시계는 7시를 가리키고 있고, 높은 곳에 걸려 있는 유리창들이 석양의 빛을 반사하고, 대기는 감미로운 헝가리 음악을 싣고 온다. 첫번째 화자가 등장해 자신이 1막 1장에 했던 대사를 읊조린다. 뢰메르슈타트는 덤덤하게 그와 얘기를 나눈다. 관객

---

13) 프라하에 있는 유명한 성의 이름.

은 뢰메르슈타트가 그 가련한 야로슬라브 쿠빈이라는 것을 깨닫는다. 그 연극은 결코 공연되지 않았다. 그것은 쿠빈이 끝없이 환생시키고, 또 환생시킨 반복적인 환상에 불과하다.

홀라딕은 여러 가지 모순으로 뒤엉킨 이 비극적 희극이 형편없는 건지 아니면 뛰어난 건지, 또는 탄탄한 구성을 가지고 있는 건지 아니면 즉흥적으로 써내려간 건지 자문해 보지 않았다. 그는 앞에서 자신이 요약했던 플롯이 이전에 썼던 작품들의 결함들을 덮어주고, 행복과 더불어 자신의 삶에서 가장 본질적인 어떤 것을 (상징적인 방식으로) 회복시켜 줄 수 있는 가장 적합한 방식이라는 판단을 했었다. 그는 이미 1막과 3막의 한 부분을 끝마쳤다. 작품이 가진 운율의 성격은 그로 하여금 원고를 눈앞에 두지 않고도 그것들을 계속 검토할 수 있도록 만들어주었다. 그는 6음절 운율을 수정해 나갔다.[14] 그는 아직도 써야 할 막이 두 개나 남아 있는데도 불구하고 이제 죽어야 한다는 사실에 생각이 미쳤다. 그는 어둠 속에서 신에게 말했다.

「만일 내가 어떤 방식으로든 존재하고 있고, 만일 내가 당신이 저지른 시행착오에 의해 생긴 존재가 아니라면 나는 『적들』의 저자로서 존재합니다. 나의 존재를 정당화해 주고, 당신의 존재를 정당화해 줄 수 있는 이 드라마를 끝내기 위해서는 1년

---

14) 여기서 원고를 눈앞에 두지 않고도 작품의 운율을 검토할 수 있다는 말은 6음절이 짧기 때문에 보지 않고도 쉽게 떠올릴 수 있다는 말이다. 스페인어 시에 있어 기본적인 운율은 음절의 수에서 비롯된다. 또한 보지 않고 6음절의 시행들을 고칠 수 있다는 말은 또한 보르헤스 자신을 암시하기도 한다. 그는 리타 기버트와 가진 한 인터뷰에서 자신이 짧은 소설이나 정형시를 즐겨 쓰는 이유는 거의 장님에 가까운 자신으로서 암기하면서 그것들을 교정할 수 있기 때문이라고 밝힌 적이 있기 때문이다. Rita Guibert, *Life en Español* (31 : 5, 11 de marzo de 1968), 48-49쪽.

이라는 시간이 더 필요합니다. 세기와 시간의 주인이신 신이시여, 그날들을 내게 주십시오」

그날은 마지막 밤, 가장 잔혹한 밤이었다. 그러나 10분 후 마치 흙탕물 같은 잠의 암흑이 그를 덮쳐버렸다.

새벽 무렵, 그는 클레멘티눔[15] 도서관의 한 서고에 몰래 잠입하는 꿈을 꿨다. 검은 안경을 쓴 한 사서가 그에게 물었다.

「무엇을 찾는지요?」

흘라딕이 그에게 대답했다.

「신을 찾고 있습니다」

사서가 그에게 말했다.

「신은 클레멘틴 도서관에 있는 40만 권의 책들 중 어떤 페이지 어떤 글자들 중의 하나에 있지요. 나의 부모들과 나의 부모들의 부모들이 그 글자를 찾아 헤맸지요. 나 또한 그것을 찾느라 눈이 멀어버렸지요」

그가 안경을 벗었고, 흘라딕은 죽어 있는 그의 눈들을 보았다. 한 열람자가 지리부도 하나를 반환하기 위해 들어왔다.

「이 지리부도는 쓸모가 없어요」

그렇게 말한 그가 그것을 흘라딕에게 건넸다. 흘라딕은 무심결에 그것을 펼쳐들었다. 그는 인도의 지도를 보았고 현기증 속으로 빠져들어갔다. 돌연 확신에 사로잡힌 그가 손가락으로 아주 작은 글자들 중의 하나를 가리켰다. 세상의 모든 곳에 존재하는 목소리 하나가 그에게 말했다.

「일을 할 수 있는 시간을 주겠노라」

---

15) 16세기 바로크풍으로 지어진 프라하에 있는 건물로 현재는 대학으로 쓰이고 있다. 이 대학의 도서관은 세계적으로 유명하다.

여기서 흘라딕은 잠을 깼다.

그는 인간의 꿈이란 신의 소유물이고, 마이모니데스[16]가 만일 꿈에서 들은 말이 또렷하고, 명확하고, 그 말을 한 사람의 모습을 볼 수 없으면 그 말은 신의 계시라고 했던 것을 기억했다. 그는 옷을 입었다. 두 명의 군인이 감방 안으로 들어왔고, 자신들을 따라오라고 지시했다.

감방 문 밖으로 나온 흘라딕은 자신 앞에 복도들과, 계단들과, 막사들로 구성된 미로가 전개될 거라고 기대하고 있었다. 그러나 현실은 초라했다. 그들은 단 하나뿐인 철계단을 따라 뒷마당으로 내려갔을 뿐이었다. 몇 명의 군인들이 ── 그 중에는 군복의 단추를 채우지 않고 있는 치도 있었다 ── 모터사이클을 들여다보며 뭐라고 이야기를 나누고 있었다. 하사관이 시계를 들여다보았다. 8시 44분이었다. 9시가 되기를 기다려야 했다. 가련하다기보다는 그저 하찮아 보이는 흘라딕이 장작더미 위에 앉았다. 그는 군인들이 자신과 눈을 마주치지 않으려고 한다는 것을 직감했다. 기다림의 고통을 덜어주겠다는 뜻으로 하사관이 그에게 담배 한 개비를 내밀었다. 흘라딕은 담배를 피우지 않았지만 그것을 정중하고 겸허한 자세로 받았다. 그는 불을 붙이려고 내민 자신의 손이 떨리는 것을 보았다. 날이 침침해졌다. 군

---

16) Maimonides(1135-1204) : 스페인 코르도바 출신의 유태인 의사이자 철학자이며 작가였다. 1149년 그는 유태인 박해를 피해 스페인에서 탈출, 알렉산드리아에서 여생을 보냈다. 그의 박식함은 사람들로 하여금 〈유다이즘의 아리스토텔레스, 또는 성 토마스〉라고 부르도록 만들었다. 저서로는 『의학의 아포리즘』, 『유대 경전에 대한 주석』, 『길 잃은 자들을 위한 안내서』 등이 있다. 그는 이 『길 잃은 자들을 위한 안내서』에서 꿈과 예언 사이의 관계에 대한 논지를 전개하고 있다.

인들은 이미 그가 죽었기나 한 것처럼 낮은 소리로 소곤대고 있었다. 그는 헛되이 율리아 데 바이데나우로 상징되는 여성이라는 존재에 대해 생각하려고 했다⋯⋯.

분대가 정렬했고, 부동자세를 취했다. 병영의 벽에 등을 기대고 선 흘라딕은 발사를 기다렸다. 누군가가 벽에 피얼룩이 질지도 모른다는 걱정을 토로했다. 그래서 그들은 수인에게 몇 발자국 앞으로 나오라고 명령했다. 흘라딕은 어처구니없게도 사진사들이 사진을 찍기 전에 여기저기 거리를 재는 예행연습을 떠올렸다. 아주 두터운 빗방울 하나가 흘라딕의 관자놀이에 떨어졌고, 천천히 뺨을 타고 흘러내렸다. 하사관이 마지막 명령을 내렸다.

물질적 세계가 정지해 버렸다.

무기들이 흘라딕을 향해 모아져 있었다. 그러나 그를 죽일 사람들은 얼어붙은 듯 굳어 있었다. 하사관의 팔은 아직 못 마친 동작 속에서 영원화되어 있었다. 벌 한 마리가 마당의 보도 위에 굳어버린 그림자를 드리우고 있었다. 바람이 마치 그림 속에서 그러한 것처럼 멈춰 있었다. 흘라딕은 소리를 질러보고, 한 마디 말을 뱉어보고, 손가락 끝을 까딱해 보려고 했다. 그는 자신이 마비되어 있다는 것을 깨달았다. 정지된 세계로부터는 가장 희미한 소리조차 들려오지 않았다. 그는 〈난 지금 지옥에 있다, 나는 죽었다〉라고 생각했다. 그는 〈난 미쳤다〉라고 생각했다. 그는 〈시간이 정지해 버렸다〉라고 생각했다. 그런 다음 그는 만일 그렇다면 생각하는 것까지도 정지되어 있을 게 아닌가 하는 생각을 했다. 그는 시험을 해보기로 했다. 그는 (입술을 움직이지 않고) 버질의 신비스러운 네번째 목가시[17]를 읊조려보

앗다. 그는 저 머나먼 곳에 있는 군인들도 자신과 같이 몸부림의 고뇌를 느낄지 모른다는 추측이 들었다. 그는 그들과 대화를 나눠보려고 했다. 그는 전혀 피로하지 않고, 한동안 부동의 상태로 있었음에도 전혀 현기증이 느껴지지 않는 것에 놀랐다. 그는 얼마인지 알 수 없는 시간 동안 잠을 잤다. 잠에서 깨어난 그는 여전히 세계가 움직이지도 않고, 그 어떤 소리도 내지 않는 것을 보았다. 그의 뺨에서는 빗방울 하나가 계속 머물러 있었다. 마당에는 벌의 그림자가 그대로 있었다. 그가 버렸던 담배꽁초의 연기는 여전히 흩어지지 않고 있었다. 흘라딕이 모든 사정을 깨닫기 전에 또 〈하루〉가 지나갔다.

그는 신에게 자신의 작업을 끝낼 수 있도록 만 1년의 기간을 달라고 청했었다. 전지전능한 신이 그에게 1년을 제공했다. 신은 그를 위해 비밀의 기적을 행하고 있었다. 독일제 탄환이 정해진 시간에 그를 죽이게 될 것이었다. 그러나 하사관이 명령을 내리고 군인들이 명령을 실행하는 사이에 그의 정신 속에서는 1년의 시간이 지나갈 것이었다. 그는 혼란감에서 놀라움으로, 놀라움에서 체념으로, 체념에서 불현듯 치밀어오르는 감사하는 마음으로 옮겨갔다.

그에게 기억 외에는 다른 어떤 기록 방식도 있을 수가 없었다. 전에 기억으로 6음절 시를 하나하나 더해 가곤 했던 훈련은 그에게 부정확하고 애매모호한 영감을 떠올렸다가 잊어버리는 사람들이 부러워할 확실한 행운을 갖도록 만들어주었다. 그는 후대를 위해서, 또는 문학적 취향이 무엇인지 알 수 없는 신을

---

17) 로마 시인 버질(기원전 79-11년)의 네번째 목가시를 여기서 언급하고 있는 것은 그것이 예언적인 내용을 담고 있기 때문이다.

위해서 그 작업을 하는 게 아니었다. 그는 시간 속에서 부동의 자세를 한 채 정밀하고 비밀스럽게 자신의 보이지 않는 고결한 미로를 짜 나아갔다. 그는 3막을 두번씩이나 고쳤다. 그는 몇 가지 지나치게 명증한 상징들을 지워버렸다. 예를 들어 되풀이되는 시계 종소리와 음악소리가 그것이었다. 그 어떤 것도 그를 애먹이지 않았다. 그는 어떤 것은 생략하고, 어떤 것은 축약하고, 어떤 것은 확대시켰다. 간혹 그는 초고가 마음에 들기도 했다. 그는 마당, 그리고 병영을 사랑하게 되기에 이르렀다. 자신과 마주하고 있는 한 병사의 얼굴은 그로 하여금 뢰메르슈타트의 개념을 수정하게끔 만들었다. 그는 그토록 플로베르를 괴롭혔던 진저리나는 불협화음들은 단순한 시각적 미신에 불과하다는 것을 깨달았다. 소리나는 말이 아닌 문자가 가진 약점이자 한계였던······.[18] 그는 자신의 희곡을 끝냈다. 이제 그에게는 단 하나의 성질 형용사[19]를 해결하는 일만이 남아 있었다. 마침내 그는 그것을 찾아냈다. 빗방울이 그의 뺨에서 흐르기 시작했다. 그가 미친 듯이 고함을 터뜨렸고, 얼굴을 뒤흔들었고, 4중으로 발사된 총탄이 그를 거꾸러뜨렸다.

자로미르 흘라딕은 3월 29일 아침 9시 2분에 죽었다.

1943년

---

18) 이 부분은 플로베르가 한 단어와 그것의 소리 사이에 미리 예정된 어떤 조화가 깃들여 있다고 믿었던 것에 대한 일종의 풍자에 해당된다.
19) 성질 형용사란 파란 바다, 하얀 눈의 〈파란〉, 〈하얀〉과 같이 수식하는 명사의 성질을 나타내는 형용사를 뜻한다.

유다에 관한 세 가지 다른 이야기

타락에는 한계가 있었다.

토마스 에드워드 로렌스,
『지혜의 일곱 기둥』, 103장.[1]

우리들의 신앙 연력[2]으로 2세기경, 바실리데스[3]가 소아시아, 또는 알렉산드리아에서 우주는 완전치 못한 천사들이 만들어낸 무모하고 짓궂은 즉흥적 작품이라고 공언했을 때, 닐스 루네베리[4]는 유일 무이한 지적 열정을 가지고 한 그노시스 교파 비밀

---

1) Thomas Edward Lawrence(1888-1935) : 영국의 군인으로 영국의 우방인 아랍과 독일의 우방인 터키 사이에 전쟁이 일어났을 때 아랍 편에서 많은 공적을 세웠다. 이때의 이야기를 자전적으로 쓴 소설이 『지혜의 일곱 기둥』이다. 이 소설은 영화화되어 우리나라에서도 「아라비아의 로렌스」라는 이름으로 상영된 바 있다. 보르헤스가 인용하고 있는 103장은 작가 자신에 대한 자기 분석이 중심이 되어 있다. 〈타락에는 한계가 있었다〉는 말은 예수를 배반한 유다의 문제를 다루고 있는 보르헤스의 이 작품 주제와 경구적으로 연결된다. 1차적으로는 유다가 일단 예수를 배반했지만 나중에는 후회한다는 성경의 내용을 빗대어 말하고 있다고도 볼 수 있다.
2) 우리들의 신앙 연력이란 기독교 연력인 서기를 가리킨다.
3) Basilides(?-139) : 이집트의 그노시스 철학자. 「바벨의 도서관」 주12번 참조.
4) 허구적 인물이다. 「끝없이 두 갈래로 갈라지는 길들이 있는 정원」에 보면

집회를 주도하고 있었을 것이다. 아마 단테는 루네베리에게 지옥의 불을 안겨주었을는지도 모른다.[5] 그렇게 했으면 그의 이름은 사토르닐루스[6]와 카르포크라테스[7] 사이에 끼여 그다지 중요하지 않는 이단자 명단의 숫자를 늘려주었을 것이었다.[8] 독설로 포장된 그의 설교 몇몇 부분들은 외경 『이단을 단죄하는 책』[9] 속에 남아 있거나, 또는 한 수도원의 도서관에서 일어난 화재가 『이단에 관한 전집』[10]의 마지막 권을 삼켜버렸을 때 사

이름은 다르지만 성이 같은 독일 스파이 빅토르 루네베르크가 등장한다.
5) Dante Alighieri(1265-1321) : 이탈리아의 시인이자 정치가로 우리에게 『신곡』으로 알려진 『성스러운 코미디 Divina Commedia』로 유명하다. 여기서 단테가 루네베르크를 지옥의 불로 보내겠다는 것은 『성스러운 코미디』에 이단자들을 지옥 불로 징계하는 대목이 나오기 때문이다.
6) Satornilus(2세기경) : 시리아의 안티옥 출신 그노시스 학파 학자.
7) Carpocrates(2세기경) : 알렉산드리아 출신의 학자로 사토르닐루스와 마찬가지로 이단으로 몰렸다. 보르헤스의 작품집 『알렙』의 「신학자들」에 보면 다음과 같은 말이 나온다. 〈마치 카르포크라테스처럼 그들은 '아무도 마지막 은화 한 닢까지 내놓지 않고는 감옥에서 나오지 못하리라.'(누가 복음 12장 59절), 그리고 그들은 고행자들을 이러한 '또 다른 시구로 속인다'라고 이해했다. '나는 사람들에게 생명을 주고, 그것을 풍성하게 주기 위해 왔노라.'(요한복음 10장 10절)〉 『보르헤스 전집』 1권(Buenos Aires : Emecé, 1989), 554쪽 참조.
  이 말은 앞의 인용문에서 진흙, 또는 악을 통해 정화를 한다는 또 다른 이교도들과, 인간은 죄로부터 해방되기 위해 모든 선과 악을 동시에 경험해야 한다고 보는 카르포크라테스 사이의 유사성을 시사하고자 함이다.
8) 사토르닐루스와 카르포크라테스 사이에 이단자로 끼인다는 말은 비록 닐스 루네베르크가 허구적인 인물이지만 이 두 사람이 활동했던 중간쯤에 활동했었다고 가정적으로 설정하고자 함에 있다.
9) 외경Apocrypha이란 오늘날 성서로 받아들여지지 않고 있지만 초대교회에서는 성서의 부분으로 포함시켰던 몇 가지 예수 탄생 전후에 쓰여진 경전들을 뜻한다. 『이단을 단죄하는 책 Liber adversus omnes haereses』 또한 그러한 외경에 속한다.
10) 원 제목은 『신태그마 Syntagma』이다. 이 말의 그리스어적 어원은 〈종합적인 요소〉, 〈집합적인 요소〉이다. 그러나 여기서는 고유명사로서 저스틴

라져버렸을는지도 모른다. 그런데 신은 대신 그에게 20세기와 룬트[11]의 대학 도시를 선사했다. 그곳에서 그는 1904년 『그리스도 대 유다』 초판을 발간했고, 1909년 역시 그곳에서 그의 주저서인 『비밀스러운 구세주 Den hemlige Frälsaren』를 발간했다. (『비밀스러운 구세주』는 1912년 에밀 셰링에 의해 역시 같은 뜻의 Der heimliche Heiland라는 표제와 함께 독일어로 번역되었다.)

앞에서 언급한 작품들을 검토하기 전에 〈전국 복음전도 연합〉의 회원이었던 닐스 루네베리가 독실한 종교인이었다는 것을 강조할 필요가 있다. 좀 배웠다고 하는 사람들은 파리, 심지어는 부에노스 아이레스의 지식인 모임방에서 쉽게 루네베리의 논문들을 재발견할 수 있었을 것이다. 그러한 모임에서, 의제로 채택되곤 했던 이 논문들은 부주의와 불경함으로 물들어 있는 쓸모없고 경박한 습작들로 비쳐졌을 게 틀림없었다. 그러나 루네베리에 있어서 그것들은 신학의 중심적인 비밀을 푸는 열쇠와도 같았다. 그에게 있어 그것들은 명상과 분석, 역사적이고 문헌학적인 논쟁, 자만, 환희, 그리고 공포의 제재였다. 그것들은 그의 삶을 정당화시켜 주었고, 동시에 그의 삶을 파멸로 이끌었다. 독자는 이 글이 루네베리의 변증법과 예증들이 아닌 결론만을 다루고 있음을 염두에 두어야 한다. 어떤 사람은 결론이 〈예증들〉보다 성급하게 앞서 나와 있는 게 아니냐고 지적할는지도 모른다. 그러나 스스로 믿지도 않고 전혀 중요하지도 않

마터 Justin Martyr, 또는 히폴리투스 Hippolytus가 지은 『전집』이라는 책의 이름을 가리킨다. 이 책들은 똑같이 여러 가지 이단들의 양상을 종합적으로 기술해 놓고 있다.

11) Lund : 스웨덴의 도시 이름.

다고 생각하는 어떤 것에 대한 예증에 헛된 노력을 바칠 사람이 어디 있겠는가?

『예수 대 유다』의 초판에는 다음과 같은 직설적 제사(題詞)[12]가 실려 있다. 그것의 의미는 몇 년 후 닐스 루네베리 자신에 의해 기괴하게 확대 해석되었다. 〈전통적으로 유다 이스카리옷이 저질렀던 것으로 알려진 단 한 가지가 아니라 모든 것이 허위이다.〉(드 퀸시, 1857)[13] 한 독일인의 예를 쫓아 드 퀸시는 예수로 하여금 자신의 신성을 공표하여 로마의 압제에 대한 광범위한 반란이 불붙도록 강요하기 위해 유다가 예수를 밀고했다고 생각했다. 루네베리는 일종의 형이상학적 해명을 제시한다. 그는 능란하게 유다가 한 불필요한 행동에 대한 강조로 자신의 논지를 시작한다. 그는 (마치 로버트슨처럼[14]) 단지 성전 안에서 설교를 하고 수천 명의 군중이 보는 앞에서 기적을 행했던 스승의 참 정체를 밝히기 위해서라면 제자가 스승을 배반할 필요가 없다고 본다.[15] 그럼에도 불구하고 그러한 일은 일어났다.

---

12) 제사 epigraph란 책 또는 글의 본문이 시작되기 전 남의 글의 부분을 인용하고 있는 것을 가리킨다.
13) Thomas De Quincey(1785-1859) : 영국의 작가로 『한 영국인 아편 복용자의 고백』으로 유명함. 여기서 인용하고 있는 드 퀸시의 작품은 1857년에 간행된 『전문적이고 신학적인 소고들』이다. 이 글에서 드 퀸시는 유다에 대한 새로운 해석을 요구하고 있다. 그에 따르면 유다는 예수를 영원한 왕국의 왕이 아닌 현세적 왕, 즉 유태인들을 로마 치하에서 해방시켜 줄 민족 지도자로 이해했다. 유다가 예수를 밀고한 것은 단지 돈 때문이나, 또는 또 다른 속설인 그가 민족 해방에 대한 관심이 없다는 것을 깨달았기 때문이 아니다. 그가 예수를 밀고한 것은 예수가 잡혀들어가면 유태인들이 흥분해 봉기할 걸로 보았기 때문이라는 게 드 퀸시의 주장이다.
14) 여기서 아마 보르헤스는 신학자 프레드릭 윌리엄 로버트슨 Frederick William Robertson(1816-1853)을 가리키고 있는 듯하다.
15) 이는 스승의 신성을 보여주기 위해 유다가 밀고를 했다는 드 퀸시의 논지

성경에 실수가 개입되었다는 것은 상상조차 할 수 없는 일이다. 인류 역사상 가장 중요한 사건에 우연이 개재될 수 있다는 것 또한 마찬가지로 상상조차 불가능하다. 따라서 유다의 배반은 우연의 산물이 아니다. 그것은 구원의 경제학에 있어 신비한 위치를 차지하고 있는 미리 예정된 사건이었다. 루네베리는 논지를 이어간다. 〈말씀〉은 육화되면서[16] 어느 곳에나 있는 만유로부터 한정적인 공간으로, 영원으로부터 역사로, 끝없는 행복으로부터 덧없는 변천과 죽음으로 건너왔다. 그러한 희생에 값하려면 모든 인간을 대표하는 한 인간이 적절한 희생을 치르는 게 불가피하다. 유다 이스카리옷이 바로 그러한 대표로서의 인간이다. 유다만이 제자들 중 유일하게 비밀의 신성과 예수의 처참한 계획을 깨달았다. 〈말씀〉은 스스로를 낮춰 죽어가는 인간이 되었다. 따라서 〈말씀〉의 제자인 유다 또한 스스로를 낮춰 밀고자(모든 수치스러운 행위 중에서 가장 비열한 죄악)가 되고, 그리고 영원히 꺼지지 않는 불의 손님이 될 수 있었다. 하위질서는 상위질서의 거울이다. 지구의 형상들은 천국에 있는 형상들과 일치한다. 몸의 주근깨들은 변질되지 않는 성좌들의 지도이다. 유다는 어떤 의미로 예수를 반영한다. 바로 여기에서 영원한 비난 그 이상조차 받아 마땅할 30냥의 은화와 입맞춤이 유래한다.[17] 바로 여기에서 유다가 스스로 선택한 죽음이 유래

를 반박하는 말이다.
16) 〈말씀〉이 육화되었다는 것은 예수가 지구상에 왔다는 것을 의미한다. 구약성서에서 〈말씀〉은 하나님을 의미하고 그 말씀이 인간을 구원하기 위해 인간의 몸을 취해 세상에 왔다는 것을 뜻한다.
17) 이 부분은 유다가 밀고의 대가로 30냥을 받았던 것과, 예수가 누구인지를 알려주기 위해 그의 발에 입을 맞췄던 것을 가리킨다.

한다. 이렇게 닐스 루네베리는 유다의 수수께끼를 명증하게 밝혔다.

모든 죄를 참회한 신학자들이 그를 논박했다. 라스 피터 엥스트롬은 그가 삼위일체적 결합에 대해 무지하거나, 그것을 간과했다고 비난했다. 악셀 보렐리우스는 그가 예수의 인성을 부인했던 예수환영론[18]을 다시 들먹이고 있다고 비난했다.[19] 룬트의 준엄한 주교는 그의 주장이 누가 복음 22장 3절과 모순된다고 비난했다.[20]

이러한 갖가지 공격이 루네베리에게 영향을 미치지 않을 리가 없었다. 그는 질타받은 책의 몇 부분을 다시 썼고, 자신의 교의를 수정했다. 그는 신학적 문제는 자신의 적들에게 맡겨놓은 채 도덕적 시각에 입각한 매우 은근한 주장들을 제시했다. 그는 예수가 〈전지전능한 신이 제공할 수 있는 모든 중요한 여건들을 갖추고〉 있었기 때문에 인류를 구원하기 위한 도구로서 그 어떤 사람도 필요로 하지 않는다는 점을 인정했다. 그런 다음 그는 그 설명할 길 없는 배신자에 대해 아무것도 알 수 없다고 고집하는 사람들을 공박했다. 〈우리는 그가 열두 제자 중의 하나였고, 천국의 도래를 널리 알리고, 병자들을 치료하고, 문둥병을 낫게 해주고, 죽은 자를 다시 살리고, 마귀를 쫓아내기 위해 (마태복음 10장 7-8절, 누가복음 9장 1절) 선택된 사람들 중의 하나라는 것은 알고 있지 않는가〉 하고 그는 반문했다. 그

---

18) Docetism : 그노시스 학파의 한 지류로 예수를 실체가 없는 환영으로 보는 교파.
19) 이상 라스 피터 엥스트롬과 악셀 보렐리우스는 허구적 인물이다.
20) 대한 성서공회 발행 성서에 따르면 이 구절은 다음과 같다. 〈열둘 중에 가룟인이라 부르는 유다에게 사단이 들어가니······.〉

처럼 구세주가 그를 일반 사람들로부터 구분시켰기 때문에 그는 자신의 행적에 대해 최선의 조명을 받을 가치가 있다. 그의 죄를 탐욕의 탓으로 돌리는 것은(요한복음 12장 6절을 인용하면서 몇몇 사람들이 그러했던 것처럼[21]) 가장 비열한 동기를 무턱대고 설정하고 있음에 다름 아니다. 닐스 루네베리는 그러한 관점이 지나치게 극단적이고 광신적인 금욕주의라며 상반된 동기의 가능성을 제시한다. 금욕주의자들은 신의 영광을 극대화시키기 위해 육체를 비하시키고 그것에 고통을 가한다. 유다는 정신적으로 그와 똑같은 일을 했다. 그는 덜 영웅적이기는 했지만 다른 사람들이 쾌락에 대해 그러했던 것과 마찬가지로 명예와, 안락과, 평온과, 천국을 거부했다.[22] 그는 참혹하도록 명증한 의식을 가지고 자신이 저지르게 될 죄의 속성에 대해 미리 숙고를 했다. 간통죄에서는 늘 일종의 부드러움과 자기 희생이, 살인죄에는 일종의 용기가 게재되어 있는 법이다. 불경죄와 신성모독죄에는 어떤 악마적 광채 같은 것이 그 자리를 차지하고 있다. 유다는 그런 유의 그 어떤 미덕에도 물들지 않은 그러한 범죄를 선택했다. 신뢰에 대한 악용(요한복음 12장 6절)과 밀고. 그는 이루 말할 수 없는 겸손함을 가지고 그 일을 수행해 나갔

---

21) 대한 성서공회 측 번역에 따르면 이 구절은 다음과 같다. 〈이렇게 말함은 가난한 자들을 생각함이 아니오, 저는 도적이라 돈 궤를 맡고 거기 넣는 것을 훔쳐감이러라.〉

22) 보렐리우스는 우롱조로 반문한다. 「왜 그는 그러한 포기를 포기하지 않았을까? 또는 왜 그는 그러한 포기를 포기한다는 생각을 포기하지 않았을까?」 [원주]
  역주 : 앞의 주에서 밝힌 대로 보렐리우스는 허구적 인물이다. 따라서 이 부분은 보르헤스에게서 특징적인 가짜 사실주의와 언어의 유희가 극대화되어 있는 대표적인 예라고 볼 수 있다.

고, 선인이 된다는 것에 대해 분노를 느꼈다. 사도 바울은 이렇게 쓰고 있다. 〈영광을 받는 사람은 주 안에서 영광을 받으라.〉 (고린도 전서 1장 31절)[23) 유다는 자신에게 주님의 축복이 충만하다고 믿었기 때문에 지옥을 쫓았다. 그는 선행과 마찬가지로 행복도 하느님의 속성이기 때문에 인간이 마음대로 그것을 찬탈해서는 안 된다고 생각했다.[24)

시간이 지나면서 많은 사람들은 루네베리의 논지가 그럴 듯하게 시작은 하고 있으나 그 안에 터무니없는 의중이 도사리고 있고, 『비밀스러운 구세주』가 단지 『그리스도 대 유다』를 뒤틀

23) 성서공회 번역 성서의 이 구절은 〈자랑하는 자는 주 안에서 자랑하라 함과 같게 하려 함이니라〉라고 되어 있으나 글의 문맥상 원문의 아르헨티나 성서공회 번역 성서를 직역했다.
24) 에우끌리데스 다 꾸냐는 루네베르크가 알지 못했던 한 책에서 까누도스의 이교 교주 안또니오 꼰셀에이로에게 있어 미덕은 〈거의 불경에 다름없는 것〉이었음을 언급하고 있다. 아르헨티나 독자는 알마뷰에르떼의 작품에 그와 유사한 구절이 있음을 상기하게 될 것이다. 루네베르크는 Sju insegel이라는 상징주의 간행물에 『비밀의 물』이라는 아주 탄탄한 산문시를 발표했다. 처음의 몇 연들은 소동이 벌어진 어떤 날에 대해, 마지막 연들은 얼어붙은 연못의 발견에 대해 이야기하고 있다. 시인은 이 고요한 물의 지속적 존재는 인간 세계의 불필요한 폭력을 교정하고, 일견 그것을 허용하고, 그리고 그것을 용서하는 것임을 시사한다. 그 시는 다음과 같이 끝난다. 〈밀림의 물은 행복하다. 우리들은 사악하고 고뇌하는 존재들이 될 수도 있다.〉 [원주]
역주 : 에우꼴리데스 다 꾸냐 Euclides da Cunha(1866-1909)와 안또니오 꼰셀이에로 Antonio Conselhiero에 얽힌 이야기는 다음과 같다. 안또니오 마시알 Antonio Macial이라는 이름으로도 알려져 있는 꼰셀이에로는 1828년에 태어나 1897년에 죽은 브라질의 이교 교주이다. 그는 추종자들과 함께 브라질 바이아 주 북부에 자리잡은 까누도스 지방에서 공동체를 이루며 살아갔다. 그러다가 정부의 정책에 반대하여 반란을 일으켰고, 파견된 군대에 의해 교수형에 처해진 그를 비롯하여 모든 신도들이 몰살당하였다. 바로 꼰셀에이로 사건을 다룬 포르투갈어 소설 『오지의 사람들』(1902)을 에우꼴리데스 다 꾸냐가 썼다. 그는 실제로 이 토벌에 참여한 군인이었다.

고 부풀려놓은 책에 불과하다는 사실을 간파했다. 루네베리는 1907년 말 『비밀스러운 구세주』의 집필과 탈고를 마쳤다. 그러나 그는 그것을 곧바로 출간하지 않은 채 2년이라는 세월을 보냈다. 1909년 10월 그 책은 덴마크의 히브리학자 에릭 에르프조르드[25]의 서문(수수께끼처럼 느껴질 정도로 아리송한), 그리고 다음과 같은 부적절한 제사와 함께 세상에 모습을 드러냈다. 〈그는 세상 속에 있었고, 세상은 그에 의해 만들어졌으나 세상은 그를 알지 못하였다.〉(요한복음 1장 10절) 결론은 해괴망측했으나 개략적인 논지는 그다지 난삽한 것은 아니었다. 닐스 루네베리는 신이 인류를 구원하기 위해 자신을 인간으로 비하시켰다고 주장한다. 그의 희생은 무엇이 빠트려져 있어 쓸모없게 되거나 손상을 당하지 않는 완전무결한 것이었다고 생각하기에 충분하다. 그가 치른 희생을 한 오후에 겪은 십자가의 고통에 한정시키는 것은 신성모독에 해당된다.[26] 그가 인간이었으면서

---

25) 허구적 인물이다.
26) 모리스 아브라모비츠는 자신의 견해를 다음과 같이 피력한다.
 〈스칸디나비아 사람들이 말하는 것에 따르면 예수는 항상 좋은 역할을 맡았다. 그러한 쏠쏠한 냉소는 인쇄술의 덕분으로 여러 언어권에서 좋은 평판을 누리고 있다. 그가 33년 동안 인간 세상에 머물렀던 게 한마디로 말해 휴가를 즐긴 것은 아니었다.〉
 에르프조르드는 『그리스도적 교의』의 세번째 부록에서 이 구절을 반박한다. 그는 시간 속에서 단 한 차례 일어났던 신의 십자가형은 끊임없이 영원 속에서 반복되고 있기 때문에 중단된 게 아니라고 지적한다. 〈지금도〉 유다는 계속 은화를 받고 있고, 계속 예수 그리스도의 발에 입을 맞추고 있고, 계속 그 돈을 성전 안에 내팽개치고 있고, 계속 피의 광야에서 목을 매달고 있다. (이러한 주장의 합당성을 밝혀주기 위해 에르프조르드는 자로미르 홀라딕의 『영원에 관한 옹호』 제1권 마지막 장을 인용하고 있다.)
 [원주]
 역주: 모리스 아브라모비츠 Maurice Abramowicz는 보르헤스와 스위스

도 죄로부터 자유로웠다고 주장하는 것은 모순을 내포한다. 〈무죄성〉과 〈인간성〉은 호환되지 않는 속성이기 때문이다. 켐니츠[27]는 구세주가 피로, 추위, 동요감, 배고픔, 갈증을 느꼈음을 시인한다. 그렇다면 예수가 죄를 지을 수도 있고, 타락할 수도 있다는 것을 인정할 수밖에 없게 된다. 그 유명한 구절 〈그는 마치 메마른 땅에 뿌리를 박은 식물처럼 싹을 피우리라. 그에게는 아름다운 외관도 없고, 멋진 풍채도 없다. 그는 사람들로부터 멸시를 받고, 가장 홀대를 받고, 고통에 찌들리고 슬픔에 짓눌린 이라〉(이사야 53장 2-3절)[28]는 많은 사람들에게 있어 죽음의 시간에 그가 받게 될 십자가형에 대한 예언이다. 그러나 다른 사람들에게 있어(예를 들어, 한스 라센 마르텐센[29] 같은) 이 구절은 그리스도가 잘 생겼다는 일반적인 통념에 대한 반박에 해당된다. 루네베리에게 있어 이 구절은 한 순간이 아닌, 시

제네바 거주 시절에 알아 평생을 지우로 지냈던 실존 인물이다. 그러나 그가 정말로 그러한 견해를 제시했는지는 확실치 않다. 그리고 허구적인 인물인 에르프조르드가 자신의 논증을 정당화시키기 위해 역시 앞의 작품「비밀의 기적」에 나오는 작중 인물인 자로미르 홀리딕이라는 허구적 인물의 책을 인용했다는 것은 역시 허구적인 것에 대한 허구적 글쓰기의 대표적인 예라 할 수 있다.

27) 독일의 신학자 마르틴 캠니츠 Martin Kemnitz(1522-1586)을 연상시키나 역시 허구적 인물이다.
28) 이 부분은 스페인어 성경 원문에 대한 직역이다. 대한 성서공회 발행 성경의 이 구절 번역은 다음과 같다. 〈그는 주 앞에서 자라나기를 연한 순 같고 마른 땅에서 나온 줄기 같아서 고운 모양도 없고 풍태도 없은 즉 우리가 보기에 흠모할 만한 아름다운 것이 없도다. 그는 멸시를 받아서 사람들에게 싫어버린 바 되었으며 간고를 많이 겪었으며 질고를 아는 자라 마치 사람들에게 얼굴을 가리우고 보지 않음을 받는 자 같아서 멸시를 당하였고 우리도 그를 귀히 여기지 아니하였도다.〉
29) Hans Lassen Martensen(1808-1884) : 덴마크의 주교이자 신학자였음.

간과 영원에 있어서의 모든 참담한 미래, 그리고 육화된 〈말씀〉에 대한 정확한 예언이다. 신은 완전히 인간이 되었고, 심지어 치욕적인 인간, 비난받아 마땅하고 고뇌의 심연에 빠져 있는 그런 인간이 되었다. 그는 우리 인간을 구원하기 위해 역사의 복잡한 그물을 구성하고 있는 운명들 중 그 어떤 운명도 택할 수 있었다. 그는 알렉산더, 또는 피타고라스, 또는 루릭,[30] 또는 예수가 될 수 있었다. 그는 최저급의 운명을 선택했다. 그것이 바로 유다였다.

무망하게도 스톡홀름[31]과 룬트의 서점들은 이러한 계시를 일반에게 공표했다. 무엇이든 잘 믿지를 않는 사람들은 〈불문곡직하고〉 그것을 공허하고 난삽하기만 한 신학적 유희에 불과한 것으로 간주했다. 신학자들은 그것에 멸시를 보냈다. 이러한 광범위한 무관심에 접하게 되자 루네베리는 하나의 기적적인 확신을 직감하게 됐다. 신이 그러한 무관심을 예정시켜 놓은 것이리라. 신은 자신의 무시무시한 비밀이 지상에서 폭로되는 것을 원치 않는 것이리라. 그는 예부터 내려오는 신의 저주가 자신에게 수렴되는 것을 느꼈다. 그는 엘리야[32]와 모세를 떠올렸다. 산 위에 올라갔던 그들은 하느님의 얼굴을 보지 않기 위해 얼굴을 가렸다.[33] 그는 이사야[34]를 떠올렸다. 그는 지상을 빛으로 가득

---

30) Rurik : 반신화적, 반역사적 인물로 9세기 말에 정착하여 16세기 말까지 러시아를 통치했던 루릭 왕조의 창건자로 알려져 있다. 그는 북유럽의 방랑족이었던 바랑고이족으로 알려져 있다.
31) 스웨덴의 수도.
32) 구약성서에 나오는 위대한 예언자.
33) 모세는 시나이 산에서, 엘리야는 호렙 산에서 계시를 받으면서 하느님의 얼굴을 보지 말라는 지시를 받는다. 모세는 출애굽기 24장 15절, 엘리야는 열왕기 상 19장 13절을 참조할 것.

채운 〈그분〉을 보았을 때 공포에 질렸다. 그는 사울[35]을 떠올렸다. 그는 다마스커스로 가는 길에서 눈이 멀었다. 그는 랍비(율법학자) 시메온 벤 아사이를 떠올렸다. 그는 천국을 보았고, 그리고 죽었다.[36] 그는 그 유명한 마법사 후안 데 비떼르보르를 떠올렸다. 삼위일체를 볼 수 있었던 그는 그 후 광인이 되어버렸다.[37] 그는 성경 주석가[38]들을 떠올렸다. 그들은 하느님의 비밀스러운 이름인 〈솀 함페보라쉬 Shem Hamephorash[39]〉라는 단어를 함부로 말하는 불경자들을 증오했다. 아마 그 또한 이러한 비밀스러운 죄악을 저지른 자는 아닐까? 그러한 비밀의 공표는 〈성령〉에 대한 용서받을 수 없는 신성모독은 아닐까?(마태복음 12장 31절)[40] 발레리우스 소라누스[41]는 로마의 숨겨진 이름을

---

34) 구약시대의 예언자로 메시아의 도래에 관한 예언을 했다.
35) 사도 바울이 개종하기 전의 이름.
36) Simeon ben Azai(2세기 초) : 유태의 학자. 여기서 그가 신을 보았고 죽었다는 것은 유태의 전통에서 보면 현자들은 하느님의 세계에 대한 완곡한 표현인 〈정원〉에 들어갈 수 있는데 그가 그 정원에 들어갔고 성인이 되어 죽었다는 일화를 가리킴. 보르헤스는 그를 랍비인 율법학자로 지칭하고 있지만 그는 랍비가 아니었음.
37) Juan de Viterbo(1432-1502) : 이탈리아의 도미니크회 수도사였던 사람. 그러나 그가 삼위일체를 보았고, 그래서 눈이 멀었다는 기록은 없다.
38) Midrashim : 히브리어로 〈연구〉를 뜻하는 midrash의 복수형으로 흔히 성경 주석가를 뜻한다. 전통적으로 성경 연구는 자귀적 해석파와 심층적 해석파로 나뉘어 왔는데 여기서 미들러쉬는 성경에 대한 심층적 해석을 뜻한다.
39) 히브리어로 탁월한, 또는 지존한 이름이라는 뜻으로 앞에 나오는 작품 「죽음과 나침반」에는 나오는 〈테트라그라마톤〉과 같은 어의를 가지고 있다.
40) 대한 성서공회 번역 성서의 이 구절은 다음과 같다. 〈그러므로 내가 너희에게 이르노니 사람의 모든 죄와 훼방은 사하심을 얻되 성령을 훼방하는 것은 사하심을 얻지 못하겠고……. 〉
41) Valerius Q. Soranus(기원전 1세기경) : 로마의 학자. 그보다 후대의 로마 저술가인 플리니(「기억의 천재 푸네스」의 역주 19번 참조)의 『자연사』에

공표한 탓에 죽었다. 신의 무서운 이름을 발견했고, 그것을 공표한 것에 대해 그에게 내려진 징벌은 얼마나 무한한 것일까?

불면과 현기증 나는 변증법에 취한 닐스 루네베리는 자신의 〈구세주〉와 지옥에서 합류할 수 있는 영광을 달라고 큰 소리로 떠들어대면서 말뫼[42]의 거리를 방황했다.

그는 1912년 3월 첫번째 날에 동맥류 파열로 사망했다. 이교 연구가들은 닳을 대로 닳은 〈하느님의 아들〉이라는 개념에 악과 불행이라는 복합성을 추가시킨 사람으로서 그를 기억하게 될는지도 모른다.

1944년

그가 로마의 안녕을 위해 종교적으로 공표가 금지되었던 로마의 또 다른 이름을 공표해 처벌을 받았다는 기록이 나오지만 그 이름이 무엇인지 플리니는 밝히고 있지 않다.

42) Malmö : 스웨덴의 도시 이름.

끝[1]

레까바렌은 드러누운 채로 눈을 살며시 떴고, 그리고 비스듬히 기울어진 초가집의 납작한 천장을 올려다보았다. 다른 방에서는 끝없이 뒤엉켰다 풀어지곤 하는, 아주 보잘것없는 미로의 마술 같은 시끄러운 기타소리가 들려오고 있었다……. 그는 조금씩 조금씩 현실, 이제 다른 어떤 것들로도 대체되지 않을 일상적인 것들을 회복하고 있었다. 그는 별다른 회한 없이 쓸모없

---

[1] 이 작품을 이해하기 위해서는 한 가지 선행 지식이 필요하다. 그것은 이 작품이 아르헨티나의 대표적인 낭만주의 시인 호세 에르난데스 José Hernández(1834-1886)의 서사시 『마르띤 피에로』를 패러디하고 있다는 점이다. 이 서사시의 주인공인 마르띤 피에로는 아르헨티나 평원에 거주하는 목동인 〈가우초〉다. 아르헨티나에는 1816년 스페인으로부터 독립한 이후 두 개의 상반된 이념이 존재했다. 하나는 지방을 중심으로 한 토호 체제적 보수주의 연방주의자들이었고, 다른 하나는 도시의 신흥 부르주아와 지식인들을 중심으로 한 자유주의적 중앙집권주의자들이었다. 독립 초기 이 두 이념 중 연방주의자들이 정권을 잡았다. 그들이 정권을 잡을 수 있었던 것은 독립 전

는 거대한 체구, 자신의 다리를 감싸고 있는 흔해빠진 모직 판

쟁 당시 그들이 무장 투쟁에 있어서 큰 공헌을 했고, 그리고 그때 가지고 있었던 군대들을 그대로 가지고 있었기 때문이었다. 이들 연방주의자들을 지휘하고 있던 대부분 토호들은 소위 〈악한 목동 gaucho malo〉들이었다. 이들 연방주의 토호들은 점차 지역 세력에서 발전되어 아르헨티나 전체의 정권을 쥐게 되는 독재자들로 변모하게 된다. 그 중 대표적인 독재자들이 파꾼도 Facundo와 로사스 Rosas이다. 그러나 이들의 강권 무력 통치는 많은 작가들이 포함된 자유주의자들의 강력한 도전에 직면하게 된다. 결국 1852년 가우초 정권은 무너지게 되고 자유주의 정권이 들어서게 된다. 이때를 기점으로 하여 가우초들은 이전에 가졌던 사회적 특권을 상실하게 되고, 하층 빈민 계급으로 소외되게 된다.

에르난데스의 『마르띤 피에로』는 바로 이러한 시기의 가우초들이 당하게 되는 비극적 삶을 마르띤 피에로라는 인물을 통해 표상한다. 에르난데스는 비록 혁명 전 일부 가우초들이 범죄적이었던 것만은 틀림없지만 새로운 정부가 획일적으로 내세운 계몽 정치에 의해 그들이 어떻게 자신들의 의사와는 무관하게 범법자, 떠돌이, 인디언과의 전쟁에서 총받이로 전락하게 되는가를 보여준다.

이 작품은 「떠남」과 「귀향」 등 2부로 나뉘어 있다. 1873년에 발간된 1부에서 마르띤 피에로는 새로 제정된 법에 따라 자기 의사와는 관계 없이 군대에 끌려가 전선에서 인디언들과 싸우다 탈영한다. 우여곡절 끝에 고향에 돌아왔다가 자신의 가족들이 뿔뿔이 흩어져 버린 것을 발견하게 된 그는 극도로 광포해진다. 그는 한 주막에서 한 흑인과 단도로 싸움을 벌이게 된다. 그 과정에서 그는 한 흑인을 죽이게 되고 당국의 추적을 받게 된다. 경찰들과 싸움을 벌이던 중 그는 지역 경찰서장인 따데오 이시도로 끄루스와 만나게 된다. 따데오 이시도로 끄루스는 싸우는 도중 심정적 변화를 일으키게 되어 오히려 마르띤 피에로를 돕는다. 둘은 함께 도망자가 된다.

1879년에 발간된 2부에서는 인디언 부락으로 숨어들어가 살게 된 그들의 삶, 끄루스의 죽음, 그리고 마르띤 피에로의 자식들과의 해후를 그린다. 바로 2부에서 이 작품 「끝」에 나오는 흑인이 나온다. 이 흑인은 마르띤 피에로가 1부에서 죽였던 흑인의 동생이다. 마르띤 피에로과 흑인은 서로 노래 경연대회를 벌인다. 그들은 이 노래 시합에서 인종적 편견을 포함한 인간의 수많은 문제를 노래한다. 결국 두 사람은 결투를 피하게 되고 마르띤 피에로는 자신의 아이들과 친구 끄루스의 아이들을 데리고 정착한 삶에 들어가게 된다.

그러나 보르헤스의 이 작품 「끝」은 이와는 상이한 줄거리를 노정하게 된다.

초를 내려다보았다. 창문의 창살 저 너머 밖으로는 대평원과 저녁이 끝없이 펼쳐져 있었다. 그는 잠을 잤었다. 그러나 아직도 하늘에는 빛살이 가시지 않고 있었다. 그는 왼팔을 더듬어 간이 침대의 발치에 놓아두었었던 구리 방울을 찾았다. 그는 한두 차례 그것을 흔들었다. 문의 건너편에서는 계속 잔잔한 음률이 이어져 가고 있었다. 기타를 치고 있는 사람은 어느 날 밤 민요가수[2]를 자처하며 나타났었던 〈깜둥이〉였다. 그리고 그는 또 다른 한 외지인과 장시간의 노래 시합[3]을 벌였었다. 시합에서 패한 그는 마치 누구를 기다리는 듯 자주 주막[4]에 들락거렸다. 그는

---

2) 단편의 무대는 〈빰빠〉라고 불리는 아르헨티나의 대평원이다. 이 대평원에는 가우초 gaucho라 불리는 목동들이 살고 있다. 이 목동들의 주요 일과는 야생마 길들이기, 가축몰이 등등 다른 지역의 일반적인 목동들과 별반 다를 게 없다. 그러나 이들은 아르헨티나 특유의 민담적 성격을 가지고 있는데 그 중 대표적인 것들을 세 가지로 나누어볼 수 있다. 첫째가 추적자 rastreador이다. 아르헨티나 평원은 아주 광활해서 그 안에 사방으로 수많은 대로들과 샛길들이 뚫려 있다. 가우초들이 일반적으로 가지고 있는 추적자의 성격은 바로 그러한 편편한 미로에서 아주 정확하게 짐승들과 실종된 사람들의 자취를 찾는 능력이다. 두번째는 길 안내인 baquiano이다. 아르헨티나의 가우초들은 자신들의 머릿속에 일대의 지도를 담고 다닌다. 특히 사방으로 똑같은 지평선이 펼쳐져 있는 대평원에서 그러한 능력은 매우 유용하다. 세번째가 민요가수 cantor이다. 대부분의 가우초들은 기타를 치며 스페인과의 독립전쟁시대, 또 다른 그 밖의 국민적 영웅의 일화, 시들을 노래로 부르는 특징을 가지고 있다. 여기서 민요가수란 바로 가우초로서 그러한 능력을 가지고 있는 사람을 말한다. 가우초의 민담적 성격에 관해서는 Domingo F. Sarmiento, *Facundo*(México, D.F.: Porrúa, 1985), 21-29쪽 참조.
3) 가우초들 사이의 노래 시합이란 빠야다 payada를 가리킨다. 응답식으로 즉흥시를 기타에 맞춰 부르는 시합이다.
4) 여기서 주막이란 뿔뻬리아 pulperia를 가리키는 것으로 이곳은 가우초의 삶과 매우 긴밀한 관계를 갖는 장소이다. 일종의 시골 가게이나 단순히 생필품만을 파는 것이 아니라 선술집과 여인숙을 겸하고 있어 우리의 옛 주막과 흡사하다. 가우초들은 밤이 되면 이곳에 모여 술을 마시거나 도박을 하며 시간을 소일하곤 했다.

몇 시간씩 기타를 치곤 했지만 다시는 노래를 부르지 않았다. 아마 노래 시합에서의 패배로 깊은 마음의 충격을 받은 듯싶었다. 사람들은 이 밉잖은 사내의 모습에 이미 익숙해져 있었다. 주막의 주인인 레까바렌은 그 노래 시합을 결코 잊을 수 없었다. 왜냐하면 시합이 있었던 다음날, 말에 짚단을 싣던 중 갑자기 오른쪽 수족이 마비된 데다 실어증까지 얻었기 때문이었다. 우리들은 소설 속의 주인공들이 겪는 불행에 대해 쉽사리 동정심을 느끼기 때문에 우리들 자신이 불행에 처하게 되면 지나친 자기 연민에 빠지곤 한다. 그러나 병자로서의 레까바렌은 그렇지가 않았다. 그는 전에 아메리카 대륙의 가혹함과 고독을 묵묵히 받아들였을 때처럼 그렇게 반신불수의 병을 받아들였다. 마치 짐승들처럼 현재 속에서 살아가는 것에 익숙해진 그는 이제 하늘을 바라보거나, 불그레한 달무리를 보며 비가 올지도 모르겠구나 하는 생각을 하곤 했다.

인디언 같은 행색의 한 아이가(아마 그의 아들일 게다) 살며시 문을 열었다. 레까바렌은 아이에게 눈으로 손님이 있는지 물었다. 말수가 없는 아이가 아니라고 고개를 가로저었다. 흑인의 기타 연주는 멈춰 있었다. 다시 몸져 누워 있는 그 혼자 남게 되었다. 그가 마치 기력을 시험해 보는 것처럼 잠깐 동안 왼손으로 방울을 꼭 움켜쥐었다.

해거름의 대평원은 마치 꿈에서 보는 것처럼 거의 추상적이었다. 지평선 끝에서 작은 점 하나가 꿈틀거리더니 차츰 불어나 종내에는 말 탄 사람으로 변모했다. 그는 주막을 향해 달려오고 있었다. 아니 달려오고 있는 것처럼 보였다. 그는 참베르고 모자와, 칙칙한 빛깔의 긴 판초, 그리고 흰점이 박혀 있는 검은 말을 보았다. 그러나 말에 탄 사람의 얼굴은 볼 수가 없었다. 마침내 말에 탄 사내는 고삐를 당겨 속도를 늦춘 다음 느린 걸음으로 터벅터벅 다가왔다. 그가 약 200미터 앞에서 방향을 꺾었다. 레까바렌은 더 이상 그를 볼 수가 없었다. 그러나 그는 그 사내가 워워 말을 달래고, 말에서 내리고, 말뚝에 말고삐를 묶고, 묵직한 발걸음을 내딛으며 주막 안으로 들어오는 소리를 들었다.

흑인이 기타에서 눈을 들지 않은 채 말했다. 흑인은 마치 기타 속에서 무엇인가를 찾고 있는 것 같았다.

「나는 당신이 믿을 만한 사람이라는 것을 알고 있었어요」

상대방이 거친 목소리로 대꾸했다.

「나도 당신 또한 그러리라 생각했지요, 까만 친구. 물론 당신을 며칠 기다리게 만들기는 했지만 난 이렇게 왔소」

침묵이 다가왔다. 마침내 흑인이 대꾸했다.

「나는 기다리는 것에 이력이 난 사람이오. 나는 7년을 기다렸지요」

상대가 덤덤하게 해명을 했다.

「나는 7년도 넘게 내 자식들을 보지 못했었소. 바로 그날 나는 헤어지고 나서 처음으로 그 애들을 만났던 거고, 그리고 애들에게 내가 칼싸움이나 하고 돌아다니는 사람[5]이라는 인상을 주고 싶지 않았던 거요」

「그 점은 나도 이미 헤아리고 있었소 ─ 흑인이 말했다 ─.

---

5) 가우초들이 가진 또 하나의 특징적인 성격은 소위 칼잡이로서의 성격이다. 대부분의 가우초들은 항상 단도를 소지하고 다니며, 그것으로 생명을 건 결투를 벌이곤 했다.

자제분들이 평안하게 지내도록 당신이 잘 조처해 놓았기를 비오」
 바에 앉은 외지인이 호탕하게 웃었다. 그가 사탕수수 술을 한 잔 시켰고, 홀짝홀짝 그것을 들이켰다.
「나는 그애들에게 좋은 충고를 해주었소 —— 외지인이 말했다 ——. 사회에서 불필요한 사람이 되지 말고, 낭비하는 삶을 살지 말라고. 나는 그 애들에게 무엇보다 사람의 피를 흘리게 만드는 그런 짓을 하지 말라고 했지요」
 느린 기타 음조에 뒤이어 흑인의 목소리가 들려왔다.
「잘 하셨소. 그렇게 함으로써 자제분들은 우리를 닮지 않게 되겠지요」
「그렇게 함으로써 적어도 나를 닮지는 않게 되겠지요 —— 외지인이 말했고, 그리고 마치 머릿속에서 큰소리를 지르며 생각을 하는 것처럼 덧붙였다 ——. 운명은 나로 하여금 사람을 죽이도록 만들었고, 그리고 또다시 손에 칼을 잡도록 만드는가 보오」
 흑인은 마치 그 말을 못들은 것처럼 말했다.
「가을이 되면서 해가 무척 짧아지는 것 같군요」
「아직 남아 있는 햇빛으로 충분한 것 같소」
 외지인이 몸을 일으키며 대꾸했다.
 흑인을 마주 보고 우뚝 선 외지인이 지친 듯 말했다.
「기타는 치워놓도록 하지요. 왜냐하면 오늘은 다른 종류의 시합이 당신을 기다리고 있으니까요」
 둘은 문을 향해 걸어갔다. 문을 나서며 흑인이 입엣말을 했다.
「아마 지난번처럼 이번에도 내게 운이 없을 것 같구려」
 상대가 진중한 어조로 대꾸했다.

「당신이 지난번 시합을 졌다고 할 수는 없지요. 실은 즉 그때 당신은 두번째 시합이 벌어질 수 있는 기회를 만들었으니까요」

그들은 나란히 걸어 마을에서 약간 떨어진 곳으로 갔다. 대평원은 사방이 똑같았다. 달이 빛을 발하고 있었다. 문득 그들이 서로를 쳐다보았고, 우뚝 멈추어 섰다. 외지인이 박차를 벗었다. 두 사람은 팔에 판초를 걸쳐들었다.[6] 흑인이 입을 열었다.

「싸움을 시작하기 전에 한 가지 청이 있소. 그것은 7년 전 당신이 나의 형제를 죽였을 때처럼 모든 힘과 기술을 다해 이 결투에 임해 달라는 거요」

대화를 나누는 동안 처음으로 마르면 피에로[7]는 흑인에게서 증오를 읽었을 것이었다. 그것은 그의 핏속에 마치 박차의 날카로운 끝처럼 와 박혔다. 그들은 난투를 벌였다. 마르면 피에로의 날카로운 칼날이 번쩍이며 흑인의 얼굴을 그었다.

오후의 어느 시간에 이르게 되면 평원은 무엇인가 말을 하려고 하는 것처럼 보인다. 평원은 결코 그것을 말하지 않는지도 모르고, 아니면 끊임없이 말하고 있는데 우리가 그것을 알아듣지 못하는지도 모른다. 아니면 이해는 하지만 마치 음악처럼 그것은 언어로 번역이 불가능한 어떤 것인지도 모른다……. 자신의 침상에서 레까바렌은 싸움의 끝을 보았다. 한 차례 공격을 받은 흑인이 뒤를 물러서며 중심을 잃었다. 마르면 피에로의 일격이 그의 얼굴을 거의 요절낼 것 같았다. 순간 흑인으로부터 깊숙하게 칼이 뻗어나왔다. 칼은 마르면 피에로의 복부에 박혀

---

6) 가우초들은 칼싸움을 할 때 판초를 팔에 걸어 방어용으로 쓴다.
7) 주 1에서 밝힌 대로 여기서 외지인이란 『마르면 피에로』에서 나오는 마르면 피에로, 그리고 흑인은 마르면 피에로가 죽였던 또 다른 흑인의 동생이다.

들어갔다. 주막 주인은 자세히 볼 수가 없었지만 이어 또 다른 일격이 가해졌다. 피에로는 일어나지 못했다. 흑인은 꼼짝 않고 서서 그의 힘겨운 고통을 감시하고 있는 듯했다. 그가 피범벅이 된 단도를 풀숲에 닦았고, 뒤를 돌아보지 않은 채 천천히 마을로 되돌아오고 있었다. 정의구현의 과제를 마친 그는 이제 아무도 아니었다. 보다 정확히 말해 그는 또 다른 사람이 되어 있었다. 그는 지상에서 그 어느 곳도 갈 데가 없었다. 왜냐하면 한 사람을 죽였기 때문이었다.

불사조 교파[1]

 불사조 교파의 기원을 헬리오폴리스[2]에 있다고 보고, 그 유래를 종교개혁가 아메노피스 4세[3] 서거에 따른 종교 복원에서 찾는 사람들은 그 근거로 헤로도투스,[4] 타키투스,[5] 그리고 이집

---

1) 피닉스 phoenix(불사조)라는 새는 고대 이집트의 신화에서 유래한 빨강과 황금 깃털을 가진 새이다. 이 새는 이집트의 태양신 라 Ra의 숭배와 관련하여 불사성을 가지고 있다. 이 새는 500년을 살다가 불에 타 죽는다. 그러면 그 불꽃으로부터 새로운 불사조가 태어나고, 이 새로운 불사조는 죽은 불사조의 재를 태양신의 신전이 있는 헬리오폴리스로 가져간다. 불사조의 신화는 후대에 기독교 신앙과 접목되어 부활을 상징하게 된다.
2) 헬리오폴리스 Heliopolis는 이집트의 도시로 이집트의 태양신 라 Ra의 숭배지로 유명하다. 현재 〈클레오파트라의 바늘들〉과 같은 방첨탑 obelisque들이 유적으로 남아 있다.
3) Akhenaton Amenophis IV(기원전 1370-1350) : 이집트 제18왕조 네 명의 파라오 중 마지막 파라오. 그는 종교개혁가로 다신교였던 이집트에 유일신인 아톤 Aton 숭배를 도입했다.
4) Herodotus(기원전 484-425) : 역사의 아버지로 불리는 그리스의 역사가. 저서로 『역사』가 있다.

트의 유적지들을 들고 있다. 그러나 그들은 호라바누스 마우루스[6] 이전에는 불사조라는 이름이 쓰인 적이 없고, 가장 오래된 문헌들(말하자면 『사투르누스 축제』[7], 플라비우스 조셉[8] 같은)에서도 그 교파를 단지 〈관습의 사람들〉, 또는 〈비밀의 사람들〉로만 지칭되고 있는 것에 대해 알지 못하고 있거나, 또는 알지 못한 척한다. 이미 그레고로비우스[9]는 페라라[10]의 비밀 집회에서 불사조라는 용어가 구어에서는 거의 쓰이지 않는다는 견해를 피력했다. 제네바에 있을 때 나는 당신들이 불사조 교파에 속하느냐고 묻자 전혀 내 말뜻을 이해하지 못하던 일군의 장인들을 만난 적이 있다. 그런데 그들은 곧 이어 자신들이 〈비밀의 사람들〉 교파라고 말하는 것이었다. 내가 잘못 알고 있는 게 아니라

---

5) Tacitus : 「끝없이 두 갈래로 갈라지는 길들이 있는 정원」의 역주 15번 참조.
6) Hrabanus Maurus(776-856) : 마인즈의 추기경으로 여러 신학 저술들을 남겼다.
7) 로마의 작가 마크로비우스 Macrobius에 의해 5세기경 쓰여진 책으로 Saturnales, 또는 Saturnalia라고 불린다. 사투르누스 축제는 그리스 신화에서 크로누스라 불린 타이탄을 경배하는 로마의 추수감사 축제이다. 이 축제 기간 중에는 많은 자유가 부여되어 종들은 자신의 주인들을 놀리거나 풍자하는 게 허용된다. 그리고 친구들은 서로 선물을 교환하고 다툼이 중단되고, 이 기간에는 범법자에 대한 처형이 일시 중단된다.
마크로비우스의 이 책에는 이집트의 태양신을 비롯하여 고대 종교들에 관한 여러 가지 언급이 나와 있다.
8) Flavius Joseph(37-100 ?) : 유태인 역사가로 저서에 『유태의 전쟁』, 『유태의 고대문화』 등이 있다. 그의 원 이름은 요셉 벤 마티아스 Joseph ben Matthias였으나 나중에 로마 시민권을 받은 뒤 개명했다. 그는 66년에 일어난 유태의 로마에 대한 반란에서 주도적인 역할을 했다가 구금되었으나 나중에 풀려났다.
9) Ferdinand Gregorovius(1821-1891) : 이탈리아의 역사가로 로마, 특히 교황의 역사에 관한 많은 저술을 남겼다.
10) Ferrara : 이탈리아 북부 뽀 Po 강의 유역에 자리잡고 있는 지역의 이름.

면 그러한 현상은 불교도들에게서도 마찬가지로 일어난다. 세상에 알려져 있는 그들에 대한 이름과 그들이 자신들을 지칭할 때 쓰는 이름에서 나타나는 차이가 바로 그것이다.

미클로시흐[11]는 지나치리만치 유명한 자신의 한 책에서 불사조 교도들과 집시들을 비교한 적이 있다. 칠레와 헝가리에는 집시들과 불사조 교도들이 공존하고 있다. 그러나 이처럼 그들 두 부류의 집단이 세계 여러 곳에 두루 공존한다는 점 말고는 그들 사이의 공통점은 거의 희박하다. 집시들은 입심 좋은 장사꾼들이거나 구리그릇 세공인들이거나 대장장이들이거나 점쟁이들이다. 반면에 불사조 교도들은 여러 다양한 직업에 성공적으로 종사하고 있다. 집시들은 신체적으로 특이한 외양을 가지고 있고, 자신들만이 가진 비밀의 언어를 쓰고 있거나 썼다. 반면 불사조 교도들은 일반인들과 전혀 구별이 안 된다. 그것에 대한 증거는 그들이 전혀 종교적인 박해를 받지 않았다는 데서 찾아볼 수 있다. 집시들은 현란한 모습을 가지고 있고, 3류 시인들에게 시적 영감을 준다. 그러나 민요, 석판화, 볼레로 춤곡에서는 불사조 교도들이 전혀 등장하지 않는다……. 마틴 부버[12]에 따르면 유태인들은 유별나게 애상적이다. 그러나 모든 불사조 교도가 그러한 것은 아니며, 어떤 교도들은 그러한 애상주의를 혐오한다. 이러한 널리 인정되고 알려진 사실은 불사조 교파를 이스라엘의 한 지파로 알고 있는 잘못된 통념(터무니없게도 우르만[13])에 의

---

11) Franz von Miklosich(1813-1891) : 오스트리아의 언어학자이나 보르헤스의 〈지나치리만치 유명한 책〉이라는 말은 사실무근이다.
12) Matin Buber(1878-1965) : 독일의 유태계 유신론적 실존주의 철학자로 대표적 저서 『나와 너』가 있다. 나치 치하 시절 팔레스타인으로 망명했다.
13) 허구적 인물이다. 피쉬번은 보르헤스가 이 허구적 인물을 어떻게 탄생시

해 변호된)을 불식시킨다. 사람들은 대체로 다음과 같이 유추를 하곤 한다. 〈우르만은 애상적인 사람이다. 우르만은 유태인이다. 우르만은 프라하에 있는 유태인 타운에 거주하는 불사조 교도들과 자주 접촉을 한다.〉 우르만이 파악했던 그들 사이의 유대감은 불사조 교파가 이스라엘의 한 지파라는 사실이 구체성을 가지고 있음을 증명한다. 진지하게 말해 나는 이러한 견해에 동의할 수가 없다. 유태인 타운에서 살고 있는 불사조 교도들이 유태인들과 닮았다고 해서 그것이 어떻게 그러한 판단에 대한 증거가 될 수 있단 말인가. 부정할 수 없는 것은 마치 해즐릿이 말한 〈무한한 셰익스피어〉처럼 지구상의 모든 인간들은 서로가 닮았다는 사실이다.[14] 그것은 마치 예수의 사도처럼 모두를 위한 모든 것과 같다. 며칠 전 빠이산두[15] 출신의 후안 프란시스코 아마로 박사[16]는 이민자[17]들이 얼마나 쉽게 서로 닮게 되는

켰는가를 다음과 같이 설명하고 있다. 〈독일어에서 'ur'는 '원초적인', '최초의'라는 뜻이며, 'Mann'은 마틴 부버가 한 말과 관련된 허구적 인물이다. 부버의 주석가 발터 카우프만에 따르면 부버는 'ur'라는 접두사가 끝없이 거슬러 올라감의 가능성을 가지는 단어들을 가능하게 만들어주기 때문에 그것을 좋아했다고 한다. 예를 들어, 'Urgrossvater'는 할아버지를 의미하며, 'Ururgrossvater'는 증조할아버지를 의미한다. 보르헤스 또한 이러한 끝없이 거슬러 올라감의 주제에 몹시 매료되어 있었다.〉 (『보르헤스 사전』, 251쪽)

14) 윌리엄 해즐릿 William Hazlit(1778-1830) : 영국의 문학비평가. 그는 저서 『영국 시인에 관한 강의』에서 셰익스피어를 다음과 같이 말하고 있다. 그 부분은 보르헤스의 에세이집 『또 다른 심문』에 실려 있는 「어떤 자로부터 아무도 아닌 자로」에 직접 인용되어 있다. 〈셰익스피어는 모든 사람과 닮았다. 그러나 모든 사람들은 서로 닮았다. 사실 그는 아무것도 아니다. 그러나 다른 모든 이들이 그러하고, 또는 그렇게 될 수 있는 모든 것이었다.〉 (『보르헤스 전집』 2권, 116쪽)
15) Paysandú : 우루과이의 지역 이름.
16) 허구적 인물.

가 하는 점에 대해 사려 깊은 견해를 피력했다.

나는 앞에서 불사조 교파의 역사에는 박해라는 게 기록되어 있지 않다고 말했다. 그것은 사실이다. 그러나 불사조 교파에 동조하지 않는 그 어떤 인간 단체도 없었기 때문에 그들이 경험했거나 또는 저지른 그 어떤 박해나 가혹행위가 없었다는 것 또한 사실이다. 그들은 서양에서 벌어진 전쟁이나, 저 머나먼 아시아에서 벌어진 전쟁에서 세속적인 이유 때문에 적의 깃발 아래 자신들의 피를 흘렸다. 말하자면 그들은 자신들을 지구상의 어떤 나라의 국민으로 간주하는 일에 거의 전혀 가치를 부여하지 않았다.

성경이 이스라엘로 하여금 그렇게 만든 것처럼 자신들을 하나로 묶어줄 한 권의 신성한 책도 없이, 하나의 공통된 기억도 없이,[18] 언어 그 자체인 또 다른 공통된 기억[19]도 없이 그들은 다양한 피부빛깔과 생김새를 가지고 지구의 표면 곳곳에 흩어져 살았다. 단 한 가지, 바로 〈비밀〉이 그들을 하나로 묶어주고 있고, 지구의 마지막 날까지 그들을 하나로 묶어줄 것이었다. 한 때는 이 〈비밀〉 외에 설화(아마 우주발생론적 신화)가 있기는 했다.[20] 그러나 경박한 〈불사조〉 교도들은 그것들을 잊어버렸

---

17) 여기서 이민자란 특별히 미국이나 라틴아메리카에서 태어난 백인들을 가리킨다. 영어로는 Creole, 스페인어로는 criollo라고 한다.
18) 여기서 공통된 기억이란 성서가 일종의 기억의 형태로 기술되고 있다는 점을 암시하고 있다.
19) 여기서 언어는 한 집단의 공통된 기억을 의미한다.
20) 설화, 그리고 우주발생론적 신화가 있었다는 것은 어느 민족이나 그 민족의 건국, 또는 발전에 관한 설화가 있다는 것을 암시하고 있다. 우주발생론적 신화, 다시 말해 천지창조에 관한 신화가 있었다는 사실을 괄호 안에 넣은 것은 설화와는 달리 모든 민족에게 천지창조에 관한 신화가 있었던

고, 오늘날 남아 있는 것은 단지 형벌에 관한 애매모호한 전통 뿐이다. 우리는 그것이 형벌에 관한 것인지, 계약에 관한 것인지, 또는 특권에 관한 것인지 알 수가 없다. 왜냐하면 그것에 대해 여러 가지 의견이 난립해 있고, 만일 구성원들이 대대로 의식을 거행하면 그들의 혈통을 영원히 지속시켜 주는 신의 속마음을 거의 짐작조차 할 수가 없기 때문이다. 나는 여행자들이 들려주는 이야기들을 종합하고, 장로들, 신학자들과 얘기를 나누었다. 그것을 통해 나는 〈불사조〉 교도들에게 있어 유일한 종교적 행위는 의식을 수행하는 것이라는 믿음을 가지게 되었다. 바로 그 의식이 〈비밀〉을 구성한다. 내가 이미 지적한 대로 〈비밀〉은 대물림을 하며 이어져 오고 있다. 그러나 그것의 올바른 계승 방식은 어머니가 그것을 자식들에게 가르쳐서는 안 되며, 심지어 성직자도 그러해서는 안 된다. 은밀한 전수 방식은 저급한 인간들에게나 해당되는 짓이다. 노예, 문둥병 환자, 그리고 거지나 은밀한 비법 전수의 작태를 보인다. 그와 더불어 어린아이라도 다른 어린아이에게 교리를 전달할 수 있다. 그 행위 자체는 범상하고, 순간적이고, 그리고 어떤 설명도 요하지 않는다. 그때 사용되는 물건들은 코르크나 밀랍이나 아라비아산 고무다. (의식을 거행할 때 진흙이 언급되곤 하는데 그것 또한 자주 사용된다.) 이러한 예식을 올리기 위해 특별히 봉헌된 성전도 없다. 다만 폐허, 지하실, 또는 현관이 적합한 장소로 간주된다. 〈비밀〉은 신성한 것이지만 약간 우스꽝스럽기도 하다. 의식은 은밀하고 비밀리에 치러지며, 신자들은 그것에 대해 전혀 언급을 하지 않는다. 그들은 그것을 지칭할 그 어떤 적합한 말

게 아니라는 점을 시사한다.

도 없고, 모든 말이 그것을 지칭한다고 생각한다. 또는 보다 정확히 말해 모든 말들은 어쩔 수 없이 그것을 암시할 수밖에 없다고 생각한다. 그래서인지 대화를 나누는 도중 내가 그 어떤 말을 했든 간에 그들은 미소를 짓거나 상을 찌푸리곤 했다. 왜냐하면 그들은 내가 〈비밀〉을 언급했다고 느끼기 때문이었다. 게르만 민족의 문학에 보면 〈불사조〉 교도들이 쓴 시들이 있다. 이 시들의 명목상의 주제는 바다, 또는 석양이다. 그러나 나는 되풀이해 듣곤 하지만 그것들은 일견 〈비밀〉에 대한 상징이다. 뒤 깡주의 『용어집』[21]에는 출처가 의심스러운 〈지구는 축제의 반영이다〉라는 금언이 실려 있다. 일종의 신성한 공포로 인해 몇몇 독실한 신자들은 이러한 아주 간단한 의식조차 올리지 못하고 있다. 다른 신도들도 그들을 경멸하지만, 그들 스스로가 자신들을 더욱 경멸한다. 그러나 일부러 〈관습〉을 거부하고, 신성과의 직접적인 접촉을 이룩한 사람들은 보다 큰 영예를 누리고 있다. 그들은 예배의 형태를 빌려 그러한 접촉을 보여준다. 따라서 존 오브 더 루드[22]는 다음과 같이 썼다.

신이 마치 코르크나 진흙처럼 환희롭다는 것을
아홉 하늘[23]은 안다.

---

21) Charles de Fresne Du Cange(1610-1688) : 프랑스의 역사가이자 문헌학자로 『중기와 후기 라틴어 용어집』 등의 저서가 있다.
22) John of the Rood : 허구적 인물.
23) 아홉 하늘이란 프톨레마이오스 Ptolemaios의 〈천동설〉에 나오는 우주 구조에 관한 것이다. 그에 따르면 지구는 우주의 중심이며 움직이지 않는 구체이다. 이 주위를 아홉 개의 하늘이 돌고 있다. 이 아홉 개의 하늘 중 일곱 개는 행성적 하늘로 달, 수성, 금성, 해, 화성, 목성, 토성이며, 여덟번째는 점박힌 별들의 하늘이며, 아홉번째는 투명한 하늘이다.

나는 3대륙의 독실한 〈불사조〉 교도들과 친교를 맺을 수 있었다. 나는 그들에게 있어 〈비밀〉이 처음에는 진부하고, 힘들고, 천박하고, 그리고 (더욱 기묘하게 생각되는 것으로서) 거짓말처럼 보였다는 것을 알고 있다. 그들은 자신의 부모들이 그따위 농간에 말려들어갔을 것이라는 점을 인정하려고 들지 않았다. 그러나 희한한 것은 그토록 시간이 흘러갔는데도 〈비밀〉이 없어지지 않았다는 사실이다. 세상의 끝없는 변천에도 불구하고, 전쟁과 민족 대이동에도 불구하고, 그것은 가공할 힘을 가지고 모든 〈불사조〉 교도들에게 다가온다. 어떤 사람은 주저하지 않고 그것은 이미 인간의 본능이 되어버렸다고 단언한다.

남부

1871년 부에노스 아이레스 항에 하선한 그 사람의 이름은 요하네스 달만이었다. 그는 복음주의 교파의 목사였다. 1939년 그의 손자인 후안 달만은 코르도바 거리에 있는 한 시립도서관의 서기로 일하고 있었다. 후안은 자신이 아르헨티나 사람이라는 것을 가슴 깊이 느끼고 있었다.[1] 그의 외조부는 주력 보병부대 2지대에 소속되어 있던 그 유명한 프란시스꼬 플로레스였다. 그는 부에노스 아이레스 전선에서 까뜨리엘 추장 휘하의 인디언들이 던진 창에 맞아 전사했다.[2] 그러한 두 개의 상반된 혈통을

---

[1] 부에노스 아이레스의 북단에 자리잡고 있는 큰 거리의 이름이다. 실제로 이 거리에는 시립도서관이 있다.

[2] 인디언 추장 까뜨리엘 Cipriano Catriel(?-1874)은 실존인물이다. 그는 자신의 부하들을 거느리고 아르헨티나 정부 편에 서서 칠레의 인디언 침략군과 싸웠다. 그러나 프란시스꼬 플로레스 Francisco Flores는 요하네스 달만 Johannes Dahlman과 마찬가지로 허구적인 인물이다.

가진 후안은 (아마 다혈질적인 게르만의 피를 받은 탓으로) 낭만적인 선조, 즉 낭만적인 죽음의 소유자가 있는 외가 쪽 가계를 선호했다. 무표정하고 구레나룻을 기른 한 사람의 은판사진이 든 조그마한 상자, 낡은 칼 한 자루, 어떤 노래들을 듣고 있으면 느끼게 되는 행복감과 용기, 『마르면 피에로』의 시구[3]들을 읊조리는 버릇, 세월, 권태로움, 그리고 고독감이 약간은 자의적이지만 전혀 과장되어 보이지 않는 이민자 후예의 기질[4]을 형성시켜 주고 있었다. 달만은 몇 차례 맞닥뜨린 경제적인 어려움 속에서도 〈남부〉에 있는 작은 농장을 처분하지 않고 살려낼 수 있었다. 그 농장은 외가인 플로레스 가의 소유였다. 향기 그윽한 유카리나무들과, 한때는 연짓빛이었으나 지금은 장밋빛으로 변해 버린 길다란 집의 영상들은 지워지지 않는 기억으로 그의 뇌리 속에 남아 있었다. 잡다한 일들, 아니 어쩌면 게으름 때문에 그는 도시에서 꼼짝 않고 있었다. 매년 여름마다 그는 그곳을 소유하고 있다는 막연한 생각과, 그 집이 평원의 정해진 어떤 지점에서 자신을 기다리고 있다는 든든한 마음만으로 자신을 달래고 있었다. 그러던 중 1939년 2월 말 그에게 한 가지 사건이 일어났다.

운명이란 죄에 대해 무감각하기 때문에 조금만 마음을 놓아도 무자비하게 돌변할 수가 있다. 그날 오후 달만은 웨일이 번역한 네 권짜리 『천일야화』[5] 중 한 권을 손에 넣었다. 그 습득물을

---

[3] 아르헨티나의 낭만주의 시인 호세 에르난데스의 서사시. 「끝」의 역주 1번을 참조할 것.

[4] 여기서 이민자 후예란 criollo를 가리키는 것으로 아메리카 대륙에서 태어난 백인들을 뜻한다.

[5] Gustave Weil(1808-1889) : 독일의 동양학자로 네 권으로 된 『천일야화』의

들추어보고 싶은 조급한 마음에 그는 엘리베이터가 내려오는 시간조차 기다리지 않고 허겁지겁 층계를 뛰어올라갔다. 어둠 속에서 무엇인가가 그의 이마를 할퀴고 지나갔다. 박쥐였을까, 아니면 새였을까? 문을 열어준 그의 아내는 공포에 질려 얼굴이 굳어버렸다. 이마를 문지른 그의 손에 선혈이 묻어나왔다. 최근에 누군가가 페인트를 칠한 뒤 닫지 않고 열어놓은 문 귀퉁이에 찍혀 상처가 난 듯싶었다. 달만은 잠을 이룰 수가 있었다. 그러나 새벽에 그는 깨어났고, 그때부터 모든 게 참혹하게 돌변해버렸다. 고열이 그를 덮쳤고, 『천일야화』에 나오는 삽화들이 악몽 속에서 진을 쳤다. 친구들과 친척들이 그를 방문했고, 과장된 미소와 함께 그에게 아주 좋아보인다고 떠들어댔다. 달만은 일종의 희미한 혼수상태에서 그들이 말하는 소리를 들었다. 그는 자신이 처절한 고통 속을 헤매고 있다는 사실을 그들이 알아주지 않는 것이 놀라웠다. 마치 8세기와도 같은 8일이 지나갔다. 어느 날 오후 늘 왔던 의사가 다른 새로운 의사 한 사람과 함께 나타났다. 그들은 그를 에콰도르 거리[6]에 있는 한 요양소로 데려갔다. 왜냐하면 꼭 엑스레이를 찍어보아야 하기 때문이라는 것이었다. 달만은 의사들과 자신을 싣고 간 승합마차 안에서 설사 자신의 방이 아닐지라도 결국에 가서는 잠을 이룰 수가 있을 거라 생각했다. 그는 마음이 편안해졌고, 수다스러워졌다. 요양소에 도착하자마자 그의 옷은 벗겨졌다. 그의 머리는 죄다 깎였고, 침대에 눕혀져 쇠붙이로 묶여졌다. 눈이 부시고 현기증이 날 정도로 강렬한 조명이 그를 비추었다. 그는 청진기 진찰

독일어 번역판을 1837-1941년에 걸쳐 슈투트가르트에서 냈다.
6) 부에노스 아이레스 시에 있는 거리의 이름.

을 받았고, 마스크를 쓴 한 사람이 그의 팔에 주사바늘을 꽂았다. 붕대를 감은 채 그는 구토증과 함께 깊은 구덩이 같은 게 있는 한 병실에서 깨어났다. 몇 날 며칠 밤에 걸쳐 계속된 수술을 받았던 그는 지금까지 자신이 지옥의 언저리를 헤맸었다는 사실을 깨달았다. 입에 얼음을 머금어도 도대체 눈꼽만큼도 시원하다는 느낌을 가질 수가 없었다. 그런 날들을 보내는 동안 달만은 자신의 모든 것을 남김없이 증오했다. 그는 자신의 신분, 육체적인 욕구들, 비참함, 며칠 사이 얼굴 곳곳에 거뭇거뭇 솟아나 있는 수염들까지도 증오했다. 그는 아주 고통스러웠던 치료 과정을 꿋꿋하게 견뎌냈다. 그러나 돌만은 의사로부터 패혈증 때문에 죽음 직전에까지 갔었다는 말을 듣고서는 자신의 운명이 서글퍼 울음을 터뜨리고 말았다. 그는 육체의 비참함과 고통스러운 밤을 맞게 될 것 같은 예감에 시달려 죽음과 같은 어떤 추상적인 것들에 대해 생각할 그 어떤 마음의 여유도 없었다. 며칠 후 의사가 이제 회복기에 들어섰고, 조만간 농장에 가서 요양을 할 수 있게 되리라고 말했다. 믿을 수 없게도 약속된 그 날이 온 것이었다.

사실 그는 대칭과 가벼운 시간적 혼란을 좋아했다. 달만은 요양소에 올 때도 승합마차를 타고 왔고, 이제 꼰스띠뚜시온 역 광장[7]으로 가면서도 승합마차를 탔다. 여름의 폭염이 가신 뒤 다가온 초가을의 선선한 날씨는 마치 죽음과 고열로부터 구원받은 그의 운명의 상징과도 같았다. 밤이 되면 그는 도시가 마치 그 낡은 집처럼 느껴지곤 했다. 아침 7시의 도시에는 아직도 그러한 분위기가 남아 있었다. 거리는 마치 그곳의 긴 현관 같고,

---

7) 이 역이 아르헨티나 남부 철도 회사의 주요 역이다.

광장은 뒷마당 같았다. 달만은 아스라한 현기증에 깃든 행복감과 함께 도시를 둘러보았다. 그의 눈이 모퉁이들과, 성당들과, 부에노스 아이레스 시의 엇비슷한 모습들을 담기 몇 초 전 먼저 머릿속에 그것들이 떠올랐다. 새로운 날의 노란빛 속에서 모든 것들이 다시 옛날처럼 되돌아오고 있었다.

〈남부〉가 리바다비아[8] 거리의 맞은편에서 시작한다는 것을 모르는 사람은 아무도 없다. 달만은 그러한 생각이 하나의 철칙은 아니지만 그 거리를 가로지르는 사람은 가장 오래되고 가장 굳건한 세계 속으로 들어가는 것이라고 되풀이해서 말하곤 했다. 그는 마차 안에서 새로 들어선 건물들 사이에 묻혀 있는 격자창, 문을 두들길 때 쓰는 문고리들, 문의 아치들, 현관, 안마당을 찾았다.

역 청사 안에서 그는 아직 30분이나 시간이 남아 있다는 것을 깨달았다. 그는 문득 역 근처의 브라실 거리[9]에 있는 한 카페 (이리고옌 대통령[10]의 생가에서 몇 미터 떨어져 있지 않는)에 마치 거드름 피우는 신처럼 사람들이 자신을 쓰다듬어주도록 내버려두는 고양이 한 마리가 있었던 기억이 났다. 그는 그곳으로 들어갔다. 과연 고양이는 있었고, 잠이 들어 있었다. 그는 커피 한 잔을 시켰고, 천천히 설탕을 넣은 뒤 그것을 음미했다(병원에서는 이러한 즐거움이 그에게서 박탈되어 있었다). 그는 고양이의 검은 털을 쓰다듬었다. 그는 그것과의 감촉이 일종의 환상

---

[8] 부에노스 아이레스를 남과 북으로 가르는 부에노스 아이레스에서 가장 큰 거리.
[9] 꼰스띠뚜시온 역 근처에 있는 거리의 이름.
[10] Hipólito Yrigoyen(1852-1933) : 1916-1922, 1928-1930년 두 차례에 걸쳐 아르헨티나 대통령을 역임했던 급진당 출신의 정치인.

처럼 느껴졌고, 자신들은 마치 유리를 사이에 놓고 서로 갈라져 있는 것 같다는 생각이 들었다. 왜냐하면 인간은 시간 속에서, 연속성 속에서 살고 있지만 마술적인 동물은 현재 속에, 순간의 영원 속에 살고 있기 때문이었다.

기차는 마지막에서 두번째 플랫폼을 길게 차지한 채 대기하고 있었다. 달만은 객차들을 쭉 둘러보며 지나가다 거의 텅 비어 있는 한 객차에 올라탔다. 그는 가방을 선반에 올렸다. 기차가 덜커덩거리며 출발하자 그는 조금의 망설임 끝에 가방을 열고 『천일야화』 첫번째 권을 꺼냈다. 자신을 덮친 불행의 역사와 깊은 인연을 가지고 있는 그 책을 읽으며 여행을 한다는 것은 그러한 불행이 이미 끝났다는 것을 확언하는 것이고 동시에 힘을 잃은 악운에 대한 일종의 짜릿하고 은밀한 도전과도 같았.

기차의 양편으로 교외의 풍경 속에 도시가 묻혀 들어가고 있었다. 그는 그러한 정경과 이어 나타나는 정원들과 별장들의 풍경을 보느라 곧바로 책을 펼쳐들지 않았다. 사실 그는 책을 거의 읽지 않았다. 『천일야화』에 나오는 자석 산(山)과 자신의 은인을 죽이겠다고 했던 한 천재의 이야기가 경이롭다는 것을 부정할 사람은 아무도 없다. 그러나 그것은 아침이나 살아 있다는 사실에 비하자면 훨씬 덜 경이로운 것이다. 그러한 행복감이 그로 하여금 셰헤라자데와 허망한 기적들로부터 눈을 돌리도록 만들었다. 달만은 책을 덮었고, 그저 살아 있도록 자신을 내버려두었다.

(이미 까마득한 기억 속으로 묻혀버린 어린시절의 여름 휴가 때처럼 반짝거리는 금속 식기에 담긴 뜨거운 수프를 겻들인) 점심식사는 또 다른 잔잔하고 가슴 뭉클한 즐거움이었다.

〈내일 나는 목장에서 잠을 깨리라〉, 그는 생각하고 있었다. 그는 마치 동시에 두 인간이 된 것 같았다. 한 사람은 가을날 고국의 산천을 따라 여행을 하고 있고, 다른 한 사람은 병원의 일률적인 치료 절차에 순종해야 하는 노예 상태에 빠져 있었다. 그는 멈추지 않고 나타나는 길다랗고 각진 벽돌집들을 보았다. 그 집들은 끝없이 지나가는 기차를 바라보고 있었다. 그는 먼지가 풀풀 날리는 길을 달리고 있는 말에 탄 사람들을 보았다. 그는 개울들과 웅덩이들과 농장들을 보았다. 그는 마치 대리석처럼 보이는 반짝거리는 길다란 구름들을 보았다. 모든 것들은 마치 꿈 속에서 본 평원처럼 일시적이었다. 또한 그는 눈에 익은 듯한 나무들과 전답의 곡식들을 보았으나 그것들의 이름을 기억할 수가 없었다. 왜냐하면 그는 그것들을 직접 들판에서 눈에 익힌 게 아니라 옛기억이나 문학 작품에서 보고 들은 게 대부분이었기 때문이었다.

간헐적으로 그는 선잠에 빠져들기도 했다. 꿈 속에도 기차는 흔들거리고 있었다. 이미 견디기 힘들 정도로 지독했던 정오의 하얀 태양은 해거름 전의 노란 태양으로 바뀌어 있었고, 머지 않아 곧 석양의 빨간 태양으로 변해 갈 태세를 취하고 있었다. 또한 기차도 변해 있었다. 그것은 이제 꼰스띠뚜시온 역에서 플랫폼을 뒤로 하고 떠나던 그 기차가 아니었다. 왜냐하면 평원과 시간이 스며들어 그것의 모습을 바꿔놓아 버렸기 때문이었다. 차창 밖으로는 열차의 죽은 그림자가 길게 지평선을 향해 늘어뜨려져 있었다. 원초의 땅도, 부락들도, 사람들이 살고 있음을 알리는 다른 흔적들도 그저 고요했다. 모든 것은 광활했고, 그리고 동시에 친숙했고, 일면 비밀스럽기까지 했다. 이따금 막막

한 들판에 황소 한 마리만이 서 있을 때도 있었다. 고독은 완벽했다. 그리고 적의에 차 있는 것 같았다. 달만은 자신이 〈남부〉를 향해 가고 있을 뿐만 아니라 동시에 과거를 향해 가고 있는 것은 아닌가 하는 의구심에 휩싸였다. 그는 차표를 보자는 차장의 말에 그러한 환상적인 착각으로부터 깨어났다. 차장은 항상 정차하던 그 역보다 조금 앞에 있는 역에서 그를 내려줄 거라고 일러주었다. 달만은 그 역에 대해 거의 알지 못했다. (차장은 왜 그렇게밖에 할 수 없는지에 대한 설명을 덧붙였다. 그러나 달만은 귀를 기울이지도 말뜻을 헤아리려고도 하지 않았다. 왜냐하면 그는 일이 어떻게 돼가든 전혀 상관이 없었기 때문이었다.)

기차가 거의 들판 한가운데서 끽 소리를 내며 고통스럽게 정차했다. 기찻길의 건너편에 역사가 있었다. 그러나 그것은 지붕을 얹은 플랫폼과 거의 다를 바가 없었다. 역사 주변에는 단 한 대의 마차도 없었다. 그러나 역장은 열두어 블럭 정도 떨어져 있는 곳에 있는 주막에 가면 혹시 하나를 빌릴 수 있을는지도 모르겠다고 말했다.

달만은 그곳까지 걸어가는 일을 일종의 작은 모험쯤으로 받아들였다. 해는 이미 져 있었다. 아직 남은 빛이 이제 곧 밤이 삼켜버리게 될 생기 있고, 고적한 들판을 마지막으로 휘젓고 있었다. 쉬 피로를 느끼지 않도록 하기 위해서가 아니라 그러한 풍경을 오랫동안 호흡하고 싶었기 때문에 달만은 가슴을 척 누르며 다가오는 행복감 속에서 클로버 향기를 들이마시며 천천히 걸음을 옮겼다.

한때 주막 건물은 진홍빛깔이었던 듯싶었다. 그러나 세월은 건물의 안위를 위해 그 폭력적인 색깔을 부드럽게 완화시켜 놓고 있었다. 그 초라한 건물이 가진 어떤 모습은 그로 하여금 『폴과 비르지니』[11]에 나오는 동판조각을 연상케 했다. 말뚝에는 몇 마리의 말들이 묶여 있었다. 안으로 들어간 달만은 불현듯 주인이 아는 사람인 듯한 생각이 들었다. 그러나 곧 달만은 그의 생김새가 요양소의 한 직원과 닮아 착각을 했었다는 것을 깨달았다. 사정 얘기를 들은 주인은 마차를 수소문해 주겠다고 말했다. 그날에 또 다른 이야깃거리 하나를 첨가하고, 그리고 마차가 마련되는 시간의 공백을 메우기 위해 그는 그 주막에서 식사를 하기로 마음을 먹었다.

한 탁자에서는 몇몇의 젊은이들이 떠들썩하게 음식을 먹고 술을 마셔대고 있었다. 달만은 처음에 그들에게 주의를 기울이지 않았었다. 바닥에는 고령의 한 노인이 카운터에 등을 기댄 채 쭈그리고 앉아 있었다. 그는 옴짝달싹 않고 있어 마치 생명이 없는 물건처럼 보였다. 마치 물살이 돌에게 그렇게 하듯, 그리고 마치 여러 세대를 거쳐가는 동안 자손들이 가훈에 대해 그렇게 하듯, 긴 세월이 노인을 쭈그려뜨리고, 닳아빠지도록 만들어 놓았다. 노인은 살결이 거무튀튀하고, 왜소하고, 비쩍 말라 있었다. 노인은 마치 시간을 벗어난 영원 속에 존재하고 있는 것 같았다. 달만은 느긋하게 사람들이 머리에 두르고 있는 두건과, 모직으로 짠 판초와, 길다란 요대와 승마 장화들을 하나하나 눈에 담았다. 그는 〈북부〉 여러 곳의 사람들이나 〈엔뜨레 리오

---

11) 프랑스의 낭만주의 소설가 자끄 앙리 베르나르당 드 생-삐에르 Jacque Henri Bernardin Saint-Pierre(1737-1814)가 1787년에 발표한 감상적, 이국정서적 낭만주의의 대표적 작품. 이 작품은 마우리티우스 섬에서 어린 시절 함께 자랐던 원주민 소년 뽈과 프랑스 소녀 비르지니 사이의 비극적인 사랑을 그린 작품이다.

스〉[12] 사람들과 벌였던 쓸데없는 논쟁들을 떠올리며 이런 식의 가우초(목동)들은 이제 〈남부〉에밖에 없을 거라고 나지막이 중얼거렸다. [13]

달만은 창가에 자리를 잡았다. 들판에는 어둠이 내려와 앉아 있었다. 그러나 들판의 향내와 주절거리는 소리들은 쇠창살을 타고 그에게까지 밀려오고 있었다. 주인이 그에게 정어리 요리와, 뒤이어 불고기를 가져왔다. 달만은 몇 잔의 적포도주와 함께 음식을 공략하기 시작했다. 그는 느긋하게 기대앉아 투박한 음식 맛을 음미했고, 약간 졸음기가 섞여 있는 눈을 돌려 가게 안을 둘러보았다. 천장의 대들보에는 석유등이 하나 걸려 있었다. 다른 탁자에 앉아 있는 그 동네 사람들은 모두 셋이었다. 둘은 농장의 막일꾼들 같았고, 인디언 혼혈에 얼떠 보이는 다른 한 사람은 참베르고 모자를 쓴 채 술을 마시고 있었다. 달만은 문득 얼굴에 무엇인가가 스쳐간 듯한 느낌을 받았다. 칙칙한 빛깔의 평범한 유리잔 옆, 줄무늬 식탁보 위에 빵조각 하나가 떨어져 있었다. 그것이 전부였다. 누군가가 그것을 그에게 던졌던 것이었다.

다른 탁자에 앉아 있는 사람들은 그에 대해 전혀 무관심한 것처럼 보였다. 어리둥절해진 달만은 아무 일도 일어나지 않았다고 생각하기로 마음을 먹었다. 그는 마치 현실을 덮어버리려는

---

12) Entre Ríos : 우루과이와 경계를 이루고 있는 아르헨티나 동부 지역의 지방 이름으로 1956년에 발견되었다.

13) 이미 근대화되어 있는 아르헨티나의 북부지역과 상대적으로 옛 아르헨티나의 모습을 그대로 간직하고 있는 남부를 비교하고 있다. 특히 아르헨티나의 국가적 상징과도 같은 가우초(목동)의 존재를 빌려 그것을 강조하고 있다.

듯 『천일야화』를 펼쳐들었다. 몇 분 후 또 다른 빵조각이 그에게 날아왔다. 그러나 이번에는 농장 일꾼들이 깔깔대고 웃었다. 달만은 두렵지는 않지만 병원에서 퇴원한 지 얼마 안 되는 사람이 낯선 사람들과의 난투극에 휘말리는 것은 어리숙한 짓이라고 생각했다. 그는 주막을 나가기로 생각을 굳혔다. 그가 일어섰을 때 주인이 그에게 다가왔고, 당혹한 음성으로 사정을 했다.

「달만 씨, 저 젊은애들에 대해서는 신경쓰지 마세요. 약간 취했으니까요」

달만은 이제 그가 자신의 이름을 알고 있다는 게 전혀 이상하지 않았다. 그러나 그는 그러한 달래는 언사가 되레 사태를 악화시킨 결과를 초래했다는 느낌이 들었다. 아까까지 농장 일꾼들이 걸었던 시비는 특정한 사람을 겨냥한 게 아니었다. 말하자면 그 누구를 향해 빵쪼가리를 던진 게 아니었다. 그러나 이제 시비는 그를, 그의 이름을 과녁으로 하고 있었다. 그리고 주변의 사람들도 명백히 그것을 깨닫고 있을 것이었다. 달만은 주인을 한쪽으로 밀친 다음 농장 일꾼들 앞에 버텨 섰다. 그리고 도대체 무슨 짓들이냐고 시비를 가렸다.

인디언 혼혈의 얼굴을 가진 작자가 비칠거리며 일어섰다. 후안 달만의 코앞에 바짝 다가선 그가 마치 멀리서 말을 하는 것처럼 큰소리로 욕지거리를 내쏟았다. 그는 술에 취해 객기를 부리고 있었고, 그 객기는 난폭했고, 모욕적이었다. 그가 추잡한 욕설을 퍼부으며 허공에 긴 칼을 던졌다. 그가 공중에 올라갔다가 내려오는 칼을 눈으로 쫓더니 손으로 그것을 받아 움켜쥐었다. 그리고 달만에게 싸움을 청하는 자세를 취했다. 주인이 떨리는 목소리로 달만은 무기가 없는 맨손이라고 이의를 달았다.

그 순간 예기치 않는 일이 발생했다.

달만이 〈남부〉—— 달만 스스로 속해 있는 —— 의 상징 같은 것을 보았던, 그 삼매경에 빠져 있던 구석의 늙은 목동이 칼집에서 뽑아든 단도를 그의 발치에 던져주었던 것이다. 그것은 마치 〈남부〉가 달만으로 하여금 결투를 받아들이도록 결정을 내린 것처럼 느끼도록 만들었다. 단도를 집기 위해 몸을 굽히던 달만에게 두 가지 생각이 떠올랐다. 첫째, 거의 본능에 가까운 이 행동은 자신으로 하여금 싸움에 휘말려들도록 만들 것이다. 둘째, 자신의 서툰 손에 들려 있는 칼은 자신을 방어해 주는 것이 아니라 오히려 그들이 자신을 죽이는 것을 정당화시켜 줄 뿐이다. 과거 한때 다른 모든 남자들처럼 그 또한 단도를 만져본 적이 있었다. 그러나 그가 알고 있는 단검술의 지식은 공격을 할 때는 아래에서 위로, 그리고 칼은 날이 안쪽으로 가도록 쥐어야 한다는 게 고작이었다. 〈만일 병원에 있었더라면 내게 이런 일들이 일어지지 않았을 텐데〉, 그는 생각했다.

「자, 나가지」 상대가 말했다.

그들은 나갔다. 물론 달만에게는 희망이 없었기 때문에 두려움 또한 없었다. 문턱을 넘으면서 그는 주사를 맞았던 요양원에서의 첫날 밤에 이처럼 창공 아래서, 자발적으로 칼을 가지고 싸우다 죽었다면 그것은 일종의 해방이고, 행운이며, 축제가 되었을 거라 느꼈다. 그는 그 당시 만일 자신의 죽음을 선택하거나 꿈꿀 수 있었다면 바로 이런 죽음을 선택했거나 꿈꾸었을 거라 생각했다.

달만은 거의 쓸 줄도 모르는 칼을 꼭 움켜쥔 채 들판으로 나갔다.

작품 해설

　마치 20세기의 대명사와도 같은 보르헤스 문학의 본령은 그의 두번째 소설집 『픽션들』로부터 시발된다. 이 작품집은 1941년에 발표한 『끝없이 두 갈래로 갈라지는 길들이 있는 정원』에 나오는 여덟 개의 단편들에 『기교들』이라는 소제목 아래 여섯 개의 단편들을 첨가해 1944년에 발표되었다. 그러나 현재 우리들이 『픽션들』이라고 알고 있는 작품집은 1944년판에 다시 「끝」, 「불사조 교파」, 「남부」와 같은 세 개의 단편을 첨가해 1956년에 발행한 2판을 가리킨다. 이 작품집을 통해 세계의 독자들은 이제까지 전혀 접해 보지 못했던 경이롭고 충격적인 그런 미학의 세계와 조우하게 된다. 이 소설집에 나오는 열일곱 개의 단편들은 크게 〈문학 이론〉을 소설화시키고 있는 작품들과, 〈형이상학적 주제〉를 소설적으로 형상화시키고 있는 두 범주로 나뉜다.
　우선 문학 이론을 소설화시키고 있는 작품들로는 「삐에르 메나르, 『돈키호테』의 저자」, 「허버트 쾌인의 작품에 대한 연구」, 「끝없이 두 갈래로 갈라지는 길들이 있는 정원」, 「기억의 천재, 푸네스」, 「배신자와 영웅에 관한 논고」,「비밀의 기적」,「끝」 등이며, 나머지 작품들은 거의 모두가 형이상학적 문제를 내러티브 속에 융해시켜 놓고 있는 그런 구조를 노정하고 있다. 어찌 보면 범상하기 그지없을 듯해 보이는 주제들임에도 불구하고 보르헤스 문학이 전세계의 주목을 받을 수 있었던 것은 그것들을 풀어가는 보르헤스 문학의 매우 특수한 형식 구조와 독특한 관점에 있다. 먼저 문학 이론을 소설적으로 다루고 있는 작품들을 하나하나 간략하게 일별해 보기로 하자. 이 카테고리에 속하는 작품들 중 가장 충격적인 메시지를 담고 있는 작품은 아마 「삐에르 메나르,『돈키호테』의 저자」일 것이다. 이 작품은 20세기 초 프랑스의 작가 삐에르 메나르(허구적 인물)가 세르반테스의 『돈키호테』 중 제1부 9장과 38장 그리고 22장의 일부를 한 자 틀리지 않게 베껴 썼음에도 불구하고 『돈키호테』를 능가하는 위대한 작품을 만들게 되는 희한한 과정을 다루고 있다. 이것은 소위 20세기 후반 문학 연구에 있어 중요한 분수령 중의 하나였던 수용미학, 현상학, 독자반응 이론, 후기구조주의 등이 제기한 〈읽기〉의 문제가 벌써 보르헤스에게서 본격적으로 문학적인 문제화가 되어 있음을 증거한다. 「허버트 쾌인의 작품에 대한 연구」와 「끝없이 두 갈래로 갈라지는 길들이 있는 정원」에서는 소위 현시대 문학에서 가장 실험적인 분야로 일컬어지고 있는 하이퍼 텍스트 hypertext 의 문제가 예언되고 있다. 하이퍼 텍스트란 컴퓨터 텍스트 문학을 말한다. 이 문학 양식은 기존의 활자 문학에서는 불가능한 매우 의미심장한 텍스트 도출을 가능케 해주었다. 예를 들어, 한 여자가 죽었다는 것으로 어떤 작품이 시작된다고 하자. 이 경우 기존의 활자 매체 문학은 단일 이야기 구성을 추적해야 하는 공간적 제약을 가질 수밖에 없다. 그러나 컴퓨터에서는 이 여자가 왜 죽었는지에 대한 셀 수 없이 많은 이야기들을 창출해 낼 수 있다. 즉, 하이퍼 텍스트는 컴퓨터의 공간 확장 능력에 힘입어 끝없는 이야기의 가지들을 만들어낼 수 있는 것이다. 「끝없이 두 갈래로 갈라지는 길들이 있는 정원」에는 유춘이라는 사람이 쓴 소설이 등장한다. 이 소설은 일반인들이 보기에는 미완성의 매우 혼돈적인 작품이다. 예를 들어, 한 군대가 전쟁에 나가는데 그들이 전쟁에 나가는 과정에 대한 상반된 여러 가지 다른 이야기들이 병렬적으로 공존하고 있기 때문에 마치 제대로 구성이 되지 않는 작품처럼 보이는 것이다. 그러한 텍스트는 마치 이 작품의 제목이 시사하듯 끝없이 두 갈래로 갈라져 그 끝은 무한에 이르게 된다. 「허버트 쾌인의 작품에 대한 연구」에서도 이와 비슷한 이야기가 등장한다. 허버트 쾌인이 쓴 『에이프럴 마아치 April March』라는 작품은 총 열세 장으로 되어 있다. 첫 장은 길거리에서의 어떤 낯선 두 사람의 대화를 다룬다. 제2장은 그 전날의 어떤 사건을, 제3장 역시 제2장에서 다룬 사건과 다르게 일어날 수 있는 전날의 어떤 사건, 제4장 역시 앞의 두 장에서 다룬 사건과 다르게 일어날 수 있는 전날의 어떤 사건을 다룬다. 따라서 이 작품에는 전혀 다른 세 가지의 그 전날이 존재한다. 다시 각기 다른 세 개의 전날은 각기 다른 세 개의 그 전전 날들을 가지게 된다. 결국 이 작품에는 아홉 개의 전혀 다른 소설들이 들어 있는 매우 혁명적인 구조를 가지게 된다.

「배신자와 영웅에 관한 논고」와 「끝」은 상호 텍스트성의 문제를, 「기억의 천재, 푸네스」는 주어진 모든 질료를 다 채택하는 게 아니라 취사 선택해야 하는 문학의 본질에 관한 문제를, 그리고 마지막으로 「비밀의 기적」에서는 해답이 아닌 해답을 찾아가는 영원한 과정으로서의 문학이 가진 진행적 특질을 문학적으로 묘파하고 있다.

제2 카테고리에 속하는 작품들이 착지하고 있는 주제들은 이제까지 흔히 철학, 또는 부분적으로 문학에서 물어왔던 신, 죽음, 영원, 시간과 같은 것들이다. 이처럼 인류가 탄생한 이래, 아니 살았거나 살고 있는 모든 생명체가 각기 나름의 방식으로 물어왔을 이 낡은 형이상학적 췌사들이 왜 보르헤스의 경우 강력한 반향을 일으키도록 만든

진원이 된 것일까? 보르헤스가 이러한 관념론적 테제에 대해 물어가는 방식이 이전의 방식들과 구분되는 것은 그것이 철학적이 아니라 문학적이며, 그 문학적 방법론조차 전통적인 문학방법론들과 현격하게 구별된다는 데에 있다. 같은 테제를 놓고 이제까지 철학이 추구해 왔던 방식들이 추상적, 논리학적, 해석적이었다면, 문학은 구상적, 미학적, 현상학적이었다. 보르헤스는 자신이 설정한 존재론적 질의의 추적방식으로 후자를 선택한다. 그러나 보르헤스의 특징은 이러한 선택에 있는 게 아니라 선택한 그러한 문학적 방식을 수행하는 특수한 태도에서 도출된다. 그는 같은 관념론적 명제에 대해 문학화를 시도한 기존의 문학 작품들이 그 작업을 위한 질료(소재)를 현실에서 찾았던 반면 그것을 〈현실을 담고 있는 책〉에서 찾는다. 그가 책과 거의 모든 시간을 보냈다는 일화적 측면이 그것에 기여를 했는지, 아니면 그러한 관념론적 의문이 보다 집약적으로 응축되어 있는 곳이 책이라는 특별한 인식 때문에 그러했는지는 알 수가 없다. 소위 상호텍스트적 글쓰기, 또는 책에 대한 책쓰기라는 방식을 통해 수행된 이러한 그의 존재론적 탐구는 당연히 예상할 수 있는 것처럼 의문의 해소가 아닌 영원히 순환하는 〈의문의 회구〉에 침윤된다. 이러한 페시미즘적 결론 앞에서 보르헤스가 도출해 내는 상징이 바로 미로이다. 사실 보르헤스의 모든 작품들이 항상 도달하게 되는 존재론적 지점은 바로 이 미로이다. 「알모따심에로의 접근」에서 주인공은 찾아나선 〈피난처를 찾는 자〉라는 뜻을 가진 〈알모따심〉을 끝내 찾지 못한다. 마치 한 순례자가 또 다른 순례자를 찾아다니는 끊임없는 순환적 추적만이 존재한다. 「바벨의 도서관」에서도 유사한 내러티브가 등장한다. 우주, 또는 세계의 상징이라고 할 수 있는 도서관 어디엔가 존재하는 모든 책들의 가이드 같은 〈책 중의 책〉이 존재하지만 아무도 그것을 찾지 못한다. 이처럼 보르헤스의 존재론적 탐구가 미로라는 해답 아닌 해답에 이르게 된 것은 그에게 있어 서구의 정신사를 지배해 왔던 신의 선험적 존재를 부정했던 니체, 쇼펜하우어 등과 같은 후기 칸트 학파의 영향이 절대적이었기 때문이다. 즉, 신의 존재가 전제되지 않는 형이상학적 물음이 도달할 수 있는 유일한 목적지는 〈길 잃음〉뿐이다. 따라서 보르헤스의 눈에 비친 세계는 불확실하고, 혼돈적이고, 마치 「바빌로니아의 복권」에서처럼 우연히 모든 것을 결정하는 그런 곳이다.

그럼에도 불구하고, 이처럼 그 어떤 형이상학적 물음도 니힐리즘의 결론으로부터 벗어날 수 없지만 여전히 인간은 가설이나마 자신의 의미에 대해 하나의 규정을 내리려고 든다. 보르헤스에게 비쳐지는 그러한 가설로서의 의미 체계는 몇 가지 절망적인 이미지들로 나타난다. 그의 에세이집 『토론』에 보면 세계는 불완전한 유아적 신이 만든 불완전한 창조물로서 그 신은 자신의 작품이 너무 형편없었기 때문에 수치감을 느껴 자신이 만든 세계를 방기해 버린다. 그러나 보르헤스에게 있어 가장 중심적인 가설로서의 의미 체계는 〈꿈〉이다. 이러한 〈꿈〉의 이미지를 가장 잘 드러내고 있는 작품은 「원형의 폐허들」이다. 이 작품에는 꿈을 꿔 자식을 만드는 한 도인이 등장한다. 그 아이는 꿈으로 만들어졌기 때문에 불에 타지 않는 그런 존재이다. 그런데 어느 날 그를 만들었던 도인이 기거하고 있던 원형의 신전에 불이 나고 그 또한 자신의 아들처럼 불에 타지 않는 자기 자신을 발견한다. 마치 자신도 자신의 아들처럼 어느 누군가의 꿈에 의해 만들어진 존재임을 깨닫게 되는 것이다. 결국 죽음이 존재함으로써 모든 것은 실재하고 있는 것이 아니라 꿈에 불과하다. 보다 희망적인 시각이 존재하지 않는 것은 아니다. 「틀뢴, 우크바르, 오르비스 떼르띠우스」에 보면 한 비밀단체가 관념으로 구성된 새로운 세계를 만들고자 한다. 그러한 시도는 혼돈과 미망과 우연으로 이뤄져 있는 세계에 질서와 명증성과 필연을 제시하고자 함이다. 그럼에도 불구하고 결국 그 관념으로 창조된 세계조차 아직 미완성의 단계에 있다는 점에서 이 세계에 대한 단순한 비극적 상징으로 전락해 버림으로써 여전히 절망은 해갈되지 않은 채 고스란히 잔존하게 되는 것이다.

그러나 보다 결정적으로 보르헤스로 하여금 살아 있는 고전의 반열에 들게 만든 것은 이러한 놀라운 세계 인식의 태도가 아니라 그러한 관념들을 소설적으로 형상화시키는 데에 있어 제시하고 있는 형식적 측면의 각론들에 있다. 그 중에 대표적인 것들로 〈허구적 책에 대한 책쓰기〉, 〈탐정소설 구조의 도입〉, 〈환상적 사실주의〉를 들 수 있다. 앞에서 언급한 대로 보르헤스의 소설들은 거의 모두가 〈책에 대한 책쓰기〉라는 상호 텍스트적 구조를 가지고 있다. 그러나 보르헤스의 〈책에 대한 책쓰기〉는 단순히 기존해 있는 책에 대해 책을 쓰는 〈전향적 복사〉의 형태로만 한정되지 않는다. 그는 놀라웁게도 그러한 상호 텍스트성을 존재하지 않는 〈허구적 책에 대한 책쓰기〉로 비약해 간다. 그 대표적인 작품들이 바로 『삐에르 메나르, 『돈키호테』의 저자」「알모따심에로의 접근」, 「허버트 퀘인의 작품에 대한 연구」, 「끝없이 두 갈래로 갈라지는 길들이 있는 정원」, 「비밀의 기적」, 「유다에 관한 세 가지 다른 이야기」이다. 「삐에르 메나르, 『돈키호테』의 저자」에서는 삐에르 메나르라는 허구적 인물이 쓴 여러 허구적 작품들이 언급, 비평된다. 「알모따심에로의 접근」은 바하두르 알리라는 허구적 인물이 쓴 허구적 소설『알모따심에로의 접근』에 대한 일종의 허구적 평론의 형태를 취하고 있다. 이러한 허구에 대한 허구는 허구로밖에 이해할 수 없는 세계에 대한 그 어떤 해석적 태도도 허구가 될 수밖에 없는 세계의 실상을 처참하게 알레고리화하기 위한 절묘한 형식 실험에 다름 아니다.

따라서 〈허구적 책에 대한 책쓰기〉는 바로 인간 존재에 대한 절망적인 탐구가 표방할 수밖에 없는 형식적 과정을 가리키게 된다. 그러나 이러한 난삽하고 고답한 과정으로 하여금 흥미롭고 절박하게 만들어주는 보르헤스적 장치가 있다면 그것은 바로 〈탐정소설 구조〉의 도입이다. 소위 오락소설의 한 지류라고 할 수 있는 그러한 탐정소설 기법의 차입은 〈삶의 근원과 종말에 관한 탐구〉라는 보르헤스적 절대 명제와 관련하여 두 가지 측면에서 매우 의미심장하다. 첫째, 이 장치가 그러한 보르헤스의 명제가 안고 있는 추상적 성질을 구상적으로 바꿔주는 데 절대적으로 기여하고 있다는 점이다. 즉, 〈존재〉라는 관념론적 대상에 대한 탐구를 탐정소설의 장치인 비밀찾기, 수수께끼 풀기 속에 담음으로써 그러한 탐구의 내용이 구체적이 될 수 있도록 만들어준다는 것이다. 둘째, 결과보다는 과정을 중시하는 탐정소설의 구조가, 끝내 알아낼 수 없는 존재의 비밀 그 자체보다는 그 비밀을 추적해 나가는 과정에 보다 무게를 싣고 있느 보르헤스의 세계관과 완벽하게 일치한다는 점이다. 사실, 무엇인가를 찾는 그러한 〈추적〉의 속성은 모든 문학에 있어서의 일반적인 성격이다. 그러나 보르헤스에게 있어 〈찾기〉란 아주 특별하게도 〈탐정소설적 찾기〉에 집중되어 있다. 사실 보르헤스의 거의 모든 소설들은 이러한 〈탐정소설적 찾기〉의 구조로부터 전혀 벗어나 있지 않다. 그 중 특히 이러한 구조가 절대적 위상을 점하고 있는 작품들로는 「끝없이 두 갈래로 갈라지는 길들의 정원」과 「죽음과 나침반」이 있다.

마지막으로 〈환상적 사실주의〉라는 용어와 관련하여 우리는 먼저 〈환상〉과 〈사실〉이라는 전혀 상반된 개념을 가진 두 수식어가 어떻게 한 단어로 합성될 수 있었는가에 대한 보다 세부적인 과정을 추적해 볼 필요가 있다. 〈환상적 사실주의〉는 대략 보르헤스의 그것과 그의 다음 세대 적자인 훌리오 꼬르따사르 Julio Cortázar(아르헨티나 1916-1984)의 환상적 사실주의로 대분해 볼 수 있다. 전자의 작품들이 비현실인 꿈과 환영과 관념을 〈사실화〉시키고 있다면, 후자의 대부분의 작품들은 역으로 현실을 〈환상화〉시키는 데 중심이 모아져 있다. 후자의 대표적인 한 예가 「누구에게도 잘못을 탓하지 말라」라는 단편 작품이다. 이 작품에서 주인공은 외출을 하려고 스웨터를 벗으려다가 끝내 얼굴을 덮은 스웨터를 벗지 못하고 건물에서 떨어져 죽고 마는 기이한 과정을 다루고 있다. 즉, 꼬르따사르에게 있어 현실의 아주 사소한 한 사건은 환상적인 화자의 시점에 나포되어 하나의 환영으로 돌변해 버린다. 보르헤스는 역방향에서 접근한다. 앞에서 본 대로 보르헤스의 주요한 문학적 과제는 관념적 세계를 어떻게 구상화시키느냐 하는 데에 있다. 죽음, 영원, 시간, 심지어 관념 그 자체까지를 구상화시키기 위해 보르헤스가 창안해 낸 기법들은 다양하다. 그 중 대표적인 것들이 가짜 사실주의 pseudo-realism, 가짜 참고문헌과 각주 제시 pseudo-bibliogrpahy, 가짜 전기 peudo-biograpahy 등이다. 첫번째 것인 가짜 사실주의가 탁월하게 이룩된 작품은 「틀뢴, 우크바르, 오르비스 떼르띠우스」이다. 이 작품은 〈절대관념〉으로 표상되는 〈틀뢴〉이라는 가상적 세계를 찾게 되는 과정을 중심 줄거리로 가지고 있다. 작품에 따르면 이 틀뢴이라는 새로운 세계는 17세기 초 각 분야의 대가들이 한 사람씩 모여 시작되었고, 계속해서 각 분야에 한 명씩의 수제자를 뽑아 작업을 이어가도록 만든 한 비밀결사대에 의해 창조된다. 그런데 작품의 말미에 가면 그들이 만든 이 새로운 세계는 우리들의 세계 속에 존재하고, 어느 곳에서나 있을 수 있고, 그 어떤 것도 만들어낼 수 있는 〈백과사전〉, 또는 그렇기 때문에 결국 〈인간 세계〉의 상징 그 자체라는 게 드러난다. 보르헤스는 이러한 관념적 사유의 과정을 이야기로 바꾸기 위해 여러 가지 장치들을 고안해 낸다. 우선 그는 이 틀뢴이라는 관념의 세계가 마치 실제로 존재하는 것처럼 믿도록 하기 위해 『브리태니커 사전』이라는 실제로 있는 물건을 이용한다. 즉, 이 작품에 나오는 작중 인물 〈나〉는 틀뢴이라는 세계의 지리적 이름인 〈우크바르〉에 관한 항목을 『브리태니커 사전』의 해적판인 『영미백과사전』에서 발견한다. 우크바르라는 곳이 실제로 존재하지 않는데도 실재에 대한 가장 정확한 증거인 『백과사전』을 내세워 실제로 존재하고 있는 것처럼 유도하고 있는 것이다. 물론 그 『영

『미백과사전』에 그러한 난이 존재하지 않는 것은 자명하다. 거기에 보르헤스는 아르헨티나 작가인 비오이 까사레스와 같은 실존 인물들과 실제 지명들을 삽입시켜 마치 그 모든 것들이 실제로 일어난 일인 것처럼 착각하도록 만들면서 그러한 허구적 사실성을 더욱 강화시킨다.

가짜 참고문헌과 각주 제시의 예는 「삐에르 메나르, 『돈키호테』의 저자」, 「알모따심에로의 접근」, 「허버트 쾌인의 작품에 대한 연구」, 「비밀의 기적」, 「유다에 관한 세 가지 다른 이야기」 등에서 쉽게 찾아볼 수 있다. 앞에서 밝힌 대로 「삐에르 메나르, 『돈키호테』의 저자」에서 삐에르 메나르라는 작가는 실존 인물이 아니라 허구적인 인물이다. 보르헤스는 이 인물이 실존했던 인물이며, 그가 실제로 새로운 『돈키호테』를 썼다고 믿게끔 하기 위해 그의 작품 연보를 제시하고, 그의 작품들에 대해 쓴 여러 글들과 평론들에 대해 언급한다. 그러나 삐에르 메나르가 썼다는 작품들이나 평론들이 실렸다는 잡지들은, 그런 출판사나 잡지사가 있기는 하지만 구체적으로 명시하고 있는 그 해의 그 잡지에 그런 글이 실린 적도 없고, 또한 그 출판사에서 그런 책을 출간한 사실도 없다. 하지만 이러한 구체적 잡지 이름이나 출판사, 발표 연도의 제시는 독자들로 하여금 마치 그것이 사실이 아닌가 하는 착각에 빠지도록 만든다.

가짜 전기의 예는 『픽션들』의 도처에서 발견된다. 앞의 삐에르 메나르가 그렇고, 「알모따심에로의 접근」에서 이 작품을 썼다고 되어 있는 바하두르 알리가 그렇다. 또한 「끝없이 두 갈래로 갈라지는 길들이 있는 정원」에서 나오는 유춘이 그렇다. 이 작품 안에서 유춘은 『홍루몽』에 필적하는 그런 작품을 쓰고 싶은 야망을 가진 사람으로 나오지만 실제로는 『홍루몽』의 등장 인물의 이름이다. 보르헤스는 이러한 허구의 인물들에게 아주 구체적이고 그럴 듯한 역사적 배경을 부여해 그들이 실제로 존재했던 실존 인물로 생각하도록 만든다. 어찌됐든 이러한 기법들은 관념론적 주제를 가진 보르헤스 이전의 문학 작품들에게서 발견할 수 없는 혁명적인 장점들을 갖도록 만들어주었다. 그것들은 바로 이제까지 그러한 유의 문학 장르가 가지고 있던 고답성, 지리함, 사변성, 방만성의 정 반대편에 서 있는 충격, 흥미, 미학성, 압축성 등과 같은 극도로 향상된 새로운 문학적 성격들이다. 작금에 들어 아무도 20세기 후반의 모든 새로운 지성 사조인 독자반응 이론, 후기구조주의, 포스트 모더니즘이 보르헤스로부터 나왔다는 것을 부인하지 않는다. 20세기 지성을 대표하는 푸코, 데리다, 움베르트 에코, 옥따비오 빠스, 존 바스 등의 머뭇거리지 않는 단언에서도 확인할 수 있듯 보르헤스는 이 작품집 〈픽션들〉을 가지고 20세기 후반을 창조해 낸 것이다.

황병하

작가 연보

1899년 아르헨티나 부에노스 아이레스에서 8월 24일 태어남. 영국계 할머니의 영향으로 스페인어보다 영어를 먼저 배우며 자람.
1908년 《나라》지에 오스카 와일드의 단편 「행복한 왕자」를 스페인어로 번역하여 실음.
1914년 가족이 유럽으로 이주 스위스의 제네바에 정착하여 리세 장 칼뱅 학교에 등록하여 프랑스어와 라틴어를 배움.
1919년 스페인으로 이주, 다음해 마드리드에서 기예르모 데 또레스와 함께 스페인어판 아방가르드인 〈최후주의〉운동을 주도함.
1921년 부에노스 아이레스로 돌아옴. 잡지 《프리즘》 창간.
1923년 첫 시집 『아르헨티나의 열기』 발간.
1924년 시집 『앞의 달』, 에세이집 『심문들』 발표.
1931년 빅또리아 오깜뽀가 창간한 잡지 《수르》에 참여.
1935년 첫 소설집 『불한당들의 세계사』 발간.
1941년 『픽션들』의 1부 「끝없이 두 갈래로 갈라지는 길들이 있는 정원」 발간.
1944년 『픽션들』 발간.
1946년 정권을 잡은 페론에 대한 공개적인 비판으로 시립도서관의 일자리를 잃게 됨.
1949년 어머니와 여동생 노라가 정치적 이유로 구속됨.
1949년 소설집 『알렙』 발간.
1950년 아르헨티나 작가 연맹 회장으로 선출됨.
1952년 대표적인 에세이집 『또 다른 심문』 발간.
1955년 페론의 실각으로 국립도서관장직에 임명됨.

1961년 사무엘 베게트와 함께 〈포멘터상〉 수상.
1967년 아스떼떼 미얀과 결혼
1970년 소설집 『브로디의 보고』 발간. 아스떼떼 미얀과 이혼.
1973년 새로 들어선 페론 정부가 그를 도서관장직에서 해임.
1975년 소설집 『모래의 책』 발간. 이후, 하버드 대학과 소르본 대학을 포함한 세계의 많은 대학들에서 명예박사학위를 받았고, 세르반테스 상을 비롯하여 많은 국제적 명성의 상을 수상.
1986년 4월 26일 일본계 아르헨티나인 여비서 마리아 고따마와 결혼. 스위스의 제네바로 이주한 뒤 6월 14일 간암으로 사망.

작품 연보

시집

부에노스 아이레스의 열기 Fervor de Buenos Aires : 1923
앞의 달 Luna de enfrente : 1925
산 마르띤 노트 Cuaderno San Martín : 1929
시전집 Poemas(1923-1943) : 1943
시전집 Poemas(1923-1958) : 1958
시전집 Obras poéticas(1923-1964) : 1964
여섯 개의 현(밀롱가 곡)을 위하여 Para las seis cuerdas(milongas) : 1965
타자, 그 자신 El otro, el mismo(1930-1967) : 1969
심원한 장미 La rosa profunda : 1975
동전 La moneda de hierro : 1976
시전집 Obra poética(1923-1976) : 1978
암호 La cifra : 1981
음모자들 Los conjurados : 1985

시와 산문집

제작자 El hacedor : 1960
그림자의 엘러지 Elogio de la sombra : 1969
호랑이들의 황금 El oro de los tigres : 1972

소설

불한당들의 세계사 La historia universal de la infamia : 1935
끝없이 두 갈래로 갈라지는 길들이 있는 정원 El jardín de senderos que se bifurcan : 1941
픽션들 Ficciones : 1944
알렙 El Aleph : 1949
브로디의 보고 El informe de Brodie : 1970
모래의 책 El libro de arena : 1975
셰익스피어에 대한 기억 La memoria de Shakespeare : 1983

에세이

심문 Inquisiciones : 1925
내 기다림의 크기 El tamaño de mi esperanza : 1926
아르헨티나인들의 언어 El idioma de los argentinos : 1928
에바리스또 까리에고 Evaristo Carriego : 1930
토론 Discusión : 1932
영원의 역사 Historia de la eternidad : 1936
시간에 대한 새로운 반박 Nueva refutación del tiempo : 1947
가우초 문학에 관한 관점들 Aspectos de la literatura gauchesca : 1950
또 다른 심문 Otras Inquisiciones(1937-1952) : 1952
마세도니오 페르난데스 Macedonio Fernández : 1961
서문들 Prólogos : 1975
보르헤스 강연집 Borges oral : 1979
일곱 개의 밤들 Siete noches : 1980
단테적인 아홉 개의 에세이들 Nueve ensayos dantescos : 1982
포로가 된 텍스트들 Textos cautivos : 1986

황병하

텍사스 휴스턴 대학 졸업
동 대학원 석사
U.C.L.A. 박사(라틴아메리카 현대소설 및 현대소설론)
광주여대 창작문학과 교수로 재직하다 1998년 타계
저서 평론집 『반리얼리즘 문학론』, 『메타비평을 위하여』, 장편소설 『흑맥주』
역서 보르헤스 전집(전5권) 『불한당들의 세계사』, 『픽션들』, 『알렙』,
　　　『칼잡이들의 이야기』, 『셰익스피어의 기억』 등

픽션들

1판 1쇄 펴냄 1994년 9월 30일
1판 55쇄 펴냄 2023년 2월 9일

지은이　호르헤 루이스 보르헤스
옮긴이　황병하
발행인　박근섭, 박상준
펴낸곳　(주)민음사

출판등록 1966. 5. 19. 제16-490호
서울특별시 강남구 도산대로1길 62 (신사동)
강남출판문화센터 5층 (우편번호 06027)
대표전화 02-515-2000 팩시밀리 02-515-2007
www.minumsa.com

한국어 판 ⓒ (주)민음사, 1994. Printed in Seoul, Korea
ISBN 978-89-374-0176-3 04890
ISBN 978-89-374-0174-9 (전5권)

* 잘못 만들어진 책은 구입처에서 교환해 드립니다.